第一夫人

[英]迈克尔·道布斯　著

田伟华　译

北京出版集团公司
北京出版社

著作权合同登记号

图字：01-2016-5405

图书在版编目（CIP）数据

第一夫人 /（英）迈克尔·道布斯著；田伟华译. —
北京：北京出版社，2016. 10
书名原文：First Lady
ISBN 978 - 7 - 200 - 12394 - 4

I. ①第… II. ①迈… ②田… III. ①长篇小说 — 英
国 — 现代 IV. ①I561. 45

中国版本图书馆 CIP 数据核字（2016）第 207209 号

第一夫人
DI-YI FUREN
［英］迈克尔·道布斯　著
田伟华　译
*
北 京 出 版 集 团 公 司
北 京 出 版 社　出版
（北京北三环中路 6 号）
邮政编码：100120

网　　址：www. bph. com. cn
北 京 出 版 集 团 公 司 总 发 行
新 华 书 店 经 销
北京旭丰源印刷技术有限公司印刷
*
880 毫米×1230 毫米　32 开本　11.5 印张　299 千字
2016 年 10 月第 1 版　2016 年 10 月第 1 次印刷
ISBN 978 - 7 - 200 - 12394 - 4
定价：39.80 元
如有印装质量问题，由本社负责调换
质量监督电话：010 - 58572393
责任编辑电话：010 - 58572511

献给诺妮

对那些成功的人来说，任何手段都不肮脏——莎士比亚

对《第一夫人》的评价

"一流的小说。对个人的权力欲进行了尖锐的讽刺和细致入微的描写，语言轻松、风趣，可读性很强，如揭开罪案般令人着迷。"——《星期日邮报》

"书中描写了反对党领导人在伊拉克战争问题上对现任首相进行攻击的这一情节，写得很真实。实际上，书中的很多情节都是非虚构性的，作者笔法老辣，不留情面，写得很出彩。"——《每日电讯报》

"《第一夫人》的气势犹如一场喷涌而来的洪水，那般狂暴，同时对肮脏的政治游戏进行了深刻透析。"——《领先》杂志主笔彭尼·史密斯

"写得很巧妙，观察细致，令人爱不释手。"——《她》杂志

"道布斯写这类书的确是把好手。"——《大志》杂志

"写得很风趣，又奉献了不少内幕知识。"——《星期日苏格兰报》

几位政治家的妻子对本书的评价

"一部关于背叛的速成手册，马基雅维利所鼓吹的为了达到目的不择手段这一政治原则的生动体现，卑怯的女主角的经历令人感慨颇多——哦，迈克尔·道布斯，这书你要是早写两年多好！说不定我们当初能转败为胜呢。"——前英国保守党党魁迈克尔·霍华德之妻桑德拉·霍华德

"一部杰作，写得很精彩，一部伟大的书——女主角金妮·艾治的经历令人震惊。"——英国广播公司著名电台节目主持人克里斯蒂

娜·汉密尔顿

"迈克尔·道布斯的新书《第一夫人》对威斯敏斯特的政治内幕进行了无情的揭露，其真实程度超出外界想象。"——英国议员伯纳德·詹金之妻安妮·詹金

对迈克尔·道布斯之前所出版的小说的评价

A 丘吉尔系列小说

"杰作。"——《泰晤士报》

"节奏紧张，情节刺激……写得真不错。"——《卫报》

"丘吉尔是伟人，书中对话生动、精彩……极具作者风格，是一部令人兴奋的小说。"——《星期日电讯报》

"作者笔法老辣，情节动人。"——《苏格兰人》

"很成功，很出色。"——《约克郡邮报》

"写得很出彩。"——《星期日快报》

"作者用手中的笔把丘吉尔这一家喻户晓的人物描述得深入人心，写得漂亮。"——《星期日电讯报》

"对英国政治进行了生动而细致的描述，并且每个细节都准确无误，我从未读过如此真实、如此美妙的书。"——《泰晤士报》主笔安东尼·霍华德

B 议会系列小说

"写得很出色……写了很多身居幕后的人物。"——《每日邮报》

"道布斯把我们从电视机前拉开，使我们踏踏实实地坐下来，认真读一本书。"——《星期日快报》

"书中描写了政治上的阴谋、丑闻及政府变节……道布斯用事实证明自己是创作政治小说的大师。"——《泰晤士报文学增刊》

"快节奏的叙事，富有揭示性，很出色。"——《每日快报》

"如剃刀般锋利，笔法生猛、无情。"——《每日邮报》

"一个充满了血腥与暴力的故事，真实，语言富有讽刺性……写得很成功。"《独立报》

对迈克尔·道布斯本人的评价

"迈克尔·道布斯是政治悬疑小说大师。"——《泰晤士报文学增刊》

"可能是英国最睿智的人。"——《星期日邮报》

"威斯敏斯特一个长着娃娃脸的职业杀手。"——《卫报》

"他这样的人在拉丁美洲会被一枪干掉。"——《独立报》

"写得真棒。"《泰晤士报》

"迈克尔·道布斯对威斯敏斯特政界阴谋描述的精彩程度堪比'侦探女王'阿加莎·克里斯蒂对谋杀现场的描述。"——《星期日快报》

"迈克尔·道布斯有着无穷无尽的天赋，其对政界黑暗的攻击猛烈而不留情面，属'愤怒青年'之列。"——《标准晚报》

"他的书对未来的预知比天气预报更可信，透露着种种不祥的征兆。"——《尚流》

"我现在成了议员，但我的经历好像在迈克尔·道布斯的书中都有描述。"——英国议员彼得·勒夫

"道布斯的书很抓人，因为写得真实……这家伙深谙政治。"——《泰晤士报》

"道布斯作为作家无人能出其右，他之所以功成名就，是因为拥有无人能及的天才。"——《加迪夫西部邮报》

迈克尔·道布斯和查尔斯王子同时出生，不过这好像没对他造成什么伤害。后来，他获得哲学博士学位，并成为撒切尔夫人和约翰·梅杰两位前首相的高级顾问，一度担任BBC电视节目《公文箱》

的主持人，同时为《星期日邮报》撰写专栏。道布斯闲暇时写书，写过大卖特卖的《纸牌屋》，此书后来被改编为电视剧，广受欢迎；他还以温斯顿·丘吉尔的生平为素材，创造了精彩的系列历史小说。如今，他和妻子以及 4 个儿子在威尔特郡靠近一座酒馆和一座教堂的旁边安静地生活。

第一部分 >>>

夜，魅惑时刻。这个时候，空气变得黏稠，人在黑暗中趔趔趄趄地走着，总想摔跤。不知为何，那些做白日梦的人，趔趄得最厉害。

威斯敏斯特的夜晚好像和以往没什么两样，展开得是这么普通，没人知道接下来发生的那些异常精妙的蠢事是什么。当威斯敏斯特的世界进入待命状态的时候，办公室开始空了，旅馆和酒吧开始满了。

近处的威斯敏斯特桥，站着一个心烦意乱的议会研究员，她注视着月亮映在污浊的泰晤士河水上的影子，她在思考，想让自己的所有痛苦终结，但低潮期的河水只有 6 英尺①深，这个泥塘无论如何也不足以埋葬她那深深的绝望，因此她转过身去，走在回红狮酒吧的路上，希望这个时候她那不忠的爱人已经走了。

路上，她走过保得利大厦②，这是一栋由铜锡合金和玻璃制成的建筑物，样子丑陋，暗淡而阴郁，对面隔着一条街就是大本钟。地铁站里，一个无家可归的流浪汉用几个皱皱巴巴的纸板铺了张床，躺在上面，想借此在夜里为自己寻求一点儿慰藉。坐地铁的人个个衣着光鲜，

---

① 1 英尺 = 0.3048 米。
② 威斯敏斯特市内的一栋政府办公楼，建于 1992 年，旨在为下议院议员提供更多的办公室。

而像他这样的简直不该在这里存在。在部长的言辞中，"无家可归"这个词"已不再是问题"。不过，无论如何，他就在那儿呢。一个年轻的警察要他走，他动作慢了些，那警察就用锃亮的大皮靴的头碰他，让他快点。碰并不算踢，没有任何的粗蛮之意，只是轻轻地推了他那么一下，让他离开这儿。那警察的动作中没有透出什么恶意，就像在清理一堆垃圾。不过，流浪汉的肝脏，经过这么多年的糟蹋，早就从腹腔里垂下来了，警察就这么轻轻一碰，也够他受的了。脆弱的肝脏开始流血，他的血液的生化成分早破坏掉了，已无法凝血了。他本可以很快去牢房待着，那里至少暖和，但3个小时以后，当班的医生赶到时，他已经死了。他们根本没去查他叫什么，他的前妻和两个贪婪成性的孩子如今正在科尔切斯特，他们永远也不会知道他出了什么事，也不想知道。

不过，面对着南岸慢慢旋转着的伦敦眼①的那间房子里即将发生的事，就要改变弗吉尼亚·艾治（后文昵称为金妮）的生活了。当时，她并不在那儿；她正在80英里②外的家里哄孩子睡觉，然而她的世界就要从根基坍塌了。那房子在一栋红砖建筑物中间。红砖建筑物以前是市警察局总部，也就是人们熟知的新苏格兰场，但现在它的名气依托的是当初设计并建造它的诺曼·萧，如今已成了议会大厦延伸的一部分。在这儿，大本钟的阴影下，有反对派领袖的办公室。白天，他们忙作一团，随着夜晚的临近，狂热开始消退，慢慢地，他们平静下来。这是思考和放松的时刻。

科林·彭里斯很享受这些时刻，无论繁忙或寂静。他是个鳏夫，

---

① 又称千禧之轮，是世界上首座，也曾是世界最大的观景摩天轮，仅次于南昌之星与新加坡观景轮，总高135米，竖立于伦敦泰晤士河南岸的兰贝斯区，面向议会大厦和大本钟。

② 1英里=1.609千米。

他的家里死寂如墓地，充满了鬼魂。今夜的潮汐退去了，员工们都走了，白日里响个不停的电话也安静了，他只愿意与最亲密的人分享这些弥足珍贵的时刻。

以威斯敏斯特的标准看，他现在和女员工的这起风流事件并不特别龌龊；他没有婚姻的牵绊，女员工的丈夫不但对她很冷漠，而且人又乏味得要死，更何况也没说过要她严守贞操。这样看来，两人在沙发上坐坐、滚滚，在只有泰晤士河岸上街灯照着的房子里喝杯酒也没什么大不了的。这种事很自然，双方都挺满意，让思想和身体纠缠在一起，俩人心里都没什么压力，更不会涉及别的什么责任或者义务。在这样的夜晚，有时他们会坐在一起，不说什么话，分享对方身体的热度，思想在漂移，不用很费力气地把注意力集中在什么上面，心就像河对岸的伦敦眼一眨一眨地那般轻柔，直到重达13吨的大本钟发出的响声将他们的心思拉回到现实。她站了起来。

"再来一杯吗，亲爱的？"

她走到他放酒的橱柜前头。外面，警车的警笛声呼啸着穿过黑夜。又是一次安全警报，不过在这些永远保持高度警惕的日子里，这种事早就司空见惯了，因此没人再去留意了。话说回来，他们在这儿是安全的，议会大厦周围有那么多密集如丛林的路障和监控。大概30年前，议会议员艾瑞·尼夫的车子被爱尔兰恐怖分子炸掉了，他本人也当场毙命，不过从那时起，这里就没出过命案。想想看，那车子就是在通向地下停车场的坡道上被炸掉的，就在他们……

"科林？"她转回身，手里已经多了两只杯子。

他正瘫软地在沙发上坐着，手掌抵着额头。"出事了。"他注视着她说，眼里含着泪水，透着困惑，"不对劲。"

"什么不对劲？"她问。但他没有应声。慢慢地，他倒了下去。

"科林？"她赶紧冲到他身旁，但他还是没有应声，她用力摇晃他，却无济于事。"科林，亲爱的，醒醒。"但他醒不了了。除了沉默，什么也没有。然后是微弱而费力的呼吸。

"天啊。"他的额头上满是冷汗，她一边为他擦，一边小声说着。发生了可怕的事——是心脏病发作？还是中风？她不是医生，可就算不是也知道他的情况十分紧急，必须马上叫医生来。她穿过屋子，朝电话机冲去，却又停下了。如果她现在就让人来帮忙，那还不如叫行刑队来。他俩的奸情若是被人发现，先不说她那肯定要来的麻烦，他这辈子就算完了。她很了解科林，他宁可和魔鬼跳舞，也不愿在痛苦中度过余生，让自己充当每一个粗俗卑劣的喜剧演员插科打诨的笑料。她已经看到电话机了，也看出电话机正在急切地召唤她过去，可她心里很清楚，在他们唾弃她之前，世人所能记住的最后一个画面便是，她将身体俯过自家花园门口，紧紧抓住丈夫的手，孩子们则流着泪紧抓住她的裙角不放，而她门前就是 1000 个面露得意之色的摄影师。不，不能这样，绝不能这样。

他仍旧一动不动。没时间借着灯光检查头发、补妆了，她匆匆把衣服套在身上。不过，就在她即将踏出门口的那一刻又停住了，她把他的衣服整理好，放在了椅背上；那些发现了他的尸体的人或许就会认定，他没干什么非法的事，只不过睡了一觉就死了。

"对不起了，亲爱的。"她小声说，俯下身体吻了一下他的额头。

然后，她就走了。

3 分钟后，在议会大厦某个远离事发现场的地方，她为科林打了求救电话。她没说自己是谁。

坏消息总是传得很快。到了午夜，世界上一半的人就已经知道了女王陛下那尊贵的反对派领袖科林·彭里斯突患中风。到了早上，剩下的那一半人也都知道了。

与此同时，就在可怜的科林·彭里斯朝着不朽的政治事业大步挺进的时候，有件事也在附近发生着，这件事的根源也会慢慢地与弗吉尼亚·艾治的生活纠缠在一起。阿乔克·阿罗伯是苏丹丁卡人，出生在苏德沼泽地①，那地方的漂浮植物很多，常常阻碍过往船只的通过。她身材修长，肤色黝黑，额头上有一个颇具特色的扇形刺青，像别的丁卡人一样，身上也透着一种高傲之气。正是丁卡人的傲气为他们带来了麻烦。苏德沼泽是白尼罗河冲积平原的一部分，夏天蚊虫肆虐，尘土飞扬，却是放牛的理想之地。富饶的牧场和明显的傲气常常让阿乔克家的人成为当地某些心怀恶意的部落攻击的目标。用长矛攻击他们倒也不算什么，毕竟丁卡人在打仗的时候也不是什么酒囊饭袋之辈。可后来 AK-47 代替了长矛，这种东西 1 分钟能发射 600 发子弹，而且可以在 1 英里之外取人性命。前些年，当非洲那巨大的太阳开始西落的时候，一些陌生人来到了阿乔克所在的村子。他们都是从北部来的巴拉加阿拉伯人②。那个时候，她正在河里给两个最小的儿子乔尔和米约克洗澡，因此躲过了第一波屠杀，她藏在芦苇丛里朝外面看，那些人把凡是能找到的每一个村里人都驱赶进了那个开会用的小屋，然后一把火点着了。有的人想从大火里往外跳，可哪有机会，光凭两条腿是跑不过 AK-47 的。剩下的那些人只能在尖叫中被活活烧死。等那些可怜的尖叫声慢慢小了下去，他们就开始对女人和孩子动手。在这个世界上就是有这样的地方，对当地的很多部落来说，黑人就是奴隶，孩子们被捆住手脚，年轻的女人们被强奸、轮奸。接下来就是一通乱烧，完全而彻底地烧，直烧到干裂的土地上只留下一片黑色的残肢为止。终于等来了黎明，阿乔克觉得安全了，便带着两个孩子从藏身的地方走了出来，却发现过去的生活已没了痕迹。一切都烧光了。她跟跟跄跄地走到丈夫阿萨伊那已被切割成一块块的尸体跟前——他是试图逃跑的那些人中的一个。她那个最大的孩子杰莱克已不见了踪迹。

---

① 南苏丹的大片沼泽，由白尼罗河形成，面积超过 3 万平方千米，雨季时面积则超过 13 万平方千米，是全球面积最大的湿地之一，也是尼罗河流域最大的淡水湿地。
② 游牧的阿拉伯人，居住在尼罗河北部，以养牛为业。

在这个世界上，她已是一无所有了。几头奶牛在暴徒的劫掠下幸免于难。她把它们卖了，带着钱开始了漫漫征程，先是步行，而后搭乘一艘又老又破的船，坐在三等舱中赶往南苏丹的首府朱巴，到那儿以后，继续前行，前往喀土穆。除了两个年幼的孩子，后来她发现她肚子里还怀着一个，不过那孩子不久以后就流产了。这是一个被男人们统治的地方，她一个女人，举目无亲，孤独无依。她决定离开苏丹。

在苏丹办事很难，对一个单身女人来说更是如此。她化装成实习护士，用了一年多的时间才从苏德沼泽那连绵不尽的洪泛区到了伦敦希思罗机场的护照验证处。她在那里寻求庇护，又过了差不多一年，她的请求才被接受。她本是一个高傲、自满的女人，丈夫是苏丹南部的乡下人，家境殷实，而现在她成了一位普通的清洁工，在坎登租了一套由政府补贴租金的潮湿的公寓。

她操着新的语言，讲话很慢，一双眼睛热烈而警觉，在这样一个你今天来我明天走的行业里没交到什么朋友。薪水少得可怜，刚过最低工资线，不过很稳定，如果工作强度能达到麻痹神经的程度，对阿乔克来说倒是件好事。劳累能够治愈伤痛。

他们喜欢阿乔克。她为人可靠，不辞劳苦，一干就是好几年。她从不抱怨，在这一点上和大多数的人很不一样，她一声不吭，默默做事。如果说她因为天性使然，显得有些不爱说话，那也是她自己的事。没人去想这双眼睛为何这样悲伤。他们可以依靠她，或者说他们觉得可以依靠她，这就够了。

也就是在这个时候，他们让她去打扫那间"祈祷室"——一间位于部长办公楼走廊里的小巧而朴素的房子，部长们会在那里"祷告"或者商谈秘事。安全是第一位的——那里没有散乱的文件，没有随意丢弃的纸条，没有废纸篓，也没有泄密的蠢货，只有光秃秃的四壁、一间小窗户和围着一张锃亮的金属桌子摆放着的几把椅子。不过，就算在这里，茶杯的底也会留下一圈圈的痕迹，搔搔眉头也会留下尘土，因此他们才叫阿乔克过去打扫。她拒绝了。因为她知道，他们曾在这里开会讨论伊拉克国内出现的新问题。

血腥的伊拉克。死了那么多人，毁了那么多的良好声誉。如今，他们又在这么干了。尽管全国各地人们的信心在恢复，但混乱局面再次出现，自杀式炸弹，被毁掉的管道，领导人不作为，牧师丧失了信仰，发电站也不发电了。有人冲进医院，把躺在病床上的总理的妻子绑架了。该死的巴格达！谈到各位国防部长，他们很乐意摆脱这一切——差不多就要摆脱了。那里仍然驻守着1800名英国士兵，美其名曰"技术顾问"和"工程师"，听上去倒是很气派，就好像令人作呕的战争已经结束，接下来最重要的事就是重建似的。可你怎么重建一个膝盖仍没入熊熊燃烧着的油海的国家？浓厚的阴云和恶毒的尘土再次掠过沙漠，吸引了那些正在"祈祷室"里坐着的国防部官员的注意，现在他们想把这一切清理干净。一位文官站在一旁，等着再次把门锁上。他不耐烦地瞥了一眼手表，想离开这里。但阿乔克不愿意进去打扫。

"你这是怎么了，阿乔克？"她那来自塞浦路斯的上司问。

但她什么也没说，只是注视着那扇门摇了摇头。

"快点吧，姑娘，"上司劝她，她把吱吱嘎嘎作响的清洁车推进走廊，却不肯回来了。他开始心烦意乱地摸索挂在胸前的十字架。"阿乔克，我们的人手又不够了。我没时间等。"

阿乔克一动没动。男人们控制、踩躏她的世界，这个她见多了；她不愿帮着他们把她的世界搞得更烂。

文官出现在了门口。"她干什么呢？"他问，那语气就好像阿乔克没有权利为自己回答似的。她想起来了，他的做派跟喀土穆的那些政府人员一模一样。苏丹内务部是一栋殖民地时期风格的古老建筑物，想当初她在难以忍受的酷热中排了好几天的队，每天都会被打断5次，因为祷告时间到了，然后，办事的人员又常常无故离开。当时她和她表哥在一起。到时候，他会对办事的人员说，他以家庭代表的身份同意她离开，因为在苏丹，只有男人点了头，女人才能离开。他们终于到了一间小屋的一个小窗口前头，那小屋肮脏无比，到处都是蚊虫，一个男人坐在窗口后头。"她想干什么？她干吗要走？她要去哪儿？"男人问，并不直接问阿乔克，像对待牲口一样对待她。她本以为已经逃离了那样的一个世界，可在这里，在古老的威斯敏斯特城，这种余毒依旧那么顽固。

"她干什么呢？"文官又问了一句，他已经变得越发不耐烦了，想离开这里。那个来自塞浦路斯的上司也有这种念头。

"阿乔克，你他妈的干什么呢？赶紧把这该死的办公室收拾干净。求你了。"

"我不想收拾，谢谢。"她轻声回答。

"现在给我收拾干净，阿乔克。"

她盯着地面，慢慢地摇了摇头。"这不公平。"

"好吧，那你就不要做了，走吧，别再回来了。我再也不想看到你那黑屁股出现在这儿了。听到了吗？再也不想！"

保安被叫来了，看他们急匆匆的样子，就好像她刚刚杀了人一样。他们没收了她的安全通行证，不允许她和同事说话，像押解犯人那样把她押到放东西的柜子那儿，他们仔细搜查了一番，就像是要找可卡因或者未切割的钻石。她的衣兜和书包也被翻过了。然后，他们才让她把外套和书包带走。

她活这一辈子，各种各样的苦难始终不离她的左右。然而，当她把东西收拾好，出门，重新走入黑夜，想找辆公共汽车时，不知道还有多少痛苦在前面等着她。

该死。金妮[1]·艾治从此有了污点。

---

[1] 弗吉尼亚的昵称。

"公共汽车?"金妮刚从23路公共汽车上下来,拿好小旅行箱,玛吉·安德鲁斯就直截了当地问她。

"就在选区那条街上,出租车跟丈夫一个德行,需要的时候连个影儿也看不着,"金妮一边费力地拉着旅行箱,一边回答,"可不能晚了。"

"是的,今天不能晚了。无论如何今天也不能迟到。"玛吉说。

她俩正赶往"另一半俱乐部"每个月都会举办的聚会的路上,聚会就是一块儿吃顿午饭,参加者都是进入影子内阁、职位低于反对派前座议员 ① 的议会议员的妻子。平时参加的人不多,但今天不同。人都挤满了。

"科林可惜了,"俩人一来到街上,玛吉便像搞什么阴谋似的挽起金妮的胳膊继续说道,"真的挺可惜的。"然后就咯咯地笑了。

她的态度让金妮回想起了过去——不是科林的事,而是关于威斯敏斯特的点点滴滴让她回想起了过去。"那就是一个行船的池塘,"她的丈夫多姆尼克曾对她这样说,"你得等着风来。"但在这个池塘里,大鱼吃小鱼,短吻鳄轮流享用沉船上的幸存者。金妮从家里来威斯敏斯特上班只是出于一种责任感。责任,这是一种已渗入她骨子里的习惯。38年前的一个夜晚,那时还是1月份,东风狂吹,大雪纷飞,她母亲没办法去医院,就把她生在了凯特里克外面的荒原上,从她第一次开始呼吸算起,父母就一直在向她灌输责任的重要性。从那以后,她的身份就像个随军杂役。她父亲是东多塞特的一位官员,用他自己的话说就是远远没有得到重用,因此在金妮人生中的前16年,她总是拉着她的玩具和书籍赶往各个地方,去德国,去塞浦路斯,去索尔兹伯里平原,然后又回到了该死的凯特里克。这段经历大大提高了她的组织能力,情感上却没有任何发展。她和书相处的时间要比和玩具相处的时间长。因此,当她和多姆尼克在诺丁汉大学认识,后来又有

----

① 指议会中坐前排座位的反对派领导人。

一次，他在新生集市上路对面的地球之友 ① 摊位后对着她微笑的时候，她便用一种狂热得让他喘不过气来的方式爱上了他，无论是在他穿着裤子的时候，还是赤身裸体的时候。她学的是英语，他呢，学的是法律，她比他脑子好使，这一点再明显不过，只是在后来写论文提纲的时候，他才显得比她聪明了那么一点儿。她去了出版行业，他则去了伦敦一家颇有影响力的律师事务所，不过他真正的兴趣还是在政治上，她则想要个孩子，就这样她的责任感再次占了上风。还是先考虑多姆尼克的事业。他成了律师和议会议员候选人，她全心抚养两个孩子，并着手创作那部酝酿已久的小说。不过慢慢地，在抚养孩子和他的事业的双重压力下，她的创作激情开始消退。她的激情只是消退了，却从未完全消失。孩子一年年长大，那部未写完的手稿一直在她那间工作室兼熨衣室的房间一角扔着，那手稿盯着她，面露愠色，心中充满责怪。他们早就不是朋友了。现在，杰玛 10 岁了，本也有 8 岁了；或许是因为他们一天天变得独立，才让她有工夫重新料理她的私事。本除了每天晚上都会呕吐也没什么不让人放心的，他如今在北安普敦郡的家里，脾气越来越大，由她的保姆照顾；而杰玛在去学校的路上总是不停抗议，说今天该轮到她病了，还说搞不懂为什么就不能待在家里。

　　家。家曾是金妮唯一真正觉得温馨的地方，那个时候，小屋的门从外面一关，她就觉得很舒服，可现在，就算是在家里，她也有一种被追捕的感觉。"被追捕"这个词一直在她的脑子里。就好像不管她去哪儿，生活都在蹑手蹑脚地跟着她。她没有一天不觉得自己正处在被挤掉的边缘，还有两个孩子，还有选区。多姆尼克刚刚就任党主席一职，这样一来他们见面的次数就更少了。还有，不知道怎么回事，钱总不够花，在政府部门上班，靠薪水过体面的日子很难。那就是今天她从火车站到这里来搭乘公共汽车的缘故。

---

① 国际性的环保组织，在全球 74 个国家都有分支机构。

玛吉觉察出了她的不安，便竭力安慰她——或者只是想捉弄捉弄她？这很难说。

"你那件事还没搞定，对吗？"在夏日清晨微风的吹拂下，俩人走上圣乔治路的时候，玛吉问。

"搞定什么事？"

"你和多姆在威斯敏斯特蜿蜒前行的公共汽车的后座上无法搞定的那件事啊。"

"我觉得这么做有助于树立正面形象。"金妮警惕地回答，这时她那个小旅行箱的轮子不配合地滚过了这条破烂人行道上的几块石头。

"多姆身居高位，不时和女人打打情骂骂俏也是可以理解的，不过你要相信我，他应该跟一个女王结婚才对。"

"恐怕我们没必要死要面子活受罪，先苦巴巴地过段日子，再戴着钻石王冠、乘着镀金的马车去旅行。"

"好像你们连出租车都舍不得坐。你得学会利用资源。"

"比如？"

"你可以先用用丈夫的旅行津贴。"

金妮不说了，露出一脸的困惑。"怎么利用？我们只允许……呃……每年从选区去伦敦15次，对吧？我喜欢看多姆尼克在议会演讲的样子，举行官办宴会的时候，我喜欢和他在一起，就这样。那点儿补贴还不够我去趟远东的呢。"

"所以就说嘛，这样很不公平，"玛吉又一次引诱她，"那些人"——她指的是那些内阁成员——"坐着部长专用车，装出一副正儿八经的样子四处闲逛，我们却在公共汽车上被摇晃得直转圈，稍不注意就是一个趔趄。"别坐公共汽车了，金妮。你这么做对我们这些人没好处。就好像你要表明某种立场似的。"

"我要表明的就是……"

"坐轿车的话，毕竟要舒服些。你得有点儿创造力。"

"开着一辆跑了 5 年的老尼桑，行驶在 M1 高速公路上，每天往返160 英里，每英里油费 40 便士，这么干好像能把我的创造力都给挤压出来。"

"那就找个人分担车费。我们有几十个来来回回都是走 M1 高速公路的。"

"冒着损害公共利益的风险？找个人分担车费有什么用？"

"这样你就可以申请多一倍的旅行津贴了。用一辆车。但两个人都要申请。"

金妮皱皱鼻子。"这么做是不是有悖道德？"

"哦，亲爱的，我给忘了。我听说多姆尼克很虔诚，每天都会花很多时间祈祷。这么做，他不会同意吧？"

"我觉得我也不会同意，"她傲慢无礼地回答，"如果税务部听说了我们在搞欺骗行为那还了得。"

"亲爱的，这可不是什么欺骗行为。不，根本不是。唉，税务部会对这种事睁一只眼闭一只眼。那些管钱的是不会刨根问底的，因此对我们来说这是一件天大的好事，这样一来，咱们心里也能平衡些。我知道，有 3 个人甚至 4 个人共用一辆车的。这么做不会多花纳税人一分钱的，只是让缴税的范围大了那么一点点。不过，当然了，如果你宁愿骑自行车上下班的话，每英里你就可以申请 20 便士的旅行津贴了……"

"我考虑一下。"金妮回答，她知道她是不会考虑的，幸好目的地就要到了。她觉得自己刚才就像被警察搜了身。

"另一半俱乐部"都被他们称为"更好的另一半俱乐部"，有时候热闹，有时候冷清，这完全取决于政治斗争的激烈程度。不过，自从蒂娜·桑德斯接手以后，这家俱乐部的知名度大大提高了。她在皮姆利科区沃维克路上开了一家名为马拉喀什的私人餐厅，主营摩洛哥风味的饭菜，午餐便宜得让人觉得不好意思，两道菜，加上红酒和过滤过的咖啡，花费还不到 10 英镑，这是怎么回事？其中又有什么样的奥秘？大家都没有太大的兴趣过问。这只是蒂娜做过的最让人惊叹的事情之一。她是威斯敏斯特社交圈内的活跃人物，神通广大，手段高明，好像没有她办不成的事，丈夫杰克·桑德斯则是党内的二号人物。在社交场上，她的个性张扬甚至极具爆发力，就像能从绷紧的缝隙中迸裂一样，这在政治圈中算是个加分项，因为在很多人眼中，她丈夫的表现实在太差劲。她 50 多岁了，比一些俱乐部成员要大 20 岁，但年龄上的差距好像只是提高了她的活跃程度。她没有孩子——从来也没怀过——好像做什么事都有时间。

如果说蒂娜是这群人当中最活跃的，那么文体部发言人的妻子玛吉·安德鲁斯就是最直率的，工贸部发言人的妻子莉萨就是最有知识的，而身着平克牌和拉尔夫·劳伦牌服装的罗恩永远都是最完美的。罗恩是环保部发言人的同性恋人，也是这个群体当中唯一的男性。金妮只是最新加入的成员。多姆尼克也是在 3 个月前履新的，这让很多人大感意外；他和他妻子被视为新成员，却还算不上什么新贵。

他们坐在桌子旁等着上卷心菜汤和摩洛哥砂锅的时候，大伙儿谈的话题只有一个。是蒂娜先提起来的。"可怜的科林。"她的声音很大，带着十分浓重的约克郡口音，她先抿了一口白索维农葡萄酒，然后将身体后仰，把这个话题交给了大伙儿。

"这事是在办公室发生的。在他拼命工作的时候。"

"干事的时候。"

"他把一生都献给了党。"

"不，我说的不是这种事，你这个白痴。"

"你的意思是……不！他真的……"

"我第一次见他是在 20 年前。在布莱克浦开会的时候。那个时候你应该见过他。在我认识的改换了党派的人当中，他是最棒的。"

"你俩没好过吗？"

"我觉得他的婚姻很美满。"

"哦，是的。他的妻子黛布兹很善解人意，又常常不在他身边。他为什么那么快活，就是因为这个。"

"幸福美满的政治婚姻的关键就是距离。"

"还有慎重。"

"威斯敏斯特的规则。"

金妮在这场变得越来越不正经的交谈中没怎么说话。她现在的心思在儿子本身上，不管怎么说，她只跟科林见过很少的几次。她很喜欢他。"他并没有死。"她听到自己小声说，不过，当然了，依照威斯敏斯特的规则，他早就死了。

先上的汤，众人喝完了，摩洛哥砂锅到了以后，交谈随即变成了三个一群两个一伙儿的私聊，桌子上铺着上过浆的白色桌布，放着擦拭锃亮的餐具，大家的言语也变得越加轻率了。过了一会儿，坐在桌子另一头吵吵闹闹的人群中的罗恩把头抬了起来，大声宣布：他好像是在座的诸位当中唯一没有和科林睡过觉的。或许他说得并不算太离谱。说闲话的时候，他们开始站队，因为激烈的争论就要开始了，倒掉的旗帜就要被重新拿起举高了。一会儿说几句恭维话，一会儿又冒出几个贬低词，针对的主要是那些不在场的人。那些人是反对派，大伙儿对他们一通穷追猛打。金妮发现，首先引起这场讨论的蒂娜，就像一只老母鸡，将身体朝后仰着，不时用嘴巴整整身上的羽毛，专注地听，把身旁的那些乱糟糟的言语都详详细细地记在了心里头。

金妮想休息一下，洗把脸，提提神，便离开了饭桌。她还是想打个电话看看本怎么样了。她和这些损人利己、嘲笑别人、充满兽欲的女人不是一路人。他们谈到了即将到来的领导人大选，聊到了最热门的人选，也聊到了最无望的竞选人，可就是没有一个人说起多姆尼克，这让她有些气恼。或许这种结果是不可避免的。多姆太年轻，又是新上任的，这些她都了解，可她还是觉得心里隐隐作痛。为什么？他们瞧不起他吗？觉得他肯定不行吗？觉得他不够好吗？不管是什么原因，反正她觉得不满意。倘若在他那优雅的外表后面有过片刻的犹豫和疑虑，那也是因为他很想为每一个人谋福利。有时候，他想把他那强烈的道德感和深沉的宗教信仰融入政治生活中去，却很难做到，不过这至少让他有了人情味儿。在这一点上，他和她父亲可是大不一样，她父亲自以为能够解决任何问题，一旦发现自己没有能力解决，就胡搞一气。多姆①可不是这样的人。他性情温和，在威斯敏斯特这个残酷的丛林世界中颇受大家好评，他口才好，也善于闲谈，短短不到 6 年的时间，就已升为党主席，或许将来某一天还能升得更高。

如果说金妮对她的随军杂役的角色存有忧虑，那她也很好地把它们隐藏了起来。从一开始这就是整个交易的一部分，从她觉得自己怀上了孩子，他们商量结婚的那一刻起就是这样。多姆想投身政治，她想跟着他过一种……因此，这点牺牲算不得什么。周末泡汤了，假期被取消了，家庭宴会被打断了，一个人去学校看孩子演出，一个人看着孩子领奖，旁边就是一张空空的座位，可她从未抱怨过。大伙儿嚼着桌子上的松软的混合粉面包和古斯米②热烈地讨论着，可在此期间，丈夫的名字连一次都没有被提起过。她有一种不合群的感觉，便在洗手间的一个小隔间里躲了一会儿。

她把小隔间的门锁好，一个人正在那儿踏踏实实地待着，突然听到玛吉·安德鲁斯和彭妮·梅登进来了。彭妮的丈夫是财政部发言人，这顿午饭她吃得很香，她一贯如此。岁月没有特殊照顾她的容貌。她身材娇小，一头金发，四十五六岁的人了，却仍有魅力，不过她的好胃口正在慢慢毁掉她那怎么吃也不会胖的强大基因。她二十几岁的时

---

① 即多姆尼克。
② 又称库斯库斯，译为蒸粗麦粉，由粗面粉制成，形状和颜色都像小米，是阿尔及利亚、摩洛哥、突尼斯和利比亚当地居民的主食。

候，娇媚的容颜诱惑了不少的男人，就是 10 年以后，她的美貌还是把威斯敏斯特安和的气氛搅和得动荡不安，但现在它开始消退。她的眼里仍然燃烧着的欲火，现在已经转到了权力而不是肉体的快感上面，因此在选择另一半的时候就没有那么多的要求了。她想嫁给这个国家当中最有权势的男人，几杯酒下肚以后，这一点就表现了出来。

"我觉得莉萨还以为她丈夫能把持得住呢。可怜的家伙。"她把眼镜摘了，一边使劲儿朝镜子里看一边说。

"可笑得要死。那天下午，在马盖特，他的男人可是快活死了。"

"她还一个劲儿地跟人家说他对她很忠诚呢。"

"谁说不是呢。"

"对了，你的德里克是怎么想的？也打算参加竞选吗？"她心烦意乱地拍打着最近这几个月出现在下巴底下的松松的肉皮说，她本打算让玛吉觉得自己只是随便这么一问，但酒精暴露了她的真正意图。

玛吉抬起头来，停了一会儿，想赋予她的回答几分说服力。"我早把他的帽子烧了。"①

"不想参选？真的是这样吗？"

"彭妮，咱俩都认识多久了。我丈夫是个猪脑子，连主日学校的野餐会都组织不了，更别提什么内阁会议了。这一点我知道，你也知道，天底下的人都知道，就他自己和他那糊里糊涂的母亲不知道。我可不想自取其辱。等机会来了，他要是成了什么美食协会或者自来水协会的会长，我高兴还来不及呢，到那时候我俩像布鲁塞尔委员会那帮人一样，拿着微薄的薪水过隐居的日子，这样的生活我也能受得了。我现在的生活很舒服的。我很享受这种生活。我想说的是，德里克为了让我享受这种生活，每天都忙忙碌碌的。"

---

① 前段当中的"参加竞选"对应的英文为"throw his hat into the ring."因此才有这段当中的"I've burned all his hats."（我早把他的帽子烧了。）

"这么说……德里克不参选了。那谁会参选？你觉得会是谁？"那双粉红色的眼睛顿时变得机警了。

"当然是雷恩了。"

"我的雷恩？"她惊叫道。

"我会选你丈夫，德里克也会选他。我敢保证。"

"你真的认为……"

"当然啦。"

"可是……"

"可是什么？"

一声长长的叹息。"哦，亲爱的，我们没有钱，知道吗。我觉得我们负担不起这笔费用。"

"彭妮，不花钱也能办成这件事。"

"怎么办？"

"你现在就有一个成为领袖妻子的绝好机会，这样的机会在我们这些人当中是很少有人有的。说不定你能成为首相的妻子。在这儿，这是唯一值得拥有的位子，也是唯一能让你的下半辈子不愁吃穿的办法。我们这些人，四处寻找机会才能获得一个免费的假期，让人家帮我们一把，整天盼着有个人能跟自己一块分担小费，借车给自己，或者做些在员工登记处那儿不会引起半点波澜的事。"她把盖着太阳穴的一绺垂下来的头发拨到一旁。她这么做的时候，金妮不会看不到她前臂上戴着的那块金光闪闪的手表。她觉得她最近在一本光面纸的杂志上见过类似款式的手表，当时是戴在玛丽亚·莎拉波娃①手腕上的。

"内阁。我指的就是这个，彭妮。向众神祈祷吧，很快就轮到咱们

_____

① 即玛丽亚·尤里耶芙娜·莎拉波娃（1988—），俄罗斯女子网球运动员，曾获女子单打世界第一的殊荣，5次大满贯女子单打冠军得主，曾是全世界年收入最高的女子运动员。

了。你最近一次看内阁部长们自掏腰包是什么时候？付按揭贷款是什么时候？当了部长，你想要什么就有什么。在托斯卡尼租套乡村别墅，你想住多久就住多久，来回坐飞机，在酒吧喝酒连账单都不用自己付。等你一进了内阁，就会突然发现你的朋友到处都是，有人为了走后门或者想把自己的名字加到受勋者名册上面，甘愿扑倒在泥塘里，让你踩着他的身体过去，生怕你把你那手工做的鞋子弄湿了，在巴巴多斯的私人海滩上，他们也会给你递毛巾。哦，当然了，这种事是不会长久的，除非你努力争取。"

"你这话什么意思？"

"呃，在办公室的时候你要对他们微笑，希望他们也对你微笑，你出门上街的时候，见着他们妻子的公关公司的人或者他们儿子的设计咨询公司的人也要这样做。"

"你指的是某种秘密交易？"

"不，不，一点儿也不肮脏。这个都没有明文规定的，甚至也没公开讨论过，却是合情合理的。你不需要签什么合同，只是心灵的一种交汇。"

"我总在想……"

"你见过有哪个前任国防部长为区区的100万累死累活的吗？你见过有哪个财政大臣被饿死的吗？进入内阁，就摆脱掉年龄和《世界新闻》的控制了，你就成功了。"

"你那表是怎么回事？"

玛吉笑了，"是一个德国传媒巨头给的，我觉得他以后可能要在这儿买几个广播许可证。"

"可咱们不是内阁成员啊，玛吉——或许永远也进不去。他肯定知道你什么事也办不成。"

"现在当然是办不成啦。所以他只给了我一个小首饰啊，这东西不值钱——就是个礼物，万一哪天德里克进了内阁，一看到这表不就想起他来了吗？哦，没什么可担心的，我又不是受贿。我执意给他钱，还弄了张收据。金额没有曼德尔森的抵押贷款①那么多，不过还是花了我将近 100 英镑。"

"真的吗？"彭妮忍不住伸出手来摸那块表，很想看看上面镶嵌的钻石是不是真的。"很漂亮。我好像只能得到一张免费的戏票。"

"戴戴看。"玛吉把手表递给她，彭妮接手表的时候脸都红了，那样子就像一个女学生第一次接受别人的香烟似的。

"哦，我不能戴。"

"你当然能了。先借你一会儿。没关系的。我还有一块呢。"

就这样，她们的心灵交汇了。这算不上腐败，只是一个小小的诱惑，一种欲望的暴露。在此期间，金妮一直在小隔间里站着，惊呆得像只老鼠，她盼着能找一个合适的时间打断她们的对话。她刚要深呼吸大声咳嗽，就听她们说到了多姆尼克的名字。

"你觉得他会参选吗？或者帮人参选？听人说他有可能会参选。"彭妮问。

"政党组织应该保持中立，不过，当然了，它从来就没中立过。那儿只是毒如蛇蝎的家伙们的小窝。"

"你不会认为……不，当然不会了。我真蠢。可是……他不会参选的，对吗？"

"多姆尼克·艾治？"玛吉一声狂笑，"你就放心吧，他是绝不会参选的。他不能参选。不可能参选。"

---

① 英国工党代表人物彼得·曼德尔森于 1998 年就任英国工业和贸易部长之前，曾从同事杰弗里·鲁滨孙那里借了一笔总数为 37.3 万欧元的无息贷款，以购买一栋位于诺丁山的豪宅。1996 年，曼德尔森在填英国建筑协会抵押贷款的表格时并未提及他借钱这件事，登记个人财产的时候，他也没有将此事列出，进入内阁之后，他又没有向常务次官提及此事。时任英国首相的托尼·布莱尔因此发誓，一定要把抹黑工党的人从内阁中清理出去，曼德尔森被迫辞职。

"资历太浅？经验太少？"

"是根本没有这个心思。"

"是谁搞得他没心思？"

"谁？"她停了一下，整整衣领，"叫朱莉娅·萨默斯的小荡妇，在新闻部工作，显然是最近才调过来的。"

"你确定吗？哦，天啊！"

"德里克，亲爱的德里克——"她绝望地摇着头说，"那个星期德里克看到艾治和她在他的议会办公室里胡搞了。那天，德里克喝得醉醺醺的，忘了敲门，俩人正干得火热。呃，准确地说，是俩人正在狂吻。"

"多姆尼克·艾治？可我还以为他……很圣洁呢，比你都要圣洁。"

"听我说，他呀，伪装得可好了，一眼是瞧不出来的。怪不得他祈祷得那么勤呢。"

"假如真的像你说的那样，那他这个时候出来竞选可真是不太合适。特别是在裤腿缠在脚腕子上的时候！"

金妮听到清脆的笑声响起来了，而后慢慢地消失在了远处。她心里的某种东西也随着她们的离去死亡了。

她发现她动不了了。小隔间的四面墙似乎正朝她挤压过来，要把她闷死，她盼着它们快点儿把她闷死。不过，好几分钟过后，她发现自己仍然活着，仍然有呼吸，仍然能够喘息，心仍在跳动，仍能感觉到血的流动。她的脑子一团混乱，多姆尼克的脸、对父亲的记忆、叫朱莉娅的那个女人，还有她母亲的眼泪都混杂在了一起。她能感觉到她的泪水已经流下来了，是那么滚烫。她知道再躲下去已是不可能了。她必须把这扇悲惨的门打开，鼓起勇气走进她那已被毁掉的生活的余烬中去。

　　依照大多数的标准，多姆是一位颇有前途的政治家。28 岁取得律师资格，成为议会议员，留着蒂娜那样的发型，破裂的鼻骨表明他在英国的绿茵场上有过一段辉煌的过去，又善于言谈，自然让他成了聚光灯下的常客。如果说他因此成了某些放荡成性、损人利己、迷恋权力、在威斯敏斯特议会大厦的走廊里四处寻找猎捕对象的女人的目标，那么到现在为止，他还是成功抵御住了这种诱惑。然而，他升迁的速度太快、太令人吃惊了，前任首相卸任前，他发表的一场演讲让他一举成名。发言人提到他的名字的时候，他周围有很多人都以为发言人搞错了呢。多姆尼克像一头短吻鳄一样把这个机会紧紧抓在了手里。

　　首相们常常一点点儿地被羞辱，而且是在公开场合。改朝换代的过程不可逆转，有那样一个关键点，标志着一个旧时代的结束，预示着一个新时代的开始。当在座的很多人意识到首相被一个他以前从未听说过的人用粗暴的言语羞辱、攻击时，他们明白多姆尼克的演讲就标志着这个关键点的到来。

　　"发言人先生，首相吃这么多苦，受这么多磨难，就是为了在历史上留名。听说他私下里常把自己比作温斯顿·丘吉尔。嗯，在座的各位都了解温斯顿·丘吉尔。我要告诉他的是，他不是温斯顿·丘吉尔。"

　　坐在后排的各位议员一听这话马上就受不了了，纷纷站起来护主，挥舞着胳膊和议事日程表，想让这个江湖骗子噤声，但多姆继续说了下去。

"哦，听听他们的吵闹声，"说着他面露悦色挨个指着那些反对他的人，"就像一条条狗在窝里被鞭子抽一样。不过，若是将来有一天，他们等着看他们的主子被绞死的时候，也会这么闹腾的。他们会这么做的。"

他的支持者喜欢听他这么说。消息传出去了，说是有条小狗正在咬首相的脚腕子，更多的警察开始涌入议院。越发混乱的场面让多姆说得更起劲儿了。

"他不是丘吉尔。相反，他更多地让我想到了不幸的尼维尔·张伯伦①，统领着他那一船傻瓜蛋，盲目自信，听不到他身旁出现的幻想即将破灭的窃窃私语，也看不到他正在做蠢事的迹象。我们请求他、恳求他、相信他时常引用的那些上帝的至理名言，再好好考虑一下他是不是做错了。但谁的话他也听不进去。坐在他前面的那些人的话他不听，坐在他后面的那些人的话他也不听。"

这事是真的，他们都知道。主政这么多年，首相开除了那么多的同事，让那么多的人寒了心，即使支持他的那些人也都对他冷淡了。

"我要对首相说的是，野草和荨麻已经在他的影子的庇护下长起来了，心怀不满的欧石楠已经长得离他越来越近。"

这时候，座位上的那些内阁成员都安静了下来。

"这个位子他已经坐得够久了，他是做过一些好事，不过坐得实在太久了，他像中世纪宗教法庭上的审判官那样炫耀着他的良心。我不会说——我不敢说——他的良心是坏的，他是虚伪的……"

---

① 即亚瑟·尼维尔·张伯伦（1869—1940 年），英国政治家、保守党领袖，1937—1940年任英国首相，1938 年与希特勒签订出卖捷克斯洛伐克的《慕尼黑协定》，执行纵容法西斯侵略的绥靖政策。

不满的吼叫声从他周围突然爆出来了。

"或许首相是真诚的……是的，或许是这样，或许是这样，"多姆转过身去，颇具戏剧性地挥了一下胳膊，平息了抗议的声音，然后继续说，"不过，如果他，如果他……"一个停顿，在场的人都侧耳听着他说的每一个字——"比圣徒还要圣洁，不愿在他的宝座上继续待下去的话。"

笑声开始在会场里的每一个角落回荡，并不只限于那些反对派的席位。首相执政这么多年，见惯了各种各样的大场面，解决过很多的问题，却始终没有学会如何应付嘲笑。他的脸上红一块紫一块，显露出的愤怒他们都看到了。

"说完了吗？说完了就走吧。以上帝的名义，走吧。让我们在平静中获得安息。"

呼喊声仍在继续，他坐下了，媒体区的各位记者正在发疯似的挥动笔杆，想从这场喧闹的盛宴中选出一些吸引人的东西，作为其所负责的那个板块的主打内容。

多姆嘲笑首相道德上的不确定性，这件事他好像很轻易地就做成了，因为他的内心深处也存在这种道德上的不确定性。当然了，他把它们埋得很深，不过，尽管如此，它们仍在他心底低声吼叫。作为反对派，这种事好像不怎么重要，他可以与魔鬼共进晚餐，向神父倾诉他的苦恼，但他每天都伴着恐惧入眠，总有一天他说的那些嘲笑别人的言语会像鬼魂一样回来纠缠他的。

明天的事明天再说吧。反正今天他算是赢了。

信任就像一个水晶瓶，在岁月的浸染下有了形状，精美却天生易碎，一旦破碎再也不能复原。或许这就是多姆一进屋，金妮用他们结婚时婆婆送给他们的那个礼物朝他打去的原因。进来的时候他完全没有防备，就听到一声惊叫，那东西打在了墙上，玻璃碎了一地。

"怎么——"

"你这个撒谎成性、奸诈狡猾的狗杂种！你就是一堆狗屎！"她尖声叫道。这还不算完。甚至在他搂住她的胳膊，不让她打自己的时候，她还在破口大骂。他拼命摇晃她，想阻止住她的猛烈攻击。"他妈的到底出什么事了？"他问。

"朱莉娅·萨默斯——就是这事！"

她看到他脸上的血色消失了，就好像被人切断了喉管。

她后退几步，不想再看他了。他不知道该说什么。他朝她走过去，脚碰到了玻璃碴子，但她一转身又把一个相框抓在手里，想像刚才扔瓶子那样朝他打过去。那是他们的结婚照。

"不要！"他恳求道。

"你这个狗杂种。"

然后，他跪了下去，头垂着，双手掩面，前后摇晃着身体，"对不起，对不起。"他哭了。他的膝盖底下有玻璃碴子。她从他身旁过去的时候抽了他一记耳光。她抓起一只杯子，倒满酒，一口喝进肚里，然后又倒了一杯。

"那只是一时……一时的疯狂之举。请原谅我吧。"

"一时？一时？"

"有几个星期了，"他啜泣道，"我可没做什么出格的事。"

那个时候，她不知道她最鄙视的是什么，是他的不忠？还是他的奴颜婢膝？这个志得意满的公众人物在私底下竟活得这么屈辱。尽管她骂他、责怪他，可更让她感到恐惧的是她必须做出的那个决定，她知道，接下来的几分钟她要说的那些话会决定他们的后半辈子。她该怎么办？原谅他？承受屈辱？她母亲就是这么做的——无数次地等她那满身威士忌味儿和另外一个女人体味儿的丈夫回家。多姆尼克至少还会洗个澡。

"原谅我吧，求你了。"他小声说。

"他妈的我为什么要原谅你？"她的手在抖，杯里的酒洒了出来。

是威士忌，她父亲最爱喝的那种酒。

"因为，如果你不原谅我，我就毁了。"

"你指的是毁掉你的事业吧。我的高尚先生，你欺骗了你的妻子和孩子。想想明天的报纸头条会是什么样的内容吧。"话虽这么说，可她知道她并不想让两个人丢尽脸面。人们会说他是骗子，她会永远落个可怜而绝望的妻子的名声。可她又能怎么做？逼他把每个龌龊的细节都讲出来？什么时间干的？在哪儿干的？高潮了几次？肛交了没有？穿的是什么样的内衣？逼问他那个骚货的床上功夫是否比她的要好？把这个故事卖给通俗小报，无助地看着她的名字和那些垃圾的名字混在一起，借此实行报复？要么就不声不响地离开他，潜入黑暗的世界，随他爱干什么就干什么去，只给她的孩子留下一些关于父亲的回忆？

她想起了玛吉和彭妮是如何轻描淡写地说这件事，就好像这根本算不了什么，而她气得都想把天给拽下来，因为多姆一直在和别的女人胡搞，还无法控制自己，就和农家院里的畜生差不多。然而，在她内心深处的某个地方，她隐约觉得多姆在外面有女人；说实在的，她从小在那样的一种环境里长大，对这种事应该有心理准备的。她竭力把多姆当偶像看待，她盼着他能和别的男人不一样，比别的男人更优秀，可到了最后，他并不是她心目中期盼的那个样子。他只是一个讨厌的家伙。她一直活在梦里，本该知道这个梦是不会长久的。总有一天她会突然惊醒。不过，与梦想破灭之时她感觉到的刺痛相比，更让她无法忍受的是在那间厕所的小隔间里感受到的那种强烈的羞辱，当时那两个女人把她的私生活拿出来戏弄了一通之后就随手丢掉了，就像丢一块用过的厕纸一样，而那仅仅个开始。以后还会有更多的羞辱等着她，邻居们会在每一个窗帘后面讥笑她，家长们会在学校门口窃窃私语，小孩子们会在超市对着她指指点点，如果他们也知道的话……

不，不论她以后做什么，都要悄无声息地做。这就是说……她还得要他。要这个把她的地毯弄得到处都是血的令她极为厌恶、不停啜泣的可怜虫。她这么做，不是为了他，而是为了她自己，为了孩子。

她又想起了玛吉和彭妮聊过的其他的事。钻体制上的空子，在这儿搞几个英镑，在那儿弄几个谢克尔①银币。她不想走这条道，她不是这种人。但现在，她比任何时候都需要安全感，万一——这么说吧，万一多姆尼克忘了他的愧疚感，又出去找别的女人鬼混，她该怎么办？一个被抛弃的妻子，带着两个没有父亲的孩子，每个周末都和杰玛、本在一起过，就像派对上被遗弃的一群人。不，肯定有别的办法。或许她也可以利用多姆不在家的那些晚上，出去和别的男人胡搞，尝尝禁果的滋味，但她知道她不会这么做。这么做只会给了他一个继续出去胡混的理由，这样一来，她就和那些愚蠢、放荡的女人一样龌龊了。不，她不能让这个家破碎了，要维护好，不管付出什么样的代价。

"我要把她甩了，再也不和她来往了。"他啜泣道。

"如果你现在把她甩了，她或许就会直接跑到通俗小报那儿去了。"

"她不会这么做的，她是……"

"好姑娘？"她讥笑道。

"那你说我该怎么办，金妮？"

她没回答。

"我和她之间已经完了，完了。再也不会有来往了。我想多抽出一些时间和家人在一起。"

她突然发出一阵痛苦、讥讽的笑声，"你干什么我都不在乎了。只有一件。你得让她保持沉默，不管用什么手段。"

"什么？"

"我会因你而受辱，我不想让孩子们在学校被人家当作笑料。"

"还有……我们呢？你和我？"

"我们要把这儿收拾干净。"

---

① 古代希伯来货币单位。

"'我们？'我喜欢听你这么说。"

她看着他，眼神冰冷。"哦，多姆，我真的没指望我们还能怎么样。"

阿乔克没有急于做出下一步做什么的决定。丁卡人和英国人不一样，做什么事都不着急。他们这个族群的人很奇怪，这些英国人整天匆匆忙忙地去做一些没有明确目的的事。当然了，英国人住的是钢筋水泥的房子，而他们住的却是茅草棚，只能防潮，抵御寒冬。英国人挣得很多，却总是抱怨欠账多。英国人开快车，整天排着长队找车位。

她不是不喜欢这些人，只是对英国人没有很深的感情。过去的这些年，她仍旧没有认识多少朋友。他们之间有很多的障碍，也有很多的保留。这些人活得就像小孩子，总在为鸡毛蒜皮的事争吵，总在忧心忡忡，意见总存在分歧。她想起了她初到希思罗机场时那种混乱的场面，人们吵吵闹闹，推推搡搡，搞得她头晕了好几个月。然而，在这熙熙攘攘的人群中，她看不到一个人。就好像每个人都是隐形人，或者至少是空虚的，肚子里什么东西也没有，仿佛行尸走肉。他们一脸茫然地冲过她的身旁来到街上，垂着头，就好像觉得自己很丢脸似的。在苏德她那个村子里，有一个社区，或者说曾经有一个社区，那个时候阿拉伯人还没有来。每个人都对别人的事了如指掌，也愿意帮助别人。他们日出而作，日落而息，生活跟着季节转，傍晚时分，他们分享笼罩在村子上空的宁静，他们围坐在篝火旁，聊天、唱歌给孩子们听，或是把丁卡人古老的生活方式讲给孩子们听。而在伦敦，宁静是不存在的，在这里，她找不到根。

> 我的丈夫离开了我，
> 我何时才能不恨他？
> 婚姻为何会破裂？
> 我要看护他的牛和孩子

我们绝不能被饿死。

今天我该怎么过？

去喝杯咖啡吗？

明天我该怎么过？

去喝杯茶吗？

明天我该怎么过？

发生在我身上的事让我困惑不解。

我不明白。

可我必须活下去。

　　她在夜里唱这首村歌时，听到她那最小的儿子在梦中咳嗽。都好几天了，得抓些药喂他才行。他还需要一件新外套，可这些都需要钱。他们必须活下去。

　　第二天，阿乔克去找那个可能会救她一命的男人——内阁工会代表。她发现他在办公室，说是办公室，其实就是一个贴着护墙板的小隔间，是尼尔森将军①生前用过的，埋在怀特霍尔路中间一个死胡同的尽头，离不准游客们进入的主街不远。这个工会代表叫帕特里克·克瑞希，正坐在一张锃亮的老旧桌子后面浏览报纸，在几匹马的名字旁边做标记，在空白处飞快地写下几个数字。他右手边放着一杯黑啤，一大块奶油已经在桌面上留下了几个湿乎乎的圈圈。他抬起头，冲她温和而友好地笑了笑。他认出了她，她的身材是那么修长，脸上又有那么一个与众不同的刺青，却想不起她叫什么来了。她把她的名字对他说了，他拿出文件夹中的一份名单核查了一下。

———————————

① 即霍雷肖·尼尔森（1758—1805年），英国18世纪末、19世纪初著名海军中将、军事家，在1798年尼罗河战役及1801年哥本哈根战役中带领皇家海军胜出，在1805年的特拉法加战役击溃法国及西班牙组成的联合舰队后，战死沙场。

"这么说，你到这儿来不是随便聊聊的，对吗？"他问，同时示意她坐在凳子上。

"他们把我扔出来了，克瑞希先生，把我开除了，4天前的事。我本该早点儿来的，可我的儿子病了。"她不慌不忙地解释道。

"他们为什么要对一个像你这么好的姑娘这么做呢？"

"我不愿打扫他们商讨战争的那间办公室。"

"你打扫了吗？为什么不打扫？"

"他们在那儿做的是错的。整个战争都是错的。"

"我同意。更重要的是，工会也是这么认为的。他们这么做真是太糟糕了，太糟糕了。"

"可我需要一份工作，克瑞希先生。需要钱给孩子看病、买衣服、交暖气费。"

他慢慢拿起啤酒喝了几口，然后从衬衣兜里掏出一个小笔记本，用五种不同颜色的笔在上面飞快地写了些什么。

"等我的信儿吧，等我的信儿。过几天，我把这帮蠢货做的这件蠢事查个清楚，把他们那长在屁股上的脑袋揪掉。我们会帮你的。从现在起什么都不用担心，我的好小姐。一切都会好起来的。你就等着瞧吧。"

"谢谢你，克瑞希先生。我能做什么吗？"

"嗯，你心真好。我觉得来罐啤酒会很不错，如果你愿意效劳的话。喝一点儿会有助于我的工作。"

阿乔克来的时候只带了车费。她用这点钱给他买了罐啤酒，然后便走在了漫长的回家路上。

差不多在那个漫长无雨的夏天过去之后，金妮才同意丈夫上她的床。此前，他一直在沙发上睡，还试着开玩笑说他就像比尔·克林顿，他告诉孩子们自己的背很痛。她的心软下来的时候已是8月份了。她也有那方面的需求，而多姆很爽快地就满足了她。

科林忍受了一段比这更久的时间才在痛苦中死去。在他弥留之际，他的同事在等待那个不可避免的结果的时候，觉得生活好像停了下来。呼吸机的管子还在他的身体里插着，没人愿意从幕后站出来，宣布要选一位新的领导人出来。那是一个无所事事的夏天。不过，随着科林的慢慢逝去，好像除了杰克·桑德斯这个党的二把手能够代表党之外，再没有更合适的人选了。他有足够的理由访问各个选区，重整政党，消除各位党员的顾虑。他在这方面也的确有一套。杰克什么都懂，却什么都不精通，是一位理想的代表，况且，蒂娜会在他身旁给他加油鼓气、指导他。他做什么事都举轻若重，而生性活泼的蒂娜会帮他放松。

在那个漫长的 8 月，另一位引人注目的玩家就是身为党主席的多姆。党内的高级成员纷纷给他鼓劲儿，与他们越来越憎恨杰克·桑德斯的态度形成鲜明对比。多姆是"可靠的"，不会对他们的利益和追求的目标造成威胁。媒体上有他的消息或者在头版头条刊登他的一个访谈，都不会让他们觉得他把坦克开到了他们家的草坪上。但多姆说到做到，果真待在家里的时间多了很多，和孩子们玩，竭力让自己成为一位必不可少的父亲，出去的时候，也会把他的行踪详详细细地告诉金妮，几乎不给她留下任何怀疑的余地。为了把工作做好，他一直都很努力。金妮也越来越多地出现在他的身旁，微笑着拉着他的手，就好像永远都不会放他走一样。大家一致认为，他们组建的是一个完美的政治家庭。

直到有一次吃午饭的时候金妮突然放声大哭。

那次是蒂娜请的客——执意请她，蒂娜说她正在从约克郡回来的路上，离她家不远，想过去看看她。蒂娜这么做好像很讲不通，毕竟开了那么久的车，早就累得够呛了，可她说已在几千米外的一家最好的餐厅订好了一张两人餐桌。金妮很喜欢那家餐馆的饭菜。她知道那家餐馆的饭菜好吃，蒂娜也知道。

天热得不行，她们只好在外面的一棵扭曲的紫杉树底下吃。蒂娜的裙子很短，很适合这种热天，指甲修剪得很有型，涂着黑色的指甲油。她们能够听到附近一辆联合收割机发出的单调嗡嗡声，而餐桌上，一只麻雀已经落了下来，正在挑拣她们的剩饭剩菜。点菜的时候，蒂娜要了一瓶灰比诺①，一边喝一边吃烤扇贝，喝了不少，金妮却一点儿没沾。等剩菜和碗碟都拿走了，她才说正事。

"那群疯子就要接管疯人院了，这事你听说了吗？"

"听说了一点儿。他们做事好像挺低调的。"

"不会再那么低调了。"她停了一下，接着说，"知道吗，我们决定让杰克参选。"

"不，我不知道。"

"你肯定注意到了。我觉得这件事已经很明显了。如果选区周围的奶油茶点②再多点儿，我们就会像超级新秀一样迸裂出来的。他们会溃败吗？说不太准。"

"我想成功和失败这两种结果他们都有些准备吧。应该说都有很充分的准备。"

"反正我们得竞选。我们需要你的帮助。"

"可你知道，多姆是不会参选的。他是党主席，得保持中立，不能偏袒任何一方。"

"呸。"她最喜欢说这个字了，说的时候还带着一点儿约克郡的口音，"他不能保持中立。天啊，他可是政治家。"她盯着面前的空酒瓶子，目光中透着怀疑，然后叫过一位年轻的侍者，又要了一些。两杯酒端上来了，金妮用了一个不显眼的动作，把她那杯轻轻推到了一旁。

"多姆不会像你想的那样站到前台的。"

---

① 意大利的一种白葡萄酒。
② 一般为涂有果酱的面包或者司康饼，进用时间为下午，在这儿用于比喻选民多，选区热闹。

"他可是无可挑剔的啊，金妮。想想看，如果他能和杰克联手。他俩是一个完美的双人表演组合。年轻，又有经验。样子野性，又勤奋好学。一个是深沉的思想家，一个是天才演讲家。你的多姆还有一头漂亮的头发。"

"我不懂。双人表演？"

"听着，杰克快 60 岁了。这是他最后的机会——不过，运气和你的一点帮助会让他如愿以偿。这是他最吸引人的一个卖点，他年纪大了，晃荡不了多久了。再过四五年，顶多 6 年，他就退休了。杰克只会干一届，金妮。到时候，那个位子就是多姆的了。"

"你的意思是——"

"我想让多姆在这次竞选中支持杰克。哦，这事会做得很巧妙的，因为他是党主席，这我知道，可——"她又喝了几口酒——"这事会做得异常巧妙。在党总部，你召集一批来自全国各地的各式各样的不知天高地厚的年轻人，让他们在各个阵营、各张床之间转悠。这种事必须要做。"

"多姆绝不可能公开支持杰克。"

"用不着这么做。让人家看到他俩在一块儿就行了。他俩是站在一起的，在为了同一个目标努力工作。说都不用说，人们就明白是怎么回事了。如果杰克当选，多姆要什么职位他都会答应，等以后多姆竞选的时候，他也会在背后鼎力支持他。"她用纸巾擦了擦她那张容光焕发的脸，然后朝阴凉儿里头靠了靠，"考虑一下，金妮。不出几年，多姆就能成为首相。你就会成为这个国家的第一夫人。到时候，你想要什么就能有什么。"

"不可能那么容易的。"

"那当然啦。现实点，姑娘！那可是一条血腥之路。"她结结巴巴地说。每次只要一杯酒下肚，她的自控力就减弱，喝醉了，就完全管不住自己了，"想想看，下辈子你可就有了一张可靠的支票了，到时候他怎么胡搞都无所谓了。你用不着再买什么汽车票或者飞机票了。就算他因为做了什么蠢事当众出了丑，你也会把这件事当材料写本书的。然后，他就会成为某家联合大企业的董事长，年薪10万英镑，坐着飞机去密尔沃基或者蒙特雷参加午餐会。至于你……上帝，到时候每个信奉基督教的国家里的服装设计师和珠宝设计师，都会气喘吁吁地排着队等在你家门外，求你穿他们的衣服，戴他们的首饰，还会倍感荣幸地付钱给你。"她自己现在就已经开始喘了，胸脯一鼓一鼓的。"我只希望趁我的乳沟还在的时候实现这一切。"她手一挥，把一只正在偷食的麻雀赶跑了，然后抓住金妮的一只手，"听着，我可不想让你觉得我有多贪婪，不过等你一走进唐宁街10号①，这一切你就都有了。为孩子们考虑考虑，上最好的中学和大学，有最令人羡慕的工作，每一扇门都会在他们的面前敞开。而你，永远也不用担心那些不知感恩的顽童为了省钱会有一天把你赶进一家廉价的养老院。去唐宁街会满足你的一切要求——嗯，或许一件事除外。根据我的经验，政客们在床上都是垃圾货。他们把精力都用在办公室里头了。"她的眼睛黯淡了下去，"知道吗，我以前很漂亮，男人们为我倾倒。现在，我得求男人们喜欢我。"她又喝了一些，不过这次喝的是金妮没有碰过的那杯。

也就是在这个时候，金妮突然放声痛哭，眼泪开始顺着她的脸颊往下淌。

她从未当着别人的面哭过，并不是在听说了朱莉娅·萨默斯那件事以后才这样的。在那段日子里，在她的梦想和幻想碎了一地以后，她就吃惊地发现自己有了一种解放感。她谁的也不欠。她想做什么就可以做什么，除了孩子，她不欠任何人的任何东西。生平第一次，她敢于直视着父亲、老师、导师、传道牧师或者假装圣洁的丈夫的眼睛嘲笑他们。她突然就成了自己生活的主宰。这种感觉让她吃惊、给她

---

① 英国首相官邸。

激励，甚至让她快活，不过，随着日子慢慢过去，这种感觉让她害怕了。她自由了，可她的床冰冷了，生活空虚了、程序化了，既没有了形状又没有了内容，除了孩子还能让她感到一丝安慰。总有一天，他们会挣脱母亲的怀抱，到那时候，除了回忆他们往日的欢声笑语，她就什么都剩不下了。生活不该是这样的，应该有属于她自己的东西。可那又是什么？

"哦，亲爱的，"蒂娜看到她的眼泪咕哝道，"我说了什么不该说的蠢话吗？我总说蠢话，你是知道的。"

金妮摇摇头，擦了擦眼睛。

"出什么事了？是因为丈夫？孩子？钱？哦，肯定是因为男人，对吗？你这么漂亮，男人都不专一。哦，该死的男人们！"

"不，不是因为这个，是因为……就目前来说，政治好像不是女人该做的事，总得选边站队，找机会和别人斗。即便是在党内，我们也得想好该支持谁，该打击谁。"

"有人已经对你提过这个要求了吧？"蒂娜问，她的眼眉拱了起来，随即消失在了刘海的后头。

"还没有，不过他们肯定会找我的。那天我听两个姑娘说……"

"谁？说什么？"

"玛吉和彭妮说雷恩的事。"

"雷恩·梅登会参加竞选？是的，他妈的他当然会参选了！"她轻蔑地啐了一口，回答了自己刚才提的那个问题，"一个在英国议会议事录上刊登了1000篇文章却没有一丁点儿见识的男人，玛吉和彭妮打算支持他？"

金妮点点头。"我敢肯定她就是这么说的。"

"她这是在玩我！"她一拳砸在桌子上，受惊的麻雀逃走了，"她答应过我的。她说话简直就是放屁。"

"哦，亲爱的，我没想——"

"别担心。我要让玛吉·安德鲁斯回炉另造，我会这么干的！"她把最后一点酒喝了，"不过话说回来，这也不算什么大事。德里克是个猪脑子，没什么分量。"

金妮点点头。至少这一点上，玛吉和蒂娜看法是一致的。"我们怎么办？"蒂娜直截了当地问。

"杰克和多姆他俩真的没什么好说的了吗？"

"呸！如果我们把政治都留给男人们去搞，那就只有瘟疫和饥饿了。不，他们需要我们的指引。我说什么杰克就做什么。另外，多姆也需要有个人帮帮他，如果你不介意我这么说的话。"

金妮屏住了呼吸。蒂娜是想对她说什么事吗？她知道了吗？或许整个威斯敏斯特的人都已经知道了她丈夫曾有过别的女人。她又一次有了那种被掏空的感觉。蒂娜继续闲扯，但金妮听不进去了。她早就烦透了受人控制。她必须自己做出决定。

"你是怎么想的？"蒂娜说，差点儿就说了她的心里话，"如果你想要，就能得到，金妮。我和你，咱们一组——怎么样？"

金妮盯着眼前这个女人，一抹深红出现在了蒂娜那深深的乳沟里，直到最后染红了她的整张脸。不单单是酒精的作用，里面还有一种真正的激情，一种可能会改变金妮的世界的决心。

"怎么样？"

金妮慢慢点了点头。

"多姆尼克呢？"

"我觉得你用不着担心多姆尼克。"

"好姑娘！"蒂娜顿时心花怒放。突然，她把手伸进小手提包里一阵乱摸，拿出一瓶薄荷糖，倒出几粒放进了嘴里，"以防碰见条子，"她一边用手在嘴边扇风，一边解释说，"不想让他往歪处想。"然后她哈哈大笑起来，"现在咱们得开始行动了，亲爱的。"

"我也是这么想的。"

"首先，咱们要做的就是组织一场葬礼……"

当秋日的第一股微风开始将树叶吹落在公路和人行道上，落叶像四处偷食的耗子那样散开时，科林·彭里斯死了。他是鳏夫，既没有孩子又没有至亲，一个人就这样孤零零地去了。关于他的临终遗言，人们有很多猜测，不过大部分人认为，他说的是想不起母亲的样子了。彭里斯家族人丁稀少，他有个表弟算是和他最亲的了，但差不多就在25年前，俩人因为一场演变为暴力冲突的矿工罢工事件吵了一架。自那以后，他俩就没说过一句话。他这个表弟连参加葬礼的意愿都没有，因此一听说葬礼的事不用他管了，心里头别提有多高兴了。因此，安排葬礼的事就落在了党内各位高级成员的头上，这还是自玛吉·撒切尔离开唐宁街后的头一次。

就这样，党把埋葬可怜的科林的工作接了过来，这个责任自然就落在了党的二把手和党主席身上，鉴于他俩都是大忙人，他们的妻子就把这个担子接了过来。葬礼举办得很风光，是在9月底的一个下午举办的。两匹头插黑色羽毛的高头大马，拉着灵车和朴素的棺材朝威尔斯大教堂缓缓走去。影子内阁的各位成员跟在后面，他们的妻子（罗恩也包括在内）陪在身旁，杰克和多姆尼克领头。秋日的晨光照在庄严的大教堂西侧，几百座古代神话英雄的雕像高高伫立，欢迎着他们的到来。里面，大教堂的走廊里摆满了鲜花，每一个细节都照顾到了，这都是由蒂娜牵头组建的一个"夫人委员会"的功劳。一人负责选花，一人负责选合唱曲，一人负责邀请当地贵宾，另有两人确保一大群知名人士和电视名人的露面。各位夫人委员热情很高，做事积极，对她们中的很多人来说，那天下午她们埋葬的不单单是科林，还有一些珍贵而私密的记忆。

玛吉负责媒体这一块儿，她是主动提出来的。作为文体部发言人的妻子，她在这方面的能力有目共睹。"这可不是党总部媒体办公室里头的那些小孩子做的事，"她解释道，"这是大人做的事。"她干得很不错。去的人很多，各个类型、各种肤色的记者很尽职地拥入教堂，就像一个红衣主教团，头低着，深思着，每个细节都被难以计数的相机拍下来了。玛吉甚至还在路上安排了一大批黑人和亚洲人，用她的话说，这叫"种族的足印"。这不是一个多么严肃的场合，有些老百姓觉得好奇也去了，还有很多月底来的游客。

宗教仪式结束了，埋科林的时候，外人是不允许靠近的。没有喧闹。墓地就选在他自己的后花园里。后花园方圆30英亩①，坐落在门迪普山中，湖泊和维多利亚时期风格古怪的建筑物深藏其中，不下雨的时候，可以看到格拉斯顿伯里山顶。只有影子内阁的各位成员，他的几个远房表兄弟和两位"负责记录"的媒体代表参加了下葬仪式。

一行人穿过西大门时，迎面是一支铜管乐队，演奏的是英国作曲家埃尔加的《宁罗德》，这是一首迷人的经典乐曲，没有阶级之分，谁都可以听，谁都可以用。棺椁出现在门口时，午后的阳光照在它的后面，一条狭窄的走廊里站着一位小号手，吹响了葬礼的号音。

多姆念祷词，动听的声音直达每个人的心底，他鼓励在世的人忠于自己的信仰，结尾处谈到了死者的复活，那些最卑微的人听了都会重燃生活的信心。

合唱曲《我宣誓向祖国效忠》结束之后，杰克念了悼文。他说，这里埋葬有韦赛克斯②国王，然而以后会有很多人说，没有哪个韦赛克斯的葬礼比这个更气派。棺材放进墓穴，埋土的时候，一位孤独的风笛手③在旁边一直吹着。之所以会这么安排，并不是因为科林有一点儿苏格兰血统，而是因为他生前一直都是一位老派的感伤主义者，

---

① 1英亩 = 0.4046856 公顷。
② 英国中世纪七国时代的七国之一。
③ 风笛是苏格兰的象征。

要是他还活着，到时候还会在敦提^①参加一场下议院的补选大会。

只有两件事让这场葬礼变得不完美了。一件是人们对待德里克和玛吉的态度。他们的大部分同事好像在有意躲着他们，尽管他们出力不少，可还是很可怜地被丢弃在了队伍的最后头。遗憾的是，玛吉选的那个傍晚时分拍摄葬礼过程的摄影师是《你好！》杂志^②的，更倒霉的是，她已经收了一笔赏金。金额不大，却足以在最新一期的《星期日泰晤士报》上引起轩然大波。在沉默了 48 小时以后（玛吉很少这么做），玛吉宣布，她一直都想把这笔赏金捐给科林最中意的一家慈善机构。玛吉和德里克因此被孤立了。

那天傍晚，一直等众人站到坟墓边上，金妮才得着机会向蒂娜打听这件事。她之前就试过，可蒂娜只是冲她隐秘地一笑。

"求你了，告诉我吧，"她追问道，"是你告的密，对吗？"

"被判有罪。"蒂娜小声说。

"你是怎么知道的？"

"我不知道，不确定，但玛吉经常在城里偷东西，臭名远扬。费很大的劲儿才能把午餐账单付了。当我听说她把《你好！》杂志的人拉进来的时候……这么说吧，她肯定从中捞了不少油水。"

她们不说了，4 个身穿黑衣的丧葬承办处的工作人员正准备把棺材放入墓穴。头垂着，嗫嚅念叨着什么，在胸前画着十字。金妮透过眼角余光发现蒂娜在微笑。

葬礼上的第二件也是更令人反感的事出现在了第二天的《每日记录》^③上。这份透着感伤主义色彩的通俗小报在头版刊登了一幅图片，图片显示：棺材从灵车上被卸下来了，多姆、杰克和其他党内高管正

---

① 苏格兰东部港口城市。
② 创刊于 1988 年的一份英国周刊杂志，主要刊发一些名人趣事和有人情味儿的故事。
③ 创刊于 1895 年的一份英国通俗小报。

尽职尽责地站在棺材后面。在他们的头顶之上，有这样一个大标题：等着被埋葬。对大多数喜欢香艳图片的读者来说，看到这个标题的第一感觉就是这是献给一位已故领导人的颂词，但那些始终在阴沟旁嗅来嗅去的人知道，里面暗含着一种集体性的恶意。科林等死的那几个星期，党内保持了一种群龙无首的状态，因此事务没有任何进展。对于这位昔日对头，首相把该说的都说了，然后便利用这个喘息之机为自己洗白，把能够找到的任何负面的消息都清除掉。他的支持率一路攀升。他保持着诚恳和开放的姿态，非常直白地对前任进行了批评。与此同时，夏天的日头正毒，沉浸在悲伤中的反对派好像并不在乎这件事。在这种情况下，不论谁接替反对派领袖的位子，命运都会像白金汉宫外面的乞丐一样，《每日记录》很愿意揭揭他的伤疤。

因为玛吉是负责媒体报道这一块儿的，他们便把这一切归咎到了她的头上。那天她真的挺倒霉的。

多姆尼克觉得，如果他再次出去鬼混，金妮可能不会发现。这并不是说他没有悔意，他真的有悔改之心，但人是很复杂的机器，他身上有些别的零件没能让他忘掉过去那些偷欢的时刻。谁又能说得清接下来会发生什么事呢？整个夏天，他都没有和朱莉娅见面，他利用这段时间认真想了一下他和金妮的事，生活重新走上了正轨。但季节变了，夜变长了，过得总是很慢。他很快就会期盼着能和朱莉娅再次见面……然后呢？他的脑子很乱。他爱金妮，当然了，还有两个孩子，然而当他坐着车被堵在 M25 高速公路上时，他的心里突然燃起了对朱莉娅的强烈欲火，不由得做起了春梦。危险的梦。可毕竟只是梦。

金妮是怎么说的？她说他不能和她闹翻了，怕她会把他的风流故事卖给通俗小报。可以后该怎么办？金妮当然不希望他和朱莉娅再有任何来往。然而金妮在变，她身上正在发生一些奇怪的变化。她一直都做得很出色，工作认真缜密，多姆想这就是她的学历比他高的原因。一位称职的母亲，无可挑剔。如果他们的性生活变得有点儿乏味了，他就会重新走到老路上去。她变得比以前强势了、果敢了。她好像知道自己要什么，不是坏事，让他轻松了不少。如果她原谅了他的出轨行为，就不该再去想这件事或者向牧师忏悔了。这是一件彻彻底底的私事。她差不多已经忘了。她显然是原谅了他。是的，他感到很庆幸。

9月末的一个晚上，她在他们那间狭小的厨房里收拾孩子们吃剩的饭菜时（今天他陪孩子们过的，这会儿孩子们正在楼上房间里沉睡），突然意识到这件事不可能就这么容易地过去。

"你觉得谁会成为新的领导人？"她把一只水壶放在炉子上的时候问。

"难说，看他们在会上的表现了。"一年一度的党代会即将召开。到那时候，竞争者之间肯定会上演一场你死我活的"职业拳赛"。会议在海滨召开，开3天，拉帮结伙是不可避免的，利益之争的激烈程度将是空前的。

"雷恩？"

"不够格。德里克有望参选，玛吉会在背后支持他。"

"黑泽尔呢？"

"呃，一个女人。"

"弗雷迪呢？"

"犹太人。这一点现在还是有影响的。"

"杰克呢？"

"太……"他停顿片刻想了想，手上已沾满了肥皂泡，"并不是因为他太老了，而是因为——他至少不那么年轻了。他这个人野心太大，又过于聪明，有些人不放心。"

"聪明得过头了。"

"可以这么说。"说着他递给她一个接油盘让她擦干。

"那——会是谁？"

"咱们等着瞧就是了，或许有人会在会上大获成功，更有可能会搞得一团糟。不管怎么样，到时候事态会变得更加明朗。"

"那你打算支持谁？"

"我？"他摇摇头，"谁都不支持。这不关我的事。"

"这当然关你的事啦。你总得带个头嘛。"

"可是——"

"不要说什么该死的'可是'，多姆。如果你想以后成为一把手，现在就得冒点儿险。"

"你真的想让我成为一把手？"

"我想让你当首相。我非让你当上不可。"

"没想到你的决心这么大。"

"你当了首相，咱们的婚姻就完美无缺了。"

他一皱眉，什么也没说，竭力让注意力集中到肥皂水上。

"开会的时候，朱莉娅也去吗？"

他擦着刚刚洗净的盘子，直擦得泛起了银光。"我想……会去的。"

她当然会去的，他们都知道。

"别担心，多姆。我知道到时候你会很忙，没时间胡搞。反正我也会去的。"

"监视我。"

"不是，多姆，帮你。这是你的会，我想让你抓住一切机会。"

"我想我不明白你的意思。"

"群龙无首，每个人各自为政。一个大缺口，你有机会填满它。"

"怎么填满？"

"发表一场精彩演讲，搞得巧妙些，支持杰克。"

"杰克？为什么是杰克？"

"因为他比别人岁数大。他不会永远干下去的。等过几年，首相的位子就是你的了。"

"我不能公开支持他。"多姆回答，他开始有些恼了。

"不行，你得确保风朝他那边吹。确保他接受几个高端采访。你有这个能力，对吗？"

"我有，可是……"

"你打算怎么选发言人？"

"投票选。要公正，看上去要公正，为领导人大选做准备。"

"谁负责计票？"

"我负责。"

"好了，我告诉你怎么做，多姆尼克。为了确保投票结果的公开、公正，我想让你当着每一家媒体的面宣布，计票的工作交由你的妻子负责。我喜欢这份工作。你能把这事做成，对吗？"

"我想能。"他的声音中充满了疑虑。

"好极了。哦，对了，还有一件事。这个周末的日记你就不用写了。你会很忙。"

"做什么？"

"搬家。"

"什么？"

"咱们一家人要搬到伦敦。我知道你很喜欢那里。"

"快别胡说了，金妮。我那间小阁楼住不下咱们一家人。"

"当然住不下啦。我早就做了别的安排。我在皮姆利科① 租了一栋房子。房间够咱们一家住的，挺漂亮的一个地方，后院还有个小花园。到邻居家，步行的话，只需 5 分钟。你会喜欢的。"

多姆把洗碗布扔进洗涤槽，溅起了一层水泡。"你是不是彻底疯了？皮姆利科？房租咱们都付不起。"

"可是咱们好像有这个能力，多姆。其实，房租我已经付了，搬家公司我也找好了，收信地址也改了。"她递给他一大杯茶，"房子是

---

① 伦敦威斯敏斯特市内的一个地区，面积很小，因摄政时期的建筑出名。

一家大地产公司的，我们只能短租，一次只能租一年。遗憾的是，没有保安，为什么这么便宜，原因就在这儿，不过你可以在这件事上讲点儿政治。这家地产公司的老总是党的一位大主顾，人还有点儿好色，上星期一块儿吃午饭的时候，这家伙一直盯着我衬衣上的扣子，他说租期满了我们可以续租。"

"天啊，可以续租多久？"

"只要他能继续给党出力，做党的大主顾，咱们就可以无限期地租下去。我的意思是，只要你礼貌对他，咱们想租多久都行，就像我刚才所说的，你可以在这件事上讲点儿政治。"

他一屁股坐在椅子上，露出一副愤愤不平的样子，"你简直是疯了！孩子怎么办？在哪儿上学？不，这太荒唐了！我不想让杰玛和本在城里难堪"。

"圣泽维尔小学已经把他们收下了，那是伦敦最好的教会学校之一，是一所天主教会学校。我还以为你会喜欢呢。"

"可是等着上这所学校的学生一定很多。你是怎么……"

"学校有位理事是上议院议员，很善解人意。我想他们非常渴望一位这么有名气，又这么正直的基督徒父亲把他的孩子送到这儿来的。他们知道这么做的好处。"

"你不能这么做，金妮。"

"可我做了。听着，多姆尼克，"——她一本正经地和他说话时总是叫他的全名——"你的前途不可限量，党的领导人，甚至是首相。你只是没有意识到你有多么大的野心，你会取得多么大的成绩。因此，我要去伦敦，站在你的身旁，帮助你。"

"监视我。"他生气地反驳道。

"帮助你避开政治之路上的某些显而易见的陷阱。"

他双手掩面，"你是想用这种办法惩罚我吗？"

"哦，我还以为你会很高兴呢，多姆尼克。我觉得这么做最明智、最有好处。"

他慢慢站起身，眼睛红红的，茶一口也没喝。"这都是因为她，对不对？你不相信我。"

"别人对你的信任比我对你的信任更重要。"

他用怀疑的目光盯着她，希望能在她的脸上发现某些可以表明这一切只是个玩笑的痕迹。然后，他转回身，神情落寞地朝门口走去。就在这时，一只茶杯嗖的一声贴着他的耳畔飞过，打在了厨房的墙上，玻璃碎了一地。

"你他妈的这是在干什么？"他惊恐地转过身去，朝她吼道。

她笑了。"没什么，亲爱的。我只想看看打得准不准。"

她已经在收拾东西为新的生活做准备了。她必须丢掉很多的记忆和希望。这是她的错吗？孩子、作为政治家妻子的枯燥生活和写书的热情是不是占去了她太多的精力？她长得很好看，脸蛋儿还在，身材还在——这些东西没有被孩子夺去。她身材完美，走在街上，男人们仍会扭过头去看她。她并未把多姆直接忽略掉，她是把自己忽略了。很多的衣服都旧了，尽管穿着很舒服。和理发店预约过很多次，到时候去做头发，可每次都抽不出时间。把太多的心血倾注在了孩子身上，并没有给自己和手稿留出足够的时间，直到有一天，她发现自己对酷玩①和切尔西足球俱乐部的了解竟然比对普罗科菲耶夫②和普鲁斯特③多了。金妮因此变成了一个乏味的女人。有几次，她想把话题引到自

---

① 成立于 1997 年的一支英国另类摇滚乐队。
② 谢尔盖·普罗科菲耶夫（1893—1953 年），俄国著名作曲家，主要作品有歌剧《对三个橘子的爱情》《战争与和平》，芭蕾舞剧《罗密欧与朱丽叶》，交响童话诗《彼得与狼》等。
③ 马塞尔·普鲁斯特（1871—1922 年），法国小说家，创作强调生活的真实和人物的内心世界，代表作为《追忆似水年华》。

己正在创作的小说上来，可她知道小说写得很松散，没有主题。这是一种充满了太多的形容词和太多分支的生活。

可这些并不能成为那个狗杂种出轨的理由。

这是一个改变的时刻，一个祭奠的仪式。或许只有她觉得这一刻有意义，不过话说回来，如果这一刻对她没有意义，那就永远都不会对别人有意义。整个下午，她一直在清理后院里的落叶，打算在走之前留下一栋能让她引以为傲的房子，收拾得干干净净、利利落落的。过去的生活即将死亡。她把落叶堆在花园一头，靠近那几棵歪脖子苹果树的地方，堆成了一座小山，划着一根火柴，点着一张废纸，引燃了树叶。很快，火苗便开始从树叶中间往外冒，把缕缕青烟送上了初秋的天空中。火在烧，暂时还灭不了，她进屋把手稿拿了出来。她跪在火堆旁边。她几乎是很虔诚地将写了那么多年、倾注了那么多爱恋的手稿扔到了火心上。过去的生活就此结束。结束了。然后，风向变了，烟雾进入了她的眼里。她没有哭，直到后来把孩子哄着，自己又一次孤零零地躺在床上时，泪水才滑落下来。

第
三
章

　　"会议"这个词在大多数的词典里，总是刚好排在"坦白"这个词的前头 [1]，这绝非偶然。总在开会，总在坦白。然而，这并不是一年一度的党代会的目的。与会者不是到这儿来为自己过去犯下的错误道歉的，不是双膝跪地的悔罪者，而是鼓吹多多犯错的狂热分子。不过，对那些沉湎于受大风侵袭的海滨暖房、拥挤的酒吧和温度过热的旅馆中更加狂热的人来说，会议（通常情况下是个专有名词）已变了模样。英国民众已经不再认真地听与会者说的每一个字了，世界各国的媒体从业人员如今也不再蜂拥而至了。记者们来得越来越少，也变得越来越理性。如果说以前是一口盛满了各种阴谋诡计的沸沸腾腾的大锅，而现在锅没了，换成了一个小的电水壶，想开就开想关就关。真变得不值钱了，在这个缺少了工会和大企业资助的贫困党汇集的美丽新世界里，开会这事真的变得不值钱了。

　　甚至有一项规则——党代会不记过。过去常指在党代会期间做的那些有失检点的事不记入个人履历中，醉酒、乱搞男女关系、说粗俗的蠢话这些事都不算进去，媒体也很少曝光这些丑事，毕竟大多数的媒体都是拍党的马屁的。或许是 20 多年前发生在布里顿大酒店的那起

---

[1] "会议"对应的英文单词是"conference"，"坦白"对应的英文单词是"confess"。

爆炸案改变了这一切。半夜被吵醒，发现一半的内阁成员正在你的卧室门外来回乱转，或者当着摄影机的面把你从瓦砾之中拖出来，还会被问上一句："你旁边有别的人吗，哈里？"这种事真是扫兴透了。就这样，会开得越来越短，也开得越来越没意思。这就是党代会不记过的规则。

当然了，党代会变成一场领导人选拔赛和对无辜者的大屠杀这种情况除外。

会还没有开就显露出了一种不祥的预兆。与会者在一场秋天的暴风雨的侵袭下到了托基①，各种各样的垃圾从法国顺着英吉利海峡漂了过来。总部酒店前头的草坪上，一棵伫立了几十年的高大的苏格兰红松从根部折断，杰克和蒂娜刚刚从沃尔沃汽车上下来，树就横躺在了车子上。"压扁啦"，《每日记录》轻蔑地吼道，尽管其最初的想法是说个"不见啦"就得了。

多姆和金妮早到一天，毕竟，多姆身为党主席得把一些事情安排好，有一些事做得不到位还得重新做。他们刚走进套房，就看到了一大束鲜花，是杰克和蒂娜送来的，色彩鲜艳的塑料纸上还有几句问候的话。一张小纸条上的内容表明，杰克想沾沾他的光。不是每次开会杰克都能占据最好的讲话位置。

屋子里温度过高，又太闷；金妮赶紧把窗户打开，呼吸呼吸新鲜空气，这时一位酒店工作人员拎进来一桶冰块，里头插着一瓶上好的香槟。"黑泽尔·巴沙姆向两位表示问候，"工作人员传话道，"她祝您举办的第一届党代会取得圆满成功。"

"哈，第一个向咱们行贿的。"金妮快活地说道。黑泽尔·巴沙姆是内务部长，刚刚宣布她竞选领导人的意愿。"猜猜下一个会是谁？"

他们刚等了一会儿，就听到了敲门声，扭头一看，埃德·古德瑟

---

① 位于英格兰西南部的一座海滨城镇，隶属德文郡。

普正在门口站着，脸红红的。他是教育部发言人，又是一位参选者。埃德是个大块头，为人直率，越发稀疏的头发朝各个方向分散开来。

"是来抱怨你的讲话位置的吧，埃德？"金妮问，"都是我的错。我太蠢了。"

"不是，不是，是……"他沉默了片刻，然后越过门槛，把门关上，"我能和你说点私事吗？"

"当然可以了，埃德。"多姆回答道。

他向前走了几步，两只手紧紧攥在一起，"呃，金妮，你能回避一下吗？这是男人之间的事。"

她微微一笑，说了句："我去把箱子打开。"就进了卧室。

"我需要你的建议和帮助，多姆，"古德瑟普很笨拙地坐在椅子扶手上，虚张声势地开口说道，"我的身体一直都有点儿笨拙。几年前，《名人录》的人第一次找到我，说想把我收录进去……呃，你知道是怎么回事。他们给你一张表格，问些愚蠢的问题，比方说你是在哪儿出生的，都有哪些爱好……"他迟疑了一会儿接着说，"上的是哪所学校。都是一些该死的废话，不过你还得把这个游戏玩下去，你知道怎么玩。"一串汗珠从他的发际线渗了出来，尽管他现在正坐在一扇窗户旁边，"这么说吧，我很快就把表格填完了。大部分是我的秘书填的，我也没怎么检查。"他的眼神躲躲闪闪，说明他在撒谎。"好像表格填的我是从牛津大学毕业的，成绩还很不错。"

一阵沉默。

"你是从牛津大学毕业的吗？"

"我的确在牛津上过。不过我其实上的是一所工艺专科学校，不是在牛津大学。我学的是商业。"他想大笑，"我是自学的。一直在自学，并且以此为傲。我不是富人家的子弟。"

"你刚才说你学的是商业，埃德。拿到学位了吗？"

"我早就等不及接受外部世界的挑战了，一贯如此，因此……没拿到学位，但我拿了一个很不错的毕业文凭。"他的目光落在了那瓶香槟上，那个表情只有昏倒在沙漠中的人才会有，但多姆一动没动。

"印刷上的错误？"

"没错。"

"还有呢？"

"倒霉的是，咱们的竞选部门发现了这一点。那家伙不是叫埃德·史密斯，就是叫奈德·史密斯，反正就是这类名字。他把我叫过去，问了我很多愚蠢的问题。"

"威胁你？"

"确切地说，不是这么回事。不过如果你能说句话，我会感激不尽的。把为人处世的道理跟那家伙说说，让他把这件事忘了，逼迫他一下，或者给他个小官当当。至于怎么做，你看着办。我就把这件事交给你了，不过不要让媒体知道。这时候咱们可不能分心，你说对吗？"

"这事是够倒霉的，对教育部发言人来说尤为如此。"

"我会永远对你表示感激的，多姆。永远。真的！"

"我相信你。"

古德瑟普猛地站起来，就好像屁股底下装着弹簧。"多姆，你知道吗，这次领导人选举大会对我十分有利。我知道自己就像一个没有太大获胜机会的选手，就像一个独自行事的汉子。不过，我跟你说，这事只有咱俩知道，我又获得了几个人的支持。"

"恭喜你。"

"哦，我知道你这是大姑娘上轿头一回，多姆，没什么经验，不过以后有用得着我的地方，我会竭力帮助你的。我就这么走了？不表示表示？"

哈，又是一个诱惑。多姆一直在等着。"就像你刚才说的，不用表示了，走吧，埃德。"

古德瑟普的样子有些尴尬，他抓住多姆的一只手，使劲儿握了握。"我很喜欢跟你这样的人打交道，"他咕哝了一句，转身朝门口走去。

然后，好像又想起了什么似的，把身体又转了过来，"不会因为这事把我开了吧？"

"不会的，埃德。你干得不错。"

古德瑟普出去随手把门关上时，朝多姆笑了笑，这是他头一次笑得这么真诚。他的脚步声慢慢消失在了走廊里，这时金妮从卧室里走了出来。显而易见，她听到了每一个字。

"该死的傻瓜，"多姆不屑地说道，"还以为自己这次能逃掉呢。"

"男人总是这么蠢。"

多姆心想以后还会有很多这样的事。或许到那时候他就不会再自掘坟墓了，"你觉得我该怎么做？"

"迁就他，照他说的做。这样比较合适。"

"放过他？原谅他？"

"就看在上帝的分上，放他一马。"

"这样一来他就没事了，不会被曝光了。"

金妮花了些时间，把鲜花整理了一下，这才回答，"我觉得这么谨慎的事，古德瑟普先生是做不来的，总有一天他会自己说漏嘴的。"

接下来的几个小时，他们的酒店套房变成了一个露天市场，好像全世界有一半的人都在敲他们的房门，在身后留下了一些礼物或是雄心壮志。各种各样的脸过去了，有笑的，有皱眉头的，有因为敬畏一脸茫然的，有燃烧着热情的。他们都进来找多姆尼克。他分发智慧的时候，金妮则分发香槟，把窗户开到合适的位置，确保酒既不会变热，又不会变得过冷。她总是不声不响的，需要的时候就带着一张热情的笑脸过来了，并且做起事来非常利索。她知道如何款待别人，知道身为女主人应该具备哪些能力。这些年，她作为高官妻子，经常款待别人，她的能力是有目共睹的。人们忧心忡忡地来，带着笑容离去，都说金妮和多姆是一个很好的组合。

然而，有些人非要成为这个组合的一部分，想把多姆占为己有。

党内高级成员、代理人、媒体部高级成员、研究员、顾问，甚至连一位广告从业人员也有这个想法。这些人都留下了礼物。金妮对每个人都报以微笑，热情招待他们。在这些到处乱跑的"生意人"当中，有一个给金妮留下了特殊印象，因为这人完全忽视了她的存在。他叫阿尔奇·布莱克斯通，苏格兰人，是党内媒体部的高官，眼眉极黑，气度不凡。凹陷的脸颊表明，他这辈子都在和酗酒作战。然而，当金妮将一杯香槟递到他跟前时，他手一挥，拒绝了，连头也没抬，更不要提说什么谢谢了。哈，罪人来忏悔了，金妮猜测。他也来搞政治了。多姆以前对她说过，阿尔奇·布莱克斯通在大学时是一位非常活跃的马克思主义者，如今早就抛弃了信仰，可身上仍残留着很多斯大林时期的老毛病。此人对党忠诚，难以取悦，不过一直在孜孜不倦地为党服务，立场就像可怜的老科林·彭里斯的动脉一样僵化。

阿尔奇好像无处不在，无人不识，无事不知。没有什么事能逃过他的眼睛。第二天，多姆正准备去会议厅主席台宣布会议事项，发现阿尔奇正在客厅里晃荡。发言稿已经写好了，也演练过了，并且提前做了宣传，大家都很期待。气氛越来越紧张，大家也越来越兴奋。这是多姆第一次面对这么多的忠诚党员发表正式演讲，他开始紧张了。他的眼睛闪着亮光，手在颤抖，刚才又喝了太多的咖啡，整个人已经被他脑子里的某个世界包裹住了，这个世界提前一个小时将他扔到了正在等着他的成功或者可鄙的失败时刻的面前。阿尔奇看出了这些迹象，想跟他闲聊一会儿，分散一下他的注意力，但多姆根本没心思听。话说了一半，多姆就打断了他。

"阿尔奇，你能让我们单独待一会儿吗？求你了。"多姆说。

阿尔奇阴沉着脸瞪了金妮一眼，然后很不情愿地走了。

"我的小盒子在你那儿吗，金妮？"多姆问。她在小手提包里摸了摸，掏出一个装满香粉的银光闪闪的小盒子。"我始终用不惯这些东西。"他看着小镜子里的自己，一边在脸上胡乱搽粉一边抱怨。

"还是让我来吧。"说着她把化妆盒拿了过来。突然，他俩的身体挨近了。

她用粉轻轻地涂抹着他脸上已经开始出现的小坑，他抓住她的手，让她停了下来，"你还爱我吗，金妮？"

"现在不是干这个的时候。"

"我觉得现在正合适。这件事比其他任何事情都重要。你还爱我吗，金妮？"

她后退一步，上下打量着他，"这种话你以前就问过，还记得吗？效果并不太好。"

"可是……咱们就不能再试一次吗？我想试试。"

"也许能吧。"她谨慎地回答。

"什么时候？"

"我的心不再痛的时候。"

墙那边的会议厅里，随着最后一拨人的就座，嗡嗡声越来越大，大家都在期待着。

"我真的很对不起你，金妮。我愿竭尽全力，如果能够挽救我们的婚姻，我甘愿放弃这一切。我可以改变，你是知道的。"

她看到他因为悔恨变得通红的脸，眼里闪着恐惧的光。还有，她第一次发现他的头上有了白发。这是一个特殊的时刻，让她想到时间永在流逝，不会等待任何人。

"谢谢你，"她回答，"不过，改变的应该是我。"

一位助理朝他们走来，手里拿着一份文件，朝他们晃了晃。

"你一直都是个傻瓜，多姆，我也是这样。我本该想到有些事会发生的。每个人都对我这么说过。你是个男人，不完美，还有些毛病，我们都知道，男人从山洞里爬出来的那一刻就注定有这些毛病。因此，我生自己的气，把我们那愚蠢而枯燥的婚姻生活描绘得那么美好。我本该懂得更多、更加成熟。我太蠢了，不是一般的蠢。因此，改变的应该是我。"

"改变？"

"换个角度去看问题。"

"比方说？"

"这是一个关于方法和结果的问题。方法没有变，多姆，你仍是我的丈夫，只是结果发生了变化。"

"怎么说？"

"很简单。你们男人可能会把它称为'别来烦我'。"

"什么？"

"'别来烦我'。占据某个位置，让整个世界滚蛋，他妈的什么都不在乎，不依靠任何人。"

"包括我在内？"

"独立不是现在最热的话题吗？"

他的脸色变得苍白了。

"不过，你用不着担心。这只会让我们之间的关系更紧密，多姆。你想成为首相。这是你此生中最重要的事，这也是我的愿望。我很希望你能成功，因此我决定，咱们合力将这事做成。挽救你的事业的同时挽救我们的婚姻，就像克林顿夫妇那样。"

"你想从政？"

"不，我有两个孩子。我想把他们照顾得好好的，无论付出怎样的代价。无论付出怎样的代价，"她动情地重复了一遍，"这就是我说的'别来烦我'的意思。"

"可他们也是我的孩子，金妮。"

"当然了。"

"我永远都不会让他们失望的。"他激动地说。

"那你就打算让我失望，多姆？"

"你还想惩罚我，是吗？"

"惩罚你？我想让你成为首相。我想这不算是惩罚吧。"

阿尔奇和其他人都在门口等着护送他们入场。

"你到底想要什么，金妮？"

她又开始给他脸上搽粉。"我想让你——过去——把手伸到他们的内裤里头——让他们好好快活快活。这事你能做，对吗？"

"上帝啊，你真是变了。"

"这个，"她搽最后一下的时候说，"可是咱们早说好了的。"

这场演讲如媒体此后报道的那样获得了一个小小的成功。既包括了对逝者功绩的赞颂，又有着对新任者的激励。有人说，他的演讲风格和肯尼迪的演讲风格有些像，尽管后者的演讲风格早就被扔进垃圾堆了。正如金妮预测的那样，那些忠诚的人深受触动，反响热烈。

然后，多姆趁热打铁，由阿尔奇领着，接受了好几家电视台的采访，金妮就忙自己的事去了，也就是泡个热水澡。坐在聚光灯下，一待就是一个多小时，始终面带笑容，连最芬芳艳丽的花都会枯萎，她早就迫不及待地想抓住属于自己的一点儿时间了。她返回酒店时，周围一片寂静。先前如潮水般涌入他们套房的那些人不见了，此时此刻，她要尽情享受这种突如其来的自由感。她的衣服很不舒服，黏糊糊的，去卧室的路上，她不耐烦地把它们扒了下来。她拧开热水阀门，站在喷头底下，直到把最近这几个小时的每一丝污痕冲洗干净。

她用毛巾擦着头发返回了客厅，想把散落在地的衣服捡起来。她哼着最喜欢的一首歌曲，突然觉得屋里有人。

有个人正在盯着她。一张年轻、黝黑的脸。亚洲人，男性，一双黑色的圆眼睛。金妮被吓得失声尖叫，但片刻过后就慢慢平静了下来，因为她发现，眼前这个年轻人比她还要惊恐。

他穿着不凡，西装革履，不像是坏人。他的手里原本拿着一份文件，这时已散落在了地上。然后，她认出了这张脸，这是她在过去的几个小时内见过的几百张脸中的一张，是个助理。

"我……敲门……门开着……"他喘着气说，身体扭过去，指着门说，但眼睛仍在盯着她的身体。他的下巴低垂着，突然他的膝盖一弯，就好像要晕倒似的。

然后，他夺门而出，留下了那些散落在地上的她衣服上的文件。

金妮返回卧室，锁上门，坐在床上，床边有盒巧克力，又是别人送的一个小礼物。她掰了一块，放进嘴里，躺在枕头上。刚才的那一幕说明，金妮正在失去对她的生活的控制，并且这种不受自己掌控的事以后会越来越多。她好像没处躲，没处藏，在家里、床上，甚至是在洗澡的时候，她都无处躲藏。抱怨是没用的，这是游戏的一部分。继续走下去吧。只要这个游戏值得玩就行。她又把一块巧克力放进了嘴里。

如果说她正在失去对她的生活的控制，那么她的心里还是留有一些安慰的，因为今天晚上阿尔奇要带多姆去《晚间新闻》接受采访。阿尔奇真是个怪人，还没有直接和她说过话，或许是因为太害羞了、太专注了，要么就是因为天生就是个粗鲁、让人讨厌的家伙。她有一种感觉：总有一天他俩会大吵一架。不过，她倒是很需要他掌控多姆的这种方式。

一位尽职尽责的妻子应该待在酒店看《晚间新闻》的采访节目，但她已经下定决心不再尽职尽责，因此便出门散步。呼吸一下新鲜空气，清醒一下脑子，振作一下精神。

酒店和会场周围已经拉起了一条警戒线，但里面挤满了人，有些她可能认识，有些可能会不依不饶地要和她讲话。她想一个人静静，便穿过警戒线，在托基的街上漫无目的地游荡了一会儿。她从古老的港口周围那些拥挤的小餐馆和酒吧门前走过，朝着月亮升起的地方走去。港口周围的喧闹声渐渐小了，只留下了一点儿模糊不清的回响从水面上传过来。她走上一条小路，小路前面是一片空地，空地前面就是托基修道院，黑暗的轮廓隐约可见，或许对一个女人来说，一个人走夜路不太明智，但那里的孤寂吸引着她继续朝前走。

一声尖叫从前面传过来，接着又是一阵乱糟糟的声音，她这才开始想自己是不是犯了个错误，不该到这种地方来的。有人正朝着她这边跑过来，好像还有人在后面追。她朝周围看看，除了几棵稀稀拉拉的树，再没有可以藏身的地方。她朝其中的一棵树跑过去，这时黑暗中隐现出一个黑影，因为跑得太快，脚步有些不太稳，撞到了她。

是撞见她从浴室出来的那个小伙子，还是一样惊恐的目光。他呼呼喘着粗气，看样子累得不轻，她伸出一只胳膊，把他扶住了。他喘得太厉害，说不出话来，黑暗中追他的那几个人越来越近。她听到他们边追边喊。他们来势汹汹，给对方鼓劲儿，各种各样的污言秽语从嘴里喷出来，什么"该死的小同性恋""那个令人作呕的巴基斯坦小变态"。小伙子在她的怀里好像越来越支撑不住，眼里露着恐惧的光。她没时间问他或者和他讨论讨论当前的形势了，只是想起了父亲曾对她说过的一件事：有一次她父亲和几个军官喝醉了，发现有两个新兵正在一块儿胡搞，他们便用打火机把这两个新兵的体毛烧着，然后用大靴子猛踩他们的身体灭火。说起这件事来，他们还挺骄傲的。她颤抖着身体拉着这个小伙子朝一棵树走去，追他的那几个人过来了，想藏已经来不及了，她便用两只胳膊将他抱住，开始吻他。

追他的那个人放慢了脚步，朝黑暗中偷窥，一看就明白是怎么回事了，便狂笑几声，转身离开了。

小伙子喘得上气不接下气，一时间说不出话来。她让他定了定神，这才开口说话："我想你应该给咱俩每人买杯酒。"

他们在港口旁的一家酒吧里坐下来，酒吧装修得很有塑料感，里头有一台自动点唱机，他买了两杯酒，头低着，盯着桌子说道：

"我叫鲍比·可汗。"

"好像你我的路注定要交会，可汗先生。我想你知道我是谁。"

"下午那事真不好意思。我对这一切深感抱歉。"

"你触犯了我。一个女人，一丝不挂的时候被男人看到了，被吓得失声尖叫，这种事可不怎么好。不过我觉得你并不是那种男人。"她的声音轻柔，语调中透着某种温和，他受到了鼓励，把头抬了起来，第一次直面她。

"谢谢你，"他小声说，她看到他的嘴唇已经分开了，"好像每次见面我都会让你大惊失色。"

她摇摇头。"不完全是。当你看到我从浴室出来的时候，你的眼里有某种东西，呃，应该说是缺少某种东西，和我预想的不大一样。我想那是女人的一种直觉。"

"我……我不经常出去鬼混的，"他结结巴巴地说，想把心头的担子卸掉，"只是……对一个远离家乡的穆斯林同性恋者来说，有时候这种事让人无法忍受……"

"你还没结婚，对吗？"她小心翼翼地问。

他的眼里闪着愤怒的光。"我不是伪君子，艾治太太。可一旦我的家人发现的话……"他的头又一次垂了下去。

"总有一天他们会发现的，很可能已经猜到了，就像我一样。"

"千万不能让他们知道。我母亲会蒙羞而死的。还有，我的父亲会杀了我的。是的，会杀了我！他以前是米布尔附近一个村子里的裁缝，到英国来的时候穷困潦倒，也把那些古老的信仰和偏见带过来了。他为人高傲，白手起家，把生意做大了，给党捐了不少钱，但在很多方面仍是克什米尔村子里的那个老汉。这就是他对我期望这么高的原因。他想让我当首相，当第一位亚裔首相！"他自嘲地哈哈一笑，"他想让我接管这个世界，可他连我的世界都不了解。"

"他对你期望这么高，这能算是他的错吗？"

"他是为自己考虑！他想当着朋友们的面吹嘘他那了不起的儿子，开创一个朝代，除了——"

"开创朝代这种事对逆道而行的人来说是一种痛苦的折磨。"

"就是嘛。"他猛喝了几口酒，暖乎乎的，白色的，令人作呕的。他甚至都不知道怎么喝酒。然后，他的脸沉了下去，不说话了。

她再次开口时，将声音放得很低，却仍然没能掩盖住心中的羞愧，"我也让我的父亲失望了。"

"你？"

"我父亲没有儿子，便把我当儿子养，要我爬他爬过的那些山，像他一样有名气，确保他的名字永远不被忘记，可他只有我。"

"即便如此，他也会为你感到十分骄傲的。"

"这话听起来很顺耳，却很荒唐。我们已有很多年不说话了。"

"太令人伤心了。不过在某些方面我还是很羡慕你的，最起码你能过自己想要的生活。"

"不过，对女人来说，有时候这种生活并不是那么好过，鲍比。"她说着他的名字，语调中透着无限的哀愁，让他一时间忘掉了自己的忧伤。然后，她将自己从那个不慎滑入的充满无尽烦恼的世界中拽了回来，隔着脏兮兮的桌子注视着他。

"你在党内做什么工作？"

"研究员。"

"研究什么？"

"什么都研究。他们把我从这个部门踢到那个部门，就好像我身患重病似的。"

"是因为肤色吗？"

"是因为钱。他们知道我父亲花钱给我买了这份工作。他们对这件事愤恨不平，把我称作'咖喱王'。"他又喝了些酒，想把嘴里的苦味儿冲下去，"艾治太太，有件事你想听吗？我对这个党的了解比你在黑夜中可能会碰到的其他任何人对它的了解都要多。"

"还有在我的浴室里。当然了，我丈夫除外。"

他第一次咧开嘴笑了。他的笑是有感染力的，自动点唱机里传出的声音闹哄哄的，很刺耳，这时她本能地做出了一个决定，她还发现自己挺喜欢这个决定的。

"咱们做朋友吧，鲍比。"

"为什么？"

"哦，理由很多。我觉得我挺需要你这么个人的，还因为你欠我的，还因为我喜欢你。我们有很多共同之处，都是这场游戏之外的人。我们就像两只蝴蝶，被抓进了同一个网里。"

"朋友？那你想去看电影或者做点儿别的什么事吗？"

她哈哈大笑起来。"人家说政党就是一个盛满了毒液的池塘，我觉得你可以帮助我游到对岸去。"

"你不是有丈夫吗？"

"你还有父亲呢。我想让你在工作之余给我一些帮助。作为朋友，我想和你分享——"

"分享什么？"

"这么说吧，首先你要把你知道的关于阿尔奇·布莱克斯通的一切告诉我，还有那个叫朱莉娅·萨默斯的姑娘。送我回酒店吧，路上跟我说说这些事。"

他注视着她，不知道自己落入了什么样的圈套，不过总比在海滨被人家暴揍一顿要强。

"好的。"

他们站起来，椅子被丢在了光秃秃的地板上。

"还有件事，艾治太太。"

"叫我弗吉尼亚，金妮也行。天啊，咱们都是朋友了。记住啦。"

"有件事我想告诉你，金妮。这是一场盛会，很吸引人，不过我还发现了一件同样吸引我的东西。我觉得你很想知道：你有一个美妙的身体。"

"哦，谢谢你，鲍比。这种话你都说了，那咱俩就是好朋友了。"

党代会就是个池塘，里头既有旋涡，又有浪，什么样的东西扔进去都能洗干净。第二天早晨，"池塘"里的"水"就涌进了金妮的套房里。她刚从卧室出来，就发现客厅里挤满了人，有坐椅子的，有坐窗台的，有蹲在地上的，凡是能坐的地方都有人坐了，阿尔奇是他们的头儿。她打算去楼下餐厅吃点东西。当她走下长长的楼梯经过前台时，发现闹哄哄的。有个男人，年纪 30 岁左右，身穿昂贵却皱皱巴巴的意大利西装，一头乱糟糟的头发，能看得出来，他很不高兴。他想要个大房间，面向海的，但这样的房间已经订完了，他又不想等。他不是一个有很大耐性的人。听口音是从大西洋中部来的，金妮怀疑他是故意用这种口音说话。她知道他为什么这么吵了。他想引起人家的注意。突然，他转过身去，暂时放过了前台的服务员，对着金妮笑道。

"你好，艾治太太。"

"对不起，我们以前见过吗？"

"没有，不过我知道你是谁。这是我的工作。"他伸出一只手，"麦克斯·摩根，《今日记录》的主编。"哈，原来是那份日报。头版总刊登夸赞英国美德的文章，里面却尽是浪荡女人和被免职牧师的故事。争议很大，却很赚钱。

"那篇关于科林葬礼的龌龊文章就是你们刊登的吧？"

"是的，那是个错误，"他承认了，"读者对他没兴趣，管他是死是活呢。那天的发行量掉了 5 万份。"

"作为科林的朋友，我觉得你们这么做是对他的一种大不敬。"

"你当然会这么觉得了。我才不管你怎么想呢。"

他的粗鲁让她受不了了。

"作为多姆的妻子，我希望你能好好跟我说话。"

"为什么？你不认识我。我又不是你的朋友。"

“我觉得和编辑做朋友肯定很难。”

“像你丈夫那样的人多了去了，都排着长队在我的门口等着要工作呢。”

“你是想侮辱我吗，摩根先生？”

“我是记者，能有多大的本事呢。”话虽这么说，却透着一种不可抑制的热情和自我解嘲，金妮尽管很生气，却忍不住笑了。

“现如今我可不知道记者的本事有多大呢。”

“跟我一块儿吃顿午饭不就知道了。”

“我觉得这个主意不怎么好，摩根先生。人家会以为我被你收买了呢。”

“那就 AA 制，这样总行了吧。明天我在莫比·尼克餐馆等你。一家海鲜馆，就在街角，12 点半，你看行吗？顺便说一句，你的新发型挺漂亮的。”

然后，他看到有个人从大厅那头走了过去，便跟了上去。

“粗野的杂种。”她咕哝道，和他一起吃饭，兴味不亚于接受一次巴氏检测①。不过，当她出去找葡萄柚的时候，才想起他注意到她换了新发型这件事。她是在托尼—盖伊②那儿做的。多姆却什么也没说，根本没发现她换了新发型，他的事情太多了。

第二天，都快到中午了，她又在镜子里打量了一下自己，这才决定赴约。话说回来，她这么做又有什么损失呢？又不会给多姆带来什么麻烦。她刚打定主意就开始担心。她真是个傻瓜，他请她出去吃饭，她却跟人家 AA 制。这又是一笔意料之外的花费，干编辑的吃顿饭肯定不便宜。不过，说不定只会点个对虾沙拉。酒钱他出。

其实她的担心是多余的。她故意晚到了 15 分钟，发现莫比·尼克

---

① 一种探查妇科早期癌变的方法。
② 英国一家高级理发店。

餐馆除了鱼和炸薯条不卖别的。钱是不用担心了，可她觉得就吃这些东西是不是太对不住自己了。他坐在靠窗的一张桌子旁，手机贴着耳朵，正和别人打电话，她朝他走过去的时候，他冲她一笑，却没有把电话放下。他又听了一分来钟，这才简单地说了一句："不行。"然后挂断了电话。

"该死的律师，"他解释说，也是表示歉意，"餐我已经点好了。我知道你很忙，随便吃点算了。深炸①。"

"你想得可真周到。"

"我？不，"他摇了摇头说，"我也赶时间。"

他是故意刺激她，看准对方的反应，然后占据主动地位。他觉得这一切就是个游戏。她决定按照她的规则玩下去。

"摩根先生，你是喜欢别人恨你，还是早就习惯被人家恨了？"

"我也会向你的丈夫和他所在的党问同样的问题。"

"你做什么都这么不严肃吗？有没有什么让你严肃对待的事？"

"让我想想。阿森纳俱乐部的季票，还有我的玛莎拉蒂。"他扒拉着手指数着，"就这么多了。"

"我总觉得你这个人没有任何的判断力。"

"可你还是来陪我吃午饭了。"

她知道自己斗不过他。她还太嫩，要学的东西还很多。突然，他的语气软了下去。

"来吧，艾治太太，让我们尽情享受这一刻。我只是开个玩笑。我的时间很充裕，希望你也如此。"

"看看吧。"她第一次得着机会细细打量他。她看出来了，他的衣服这么皱巴是有意为之的，想让人家觉得他是个普通人。但他的眼睛闪亮，皮肤光滑，一口整齐漂亮的白牙，一看就知道是花了不菲的价

---

① 将食物完全浸入高温油中炸，这样炸出来的食物含油量比较少。

格修整的，她猜他小时候受的是贵族化的教育，丝质衬衫下面藏着的是一个有着凹凸不平强壮肌肉的身体。他极有可能在健身房里花费的时间要比在酒吧里泡的时间长。他的头上连一丁点儿的头皮屑也看不到，这一点和大多数的编辑很不一样。

"别误会，"他说，"我对政客没什么好印象，这是职业使然，但我这种态度里面没有掺杂任何个人的好恶成分。你也得承认，多数时候政客们总把我烦得要死。"

"既然你不喜欢这些人，那你干吗还到这儿来？"

"这个嘛，过来看看，听听，看谁拿着酒店的毛巾溜了，四处扔些香槟酒，看看那帮家伙作何反应。"

"你是来捣乱的？"

"没这个必要。"

"那就是搞事来了。"

"一个男人，欺骗了他的妻子，是不会有好下场的，这一点你赞同吗？"

"除非这个男人是你的老板。"

"哎哟。你还护着他。想要工作的时候跟我说一声，艾治太太。"

她摇摇头。"我有工作，谢谢你。你为什么要请我吃午饭，摩根先生？给我工作这事除外。"

"我想有三个原因。第一，我饿了。第二，这不是正进行领导人大选嘛，我想请你吃些薯条，看能不能弄点内幕出来。"

"那些人可都是圣人。"

"圣人？让圣人感到不安的是得时刻准备为了信仰而死。"

她忍不住大笑起来。"摩根先生，我觉得你要是想要内幕的话，应该去找阿尔奇·布莱克斯通那样的人。他比我知道的多得多。"

"那当然啦。不过他只会给我他想给我的东西。这家伙是我认识的人当中最难对付的，是个死硬派。"摩根的语调表明他说的是认真的，

"想当初老科林被捉奸在床，裤子还没来得及提上，正是阿尔奇一而再再而三地对公众说，科林是为了英国累死的。纯粹是他妈的瞎扯淡。"

酒到了。摩根仔细看着酒瓶，吹了声口哨："我的天，这可是好酒，花了不少钱。这酒的名字只有我那个最尊贵的员工才能拼得出来。"然后他注意到她的身体缩了一下，"艾治太太，这酒钱你一定让我来付，我好长时间都没为别人破费了。"

"这酒钱可是从你上司口袋里出的。"她提醒了他一句。

"我觉得吧，艾治太太，我得留意你了。"他的眼睛里闪着一丝亮光，那是一种极具男性气概的光，满含欲望。有男人欣赏自己，金妮觉得很满足，同时这种感觉又让她觉得吃惊。眼前的这个男人很有意思，言语粗鲁，一点儿自高自大的架子也没有，浑身上下流淌着睾丸酮，身体上富有极大的进攻性。

"聊聊政治怎么样，艾治太太？"这时候两块又大又厚的鱼肉用盘子端上来。

"哦，我对政治了解不多，摩根先生，我只知道你的政治观有问题，因为你在鼎力支持这个愚蠢可笑的政府。"

"这个政府的窟窿比我老爸那个圆靶上的窟窿还要多。"他挥舞了一下叉子说。

"可你还是支持它。"

"这会儿是支持的。"

"你会改变吗？"

"也许吧。这要取决于很多的事情，比方说这次谁当选了。我指的是杰克·桑德斯，可他……"

"太老了？"

"我觉得他太闷了。听杰克说话就像坐在前排听一场关于鲜花摆放的演讲一样。还有蒂娜，这个女人很有意思，"他咯咯地笑了笑接着说，"和黑泽尔·巴沙姆不一样，她给你一种感觉：随时都会扑到你的身上，生生拔下你的几颗牙齿。知道吗，我给她算过，在不用我提示的情况下，她能一口气说 23 分钟。23 分钟，23 分钟！这么长的时间，都能把犰狳搞蛋痛了。还有老古德瑟普——他妈的，你和他说话时可得加着十二分的小心。和他谈论政治哲学就像穿着凉鞋穿过农场院子一样危险，永远不知道下一步会碰到什么东西。还有谁呢？"

"还有查理·马特豪斯。"她的脸上露出了一丝忧愁的神色。

"你是说查理·雷德沃斯·史丹利·马特豪斯吗？现在的报纸头条上都见不着他了，知道为什么吗？名字太他妈长了，而且这人血统不纯。"

"雷恩·梅登。"

他的眼珠骨碌了一下，就好像再过一会儿他就要离开这个星球一样。

"当然了，还有弗雷迪·帕斯卡尔。"

"太法国，很可能还太犹太了。英国人在紧要关头可以让一个苏格兰人或者威尔士人上台，却不肯让一个面色红润的外国佬上台。"

"我想咱们等着看结果就是了。"

"但我不会等的。我不会等，我会主动出手，创造结果。干我们这行，你得扮演上帝的角色，呼风唤雨，把闪电和巨雷招来，重新创造这个世界。想想看谁会成为下一届领导人，再瞧瞧能不能从谁的肚子里弄出点料来。"

她不知道他是否在笑话她。

"听说你丈夫昨天说得不错，演讲很精彩。值得注意的一个人。"

"我同意。"

"政治这种事可不怎么好玩儿。心要狠，有时还要堕落一下。"

"听上去怎么跟做严母有点儿类似。"

"我不知道。我已离婚了。离婚的时候我们还没有孩子，真是谢天谢地。"

"那你就不知道你错过了什么。"

他举举手，做出一个好笑的投降姿势。"好啦，扯平啦。不过，如果你觉得我错过了什么的话，请随时给我打电话，好吗？用我。"

"用你？"

"当然啦。这是游戏嘛。政客对我们撒谎，我们也不和他们说实话。大家都在相互利用，但你……"他的身体朝后一仰，仔细打量着她，"我想你不是这个游戏的一部分。我觉得你太有棱角，就像犁一样。如果你需要我的帮助，我将乐意为你效劳。"

"谢谢你，摩根先生。这就是你请我吃饭的第三个原因吗？"

"也不全是。今天上午我看到你下楼梯了，我觉得你是个浪货。不会拒绝我的。"他的脸上再次露出了那种大男孩式的表情，他耸耸肩膀，就好像是要道歉似的，"该死，我今天说的都是些什么话啊。"

她拼命忍着，可还是笑出了声。

"摩根先生——"

"叫我麦克斯。我不能对一个叫我摩根先生的女人提过分要求。你可以抽我嘴巴，可以朝我扔烂豌豆，可以把酒倒在我的身上，不过看在上帝的分上请叫我麦克斯。"

"麦克斯，我宁可陪一只公山羊睡觉也不愿和你睡。"

"可笑，"他咬了一口鱼肉说，"在我的新闻编辑室里头，一半的姑娘都是这么说的。"他一边吃东西一边心有所思地说，"感谢上帝，还有另一半的姑娘不是这么说的。"

她看阿尔奇·布莱克斯通看得很准，这家伙够麻烦的。她正在酒店的宽阔楼梯上走着，准备回房间，看到他正在平台上等她。

"听说你和麦克斯·摩根一块儿吃午饭了。"他粗鲁地说。

"监视我？"

"算不上监视，当时你正靠窗坐着。"

"下回我会记着选个烟熏火燎的僻静位置。"她想从他身边过去，却被他挡住了去路。

"你知道自己在干什么吗，艾治太太？跟那样的一个报纸编辑见面，事先也没通知我一声。"

"对不起，阿尔奇，我觉得和别人吃个午饭不用得到你的允许吧？"

"这种事要登报的。别犯傻。"

"要不要我叫人把账单给你送来？"她的态度变得粗鲁了，言语间透着讽刺。

"这可不是闹着玩儿的，艾治太太。你不知道那帮狗娘养的会怎么笑话你。他想干什么？你跟他说什么了？"

"他想请我吃午饭，我跟他说我想吃烤鱼。"

听了这话，他那副德行简直酸透了，"我能给你提个建议吗？"他结结巴巴地说，"为了不让你丈夫和党蒙羞，在你和陌生人见面之前，我想给你一点儿指导。那帮家伙个个凶得像鲨鱼，这可不是闹着玩儿的。"

"我不是来玩儿的。"

"那好。这下就没事了。很高兴你没有误解我，艾治太太。"她本想大发脾气，可他在说话的时候，脸上的细纹好像和他脑袋后面的壁纸融在一块儿了，这让他变得不那么有攻击性了，瞧上去还有些可怜巴巴的。这不过是大战之前的一次小冲突罢了。

"需要我的时候，请随时给我打电话，白天晚上都行。"

她想缓和一下紧张的气氛，让他叫她金妮，却又打消了这个念头。就他来说，叫她艾治太太也没什么不妥的。她想起了父亲的一句古老格言：永远不要离你的敌人太近。

黑泽尔·巴沙姆搞政治有几个不利的条件。她是女人，这一点会拉后腿，更糟的是，她的想法太多。一个人想法太多，要想穿过威斯敏斯特的污水沟也就没那么容易了。想得多会影响睡眠，还会分心，让你防不了从背后射过来的暗箭，但巴沙姆太太完全不顾及现实，执意和每个人分享她的想法。她身材娇小，这一点在电视上不太显得出来，但人多的时候，她给你的感觉就像一只小猎犬，随时都会朝你的脚踝扑过去。另外，她的样子让你觉得她这个人心怀不善，这并不是说晚上开党代会的时候有很多人是心怀善意的。

党代会对与会者常常有着一种非同一般的影响。白天，那帮人不停地宣讲各自的政治观，夸夸其谈，个个自命不凡，可等太阳一落山，开会的时候，他们的身体就像变形了一样。他们放松下来了，喝酒，肾上腺素加速分泌，个个摆出一副不可一世的样子，开始大吹特吹。是的，党代会不记过。等到了早上，一切就都忘了，晚上干的那些龌龊事也不需要忏悔。

黑泽尔·巴沙姆不是个伪善分子，这一点和其他政客们不一样。她从不摆出一副卫道士的样子，宣扬道德至上和家庭价值观那一套。《卫报》上有篇文章把她比作博尔吉亚①，她觉得这是对她的表扬，还把这篇文章贴在了她的个人主页上。对政治家来说，有名气总比默默无闻要好。但她在政治上就没这么宽容了。她强硬、心狠，想当领导人。她本来是要说家庭关系这一块，可在开党代会的第一天，她就把这个题目扔到了一旁，发表了一番深入而广博的演说。大多数女人天生就不是当演讲家的料，她们是有演说激情的，可到了最后，激情变成了一阵阵的尖叫，让那些好挖苦的男性记者用辛辣的笔触把她们写

---

① 教皇亚历山大六世的私生女，善于玩弄政治阴谋，曾三次结婚，后退出政界，赞助文艺。

了个不亦乐乎。但黑泽尔演说时把握得很好，她的每句话都能说到点子上，先攻击一下罪犯，再谴责一下大众媒体和政府，这才开始骂那些无家可归的人（搞不清楚她是真骂这些人，还是骂造成这种状况的政府）、爱国主义的自由观和外国人。末了她会说几句陈词滥调，赞美英国人民的勇敢、英国的自由、闭路电视和你我心目中的大英帝国。一句话，她很可能会成为党代会上的宠儿。

大伙儿纷纷站起来鼓掌欢呼，她的额头上微微渗出些汗，她给人的感觉原本就是一个斗士形象，这下让她的这个形象更丰满鲜明了。接着，大伙儿都报以过分的赞誉，采访数不尽数，让她在此刻的魅力大涨。傍晚快过去了，夜晚来临之时，她因为太过兴奋，夸下海口，保证给每个房间都安上监控系统。她说得太过了。这个时候，她才发现自己还没有吃晚饭。她从人群中挤过去，每走一步都有人向她表示祝贺，兴奋感在她的身体里荡漾，她的血液热乎乎的，她喜欢这种感觉。最后她在党总部酒店的一间酒吧找了个角落坐下，新闻部的一位主管递给她一杯丘吉尔爵士生前最爱喝的香槟，这酒凉透了，她倒很喜欢，忙乱了一整天，这一刻她才真的感觉到了放松。

小说有个缺点——无法真真正正地把生活中的各种愚蠢言行描述出来。人们在做事的时候往往是没头脑的，考虑的不是如何让自己最受益，总是做一些毫无道理、愚蠢至极的事，尤其是在晚上过去之后、白天到来之际，走在街上，让阳光一照或者自己的蠢行出现在早报的头版头条上时，这才发现自己有多蠢。也许是傲慢让你忘了自己是谁，你觉得自己在摄像机前、聚光灯下花了这么多时间，又是摄像，又是拍照，就和别人不一样了，就比别人高级了。你之所以这么想，只是因为还没经验，还太嫩。每次想起政治，就像一出悬疑戏，却不能任你为所欲为，不能搞过激的事，要中庸，还要用温和的手段时，就感觉自己有一种失败感。但现实中的政治更残酷。政治只是为少数几个

071

人服务的，别的人都是棋子。

又要了一杯酒，喝了，黑泽尔觉得蠢透了，那个新闻部的主管说送她回去，她就同意了，还让人家进了自己的房间。不过丈夫不在身边，自己的肾上腺素又在疯狂地分泌，性的冲动让她无法自持，干就干吧。她的身体出了汗，又紧张又兴奋，一种成就感让她晕乎乎的，话说回来，在这种场合下，发生这种事再正常不过了，根本不算什么。

党代会不记过嘛。

第四章

第二天一大早，多姆就把金妮从他们的套房里赶了出去，"有个捐助人今天要来见我，是亚洲人。他想再给咱们一张支票，却不想声张，不想让人家知道他是谁，这帮人都这么干。我答应请他吃早饭，就在这儿。希望你不要介意，亲爱的。"

以前碰到这种事，金妮是不会在意的，可现在她有了一种被排斥的感觉，但这个时候争辩是不合适的，更何况她也没胃口吃早饭，她想出去游游泳。

酒店的游泳池几乎没有人。换好衣服，从换衣间出来的时候，她看到鲍比和另外两个男人正在泳池另一头彼此间泼水玩，大吵大闹的。有一个人她认出来了，是《泰晤士报》的记者。几个男人一瞧见她就都安静了下来，鲍比和那两个人嘀咕了一句什么，那两个人就游到一旁，只剩下了他一个人。他朝她游了过去，他是个游泳高手，瞧他那身材，天生就是游泳的料。

"我都开始患焦虑症了，"鲍比的头在她脚边破水而出时她说，"每次一脱掉衣服，男人们就纷纷逃窜。"

"别在意，这又不是你的问题，"水从他那古铜色的脸上哗哗往下流，"就算你的身体上贴着 100 万镑，刚才那两个家伙也不会对你感兴趣的。"

"哦，这跟我丈夫可不太一样。你能相信吗？我丈夫为了某个有钱的臭男人，把我从早餐桌上赶跑了。"

"哦，是吗？那人是我父亲。"

"什么？"

"是我父亲，那个有钱的臭男人。"

"哦，我说错话了，真该死。"她连忙道歉。

"没什么。"他端详着自己那双手笑着说。

她下了泳池，入水的那一刻她感到一阵莫名的兴奋，她挨着他，"你打算去见见你的父亲吗？"

"不想，除非他把他的游泳裤带了。我到这儿来就是为了躲着他的。"

"躲着他？躲着你的父亲？"

"我都快烦死他了，总是问这问那的，打听我的朋友，问我为什么两年都没带女孩子回家。当初他让我到威斯敏斯特来，一个原因就是让我在这儿找个姑娘。他觉得我太腼腆，拉不下脸来，想让我多认识女人。关于威斯敏斯特的女人他了解得不少，盼着能有一个把我引上邪路。"他又哈哈大笑起来，可这次他的声音听起来很空洞，一点儿幽默感也没有。

"可是，鲍比，这事你不能总瞒着，对吗？"

"不能吗？威斯敏斯特是个藏东西的好地方。大多数的人都对别人有所隐瞒。"

"不会吧？现如今一切可都是公开的。"

"公开？不就是解雇了几个高官吗。咱们能知道的也只有这个。"他哼了一声，冷冰冰地说。

"不是这样的。"

"哦，是吗？我只是在表明我的看法。"

她来回游着，找不出合适的话来反驳他。"可你——"

"金妮，你得明白，你是唯一一个我敢和你说这事的人。"

"唯一一个？"

他来了个侧手翻的动作，身体柔软，姿势优美。"和你这么说吧，以前我认识了一个大秘书，我很信任他。他对人和蔼，岁数有些大，善解人意。说真的，太善解人意了。一天，他让我去了他的住所，左一杯右一杯给我灌酒，然后就开始动手动脚，想上我。"

"不会吧？真是个狗娘养的。这人是谁啊？"

鲍比笑了笑，把一根手指放到嘴边，示意金妮小声点。

"快说，快说，"金妮等不及了，"这人早就不干了，对吗？"

"是的，不干了，升了，现在进了影子内阁，却永远当不了头头儿，干的丑事太多了。"

"天啊，真没想到……"

"这样的事多得很，听人说在威斯敏斯特也是这样，他们说什么来着？十个人里头就有一个干过这种丑事。"

"既然这样，那你为什么不在晚上没人注意的时候溜出去，找个地方和喜欢的人一度春宵呢？去玩个尽兴。这么做岂不是很刺激？你担心这么做不安全？"

"不是。到处都有摄像头监视着呢。我要是想在党代会期间认识新朋友就得躲开摄像头。注意到了吗，这地方到处都是摄像头？我可不想让自己的私生活被拍成低成本的录像，传得满天飞，让我的那些同事、朋友一饱眼福。"

"卧室里没摄像头。"

"但过道里有。"

俩人开始游泳，游了一段，算是放松一下，金妮还是有些困惑，"我怎么想不通呢？你不是有朋友吗，就像刚才那两个。"

"我和他俩只是朋友，金妮。我不会跟他们走得太近的，我和谁都不会走得太近的。我是个同性恋，风流韵事一旦曝光，我可就完了。"

"不光是你，谁谈恋爱都得冒风险。"她踩着水，使劲儿让下巴露在水面上。

"我和你们不一样，我的性取向一旦曝光，我可就完蛋了。"

"没那么严重吧。"

"严重程度你根本想不到。知道吗，我出生在一个很传统的克什米尔家庭，依据我们的文化和教规，我这种情况就得被活埋。"

"真是一种愚蠢的偏见。"

"几乎每个人都有偏见的。"

"我就没有。"

"真的吗？金妮，这么跟你说吧，如果你的丈夫跟别人有过这种事，你会原谅他吗？"

"什么？这事你知道啦？该死！"她使劲儿拍打着水说，"是不是大伙儿都知道了？"

"实话跟你说吧，我的消息和别人一样灵通。不，应该说比别人知道的更多些。不过呢，这事别人可能还不知道，如果我这么说你会觉得好受些的话。"

"你这个家伙倒蛮有意思的。"

突然，他在泳池中间停了下来，抓住了她的胳膊，动作不粗暴，抓得却很紧。金妮的脚刚刚能触到池底，她在挣扎，不让自己往下沉。他站在她的前面，神情严肃，甚至有些凶，眼神中透着热情，却没有任何侵犯的意思。"你还没有回答我的问题呢。"看起来他极为看重这件事，他不光要听她嘴上是怎么说的，还想知道她脑子里是怎么想的。她知道他在测试她。

"这个重要吗？"她上气不接下气地说，她的头刚刚在水面上，他们的身体在相互撞击着、摩擦着，"是的，这个很重要。别问我为什么，是直觉。"

"直觉很重要，直觉才让咱们在这儿认识了，但我的直觉和你的不一样。"

"你在说什么啊？我不知道自己是否会原谅他。"

"谢谢你对我这么坦诚，金妮。"

"你让我在这儿待得够久了，就算淹不死我，你的好名声也毁在我的手里了。"

这时他才缓过神来，赶紧拉着她到了浅水区。她想，不管是什么样的测验吧，反正她过关了，他们彼此间的信任感又加深了一层。她出了泳池，他也出来了，跟在她身后，她忍不住瞥了一眼他那灵活的身体。他身体上的水珠正往下流，肤色黝黑，泛着光，这样的身体就算修女见了也会被搞得意乱情迷的，但这具身体里面藏着的是一颗女人心。她知道，他的父母再迟钝，也隐约感觉到了他们的儿子有些不对劲。

"鲍比，实话对我说，你很在乎你父亲怎么看这件事吗？"她一边用毛巾擦头发一边问。

"很在乎，我爱他。"

"鲍比，如果你得到了一个令众人羡慕不已的职位以后会怎么样？比方说首相的高级顾问。"

"这事不太可能，除非你是我的上司。"

这次该轮到她抓紧他的胳膊了。"喂，鲍比，想想看。如果咱们掌了权，我让你捞得一个高级职位会有什么样的结果？到时候你在唐宁街会有一间属于你自己的办公室。各式各样的官服都有，去乡下别墅度周末，说不定还能得到几枚荣誉勋章。到那时你的父亲不就能接受你了吗？"

他想了一会儿说："如果我能捞得个一官半职，他就很有可能接受我。"

"那咱们就开始干吧。"

"干什么？"

"入主唐宁街啊。"

"这件事听上去倒很不错。我该做什么。"

"首先你得让我相信你不是那种……那种乱说闲话的家伙。"

"你指的是那种叽叽喳喳的小娘儿们或者整天发牢骚的老女人？"

"差不多吧，就是这个意思。我们必须相信对方。"

他又把手指放到了嘴上。

"咱们当务之急要做的就是让杰克·桑德斯在这次的领导人大选中胜出。他是咱们的人，鲍比。剩下的那些……"她伸出一根手指，做了一个割喉的动作。

"行。"

"鲍比，咱们得想尽一切办法帮他。这会变成一场女人式的恶斗。挥泪、发狂，还有一点儿小背叛。"她让食指和大拇指的指尖碰在一起，然后慢慢分开，表明了自己的意思。

"我觉得我能应付这种局面。"

"这会毁了你的好名声。"

"干咱们这行就得冒险。"

"搞政治要冒险。"

"搞同性恋也得冒险。"

她突然变得不那么自信了。"告诉我，鲍比，她来这里了吗？朱莉娅？"从金妮到这儿来的那一刻起，她就叮嘱自己不要问这个问题，她担心事情的结果会让她受不了。

"没错。"他说。

她一边小心翼翼地把身体上的水擦干一边说，"看来咱们要做的事还真不少。"

与此同时，在另外一个不同的世界，阿乔克正坐在一辆赶往巴特西的公共汽车上，路上挤得不行，汽车又每站都停，一小段一小段地向前蹭着。她以前没去过那儿，但派特·克瑞希①把路线对她说了。她到的时候他正在台阶上等她，并且早就填好了一张表格，把车费给她报了。

"早上好，阿乔克，你能来我很高兴。"

"我发现这会儿我的时间多的是，克瑞希先生。"她的眼里满含悲伤。

"现在别操心了，走，咱们去喝一杯，然后去找梅西先生。"

梅西先生是个中年人，长脸，神情忧伤，好像这辈子就没遇到过什么顺利的事，故此嘴角向下耷拉着，还总抽鼻子。丁卡女人跟比她们年龄大的男人见面时总要先评判一番对方，阿乔克觉得眼前这个男人没什么素养，出身不怎么样。办公室里很热，东西堆得到处都是，男人却穿着一件厚厚的运动衫，袖口塞着个手帕，以备随时擦鼻涕。派特·克瑞希做了介绍，说这人是劳工部下属部门的一个什么主任。"你们好"，这人说话了，声音就像口破钟，而后示意他们坐下。他在桌子和地板上堆放得乱七八糟的文件中扒拉了一番，又在旁边放着的几个柜子里搜了一遍，才把要找的东西找到。"找到了，"他挥舞着一张纸得意扬扬地说，不过他的得意劲儿并没持续多久。"你自己看吧，"他的脸又拉得老长，"不是好消息，恐怕……还是你自己看吧。"

他把那张纸递给阿乔克，阿乔克看着，派特也把头伸过来看。

"是财政部的法务官寄过来的。"梅西先生抽着鼻子说。

纸的顶端有个戳记，"解雇""遣送""拒绝"这样的字眼一个接一个地蹦到了阿乔克的面前，"我不明白，我不明白"。阿乔克一遍又一遍地说着。

"意思是人家拒绝再次录用你，阿乔克。"派特向来是个有热情的人，这时也显得有些沮丧了。

"可这上面说我说脏话了。"她指着那张纸上的某个部分说。

---

① 派特是帕特里克的昵称。

"他们说你骂他们了。"梅西先生插嘴道。

"是他骂的我，长官先生。"

"他说没骂你，办公室的工作人员也这么说。他们说你妨碍公务，满嘴污言秽语，这是他们的原话。"

阿乔克盯着那张纸，官方文件，还盖着戳，她不由得想起了喀土穆。也是一间办公室，唯一的不同是人家不允许她越过门槛，那天她足足等了5个小时才轮到她。她想办个护照离开这个国家，可她没有丈夫，也没有兄弟做担保，也就是没有真正的身份。在这种地方，一个人的价值大小是以其有多少头牛决定的。在丁卡就是这样。那个当官的坏透了，极力羞辱她。"你想干吗？你干了什么见不得人的事这么想离开这个国家？"他说她自私，没有荣誉感，穿着打扮也不地道，光给他添乱。然后那当官的就走了，那天再也没有回来，人家下班了。第二天，她又去了，那人接着羞辱她，"你丈夫干吗去了？你家里是不是有人摊上了什么麻烦？""啥？""没有，不可能。你肯定在撒谎。"那人在她面前晃着一个印章说他要是不给她盖章她就走不了。那人还不满意，拿起印章在一张空白纸上盖了一下，却没有在她的纸上盖，那人在耍她。这会儿看着眼前这张纸，她想起了那一幕，那张空白纸上的戳印好像也盖在了纸的顶端，然后那人又走开了，2个小时以后才回来。她求他，他说盖章可以，不过先得和他睡一觉，她没同意，人家就又把她晾在了一边。

她想了个办法，趁那人出去的时候，偷偷进了那间办公室，拿起那个印章在手里的文件上盖好了印。这么做很危险，不过也算是破釜沉舟之举，她已经没别的办法了。而现在，人家因为手里有权就编造了一些借口惩罚她。

"我把文件给律师看了，她说这事不好办，说你言行不当。"

"他们的言行就适当吗？"克瑞希不服气地说，"真是一帮狗杂种。"

梅西先生只是微微耸了耸肩，擦了擦鼻子。

阿乔克还盯着那张纸，把结尾部分看了三遍，好像不想理解那些字眼似的。"他们说我撒谎了。"

"关键就在这儿。"克瑞希说。

"现在你们有什么打算？"梅西先生说，"不行去劳务法庭吧，不过也是纯粹浪费时间。"

"我有的是时间。"阿乔克回答。

"就算这样，如今木已成舟也没什么用了。"

"我们就说他们以权压人，"克瑞希提议，"让咱们的律师去法庭，让法庭传唤他们。"

"这么做不但浪费钱，还浪费时间。"梅西先生说。

"你有什么打算，阿乔克？"克瑞希问。

"我在想……"她在想喀土穆那些愚蠢的男官员，那些人撒谎成性，因为她是女人就想占尽她的便宜。她之所以敢跟他们作对，不是因为她想赢，而是因为她什么都没有了，只能狠下心来赌一把。"我跟他们打官司。"她小声说。

"我不知道这么干……"梅西嘟囔了一句。

"拜托，梅西，"克瑞希嚷了一句，"给这姑娘一个机会。"

"可钱的事……"

"快把你那该死的暖气关掉，这里是工会，不是什么桑拿浴室。别犹豫啦，伙计，她早就受了不少苦啦，该讨回个公道啦。"

"这事可不怎么好办啊，派特。"梅西指着那封信说。

"所以我们才来找你啊。"

一阵沉默，这沉默让人有些紧张。然后梅西抽了一下鼻子，接着又是一下。"嗯，好吧。"

金妮觉得党代会会变成一场女人式的恶斗，但多姆全然不这么想。他和属下不知疲倦地工作着，党的资金本来就不多，可他还是从中拿出了一大部分进行运作，以确保此次会议不但是一份献给他们的已故领导人的很合适的礼物，更是一个继任领导者的跳板。提名的最后日期就要到了，每个参选者都得到了站在聚光灯下展示自己的机会。一切都已准备就绪，就像举行军演一样，绝不会出什么岔子。阿尔奇把每件事都料理得妥帖、周到。媒体方面他早就安排好了，接触过很多次。宣传小册子都是用环保纸印的，公车是烧天然气的，碳排放量为零，此外，他们请了一些分量不太重的名人届时参加此次盛会。在这样一个各个政党重整旗鼓、渴望东山再起的世界里，党代会就好像是一个从天上掉下来的绝好机会。

可就在这时候，执政党插了一杠子。在党代会的最后一天，反对派的大批追随者开始纷纷涌入会场、挤满会场的各个角落之时，有传言说傍晚要宣布一个重大消息。后来就有人看到阿尔奇在后面的一间屋子里气鼓鼓地大嚷大叫，还咣当咣当地乱扔椅子。执政党决定增派部队进驻伊拉克。赌注提高了。这则消息刊登在了各大报纸的头版，反对党开会选领导人这事就显得不那么引人关注了。这是一种肮脏而廉价的政治小手腕，在这个节骨眼儿上抛出这么一手，起到了先发制人的效果。但抱怨根本没用，因为伊拉克问题还是最重要嘛，在这个问题上应该放弃党派之争，应以大局为重，吵吵闹闹的不合适。

杰克·桑德斯的表现也不怎么样。他是最后一个发表演说的，激情澎湃，对反对党的未来描绘出了一幅美好蓝图，可不知是怎么回事，这番话让人觉得空荡荡的，没有实质内容，就像一阵夏日的微风吹过丛林，树叶哗啦啦一响，掀起了一点儿涟漪，就算完事了，这让大批追随者大失所望。多姆觉得杰克的心思根本没在这上面，是不是蒂娜故意让他这么做的？杰克说完了，尽管大伙儿也是纷纷起身鼓掌对他表示致敬，可此时的会场里面弥漫着一种不满的情绪。因此，多姆大步走上演讲台时，他知道自己的机会来了，这个时候应该振奋各位的低落情绪，同时提升自己的知名度，但他事先并没有准备演讲稿，没想到会碰上一个这么好的机会。说话之前他先停了一会儿，不知道该说什么。会场里的人注意到了他的疑虑，变得安静下来。他挺直身子说开了。

"朋友们，"他扬起一只胳膊对着下面的人挥了挥说，"我为什么这么说？因为在座的各位都是朋友……"

演说的过程中，他有时像一位传道的牧师，让大伙儿有一种亲切感，好像小的时候就认识他似的，觉得他是某个很熟悉的人，让他们想站起来上去拥抱他。他引述了《圣经》上的很多话语，他本人对《圣经》就是非常精通的。他把5位参选者比作先知，把执政党比作《旧约》上的瘟疫，把已故的可怜的老科林比作施洗者约翰，他说一个伟大的时代即将到来，"我要发自肺腑地说，我们现在拥有的这个时代是绝无仅有的"。

他说话时一顿一顿的，富有戏剧性，就好像专业演员在台上表演一样，而他在表演上也的确有天赋。他们等着他往下说，他的目光扫过会场，然后上抬，就好像在寻找天国一般。他的双手慢慢地举过头顶，摊开，手掌心向前，然后整个身体因为不可抑制的激情颤抖着，就像一位拯救陷入水火之中的人们的古代智者。"天幕正在地平线上挂起，我们的机会来了，崭新的一天在我们面前铺开，这是充满阳光和希望的一天。"

人们兴奋得大嚷大叫，纷纷发出啧啧的声音。

"我告诉你们。不，我指引和命令你们，带着我们的预言从这个地方走出去，回到你们的选区，把这席话传播出去，为胜利的到来做好准备！"

当然了，这一切纯属胡说八道。先前的投票结果显示，执政党领先反对党10个点，反对党群龙无首，而且长期以来没有明确的方向，饱受执政党的攻击。科林人不错，但干政治这行不合适。会场里的人渴望听到多姆这样的豪言壮语，因此当他最后像一位心力交瘁的指挥家，下巴朝下一低，碰到胸脯上时，在座的各位一跃而起，发出一浪高过一浪的尖叫声。他们使劲儿跺脚，鼓掌欢呼，直到把手拍肿，音乐响起，旗子飘摆，坐在前排观众席上的金妮此时起身走到丈夫跟前，和丈夫拥抱、接吻、握手，转回身向如潮的人群不停挥手。

金妮从未见过这样的场面。闪光灯让她睁不开眼，搞得她什么都看不到，眼前只有一张张模糊的脸，震耳欲聋的声音一波又一波地涌过来。但她感觉到自己体内升起了一种巨大的力量，强烈得足以把如潮的人群卷走，没错，这种力量始终都在她的身体里潜伏着。喝彩声此起彼伏，空气变得黏稠，变得香甜，她都能品尝到它的味道了。多姆站在她旁边，此刻的他瞧上去是那么有男子气概，他脸上的汗水正往下流，这个志得意满的男人深深地触动了她，让她觉得他是那么性感。

然后，她发现了人群中的朱莉娅，也在和众人感受这一刻。这时候，别的党派的领导人和他们的妻子也到台上来了，有埃德、杰克、黑泽尔、吉姆和乔治，还有一边咯咯笑，一边在哪个领导人的妻子旁附耳低言的蒂娜，她好像总在干这种事。照相机把他们围在中间，他们去哪儿，照相机就去哪儿，把每个瞬间都抓拍了下来。金妮在前排座位那儿瞥见了一张黝黑、中年男人的脸，很可能是鲍比的父亲。然后，她又把目光转移到了朱莉娅的身上。婊子朱莉娅、汗水、蠢行、感情、话语、错误、刺激、多姆、不知悔改——不计其数的照相机在金妮面前关闭的那一刻，她的脑子里突然涌出了无数的念头。

第
五
章

　　他大步流星地朝她走过来，瞧上去派头十足。

　　"鲍比，衣服蛮帅的嘛。"

　　"那当然啦，"说着鲍比紧挨着金妮在桌子旁坐下了，"我父亲有四家制衣厂，打算再开两家。"

　　"是吗，怪不得他对咱们这么大方呢。"

　　鲍比摇摇头，笑着说："他对首相比对咱们大方多了，他给咱们钱只是图个保险，怕以后出什么事。他总说不要把所有的鸡蛋都放到一个篮子里头，干什么事都神神秘秘的。"

　　她拍手表示称赞，声音穿到了大厅那头。他们现在正在保得利大厦里面坐着，大厦在泰晤士河边，威斯敏斯特桥的一侧，这地方很干净，每天都做消毒处理，带回音的大厅之上是一个大大的玻璃圆顶，下面由钢柱支撑着，旁边散落着一些闹哄哄的餐厅和咖啡馆。里头就座的那些人尽管都退下来了，却知道如何品尝美食。大厅一头有一幅三位党的领导人的巨大画像，正盯着他们看，时间永在流逝，这三位已不再是领导人了：布莱尔、肯尼迪和黑格都退下来了，在退下来的日子里，有的每天都跟心中的仇恨做伴，有的沉浸在酒精的麻醉中，有的年纪轻轻就谢了顶，他们任职时的功过，除了历史学家，没有人会再关心。墙壁上还散挂着一些其他人的小幅画像，有内阁成员的，有反对党发言人的，还有普通议员的，画中人的目光无一例外地都盯着下面这个宽阔的大厅。这些人花费不少的钱才成为公众人物，工作却干得一塌糊涂，只知道贪图享乐，坐在这样的一个大厅里头，一个人不会有历史感。

金妮和鲍比坐在桌子旁聊天，头顶上是一棵高大的橄榄树。他要的是牛奶咖啡，她要的是薄荷茶，两人满意地喝着。周围的人都在低声说话，好像在密谋什么似的。这地方不像议会大厦，没那么庄严，让人觉得随便而放松，是个聊天的好地方。

"聚光灯下的感觉怎么样？"鲍比问。

"我发现……很让人兴奋，又很危险，那时我才明白为什么有些人不惜一切代价也要换取这样的一刻。那种感觉就好像你正站在一个路障上，而周围都是眼神狂热、准备发动革命的暴动分子。没错，那种感觉就是这样，会带来各种各样的麻烦。"

鲍比注意到一丝微笑浮现在了金妮的脸上。

"到处都是照相机，到处都是，知道吗，鲍比。哦，天啊，就像一出戏，只是在表演，但情节让人激动，你很快便忘记了照相机的存在，你的心中充满了兴奋，你的身体变得狂热，让你觉得人们拍手叫好是发自内心的，而不是出于礼貌，你觉得自己就像腾云驾雾一样，顿时变得晕乎乎的。"

"你刚才说什么麻烦，为什么会这样想？"

"因为你开始觉得你和别人不一样了。你忘了这只是演戏，忘了照相机，也就是在那个时候我想起了你说过的某些话。"

"在那样的一个时刻你会想起我？真让我受宠若惊。"他冷漠地说，然后喝了口咖啡。

"快给我闭嘴，好好听着，你这个黑脸大傻瓜。"

"哦，别骂我好不好，我的太太。"他笑着说。

两人的关系到了无话不说的程度，你骂我，我骂你都没什么，反倒觉得很舒服。

"那天你提到了监控的事，还记得吗，鲍比？"

"记得。扫描器、铁丝网、警犬、全副武装的警察。各种手段都用上了，为的是把咱们和公众隔开。"

"上个星期那些监控设备是谁负责？"

"会场里的那些吗？除了总部酒店和会场中心的那些，其余的大部分由警方负责。"

"酒店里的那些呢？"

"酒店负责。"

"那儿你有认识的人吗？"

他面露怀疑之色，眼睛眯成了一道缝，"你想干什么？"

"我正琢磨呢，有没有办法瞧一眼那些监控内容，看看都记录了些什么。"

"干吗用？录的内容得有好几百个小时呢。"

"咱们可以把范围缩小一下，只看卧室通道这一块儿，午夜到凌晨6点这个时段的内容。"

"可是酒店有五层楼，光这一块儿也得有几百个小时的录像。"

"草草看一下不就行了，快进着看。"

"你到底想看什么？"

"我也不大清楚。一般说来，人们玩疯了的时候就忘了有摄像头了，很可能会做出一些见不得人的事。"

"这么做未免太龌龊了吧。"

"发现你的丈夫正在跟一个小娘儿们胡搞，这种事也挺龌龊的。"

就在这个时候，远处一个大块头的政客朝他们挥了挥手，俩人的谈话被打断了。

"那家伙是谁？"

"你丈夫的一个副手，是我见过的最看不出眉眼高低的家伙。"

"我以前没见过他。"

"那家伙以为自己是上帝呢。不过话说回来，你见过大肚皮垂到睾丸下面的上帝吗？"

"你好像不怎么喜欢他嘛。"

"你也不会喜欢那家伙的。他为人不忠，想把你丈夫的位子搞到手，也觉得自己有这个能力，觉得你丈夫配不上这个位子，年纪太轻，成不了什么气候。"

"这样看来，我还太嫩啊，要学的东西还真不少。鲍比，不过我这个人勤奋好学。"

"你对知识的渴求程度让人吃惊。对了，那些录像，假如你发现了你想要的东西，你打算怎么做？"

"不知道。那得看发现的是什么。不过在这种地方，信息就是权力。不管怎么说，鲍比，反正咱们现在已经加入到这个权力游戏之中了。神经太过敏感的人搞不了这一行。"

他双眉紧皱，五官娟秀的脸上透着深深的忧虑。

"你这是怎么了，鲍比？你在担心什么？"

"呃……"

"良心上过不去？"

"不是。我在想这家酒店副经理的名字。这人见过我的伤心事，可怜过我，明白我的意思吗？"他微笑着说，"咱们根本不用跑腿儿。"

瞧瞧他们的眼神，疑惑、恐惧、残酷的命运将他们置于一个这样的境地，他们不是想当反对派领导人吗？可他们还不知道怎么玩这种游戏。英军在伊拉克又陷入了麻烦之中。威胁再次降临到了我们的孩子们的头上。但你得支持他们，你必须这么做，你还得支持那些派遣政策。其实你无须这么做，但这么做要保险得多，不用背上不爱国或者拿英国人的性命开玩笑的骂名。就这样，一个接一个的政客开始支持现任政府的政策。到头来，这些人不但失去了他们的领袖，还失去了方向感，早就忘了怎样去反对。

"咱们到这儿来干什么？"金妮一边喝茶，一边小声嘟囔着。

"闲聊，发牢骚。说实在的，没什么好干的。我是说来看看她，"蒂娜用手中装满了香槟酒的酒杯朝交通部发言人的妻子盖瑞·哈珀利的方向指了指，"她换发型了吗？怎么看上去脑袋上像是扛着一只被撞死的动物呢。"

"大伙儿好像都在谈论哈珀利夫妇，有这回事吗？"

"一眼就能瞧出来，他俩是支持查理·马特豪斯的。"蒂娜哼了一声。

她俩此时正站在一座大帐篷的入口处，大帐篷一直延伸到一座庄园的后院。这座庄园的主人叫艾迪·布莱恩，是个买卖古董车的，也是财政部的一个发言人，人送绰号"时刻准备好了的布莱恩"，因为这人哪怕在激烈的辩论会上都忘不了向在座的各位推销他的古董车。这人结过3次婚，有5个孩子，最小的一个叫亚力克斯，今天是他的生日庆祝会。来的人很多，个个兴高采烈，一方面是因为布莱恩发放的免费香槟酒，还有在场的每个人都能得到一个精致的书包，包里头既有电影票，也有法国迪士尼的门票，另外还有不少的精致礼物。亚力克斯上的是贵族学校，校内攀比风气盛行，作为父亲的布莱恩当然不肯让自己的儿子落在别人后头，学校每次举办什么活动，他自己也是非得出尽风头不可。别的家长可能给孩子举办一个小小的化装会或者一块儿做个小游戏就挺满意了，但布莱恩可不一样。就拿今天来说吧，在入口处欢迎亚力克斯的朋友的就有一大圈的吞火魔术师，后院里还有一个热热闹闹的卡拉OK演唱会。这个时候，家长们都入场了，大伙儿聊着天。

"孩子们觉得他们的新学校怎么样？"蒂娜问，"肯定和北安普敦郡的不大一样。"

"本说那地方香火太多，修女也太多。他好像正在变成一个不可知论者。我估计多姆要是发现了这一点肯定不愿意。杰玛很想念她的朋友，这个礼拜我带她看了场电影，她很喜欢。本成了个足球场上的小恶棍。他一直很喜欢切尔西俱乐部，但最近这段时间我慢慢地让他把兴趣转移到了女王公园巡游者俱乐部上来。这样一来，从长远来看能省下不少钱呢。"

"哦，好了，不说这个了，说正事。答应我，你我联手，咱们就能所向披靡，把领导人的位子搞到手，这个世界就成了咱们的盘中牡蛎了。说到牡蛎，你见过里面的珍珠吗？"

就在这个时候，金妮的手机响了，她说了声抱歉，从包里把手机拿了出来，蒂娜冲她摆摆手去找酒喝了。

"喂。"金妮说着挤过了拥挤的人群。

"艾治太太，近来一向可好？"

"麦克斯吗？"金妮觉得有些吃惊，"我没记得给过你我的电话号码啊。"

"没错。"电话那头传来一阵大笑。

"有事吗？"她有些羞怯地问。

"想你了呗，"他停了一下，好像在想什么，然后接着说，"你曾对我说做母亲有时候挺难的，有点儿像搞政治，你们家又刚搬到伦敦。因此我想——让你给《档案》写点儿东西，就写一位从政年轻母亲的经历，你看怎么样？写写搬来伦敦的经历，再写写孩子们，反正就是一些很朴实的东西，女人爱看的那种。"

"你的报纸也有女性读者吗？"

"最近我们开了个专栏，是关于女性食谱的，你应该试试。金妮，我很欣赏你，你有写作天赋，写写吧。"

"我为什么要这么做？"

"对你的形象好，能够让人们认识你。他们会认识你的，艾治太太，事不宜迟，不要等到那些下流粗俗的报纸编造一些有损你的形象的东西之后再出手，到那时候可就晚了。"

"天啊，他们会说我什么呢？"

"这个嘛，会说你是个泼妇，要么就是个靠色相勾引男人的狐狸精。"

她用一只手把电话盖上，怕别人偷听。

显而易见，他从金妮的沉默中获得了勇气，便接着说："听着，金妮，这种事我可不常干，只是给你提个好建议。快人一步把自己的形象树立起来。既然你已经投身了政治，就应该这么做，把你想让别人看到的一面展示出来，而不是等着别人胡乱猜测。"

金妮又沉默了。

"天啊，快别犹豫啦，这事你可不白干，我会付钱给你的。"

"你能给多少？"

"一个字一英镑怎么样？一篇 1000 字。"

"一个字两英镑我就干。"

"好吧，但有个前提，文章登出来才算。"

"你会登出来的。"

"那就说定了，明天下午 5 点之前我要把稿子拿到手。"

电话挂断了，金妮呆呆地盯着电话，心里头觉得有些怪怪的。

"坏消息吗？"蒂娜手里拿着一杯酒回来了。

"不知道，"金妮回答，"是麦克斯·摩根。"

"麦克斯？你认识他？"

"认识，不过不是很熟。"

"我可要提醒你啊，这家伙可不是个善茬，惯于放长线钓大鱼。你什么也没对他说，对吗？这帮家伙会把你的话使劲儿扭曲，就像搓一块旧洗碗布一样。"

"我什么也没告诉他。我在想该不该把埃德·古德瑟普的事告诉他。"

"埃德？埃德怎么了？"

"什么？你还不知道啊？"金妮咯咯地笑着说，"我还以为你听说了呢。"

"听说什么？"蒂娜的兴趣上来了，狠命抓住金妮的胳膊让她赶紧讲。

"就是他入选《名人录》的事呗，"金妮开始揭倒霉蛋古德瑟普的伤疤，"不过我觉得把这件事搞得沸沸扬扬的对人家不好，尽管他愚蠢又可笑。"

蒂娜的酒意上来了，眼睛里闪着一丝奇怪的光，嘴角向下耷拉着，过了好一会儿才说话。"你做得很对，金妮，要是杰克这么干，我会杀死他的，就算当着那些干媒体的狗杂种的面我也会这么做的。"

"这么说你不打算把这件事曝光了？"

"不会，至少现在不会。"蒂娜笑道，"我想在此之前会有另外一个猛料爆出来。"

"什么意思？"

"亲爱的，我发过誓要保守秘密的。发过毒誓，懂吗？这么跟你说吧，尽管乔治·帕斯卡在这次的领导人选举活动中开局的势头很猛，但结局会摔得很惨。"她用食指轻轻敲着鼻尖，像是策划什么阴谋似的，"这事千万不要跟别人说，一个字也别说。这事你知我知，再没有第三个人知道。咱俩是个天衣无缝的组合，对不对？"说着她扬起头，脖子上松松垮垮的皮肤被拉紧了，然后像个即将上战场搜捕敌人的士兵那样肩膀一绷，走了。金妮看着她远去的身影，喝了口茶，没想到茶早就凉了。

蒂娜暗示的那些事刊登在了第二天各大报章的头版，内容翔实，占了不少版面。乔治·帕斯卡结婚了，有个女儿，就内容看，也没什么特别的地方，甚至连他女儿吸食毒品的事也没提。这种事在高官的孩子中并不罕见，为了搞钱买毒品，他女儿开始卖淫。就这样，一个聪明又漂亮的花季少女的命运便终结在了大街上。后来，《世界新闻》的一个记者把这件事挖了出来，写了一篇深度报道。而后其他报刊跟进，唇枪舌剑纷纷向乔治·帕斯卡射去，搞得他体无完肤，一个政客的生涯就这样被毁了。

人们一致认为这不是她父亲的错。多年来，他想方设法搞钱帮助女儿戒毒，但都无济于事，他甚至转头向他信任的几个同事征求意见，却失败了。报纸把这件事曝光以后，他便承认了。对他的政治生涯来说，这无异于灭顶之灾，午饭前他便宣布了退选的消息。蒂娜向各大媒体通报了这则消息，毕竟这是她的本职工作。归根结底，杰克还是党内最可靠的候选人之一。竞选还没有正式开始，就有一个人倒下了。

那个星期天，金妮一直在厨房里坐着，餐桌上散放着一堆报纸，她的内心深处充满了各种不安的情感。媒体的恶毒笔触赫然在报纸上显现着，她感到很伤心，又感到极其愤怒，但这种事适逢竞选大会开幕之际，爆出来以后的确让人们兴奋不已，算是为这次该死的竞选增添了一剂兴奋剂，但她的心中不由得一阵阵的刺痛。白天慢慢过去了，恐惧浸满了她的内心，她认识帕斯卡夫妇，虽说不是很熟悉，他们都是很正派的人，不该遭此厄运，不该眼睁睁地看着自己的孩子被毁掉。哪个母亲都承受不了这种刺激，不过话说回来，谁都有可能碰到这种事。也就是说，她金妮也可能会遇到这种事，杰玛要是有一天也染上了毒瘾，她会有什么样的反应？身为母亲，恐惧在她的体内越积越深。

那天晚上他们去做弥撒了，并不是为了树立什么形象，也不是为了拍张照片登报用，甚至不是为了两个孩子上的是教会学校，而是因为这是他们多年来养成的习惯。教堂里的香火味、诵经声和漆黑的角落让多姆觉得踏实。他总把教堂称为"上帝的烟雾弥漫的后屋"。金妮总陪多姆一起去，上大学的时候，俩人第一次认识那会儿，她就是陪他一起去教堂的，尽管她并不是天主教徒，也不信仰任何宗教。她是个很实际的女人，凡事总是自己拿主意，去教堂完全是为了多姆。多姆做弥撒的时候，她就坐在长椅上，不时环顾教堂内部，烛光闪烁，气味香醇，令人陶醉，石板铺就的路也不知道被多少信徒踩踏过，反正都磨出了光亮。从黑暗、布满灰尘的角落朝外听去，她好像听到了低泣的声音，或许是帕斯卡夫妇在哭，他们的生活被扯碎了，跌入了深谷，便默默地来到"上帝之屋"中寻找慰藉。唉，清白无辜的人竟然也要承受炼狱之苦。然后，她的目光落到了那个忏悔室上，她不知道那些忏悔的人都在里面说过什么，多姆在里面说过什么，便试着倾听从里面传出的回声。当然了，多姆是不会向神父忏悔他和朱莉娅的私情的，他觉得这种事太丢脸了。多姆至少在这一点上不及她的父亲。

两人一块儿往回走的时候，她的心里乱乱的。起风了，风很大，她又想起了帕斯卡夫妇，想到了一个好端端的政治家庭就这样被毁掉了。伊莱恩·帕斯卡对女儿的感情正如金妮对杰玛的感情，也是那么深。金妮很担心，自己一旦从政，以后女儿出点什么事该怎么办。正想着，暴雨来了，他俩赶紧跑进了一家店铺的门道里。两人打着一把破伞，身体突然就挨近了，这让金妮不由得想起了15年前，也是一个下雨天，那是在诺丁汉，暴雨也把他俩赶进了一家店铺的过道。那时他们才认识一个星期，正在雷斯市场周围弯弯曲曲的胡同里走着，地上到处都是垃圾。突然天降大雨，打了他们个措手不及，两人赶紧找了个躲雨的地方，他们的世界一下子挨近了。雨停了，两人开了间房，偷尝了禁果，那是他们的第一次。事后多姆还开玩笑地列举了一系列的清规戒律，说他们破了戒，理应受罚。那一刻永远留在了金妮的心底。

狂风吹打着他们的伞，雨点啪啪地打在他们脸上，多姆伸出一只胳膊紧紧搂住了金妮的腰。她没有抗拒，"你也想起了那一幕，对不对？"

"是的。"

他咯咯地笑了笑，用手碰了碰她的乳房。

"别动，你这个大猩猩。咱们还有很多的事要做呢。"

"比方说？"

"这次的领导人大选。"

"你是说那个绿眼大怪物吗？"

"有些人天生就是搞政治的料儿。有些人刚把位子捞到手，还没坐热乎，就在眼皮底下被人家拿走了。"

"我觉得咱们有戏。还有杰克。"

"蒂娜把帕斯卡夫妇的事登在今天的报纸上了。"

"你敢肯定？"

她没说话，眼神给了他答案。

"真卑鄙，"他说了一句，风吹打着他们的伞，雨点拍打着他的领子，"这事和你有关系吗？"

"关系大了。我向来认为善有善报，恶有恶报。蒂娜这么做真够缺德的。"

"如果她不是为了杰克才这么做的，那是为谁？"

"为你。"

"嗯，也许有一天她会为我这么做，可这次是为谁？"

"为你。"她又说了一遍，语气更坚定了。

他嘟囔了一句什么，可风太大，金妮没听清。

"你说什么，多姆？"

"未免太早了吧……太早了……"

"什么？你是没能力？还是没这个心？"

"去他妈的，金妮，我今天坐到了党主席的这个位子上，已经够幸运了。科林本是我的上司，现在他死了。如果这次我失败了，我的事业也会和他一块儿进坟墓的。"

"可你还没有失败啊，多姆。"

"可是——"

"别再说什么该死的'可是'了，多姆。"她厉声说道。

"事情没那么简单。"

"你就说你愿不愿意当一把手吧？"

"当然愿意了，可是——"

她呻吟了一声，又是这个该死的词，"不管你有没有种，我都想让你当一把手。"

他哈哈大笑起来，"听着，金妮，这事咱们明天早上再考虑吧，在《暴风雨》①的一幕中讨论这事不合适。你刚才说有没有种这事，咱们为什么不马上回家，然后——"

"选战明天就开始了，你还有心思想这个。我写了篇小文章，是给《档案》写的。"

"阿尔奇听了这事会疯掉的。"

"我倒是盼着他这样呢。"

"可是——"他又说了这个该死的词，"你为什么没告诉我？"

"因为你肯定会把这件事告诉阿尔奇，阿尔奇听了以后肯定会疯掉的。"

"关于这次的领导人大选，你那篇文章中都说了些什么，金妮？"他迫切而焦虑地问。

"只字未提，什么也没说，连个口风也没露，写的都是瓶装水之类的事。"

"谢天谢地。"

"还有，我只花了几个小时，赚的钱就比你两个星期赚的还多。"

"开玩笑的吧？嗯，这事倒是应该庆祝一下。"说着他伸出一根手指把她脸上的一滴水珠擦去了，"这样的话，为什么咱们不马上回家开瓶好酒，然后——"

---

① 指莎士比亚的戏剧《暴风雨》。

"不行，多姆尼克，在这个节骨眼儿上，我可不想让你分心。"

"分什么心？"

"考虑明天上午你要做的事啊。"

他轻叹一声，说道："金妮，你为什么就不能像别的女人一样，满足我这个小小的要求呢？"

第二天一大早，送报纸的就把登着那篇文章的报纸扔到了金妮家门口的地垫上，上面一个大大的副标题写着"尖锐的艾治"。作为树立形象之用，用这样的标题还不算坏，文章写得也算合适，占了两页，配以金妮的几张私人照片，照片上的她很休闲地躺在卧室的床上，周围摆放着一圈半空的箱子，刚搬了新家嘛。她写的只是一些对生活的感悟：

我的快乐来源于三个要素：家庭、友谊和遗忘。说到政治家，众所周知，他们并不是完美的，如果你嫁给了一个这样的人，生活中就既会有坦途，又会有坎坷的泥泞的路，这就是我选择遗忘某些事情的原因。辛辛苦苦做出的饭喂了狗，电话铃声在深夜中响起，孩子的自行车坏了，他却忘了修理，早上不吃饭就出门，晚上从不回家，还有你的丈夫去某个女主人家做客时，要是赶上个风流娘儿们，趁你丈夫帮她在厨房里洗碗时会猛扑上去，猛烈地干一场，这样的事你也得承受。当然了，这种事不是每天都会发生，一周一次吧，你得学会应付它并学会遗忘。

写作风格不像托尔斯泰，也和金妮平时的写作风格不大一样，但文章中透着幽默，观点新颖，又有热情，这些都为她树立个人形象起了作用。

说到喝东西这件事，有些潜在的危险始终在威斯敏斯特存在着。不只是喝酒，喝水也一样。你会发现政治家们喝的都是瓶装水。不是自来水，而是盛放在某种很可笑的塑料瓶子里的水，这种水是专门为他们准备的。在威斯敏斯特的某些餐馆，一小杯就要 5 个英镑，你能相信这事是真的吗？这个价比汽油都贵，比一杯上好的葡萄酒还贵。还有其他的一些费用，生产这些瓶装水需要花费大量的人力、物力和财力，运输费用更高，堆积如山的空瓶子会对环境造成污染。颇具讽刺意味的是，我们喝的那些所谓的矿泉水竟有一半是自来水。因此，我的问题就来了：你想省钱吗？想对我们暂住的这个星球做出一份贡献吗？如果你喝水的时候非得喝瓶装的，那就找个空瓶子在里头灌满自来水，没人会看出来的。事实上，这种事我们已经做了好多年了，我怀疑有些餐馆也是这么干的。

然而，并不是每个人都是高兴的。

阿尔奇·布莱克斯通打电话来的时候正是早上 7 点半。

"哦，亲爱的，"金妮打着哈欠说，"你生气了。多姆说你会疯掉的。"

他像头驴子那样乱吼乱叫着。她的声音却是低沉的，上衣上落了条棉线，她捡起来扔到了一旁，然后站起身，端起茶壶、茶碗在屋里转悠，弄得叮当响，好让电话那头的阿尔奇明白她正在忙，有更重要的事要做。

"我们是一个团队，这一点你明白吗，艾治太太？你写的这篇文章到头来会反咬你一口的，还有卧室里的照片，你脑子里想的都是什么？你把私生活抖搂出来，当成诱饵。你会给你丈夫惹麻烦的——你会给全党惹麻烦的。"他停了一下，想看看她对他的话作何反应。

朱莉娅。他拿出了朱莉娅和她丈夫的风流韵事威胁她，也许他说得在理，这一点她倒是没考虑到。

"下次我写的时候会认真考虑你这番话的。"她冷冰冰地说。

"什么？还有下次！"

"我没告诉你吗？《档案》挺喜欢这篇文章的，想让我接着写，我想你会喜欢的。"

说完她便挂了电话，要是她能这么轻松地忘掉朱莉娅该有多好。

命运并没有关照阿乔克。工作没了，收入没了，靠着领取失业救济金过活，可就在这个时候，政府新采购的一套计算机系统出了点问题，导致救济金无法按时发放。这套系统可是花费了几百万啊，她却干巴巴地等着，一分钱也拿不到。她也明白工作人员的苦衷，每一分钱都有记录的，人家不可能自掏腰包周济她，只能等到系统修好之后再领钱。看着工作人员小心翼翼的样子，她忍不住想到，当初采购这套系统的那帮家伙要是这么小心就好了。

她的小儿子米约克想买双新足球鞋，这好像并不是一个不合理的要求，因为米约克的球技突飞猛进，学校想让他进最好的足球队，可这里不是苏德，不能光着脚上球场啊。她想给人家洗衣服，可现在每家每户几乎都有洗衣机，谁会用她洗呢？就算有人一时发善心，用她洗，可衣服洗完以后人家总是抱怨这儿洗得不好那儿洗得不干净。

然后，派特·克瑞希给她打去电话，让她过去找他，说有件事对她说。她想把车费省下，就步行到了那里。每走一步，回家的渴望就越加浓烈。她并不是不心存感恩——这个新的国家给了她那么多：一间干爽的公寓、一部电话、一台电视机，甚至还有一台洗衣机，这是她做梦也没想到的。然而，她的心中始终充满了对苏德往昔生活的向往。这个地方不是家，也永远不会成为她的家。她想起了小时候蹲在地上看着成群的蚂蚁从尘土中穿过的情景，就算你朝它们身上泼一盆水或者拿起一根小木棍打它们，都无法阻止它们前行的道路。这座城市和城市里的人让她想起了那些蚂蚁。一次，一位老妇人被撞倒在地，一动不动地躺在那里，刚买的东西散落了一地，可周围的人们仍像那些蚂蚁一样来来回回，永不停息，没人肯上前去看一下她。英国真是一个奇怪的部落，和她的父母从传教士那里听来的大不一样，传教士口中的英帝国是尊贵的，严酷的秩序延伸至世界的各个角落。其实，他们远称不上是一个部落——在苏丹人眼中，英国什么都不是。好像并没有将他们紧紧连在一起的某个纽带，他们没有共同之处。某个医生是旁遮普人，某个清洁工来自乌克兰，在失业救济处工作的那个女人的口音比阿乔克的还要浓重。走在街上，看到了那么多的人，看到了那么多的商铺和咖啡馆，却一样也无法让她和想象中的英帝国的样子联系起来。只有在某些慈善机构，那一张张脸和口音才让她想起上学时学过的那种标准英音。她觉得奇怪，觉得困惑。在阿乔克看来，英国是一个多部落的国家，并不纯粹。哦，她多想回到苏德，可她知道苏德已经走出了她的世界，只有在电视上才能一瞥它的样子。还有孩子们，那里什么也没给他们留下。阿乔克继续向前走着。

终于到了，派特·克瑞希正在等她，坐的还是以前那把椅子，"阿乔克，欢迎你来。请随便坐。我有件事要告诉你。"这个劳工部的男人笑呵呵地对她说。

阿乔克迟疑地坐在了那把硬硬的木头椅子上。克瑞希挥了挥手中的一封信，而后隔着黏糊糊的桌子递给了她。戳记还和原来的一样，也是财政部的律师寄来的。

"他们想把这件事解决掉，"克瑞希说，"想给你一定的补偿，不过，当然了，他们并不认为这是他们的错。"

"他们不认错，怎么解决？"阿乔克一字一句地读着那封信。

"想把这事摆脱掉，如果咱们把他们告到劳动仲裁法庭，那他们可就亏大了，赔的钱比这个要多得多。"

她的目光落在了钱数上——850英镑。这笔钱对她是多么重要啊，能买很多的足球鞋、车票和课本，能买很多的干净毛巾和丰盛的饭菜。"你说我该怎么办，克瑞希先生？"

"这个嘛，你有可能还会多拿点儿钱，"克瑞希说，"不过，他们说了，错不在他们，是你的错，因此只给了一半的钱。咱们去法庭可以要求多赔偿一些。不过，我要提醒你，阿乔克，咱们也有可能白去一趟，法庭有可能会说你太固执，觉得你太贪婪。很难说这件事会有什么样的结果，不过就是某种游戏嘛。"

"是他们在玩游戏，我没玩。"

听了这话，克瑞希的声音变得没那么热情了，"劳工部的意思是要你把这笔钱留下。老梅西说这样一来整件事就变得简单了，还能省掉大伙儿不少的麻烦。至少他是这么认为的。"

"你是怎么看的，克瑞希先生？"

他抿了一口黑啤酒，这才说："我个人觉得这件事越简单越好，钱对你来说很重要。"

"可这不是钱的问题，克瑞希先生。我想要回我的工作。"

"那你就得去法院告他们了，不过这么做很冒险，另外，这笔钱得推迟一段日子你才能拿到。"

她又扫了一眼那封信，又看了一下那个金额。她这辈子都没见过这么多的钱，然后她的目光落在了信的最下端，一个潦草的签名，签名下面又有一个机打的名字：阿卜杜·拉曼。不是英国人的名字，是阿拉伯人的名字，并且很有可能是巴拉加人。

在她的村子里，村民之间起了纷争，自有一套解决矛盾的方式。村里的长者聚集在那棵高大的胶树下面，由族长带头讨论。当事双方陈述过后，由长者进行判定。不只是简单的对与错的问题，而是涉及涉事双方受伤的感情和丁卡人的自尊。从早晨讨论到中午，大伙儿越讨论越热烈，好像永远都说不清。但到了傍晚时分，长者总会提出一个令双方满意的办法，比如说谁赔付给谁一头奶牛啊，谁赔给谁一头公牛啊，这事就算完了，因为当事人觉得这些长者是智慧的代表。这是让双方都有面子的唯一的解决方式，而后双方继续生活，和睦共处，而不是用刀枪说话。这种解决纷争的方式是在大白天进行的，双方面对面，心里有什么话都可以说出来，用不着藏着掖着，而不是晚上在某个小泥棚子里或者小酒馆里偷偷摸摸地进行的。不行，这封信上说的都是谎话，不能就这么认了，阿乔克想。她想捍卫自尊。

"我不接受，克瑞希先生。"

"真的？"他盯着她的黑眼睛，她的眼神沉静却坚决，用不着她回答了。他把杯中酒喝干了。

"祝你好运，姑娘。我去告诉梅西。"

他俩在北索霍一间临街服装店的玻璃门后面出现了。鲍比身上大包小包的，就像个喜马拉雅山上的苦力。"可累死我了，夫人。"他对金妮嘟囔道。

"快别抱怨啦，鲍比，这还不都是你的主意。"

没错。那天他看到她站在衣橱前不时地唉声叹气，衣橱早就旧了，里头的衣服也是老旧的款式。"我得置办点衣服，好搭配我的发型。"就这样，他通过他的父亲把这事解决了，毕竟他家就是做衣服的。几天后，他们拜访了距离吵吵闹闹的牛津街不远的一间服装设计工作室，工作室是他父亲开的，她试衣服的时候，他在旁边不停地发出啧啧的赞叹声，连口称她是美女。

刚开始的时候，她有些局促不安。他解释说，这些衣服都是去年的款式，不值钱，让她随便挑。听他这么说，她的心里就踏实了，便要了几件适合户外穿的衣服，她说要些瞧上去酷酷的，弯腰的时候不会让她的背部显得格外宽大的衣服。

"你还真赶起了时髦呢。"他对她说。

她笑了笑，随口要了一件浅蓝色的外套，说这和她眼睛的颜色很相配。鲍比一件件给她拿着，她一件件地试穿着，犹豫不决的时候，他便给她鼓劲，让她穿得大胆些。两人不时笑嘻嘻的，分享着彼此的看法，他时而摇摇头，时而点头称赞，时而说这条裙子太紧了，那条又太暴露了，应该记住自己是一个早就有两个孩子的良家妇女。然而，她最后还是把一条很暴露的裙子买了下来。

他俩朝她的车子走去，停车场里一个管理员正把一张单子贴在她的车子的前挡风玻璃上。

"干什么呢？"她大声喊道。

管理员什么也没说，嘴唇噏噏着，用手一指车子的后轱辘，原来车子越了线，越出停车线差不多一英尺。而后，那人转身，慢悠悠地走开了。

"黑杂种。"俩人看着他远去，鲍比骂了一句。

"你不能这么说他！"

"我当然能啦。是你不敢说。"

"不过是我们国家的一个流浪汉。"她一边揭贴在挡风玻璃上的单子，一边嘟囔道。

"总比在自己家里当流浪汉强。"说着他的神情忧伤起来，上午快乐的劲头儿顿时消失得无影无踪了。

"你怎么了？"

"我父亲又催我了，要我赶紧结婚，甚至都跟我谈到了举办婚礼的事，说我要和谁谁结婚，在哪儿举办婚礼，何时举行婚礼，等等。"

"这事还没完没了了呢。"

"可不是嘛，烦死人了，除非你能改变我的出生地，谁让我是巴基斯坦人呢。"

"真够讨厌的。"

"谁说不是呢。"

俩人开着车朝前走着，路上谁也没说话，绕过特拉法加广场，来到怀特霍尔市中心，车辆很多，金妮的技术又不怎么样，用了很长时间才到唐宁街，街上堵死了，车子被迫停了下来。在他们对面，直立着几扇黑色的大铁门，全副武装的警察随处可见，议会大厦处处透着不友好的气息。

"你懂网络吗？"她问。

"你指的是下载什么东西吗？"

"不是，我说的是建网站。我不是正在给《档案》写专栏嘛，我想建个网站，绿色的、无公害的、友好的，拯救地球、拯救婚姻什么的，反正都是女人爱看的那些东西，叫'未来的朋友'这一类名字。"

"听上去好像交友网站嘛。"

"差不多吧，随你怎么理解。内容不会太多，因为我的时间有限，一周更新一次吧，就和报纸上的专栏差不多，再搞几个链接，建立一个数据库，看看每天浏览的人都有谁，可能会有些用处。"

"你搞这个干什么？"

"现如今路上摆满了路障，你想发动革命是不可能的，况且这么做很危险。"

"你觉得你可以依靠一个网站入主唐宁街。"

"说真的，我不知道，鲍比。不过，如果这么做有用的话……"

"你铁了心要参政了，对吗？"

"不管付出多大的代价，我也要进入唐宁街。"

"你丈夫怎么想？"

"他还没拿定主意，不过我会考虑他的意见的，"她停了一下接着说，"听起来我是不是显得很可怕？"

"我不知道。"

他的目光中透着疑惑和疲惫，神情就像一个老人。金妮在他的眼神中看到了一丝恐惧。"我们会成功的，你和我，鲍比，一切都有可能。"她伸出一只手放在他的手上，轻轻压着，像是在给予他安慰。"你是我的朋友，鲍比，以后我可能会让你帮我很多的忙，不过，要是我说的某些话或者做的某些事触犯了你，请马上告诉我。"

车辆拥挤的街上，他俩就这样一声不吭地看着对方，手握着手，就像情侣一样。这时候，车子再次蠕动，把唐宁街抛到了后面。

"金妮，你这辆车可真不怎样啊，就像卡丁玩具车一样，坐你的车可真丢面子，这车就像一个移动垃圾箱，里头什么垃圾都有。"他开玩笑地说，随手把一个粘在皮鞋上的像是香蕉皮的东西扔掉了。

"这本来就是接送孩子的小车，你还想怎么样？"说着她脚踩油门一路绕过了议会广场。突然，一辆快要报废的货车不知从哪里蹿了出来，差点儿就撞上金妮的车头。她猛地按喇叭，骂了一句："黑杂种！"然后觉得自己说了不该说的话，赶紧用手捂住了嘴。

"金妮，我觉得你说的不对，他的确是个黑鬼，不过不是杂种——你刚才闯红灯了。"

"是吗？我怎么没觉出来。我不知道什么时候该停下来。"她咬咬嘴唇，又说，"我就是有这么个毛病，不知道什么时候该停下来。"

她把写给《档案》的第二篇文章贴在她的个人网站上了。

我想起了自己初为人母的情景。我有时觉得孤独，觉得自己能力不足。做母亲很辛苦——可能是世界上最辛苦的事了。以前我们的家族很大，有母亲、姑姑和亲密的朋友，不管遇上什么事，每个人都能出一些力，什么生孩子啊、生病啊、送孩子上学啊，大家共同分享生活的甜蜜，共同面对各种困难。但现在我们的大家庭不复存在了，只剩下我和丈夫两个人，凡事就只能靠我们俩了，这就是我创建 www.mums-on-top.uk 网站的原因。登录这个网站，你就能得到帮助，获得一些有用的信息，以处理日常生活中出现的各种难题。对于这些难题，我并没有非黑即白的答案，因为我既不是什么编辑也不是什么政治家，但我愿意和你们一同面对它们，倾听你们的心声，我想告诉你们的是：你们并不孤独。我还链接了一些其他的能够提供有用信息的网站，有时候想找个人

106

帮帮忙，却不知道能够给予帮助的人在哪里，幸好有了互联网，距离已经不再是问题，我们可以在网上进行无距离的沟通，分享彼此对生活的看法，各自的希望和梦想。人与人之间是那么远，却又是这么近……

就这样，金妮成了一个非常现代的女人，各大报纸也是对她大加赞赏，说她"目光如炬"，对新生事物极为敏感。鲍比和他的三个朋友连续奋战三个昼夜，正经饭也没吃一顿，靠着比萨和饮料，再加上金妮在旁边不断鼓劲儿，终于把网站建好了。开局就很不错，头一天访客就达到了1.8万人，第二天就跃升到9万人。成功一个接一个地来，还不到两周，《档案》就说，维护网站的全部费用由他们出，不到4周，《档案》就说要在网站上登广告，并愿意付给金妮一笔可观的费用。

网站上有的可不只是文章，金妮还宣布，在接下来的一周，她要清理这个国家中的垃圾。她说要帮着清理道路两旁的易拉罐、啤酒瓶和塑料袋，这些东西都要在树篱里生蛆了，很污染环境。也许这个举动很不起眼，却是一次还击的机会，目标是"净化我们的未来环境"。清理垃圾得有人，金妮打算让童子军、教会或者某个女性协会的分支机构过来帮忙，但活儿不能白干，所以她想找个赞助人。清理垃圾这种事不难，每周抽出一天，拨几个人，干几个小时就行。金妮还想在路旁竖立一个小牌子，提醒那些呼啸而过的司机们是谁在维护街道环境，清理他们随手丢掉的垃圾。

周日的上午，当金妮和多姆带着两个孩子，身后跟着一大群童子军队员，手拿扫帚和垃圾袋出现在路牙子上时，一大群蹲守在那儿的手持照相机的记者就跑了过来，纷纷给他们拍照。这事完全在金妮的预料之中，她也是有意这么做的。金妮穿的正是刚买的那件浅蓝色的外套，就像摄影师们所说的，这件衣服和她的眼睛的颜色很相配……

回家的时候，他们可不像来的时候那样士气高昂。杰玛呕吐了两次，本也不时抱怨，说这活儿太脏了，还说跟一帮穿制服的童子军队员在一起真是逊透了。多姆却一句话没说，安安静静地开着车，就好像在想什么重大的问题。他好像很喜欢开车，沉浸在自己的世界里，由金妮照管孩子。男人们就是有这个特点，孩子们在后座上又吵又闹，自己却能不受打扰地想大事。

一家人刚进门，屋里的电话铃就响了。

"金妮，亲爱的，我想跟你说件事，"蒂娜的声音从电话那头传过来了，"半小时以后你一定要看《权力游戏》。"

"我还要给孩子们准备午餐、洗车、睡觉呢，哪有工夫看电视。"

"哼，快得了吧，你一定要看。埃德·古德瑟普今天上电视。到时候看吧，他今天的发型可是难看透了。"

"他本来就秃顶嘛。发型一直不怎么样。"

"你就等着看他被扒皮吧，他上《名人录》这事被人家知道了。"

"他们是怎么知道的？"

"哦，别这么傻，好不好，亲爱的。当然是我告诉他们的了。你觉得我这人很坏，对不对？我认为在恋爱和选举中这么做没什么错。哦，瞧着吧，到时候会笑死人的。"

看电视就意味着午餐时间推迟了，金妮问本和杰玛是否介意晚些吃饭，俩孩子说行，不过得满足他们几个小要求，金妮点头以后，两个人这才嘟囔着回到了各自的卧室。

"怎么了？"多姆从书房里出来问。

"晚点再做饭，你先喝杯东西解解渴。"金妮的语调中有某种东西是他以前从未感觉到的，但现在他慢慢地知道了这种东西是什么，就并没有再往下问。

在英国广播公司的工作室里，埃德·古德瑟普满面春风地坐着。《权力游戏》请他来做节目，这大大出乎他的意料，他一下子就把这个机会抓住了。坦白地说，他渴望在电视上露露脸。他知道，从一开始他就远远落在了杰克·桑德斯和黑泽尔·巴沙姆这些人的后头，不过

108

他认为自己有反败为胜的机会。在竞选领导人这样的活动中，什么事都有可能发生。开局领先的人到了最后往往遭遇灭顶之灾，这样的事可是屡见不鲜的。"爬树的时候你爬得越快，"节目开始前他曾对记者这样说，"他们就会越早地开始射你的屁股。"

节目开始前先得化妆，化妆室的工作人员热情地接待了他。他喝了点水，化妆开始。因为他谢了顶，需要小心翼翼地摆弄每一根头发。古德瑟普这人挺正派的，好多人诬陷、攻击他，他都不为所动，只是踏踏实实地工作，他也很热爱政治这个行当。当初步入政界时，他没想到自己会升得这么快，更别提会有朝一日参加什么领导人选举了。对一个在特伦特河畔、伯顿后街长大的孩子来说，走到这一步相当不容易。他中学毕业，说话时带有浓厚的西米德兰兹郡口音，用了好几年的时间才矫正过来。搞政治形象很重要，口音、头发，甚至牙齿都要考虑到，哪个地方都不能有瑕疵。说不定明年夏天休假的时候，他会找间美容院把自己的眼眉好好修修。今天是周日，他故意选了套休闲的衣服穿在身上，没系领带，衬衫是领子上带纽扣的那种，给人的感觉很放松。他在灯光下等着，边上有个人开始倒计时，在最后一刻，一个负责化妆的姑娘冲过来，又在他的额头上搽了一点儿粉。他希望自己没有流汗。

节目开始。红色的灯光亮起，空气中的气氛顿时变得凝重、紧张，主持人的手突然变得僵硬了，舞台总监开始接受指示，但节目进行得很顺利，他们以前也采访过不少候选人，但古德瑟普和这些人不一样，他既有远大的抱负，为人又谦逊低调。话题一转，谈到了教育，古德瑟普说如果他能当选，一定要让考试严格化。"极力推行，不能松懈"，这是他当初在托基发表演讲时大声喊出的一句口号，节目中也用了一小段当时的影像。这时候，站在一旁的舞台总监提示还剩下最后的两分钟。

"你想严格化考试系统，"主持人说，"确保分数就是一个人的能力体现，我想这一点你已经在党代会上提过了，对吗？"

古德瑟普点了点头。

"这样的话，我倒想问问你个人的考试成绩。《名人录》中的条目显示，你毕业于牛津大学，并且得到了学位，但牛津大学根本没听说过你这个人，古德瑟普先生。我们查过了，你根本没去那儿上过学，也没得到什么学位，这事是真的吗？"

这时候，一架摄像机开始向前推进，给古德瑟普来了个特写，与此同时，后面的一个大屏幕上闪出了他在《名人录》中的个人条目，红色的大字显得很刺眼。

"请原谅我刚才那么唐突地提问，"主持人说，"不知你是否愿意接受伪善的质询。你这么做是不是出于什么双重标准？说得更严重些，你是不是在撒谎？你想严格化考试系统，让孩子在考试时做到诚实，可你本人还做不到这一点，又有什么资格去要求孩子们呢？"

摄像机下的古德瑟普此时竟哈哈大笑起来，他显然有些紧张，却又发现这一刻有些可笑。

"你觉得这件事很可笑，对吗，古德瑟普先生？"

"不，是我觉得你提的这个问题很可笑。"

"麻烦你讲清楚点。"

"你问的这个问题没有任何意义，不客气地说，很垃圾。"说着他俯身向前，那架势就像一位酒客要勾搭吧台后面的服务员似的，但态度彬彬有礼。"听着，这件蠢事是前段时间发生的。当时《名人录》的人找到我，我便把我的经历口述给了我的秘书，是她帮我办了这件事，打那以后，我就把这事给忘了，从来没核查过。"

"你是说从 15 年前到现在你始终都没有核查过，对吗？"

"没错。我很忙，有很多的事要做，你也知道我不是个喜欢吹牛的人。我干得不错，不然你们也不会请我到这儿来了，你说对吗？我早就做出过澄清，当年我上的是牛津工艺专科学校，不是牛津大学，尽管那是一所很棒的专科学校，后来也发展成了一所很好的大学。我以此为傲，并且这些年我一直在给予那儿的学生和老师资助。"

"可这些年你在《名人录》中的条目——"

这一次被打断的是主持人。古德瑟普脸上的笑容消失了，变得可怕起来。"你们这些干媒体的，整天上蹿下跳，摆出一副沾沾自喜的面孔，希望别人仔细钻研他在《名人录》中的条目。告诉你吧，小伙子，跟那些整天沾沾自喜的人相比，有的人有更重要的事要做。"古德瑟普一怒就变得活跃了，伯顿口音也出现了。

"可你怎么能指望我们去相信一个骗了大伙儿这么久的人呢？"

"因为人们有常识，我奶奶常对我这么说。人们可以评判我。瞧瞧我的经历，很精彩，对吗？这就是我在党代会上发表演讲时大伙儿不时对我报以热烈掌声、不停地为我喝彩的原因。他们会以我今后的成就对我进行评判，而不是以我很多年前犯下的一个不值一提的小错误对我进行评判。我在哪儿上的学，这又有什么关系？我和你不一样，我没有一个有钱的父亲送我去伊顿公学念书，但这并不是我的错。"

"是哈罗公学。"

"哦，恭喜你，哈罗先生。我常说一个人的出身并不重要，重要的是你都取得了哪些成就，为你的家庭、你的国家都做了些什么。"他的身体又向前俯下了一些，看样子他想站起来走掉，制片人巴不得他这么做。

"并不是只有一个小错误，你还说你获得了学位，其实你并没有，是不是，古德瑟普先生？"

"文凭。我获得的是一纸文凭。我是伯顿人，小时候家里住的是一栋小小的联排房屋，厕所是旱厕，在六七座啤酒厂和一座大食品厂中间，我以此为傲。哈罗先生，我想你都不知道旱厕是什么样子吧？我想你在学校上课时总有个小学生用屁股为你暖凳子，用烤箱为你烤面包吧？"

"我们今天谈的不是——"

"你还有脸跟我说我撒谎！当初你叫我到这儿来做节目，你也撒谎了，不是吗？你说要我谈谈未来，现如今却死抓着什么该死的《名人录》不放。你骗了我，把我诓到这里，就为了你能低着头，看着自己的鼻子哈哈大笑。"他的两只大手紧紧抓着椅子扶手，满脸怒气。

制片经理也坐不住了，她也很讨厌这个主持人，忍不住大声喊道："揍他！揍他！"这一幕让人困惑，却又能够极大地吸引观众的注意力。她作为制片人还从未遇到过这样的场面，在以后的几十年内，这一幕会被人们重播无数遍。一个政治家在摄像机下朝主持人大吼大叫，谁听说过这样的事？

但古德瑟普仍然不依不饶。"年轻人，我替你感到丢脸。你不配干这行，回家吧，回到你父母身边，学学怎么做人，如果你有父母的话——"

"古德瑟普先生——"

可太迟了。制片经理让他们下台，与此同时片尾曲响起，把他们的话淹没了。在无数观众的注视下，摄像机给了古德瑟普一个特写，就见他站起身，把麦克风撤掉，气势汹汹地走了。等着瞧吧，明天的早报头条有好看的了。

"哇噢，这一幕简直令人难以置信，"制片经理喘着气说，"真令我心惊胆战，可我仍不知道谁羞辱了谁。"

说出这番话的不只有她，别的观众也在搜肠刮肚，拼命思索能够评判这一幕的合适语句。

"他这是在自取灭亡啊！"说着多姆又给自己倒了杯酒，然后和金妮进了厨房。该做午饭了。

"我不这么看，"金妮手里拿着一把小刀，一边削土豆皮一边说，"不道歉，不承认错误，只是不停攻击对方，不停攻击对方。现代政治

112

是不是就是这个样子？在当时的情况下，我觉得他做得很不错。"

"学历造假的事一曝光，我估计他这辈子就算完了。我不相信他没有对《名人录》上的信息进行过核查。"

"他们也不该在电视上这么问人家。"

"他骂主持人是狗娘养的，人们是不会选这样的人上台的。"

"他这么做对他没有任何影响。多姆，如果你有机会，最好还是让他留在竞选阵营。"

"为什么？"

"你宣布参加竞选的时候阻力会大大减少啊。"

"听着，金妮……"

"多姆，现在的局面是一团混乱。除了杰克·桑德斯和黑泽尔，别的候选人的实力都不怎么强，一个个却又吵又闹的，其实这是好事，人越多越好，人越多局面就越乱，局面一乱你的机会就来了。"

他摆弄着手里的酒杯，做沉思状地说："我不知道自己行不行。"

"你肯定行的，多姆。你至少应该露露面，给自己挣得一个名字啊，名字意味着一切。有了名，他们就无法无视你。如果你不站出来，他们就会把你扔回老地方去，乖乖地做你的普通议员吧，从此以后你就彻底默默无闻了。"

"他们不会这么干的。我干得挺好。"

就听砰的一声，她把一只平底锅摔在了灶台上，"你把朱莉娅·萨默斯干得挺好！人家都知道这事。他们会抓住你的小辫子不放的。"

他俩站在厨房里头，怒视着对方。她并不想这样。她咬咬嘴唇，低下了头。"听着，多姆，你有很多的有利条件。你年轻、有魅力、演讲口才又没人比得过。你前途远大，还有一个在背后鼎力支持你的妻子。你参选不会失去任何的东西，不过如果你放弃了，就真的一无所有了。"她的口气让他觉得她不只是在谈他的政治前程。他有些吃惊。

"不论我做出什么样的决定，你都会支持我的，对吗，金妮？"

她盯着他，一言未发。

"这事对你来说真的那么重要吗？"他突然忧虑地低声说。

她一边用围裙慢慢地擦着手，一边说："我只是不想看到你把自己毁掉而站在一旁坐视不管。"

"我没想到你对我的感情竟是如此热烈。"他的声音有些发颤，眼睛开始变得湿润。

"多姆，不要随波逐流，闯出一条属于你自己的路来，不要让别人小瞧你。"

"我……我觉得……"他结结巴巴地说着，暴露了多年来一直潜藏在他心底的那种不安全感。他生在郊区，小时候全家住的是一栋半独立的房子，家里人对他也没什么期待，然而他成了家里的第一个大学生。但有件事一直在拖他的后腿，他上的是一所二流的法学院，毕业后当了一个二流的律师。当初他选择政治这个行当就是为了扬眉吐气，因为在威斯敏斯特，二流就意味着不入流。

他又给自己倒了杯酒。他并不是不想谋高位，他很想往高处爬。他想跪下向上帝祈祷，让上帝帮助自己完成这个夙愿，但这种事急不得，需要慢慢来。从本质上来说，他并不是一个渴望冒险的人。然后，就目前的局势来说，无论他做出什么样的选择都存在一定的冒险性，这一点金妮已经向他说明白了。他已经被推到了悬崖边，没有退路了，他能感觉到脚下的土地正在坍塌。可就在这时候，前面传来了一阵咚咚的敲门声，把他的思路打断了。

是埃德·古德瑟普。他的眼睛里透着困惑，头发歪歪扭扭地贴在头皮上，化了很浓的妆，此刻他正在流汗。很显然，他是从广播公司的直播室直接到这里来的。多姆一见他想都没想，就把手里刚倒好的一杯酒递给了他，古德瑟普接过来，开始大口大口地喝。"谢谢，谢谢，"他站在门厅里，脸上透着忧伤，酒喝完了，他用手擦了擦嘴，"我他妈的都干了些什么？"

"我们觉得你干得不错。"多姆说。

"是吗？真的？"

"是真的。"

"今天上午他们把我剥得体无完肤了。"

"换个角度想，今天上午差不多还有1000万的人认识你了呢。"

"我该怎么做，多姆？我是不是搞得一团糟？告诉我，看在上帝的分上，对我说实话。"

"身为党主席，我无权对你进行评判——"

"是的，是的，那就以朋友的身份跟我说说。该死，你一直是我最好的朋友。"

"作为朋友，我要说的是——"

古德瑟普这时候的样子就像一只竖起耳朵、认真倾听的小狗，眼睛里透着渴望和祈求，在等待主人发号施令。

"作为朋友，我要说的是继续干下去。大胆地干下去。看看明天会发生什么。埃德，也许时局对你不利，不过一切都会过去。不过，你也有可能会成为英雄。"

"他们不会善罢甘休的，我是说学历这事，我真他妈蠢，真该死。不行我退选吧。"

"你这个时候如果退选，就让直播室里的那个狗杂种赢了。"

"绝对不可能！绝对不可能！如果有机会，我一定要把那个狗娘养的狠揍一顿！"

"别再谈你学位这事，狠狠抓住广播公司的丑陋行为不放。一家著名的公共机构竟然变得如此龌龊，抓住这一点，狠狠批。听我的，这么做有好处。"

"没错，就这么干。世上没有后悔药卖，对不对？"

"你要死缠着那帮人不放。"

"嗯，我会这么做的。"

"我本想请你进来，可我们就要吃午饭了。"

"哦，当然了，当然了。真对不起。我得回去了。我腰带上那该死的寻呼机又在叫唤了。我能对付他们，现在我知道该怎么做了。"他把空酒杯递给多姆，然后紧紧握着他的手说："向金妮转达我的敬意。代我给她一个大大的拥抱。非常感谢你，多姆，真的，非常感谢。"说完他就走了。

多姆慢慢走回厨房，金妮正躲在门后，他们交谈的每个字她都听见了。"多姆，你做得对。干得很漂亮。"

"是吗？真的吗？我不知道，我只是……我觉得要是像古德瑟普这么蠢的人都能参加竞选，那还有谁不能呢？"

"你在说什么？"

"我想我在说……我参选。我打算为你参选。"

金妮听了这话快活得不能自持，绕过餐桌，紧紧地抱住多姆，给了他一个深深的吻，她都好几个月没这么做了。她浑身都是甘蓝菜和鸡油的味儿，不过他不在乎，金妮这突如其来的激情反倒让他觉得有些发窘。他瞄了一眼空空的杯子，然后说："我想再喝一杯。"

"喝香槟吧。"

庆祝的事有很多，包括她决定在古德瑟普去电台做节目之前给他打传呼这事。提醒他，要他做好充分准备，给他一个反击的机会，让他始终不至于出局。这样的话她就有可能成为那个决定他何时出局的人。

无数个夜晚，金妮都被激荡在内心的各种念头搞得睡不好觉。她只想要回到过去的生活，不过这无异于向上天祈祷，让死人复活。她只能前行，勇于面对各种恐惧和制造这些恐惧的人。她让鲍比出面安排了这件事。起初，鲍比死活不同意，说她疯了，不明白她在干什么，但过来人肯定会明白的。

古老的威斯敏斯特图书馆就坐落在史密斯大街上，近些年，因为经费减少，过去辉煌的气势虽然已经消减了不少，但古朴、尊贵的气质还在，著名的肉桂俱乐部就在里面。俱乐部的咖啡厅里气氛安静，地板是镶木的，沙发是皮面的，长长的书架上堆满了各种书籍。刚近傍晚，日光慢慢暗淡下去，蜡烛点着了，桌上的瓶子里插着鲜花，很安静，这样的气氛再适合不过。

然而到了最后一刻，金妮又突然担心起来。如果她不这么做会有什么样的结果？不过，她已经走得太远，回不了头了，如果她继续朝前走可能会迷路，但她的心里也清楚，如果就此罢休，她一辈子都不会原谅自己的。她想到了孩子们，想到了本那纯真的笑容和多姆回家时杰玛那高兴的样子。她的心中又充满了力量。

鲍比和他的客人到了，俩人坐在沙发上要了两杯酒，然后鲍比看了看呼机，说了声"对不起"就起身了，留下他的客人独自盯着墙上的猎虎画发呆。来客并未注意到金妮朝她走近，直到金妮在鲍比的位子上坐了下来。

"你好，朱莉娅。"

朱莉娅的眼睛又黑又圆，一眨一眨的，就像猫的眼睛一样，在盯着金妮。俩人这样坐了一会儿，朱莉娅才说："你好，艾治太太。"

"你叫的没错，我正是多姆尼克的妻子。我一直想找个机会和你谈谈。"

朱莉娅进来的时候，金妮的目光始终不离她的身体，她就像个猎人一样把对方的一切尽收眼底，她的心里没有妒忌。朱莉娅可能还不到 25 岁，闪亮的头发，腰肢柔细，只有一点儿赘肉。裙子太短了，两条大腿并不光滑，等再过几年，她就连裙子也穿不了了。到时候有了孩子，屁股也肥大了，丰满的乳房也下坠了，除了整天烦恼，回忆往昔的快活生活，别的什么也干不成了。一想到这个，金妮就有了一种幸灾乐祸的感觉。

但朱莉娅的皮肤几乎完美，颧骨高高的，红唇丰满，妖娆性感。她和鲍比朝她这边过来的时候，她又忍不住想起了她和多姆偷情的情景。

117

"想来一杯吗？"朱莉娅问，与此同时她的目光不断地在搜寻鲍比。

"不了，谢谢，我认为你并不想让我在这儿久待。你并不想在威斯敏斯特某个黑漆漆的咖啡厅的角落里和我见面，被别人盯上了也不知道。"

朱莉娅抿了一口酒，什么也没说。

"你爱我的丈夫吗，朱莉娅？"

回答得很慢，语气却很坚决。"不爱，当然不爱。"

"既然你不想嫁给他，为什么三番五次地要毁掉他？"

"艾治太太，这件事你应该和你的丈夫谈谈。"

"你想过我的孩子们吗？杰玛和本。他俩一个 10 岁，一个 8 岁了。"

朱莉娅听了这话，身体不由得紧缩了一下，但仅限于此了，她仍在小口喝酒，嘴唇紧紧贴着杯子的边沿。她不想说话。

"你想继续和他见面吗？"

"我是他属下，不见他是不可能的。"

"别装小孩子，你知道我是什么意思。"

这时候，一个印度侍者端着盘子过来了，换了根新蜡烛，把小吃撤走了，俩人的谈话就此被打断，却仍不见鲍比的踪影。

金妮趁此工夫把朱莉娅上上下下仔细打量了一遍，朱莉娅吸引男人的并不是她的身体，而是她有一颗婊子心。她的性格还没有成熟，还有些幼稚，她之所以有可能会和多姆私奔，不是因为她爱他，而是因为她还无法像成年人那样做出成熟的决定。她没有长远的考虑，过一天算一天，及时行乐，从不关心明天会怎样，是个很浅薄的女人，随便就跟男人上床，难怪男人们喜欢她呢。

"你不觉得你找份新工作会很容易吗？你不想远离诱惑吗？"

"我喜欢我现在的工作。"

"朱莉娅，你这么做会让你的生活变得非常复杂的，"等侍者走了，听不见了，金妮接着说，"你得为你的名声考虑。在威斯敏斯特，人们

118

经常拿一个人的声誉做文章，这一点你是知道的。流言满天飞，窃窃私语，指指点点。你会背上污名的，并且这种污名你一辈子也洗刷不掉。我敢肯定地说，这会毁了你的前途。"

"不要威胁我，艾治太太。出了这样的事，我深感抱歉，不过你永远也无法对我构成威胁。因为如果你把这件事曝光，你就会遭遇很大的不幸，你的孩子也会因此受到折磨。我知道你是不会这么做的。"

哈，她并不是那么浅薄。

人越来越多了。金妮的心在怦怦地跳，她不知道自己这种平静和理智的心态还能保持多久，一个声音在她的耳畔说："揍这个婊子！揍这个婊子！"她的手在颤抖，她知道必须结束这场谈话。

"不是威胁，朱莉娅，只是一位母亲的良言相劝。"

她站起身，盯着朱莉娅。她想做的事（见朱莉娅）做完了。在此之前，她一直想看看朱莉娅长什么样子，从而让她那无形的梦魇变得有实质内容，这样她就可以稍微轻松地去忍受它们，但现在看来，她的希望落空了。她想测试一下，在未来的几周，她对朱莉娅·萨默斯的信任能达到什么程度，现在她知道了。

一丝一毫也不能相信她。

举行领导人大选需要集结很多的要素：金钱、方案、能量、利益、同盟等。身为党主席，多姆安排起这些事来可以说是处于一个非常有利的位置。他认识很多给党缴纳政治献金的人，能轻易地认出捐赠额在1万英镑以上的都有哪些人，却从来不向别人吐露这些人的名字。他想保密，一直等到大选举行前的最后几天由候选人亲口讲出来，他还知道那些没有选边站队的议会议员都有谁，这些人在等待时机，大选开始之际有可能会组成一个强有力的幕后团队。提名一旦结束，各位候选人在大选正式投票之前会有一个月的选战、拉选票的时间。整个大选定于圣诞节前结束。

金妮负责处理那些微妙而棘手的事。她先去拜访了麦克斯·摩根，想在他的办公室里和他谈谈。

"比任何一个政治家的办公室都要阔绰。"她在沙发上坐下，一边打量着豪华的地毯和高档的木制家具，一边大声说。

"因为地板下面埋着很多的尸体，所以才这么阔绰，"他笑着说，"包括我前任的尸体。总有一天，我也会被埋在下面的。"他并没有挨着金妮在沙发上就座，而是坐到了旁边的一把椅子上。不知为什么，在自己的办公室里，他的态度好像正经了不少。

"你是不是通晓哲学，麦克斯？瞧上去你挺泰然自若的嘛。"

"也不是，我每天干的就是这个，整天和文字打交道，把每一天都当成最后一天来干。我每天都会向上帝祈祷，千万不要有皇室的人在星期六离去，这样的话他们就把我为他们精心准备了多年的漂亮增刊夺走了。卖个 50 万份不在话下。"

"你这辈子好像一直在跟皇室的人作对。"

"等他们死了，我们就会对他们好。别的人也会这样的。"

"从某个方面说，这正是我今天来找你的原因之一。我想写篇文章，是关于宽恕的。你相信宽恕这事吗，麦克斯？"她朝周围的墙上看了看，贴满了《档案》头版头条的讽刺性的文章，她找到了答案。

"说真的，不太信，"他说，"我既不会宽恕我的敌人，也不会宽恕我的竞争者，甚至也不会宽恕我的前妻。"

"这次你就破个例，让我写篇这方面的文章。"

"行，写完以后你先发给我一份，我看看再说。别跟我谈天主教或者教皇崇拜这种事，金妮，这地方不合适。"

"好的。"

就在这时，麦克斯宽大办公桌上的对讲机响了，声音嗡嗡的，就像大黄蜂发出的一样，红色的指示灯闪着亮光，是他的秘书。"麦克斯，对不起打扰你，查理·马特豪斯打电话来，说有急事找你。"

"你就说我正在给罗马教廷打电话，让别人接一下。"但金妮使劲儿摇头，做手势示意他接听。他很喜欢金妮做手势的样子。"好吧，接进来，还有，看看办公室里都有谁在，让他们都进来。"

几秒钟之后，麦克斯的办公桌旁就挤满了各个部门的记者，大部分都挺年轻的，有的拿着笔记本，有的拿着微型录音笔。金妮这时才注意到他的办公桌上堆满了照片，照片用红色的墨水划过，是个女的，金妮不认识，却知道这些照片都是用远焦镜头拍摄的。然后，麦克斯桌上的电话突然响了。

"查理，你好吗？"麦克斯问道。

"非常好，"电话那头一个奇怪的声音说道。马特豪斯今年70岁了，打扮得却总像个帅小伙儿，留着一头长发，系着鲜艳的领带，是个完全生活在自己世界里的人。为此，《档案》总把他视为一个非常危险的人物。"我给你打电话是想祝你生日快乐。"

"可我的生日在周日啊。"

"没错。周末我不想打扰你，因此提前祝你生日快乐。"

麦克斯用手做了一个很下流的动作。"他妈的提前了整整4天啊。还真有你的，查理。这么说你手上有些我或许能刊发的东西了？"

"竞选活动开展得异常顺利，最近这几天我想宣布一些新的支持者的名字。"听了这话，桌子旁的一个年轻姑娘偷偷笑了，还一个劲儿地直摇头。"宣传车已经开始启动，麦克斯。我想让你知道跟你或者你的员工聊天，不分时间地点，总是让我感到十分高兴。我确信你知道这一点，不过我还是想直截了当地告诉你一个我从权威方面得来的消息。"

"那就别婆婆妈妈的了，快点儿说吧，伙计。"

"别急啊，伙计，你知道的，我希望和你进行一次非常谨慎而私密的谈话。我想把我得到的消息告诉你。"

麦克斯的脸上显出顽皮的光。"快说吧，除了你和我，还有这四面墙，没有第三个人知道的，查理。我会替你保密的。有什么猛料吗？"

"不，不，我的意思是……"电话那头传来一阵紧张的大笑，"我这个人做事可从不鲁莽，麦克斯。鲁莽不是我的风格。"

那个女记者又在摇头了，别的人都在捂着嘴，不让自己笑出来。四面墙上贴的那些头版文章写的都是那些被免职的内阁大臣的丑事，这些大人物好像个个都挺鲁莽的。

"告诉我，查理，你相信宽恕这种事吗？"

电话那头是一阵吃惊的沉默。"哦，当然啦，我是说……怜悯会成为我的竞选纲领中的主题之一，还有税改。"又是一阵沉默。"你干吗问这个？"

"宽恕好像成为今天的主题了。"

"听上去这个建议挺不错的，我会牢记于心。下周二我要发表一场盛大的演讲，然后——"

"谢谢你告诉我，我会留意的。你什么时候想把那件秘事告诉我了，请随时给我打电话，好吧？"

"好的，没问题，麦克斯。再次祝你生日快乐……"

但麦克斯没容他说完就挂断了电话。"瞧见了吧，这个老家伙可够滑头的，什么也不肯说。"各个部门的记者出去了。

"你对每个政治家都是这个态度吗？"等屋里再次安静下来，金妮问。

"我对每个人都是这样的，除了我的老板和他的家人。"

"我想和你说件事。"

"我听着呢。"

"但你得先答应我，将这件事保密3天。"

"行啊。要是我从别的渠道打听不来的话。"

"你不会打听出来的。多姆准备参加竞选。"

摩根嘬嘬牙花，"挺有意思，上不了头条，不过挺有意思。"

"他有资金，人也年轻，还有人支持。我也是他的后盾。"

"这可是一条漫漫长路啊。"

"领导人大选有点儿像是一辆开上悬崖的货车，眼看着一个轮子就要掉下去了。没人知道谁会被压碎。"

"有可能是你，金妮。"

"这就是今天我来找你的原因。"

"说下去。"

"麦克斯，对我来说，家庭、孩子和婚姻是我生命中最重要的部分，无论发生什么，我都不允许这三者受到伤害。"

"你为什么会有这种担心？"

"因为对婚姻和名誉来说，威斯敏斯特都是一个危险的地方。我无权要求你不要刊发某个故事或者某篇报道，但我有这么一个请求。如果这个故事或者报道涉及了我或者我的家人，在你刊发前请通知我一声。我并不是要阻止你或者别的任何人用这个故事，而是想保护我的家人。我见够了那种该死的照片：一个干了龌龊事的男人像蜡像那样傻乎乎地笑着，而他的妻子正在忙里忙外，拼命挣钱养家。"

"多姆是不是一直在胡搞？"

"你们男人不都是这个德行吗？王公贵族、牧师、政治家，尤其是干媒体的，都是这个德行，一个个却都摆出一副正人君子的模样。"

"这一点你没否认，金妮，这样挺好，你不承认的话，会伤害我，也会伤害我们彼此间的信任。"

"万一以后出点什么事，我只想保护我自己和我的孩子。"

"这事我有所耳闻，"摩根说，"一个在议会工作的小姑娘。议会那帮人好像都没什么想象力。"

"这件事你没有跟进吗？"

"没有照片，没有证据，只是老听人们这么说，听来的东西不可信。坦白说，尽管多姆尼克·艾治的身份是党主席，可没人在乎他。我的老板甚至都没听说过他。这次他打算参选，可够冒险的。"

"你愿意帮助我吗？"

"你能给我什么回报？"

她在思索着，努力想着能说服他的词汇，她不知道自己能否找到。"信任，"她最后说，"我能给你的是我们对彼此的信任。"

"嗯，"他想了一会儿，说道，"我不太明白你这话的意思，往深处说。"

"我的意思是，你帮我，我帮你。如果多姆当了一把手，你会得到最好的渠道，获得内幕消息的渠道。"

"流言蜚语吗？"

"真真切切、骇人听闻的内幕。"

"听起来有点儿……"他挥了挥手接着说，"……摸不着，抓不到的感觉。"

"你要相信我。"

"这么说你不打算跟我上床，说点儿悄悄话了？你和我？我觉得这个更可信。"

"你这么快就淫心毕露了？"

就在这时，桌上的对讲机又嗡嗡地响了。

"你他妈的到底有什么事？"他吼道。

"是你母亲，摩根先生。"

"啊哈。"怒狮顿时变成了小绵羊。他把脸转向金妮说，"每周三下午3点，我母亲总会过来和我一块儿喝杯茶。这是我们的一个小仪式。她生怕我蛋糕和胡萝卜吃得不够。她会把蛋糕和胡萝卜带来，我们喝茶的时候吃蛋糕，胡萝卜留给我晚上吃。这是她奶奶奉行了多年的健康食谱。"

"孩子对母亲来说很重要，麦克斯。"

他从椅子上站了起来，手一挥，把桌子上的照片统统扫进了一个大抽屉里，"好的，金妮。我同意。咱们要相互信任对方。你定期把文章拿来，我……我会不时地把与你丈夫有关的报道告诉你，不论它们会给你造成多么大的伤害。"

"我早就是个大姑娘了。"

看着她到了门口，他调皮地一笑，然后说，"哦，是的，你当然是个大姑娘啦。"

第
七
章

文章写得很简洁，都是大白话，没有什么豪言壮语。

你是否注意到总把错推到别人身上是一件多么坏的事？如今，我们好像很难做到宽恕别人，更别提什么遗忘了。我们责备对方的错误，非要把人置于死地不可。这种做法会毁了我们。这就是医生害怕诊治，邻居不愿帮忙，保险费用越来越高，以至于每个人都快变成诉讼律师的原因。

我觉得我们在生活中需要一点点的宽恕，先从家里做起。这种事好像不总是那么公平，因为我们女人到头来宽恕男人的次数要比男人宽恕女人的次数多，作为政治家的妻子，在这件事上要做的就更多了。他把结婚纪念日忘了，因为秘书没有把这件事记在他的日记本中；孩子在学校参加运动会或者圣诞会，他没现身，因为他那个时候正在工作；你独自一个人在餐厅里坐着，浪漫的晚餐都放冷了，他却没露面。这样的事情简直太多太多了。

我有位密友，她的丈夫也是政治家，最近她对我说，她丈夫已经变成了一个"口是心非的家伙"。其实，她的原话比这个难听多了，我在这儿就不转述了。你无法相信在威斯敏斯特这样的事情有多常见。诱惑多，压力大，夜不归宿和分居的日子多了去了，晚上开两瓶好酒，喝个烂醉，搞点儿龌龊事，真是有意思，这些白天里为我们设立规则的人，晚上却把这些规则都抛到了九霄云外。现如今，相信、崇拜政治家变成了一件很可笑的事。

现在回过头来接着说我这位朋友的丈夫。人不错，但我觉得离完美还差很远。她曾想到把他一脚踢开。我问她结束婚姻，让孩子承受无边的痛苦，她会从中得到什么。"报复！"她大声喊道。我给她列举了一些很实际的后果。这么做她会承受无法想象的痛苦、高昂的律师费、两个受到伤害的孩子和一张修道院般冰冷的床。哦，当然了，到头来她会另找个男人，却不过是甩开了一个不完美的男人，投身给了另外一个不完美的男人。

我是在伤害我们的男同胞吗？我认为并不是这样。

从人类学的角度来看，他们或许已经从山洞里爬了出来，但在情感上，他们还没有脱掉内衣裤。我的意思并不是忘掉痛苦，对他们犯下的错误睁一只眼闭一只眼。但如果你想方设法让他吃苦头，你受的苦也得让他尝尝，让他三番五次道歉认错，下次再面对诱惑时要长记性，那么你会为了惩罚他，连你自己和孩子也给搭上了，这么做简直划不来。站在你的男人身后支持他，这种做法好像已经过时了，不过我觉得像现在这样、匆匆行事、草率做判断并不会让我们变得更幸福。

面对政治家时，我们也应该采取这种态度。犯了一个错就狗屁不是了。我觉得这种态度并不能让我们的国家变得更好。如果一个政治家一辈子都没犯过错，那只能说明这个人一辈子什么也没干，一事无成。最好的领导人——比如我国的温斯顿·丘吉尔首相和美国的肯尼迪总统，从政途中都犯过各式各样的错误。重要的是，好的政治家会从错误中汲取教训。

因此，我的建议是想办法解决问题。报复并不是最好的手段，打冷战也不可取。让一个罪人主动去忏悔，让他的良心感到不安，而我们要做的只是给他一个改过自新的机会。

文章写得还不赖，提到了她和多姆之间的问题，只有那些愚蠢的家伙会认为她写的是"她的某个朋友"的事。是的，她和多姆之间已经有问题了，她担心以后还会有新的问题出现。因此，她采取了一种先发制人的手段，希望通过这种方式原谅丈夫的出轨行为。

多姆按部就班地忙活开了：筹钱、与人握手、从总部探听消息和经验，一旦宣布自己参选的消息，他就得从党主席的位子上退下来了。要公正、公平，而且这种公平要看得见。

与此同时，金妮也在忙着准备。她找了很多人的私人电话号码，有各大报纸、杂志社编辑的，还有政治专栏作者的，电话费也多了不少，在冰箱里填满食物，因为好多时候忙得都没空做饭，还给多姆买了几条新领带。刚搬新家没几天，卧室里堆满了大大小小的箱子，还没来得及整理，地上堆满了杂物，走的时候只能跳着走，另外，她给自己买了一种新的品牌的香水。

她去看望了圣泽维尔小学的校长本尼迪克特神父，把丈夫出轨和参加竞选的事对他说了，让他严守秘密，不让他们的两个孩子受到什么伤害。不要让别人吓唬他们、欺骗他们，也不要给他们拍照。他微笑着，苹果般红润的脸颊上泛着光，他在想一位两个孩子的父亲即将成为政治明星，并告诉她，他会为他们祈祷。金妮获得了神父的祝福，离开了他的办公室，她想一个人在教堂里待一会儿，这么做不会有什么坏处。

唱诗班正在唱圣诞颂歌。指挥挥舞一下手臂，白色的法衣袖子啪啪一响，唱诗班便发出了如夏日云雀般动听的声音。有那么一会儿，她的记忆将她带回到了童年时代。他的父亲什么也不信，却让她定期去教堂，每周二晚上祈祷，周日还要祈祷两次。她想起了她第一次参加午夜弥撒和平安夜彻夜不眠等待着耶稣降临的情景，那是她第一次熬过午夜 12 点还没有睡意。也是在同一个圣诞节，她第一次看到父亲打了母亲，从此以后她就再也没有去过教堂，直到多姆尼克走进了她的生活中。她又回到了教堂，因为她想让他们两个人的生活和她小时候的生活区别开。她想要一个团结、友爱的家庭，而有的时候，她觉得这种憧憬还是有可能成为现实的。但她现在不这么想了，她的生活中充满了波澜。

她又想，到这儿来是个错误。她不喜欢这个地方，不喜欢这里的音乐以及带给她的回忆，宗教中那种说教性的东西让她觉得困惑，她想站起来转身出门，却在唱诗班当中看到了本。他唱得很投入，眼睛跟随着指挥的动作一眨一眨的，歌谱也随着身体的摆动来回动着。他没有把自己参加唱诗班的事告诉她，因为他觉得作为切尔西足球俱乐部的狂热球迷，干这种事一点儿也不酷。他正在长大，开始自己做决定，当然了，成长之路上也会犯错。他正在一天天地将她落远，就像一艘初次离港的船，一路上摸索着在各种各样的逆流中前行，却不知道要驶向何方。突然，她觉得自己的生活竟是如此悲惨，便偷偷抹着眼泪跑出了教堂。

鲍比给她打电话了。他的声音听起来疲惫而兴奋。她回到家，发现他正在等她。

"有什么高兴的事？"她问。她的心情并没有他的好。

"这里头有料。"说着他晃了晃手里的录像带。

哦，这时她才想起来，是酒店的监控录像带，最近的事情很多，她差点儿就把这事给忘了。鲍比用了好多工夫，晚上偷偷看监控内容，这才把有用的都剪辑到了这一盘上，给她带来了。她靠着杰玛的书包，这个书包还是她母亲给她的，现在她转给了自己的女儿。鲍比把录像带放进录像机，拿起遥控器打开了电视机。屏幕上出现了一个模糊不清的、带颗粒的图像：一男一女，正在酒店的过道上走着，停在一扇门前，有说有笑，搂着进了屋。过了几个小时，已经是第二天早晨了，就见那个男的独自一人离开了那间屋子。又过了一会儿，这才看到那个女的手里拎着个包离开了。

"怎么了？"金妮心不在焉地问。

"那女的是黑泽尔·巴沙姆。"

"难说。画质不够清楚。"

"已经够清楚了。"

"那个男的呢？那个男的是谁？"

"还不敢确定——是谁又有什么关系？反正不是她丈夫。那个时候他正在诺福克睡觉呢。我怀疑是艾德里安·波尔汀。"

"新闻部的主管？你怎么会觉得是他？"

"他给她付的房费。"鲍比的手兴奋地颤抖着，从兜里掏出来一张纸：是一张开会期间巴沙姆在酒店住的 3 个晚上的消费单据的复印件。房费、酒费、闭路电视费、洗衣费、停车费等等，都是艾德里安·波尔汀签的单，用的不是自己的钱，而是单位的信用卡。"他很可能在下次报销的时候把这笔花费报了，"鲍比笑着说，"我想咱们逮着她了——逮着他俩了。很讽刺，是不是？这个女人还想在全国都装上摄像头，他妈的自己的屁股都不干净，呸！"看得出来，他很讨厌这个女人。

金妮仍然靠着女儿的书包在沙发上坐着，一声不吭地盯着电视机屏幕上暂停的画面。

"录像带上还有呢——别的内容，不过我觉得这个才是咱们想要的。"鲍比犹豫不决却又很兴奋地说道。

沉默。

"你这是怎么了，金妮？"

"我不能这么做，鲍比。"

"为什么？"

"我们不能在个人道德这方面做文章，因为我们在这方面正处在一个不利的位置上。"

"可没人会知道这件事是你放出去的。"

"可我自己知道，鲍比。我不想做一个伪善的人。"

"可你知道这盘录像带花费了我多少时间吗？花费了我多少个夜晚吗？"鲍比生气地揉捏着表带说。

"对不起。"

鲍比的情绪上来了。"你这是怎么了，金妮？怕了吗？"

"或许吧。我有些担心，如果咱们将巴沙姆的事说出去的话，到时候多姆参加竞选了，人家也会在这方面指摘他的，因为他自己就不干净，那不就全完了吗？他是个小角色，他的丑事就算上不了报纸的头版头条，也够我们一家受的了。我想你明白我是什么意思。"

"我想我明白。当初我还以为咱们是一路人呢，可你现在说你打算不这么做了。你要知道，这个叫黑泽尔的女人可是愚蠢透顶，还以为别人发现不了她和别人挪用公款、跟别的男人乱搞的事呢。"

"对不起。"

"是的，'对不起'，你就会说这句话。"他气鼓鼓地站起来吼道，"还有，你以前说过，无论发生什么样的事，咱们都要朝着你的那个目标前进，可现在你反悔了，不打算干了。你可把我给坑苦了，你在玩我！你还对我说，如果有一天我觉得你冒犯了我们之间的友谊，让我马上告诉你，原来都是骗人的鬼话！"

她听到前门砰的一声关上了。

事情说来就来了。

蒂娜打电话说过来闲聊。"也好，这事跟她提提也好，在家里说更方便些。"金妮这样想着。蒂娜来了，随手把车子扔在路旁，就像扔一只垃圾桶。她穿的也是暴露至极，针织衫的领口开得很低，丰满的乳房汹涌澎湃，跃跃欲出。她这么穿就是为了惹人注意，真可谓是衣不惊人死不休。

她一路跳着进了门，向金妮问了好。金妮给她沏了杯茶。

"什么？现在不是正闹水危机吗，你还敢喝这个！"蒂娜开玩笑地说，"喝香槟吧，我一直喝香槟的。"金妮听了这话把茶壶端走了，拿过来一瓶香槟。

"我刚才跟玛吉·安德鲁斯一块儿吃饭了。"

"是吗？我还以为你对她没兴趣呢。"

"这人左右摇摆，当然靠不住啦，不过，就是因为这一点才有意思呢。她对谁都不忠心，谁都愿意聊。"蒂娜一开口就没完了，就像个小火炉，身体里烧得旺旺的，怎么都压不住。金妮倒好了香槟，听她说些关于查理·马特豪斯的废话。

"简直令人难以置信，以前在他手下干的一个秘书，有天晚上在自己家前门外的路灯杆上上吊了，多亏有人发现这才没死成。"

"她为什么上吊？"

"可能跟谁吵了一架吧，管他因为什么呢，反正是上吊了，其中的原因让那些搞媒体的狗杂种们去查吧。"

"你打算把这件事泄露给媒体？"

"那当然啦。为什么不这么做？"

"我只是在想……"

"想什么想。"她又滔滔不绝地说开了，一会儿让金妮透露些竞选的内幕，一会儿又跟她要总部的什么调查报告，根本容不得金妮打断她的话。

金妮找了个借口去了卫生间，她想让自己静静，把那件事告诉蒂娜，可她只看到了蒂娜那双涂着眼影的空洞的眼睛。她回来以后，发现瓶子里的香槟都被蒂娜喝光了。

"这香槟还真不错，"蒂娜的话匣子又打开了，"和那些思想上摇摆不定的人一块儿吃午饭，真有意思。刚才我要是叫上你就好了，不过也不急，等这场竞选会结束以后，咱们在一起玩的时间有的是。我听说可能有黑马出来。你觉得会是谁？去他妈的，管他是谁呢，反正明天一过提名就结束了。我想有些可怜的家伙得先把自己的私生活处理好再参加竞选。不过，这些家伙也成不了什么气候。"

"多姆准备参选。"

蒂娜倒吸了一口凉气，不说话了，惊得都把酒杯打翻在了地上，"什么？"

"我一直想告诉你……多姆决定参选。"

"你不是在开玩笑吧？"

一阵沉默。

"你这个两面三刀的婊子！"

"蒂娜，真对不起，可——"

"原来你一直在玩我啊。我却那么信任你……"蒂娜的话没说完，就疯了似的朝门口冲去，到门口以后却又突然停住了，转回身对金妮说："他没机会的。他那个小婊子会害死他的。你想象不到会有多少污水泼在你的脸上。"

"蒂娜，你不能……"

"你他妈的就等着瞧吧！"

"蒂娜，求你了！"

可蒂娜早就出了门，朝自己的车子跑去了，掏出钥匙，打开车门，坐到了驾驶位上。把一块薄荷糖塞进嘴里，掏出镜子看了一下自己的样子，扭动钥匙开动了汽车。她开始倒车，倒了两次才把车从路旁开出来，上了主路。

金妮站在门口看着她远去，然后掏出了手机。

蒂娜在离家还有一半的路程的地方被警察拦下了。她待在车上，怒气冲冲地和两个警察吵，"你们他妈的知道我是谁吗？"不过这次这招不管用，她涉嫌醉酒驾车。警察让她下车，她不肯，其中一个将头伸进车窗就要拔她的车钥匙，她扬手就是一巴掌，结结实实地抽了那个警察一下，然后猛踩油门一溜烟跑了。她只跑了不到 1/4 英里，人家就又把她追上了，她跑进一家商店，装成顾客在买东西。

接下来发生的事情简直是一团糟。一群顾客过来把她围在中间盯着她，一个有些胆量的小伙子还掏出手机拍了几张照片，两个警察进来了，警告她，她可以什么都不说，不过她说的每一句话都会作为呈堂证供。

蒂娜应该就此认错，然而她已经发了疯，失去了理智，她威胁人家，说要降人家的职，把人家的睾丸割掉等这些不堪入耳的话，人家便拿出手铐，强行把她铐住。与此同时，又有一辆警车赶到出事现场，人家连推带搡把她塞进了警车，这下她出丑出大了，周围站着那么多人，一个个对着她指指点点。等到了警察局，她更是一句话不说，人家说她醉酒驾车、拒捕、侮辱警察，她也不说话。最后，她被带进牢房，在里面待了段时间，这才恢复了神志，她哭了，一遍又一遍地说着同一句话：她想见她的丈夫。

金妮给鲍比打电话，但鲍比不接，也许是他故意不接她的电话。她打了两次，都是徒劳，第三次，她给他发了条信息，说觉得很对不住他，让他马上回电。

她想找个人说说话，找个能分享她心事的人。她慢慢走上楼梯去看孩子。本正在胡闹，躺在床上，用被单把自己包裹起来，还打了个结，胡乱蹬腿、伸胳膊，就像是在练武术，她没打扰他。杰玛正在安睡。她在女儿的床边坐下，伸出手，给她把落在脸上的一绺头发弄到耳朵旁，然后俯身亲吻她那红红的脸颊。她常想自己的母亲在这个世界上待的最后一个晚上，进来和自己道晚安，为自己整理好被子，确保一切都没有疏漏时是否也这么亲过自己。

那时候金妮 11 岁，比现在的杰玛要大一些。她的年纪不大，却已经搬了7次家，家总是母亲收拾，父亲总是让家变得冰冷。他统领的部队在福克兰群岛之战中失利，英国老百姓骂他们，朝他们扔酒瓶，上级降了他的级别，让他守着一个小小的设在外国的军事基地了却残生。他气急败坏，心灰意懒，既不配合总督的行动，也不听上司的话，只是拿手下的士兵出气。他每天用严厉的手段惩罚那些士兵，不断给他们压力，士兵个个怨声载道。后来又出了一件丢脸的事：出纳员挪用公款被查，这让他的部队蒙受了莫大的耻辱，大伙儿纷纷指摘她的父亲，说这是他父亲的错。他是指挥官，对手下的渎职行为负有责任。他转过头来把怒气都撒到了她的母亲身上。他并不是经常打她母亲，只有在喝了酒的时候才会打她，而是在感情上折磨她，忽视她，就当她不是这个家里的人，不存在。不论她的母亲为这个家付出多么大的辛劳，用什么样的方式讨好他，他都不为所动。他的父亲先是抱怨，后来就给她母亲白眼看，他自己也从失落陷入了绝望之中。

金妮想起了那天晚上的事，她能想起来的并不多。正睡到半夜，就听有人低声说出事了。她发现自己被父亲手下的一位军官抱着到了她父母的卧室门前，门口都是人，人们在嘁嘁地说着什么，接着她被放到了一辆汽车的后座上。此后，她有两年没见过她的父亲，再后来，她才听说了那天晚上的事：她母亲先是吃了很多药，而后喝了很多酒，就此结束了悲惨的一生。验尸报告上却写着"意外死亡"。直到又过了很多年，她的姨妈才告诉她，说她母亲死于"自杀"。后来，金妮问她父亲这是怎么回事，她的父亲就打了她。

金妮见过一个好端端的家就这样被毁掉了，在那样的噩梦中生活过，她发誓无论发生什么样的事，无论付出多大的代价，也不让这样的结局降临到自己的孩子们身上。蒂娜有家，但她正在毁掉它，终日泡在酒精中。她这辈子就算完了，这一生注定过得不会很光彩。这时，不知道为什么，金妮哭了，她的心里很痛。

她用杰玛的羽绒被把眼睛擦了擦，然后站起身，出去的时候轻轻地关上了门。

第二天早上报纸的头条并不是杰克·桑德斯想看到的,因为在这一天,反对党领导人选举大会正式开始。

《法律和混乱》——这便是《档案》的头条,封面上是一张大照片,蒂娜正用手提包打一个警察。考虑到这张照片是用手机拍摄的,效果还不错,第四、五、六页的照片是蒂娜被捕的时候拍摄的。另外几家街头小报也纷纷发表文章,说政府刚刚刊发一年一度的醉酒驾车处罚条例,蒂娜就顶风作案,这还了得,应该让她在号子里过圣诞节。

杰克发表了一份声明,说蒂娜患有精神上的某种疾病,但这种疾病正处在潜伏期,蒂娜曾"非常勇敢地与疾病作战",让大家给她留些隐私,让她先把身体养好再说。这个时候,一家媒体的评论员发表评论说,杰克获胜的概率很大。

《档案》的独家报道本来是多姆宣布参加竞选的事,但蒂娜这事好像更有吸引力。当天下午3点提名即结束,报社提议,届时多姆发表一份参选声明。人们都想不到多姆会参选,多姆本人也没什么经验,遇到杰克·桑德斯和埃德·古德瑟普那样的事,他还真不知道该怎么应付,谁又能说得准会出什么样的乱子。

下午3点,提名结束,整个选举局势也变得越发明朗。候选人一共7位,一位政府官员立即给他们7个起了个外号——"世界7大骗子"。黑泽尔·巴沙姆是唯一的一位女性候选人,肯·波士顿也是在最后一刻才冒出来的,此人身份不太明朗,据说是个同性恋。他知道自己几乎没有胜算的机会,故此只是想出出风头,引起新任领导人的注意。唯一来自苏格兰的候选人是雷恩·梅登,剩下的几位就是查理·马特豪斯、杰克·桑德斯、埃德·古德瑟普,当然还有多姆。

4周后,一切就会见分晓。这周末,选票会寄到各个党员手中,附带的还有一封卑躬屈膝的信,恳求人家给捐点钱,写好了的选票要在 12 月 15 日前寄回，到时候就该做统计工作了。刚开始的时候都挺热闹的，选票一发出去就安静了下来，整个气氛也随之变得凝重了。《卫报》发表文章说，候选人谨慎行事是现代选举活动中的重要特点。真的是这样吗？

蒂娜也没闲着。她只是一时的精神错乱，等她一清醒过来，警察就把她放了。她的律师说她是无辜的，这一点毫无疑问，还说她是被她丈夫的那些政治宿敌害的。出来以后，她逢人便说，说自己是政治的牺牲品，在各大媒体上发表相似的言论，即便是对那些她不怎么喜欢的人也是如此说。她就像海明威的《老人与海》中那位勇敢的老人，划着小船，挂着破帆，用锐利的言辞四处向敌人发起攻击，到最后就连杰克和她的律师的话她也不听了。她提醒大伙儿，古德瑟普是个大骗子，肯·波士顿是个流氓。

第一波攻击的余波刚刚散去，她就把矛头指向了梅登，说他之所以混到今天这个位子，完全是因为 1993 年在党代会上发表的那次演说，并在以后的每次重要党代会上试图再现当初的光辉荣耀。一句话，这个人只会耍嘴皮子，真本事一点儿没有。然后她铺天盖地地散播马特豪斯和他的秘书的丑事，休息片刻，她又端起霰弹枪，对多姆的风流韵事一顿猛攻。令她没想到的是，这场攻击慢慢消停以后，马特豪斯的那位前秘书去了澳大利亚，而朱莉娅也不见了踪影，要知道朱莉娅可是各大花边小报的卖点，如今人不见了，人家对蒂娜也就没什么兴趣了。

但蒂娜没有就此收手。一天，她和律师搭乘出租车去法院，车子到了门口，她下车以后逢人便说那 7 个候选人的丑事和自己沦为政治牺牲品的遭遇。等见到地方法官，她也不依不饶地拉着人家说个没完，她的律师见此情景赶紧过来阻拦她。她被判有罪时还在一个人瞎嘟囔。结果，法院判她入狱两个星期以做效尤。听到这个消息她当场昏了过去，这是她被捕以来第一次变得安静了，也就是在这个时候，杰克·桑德斯宣布退出领导人大选。

这样一来，候选人就只剩下 6 个了。

差不多一夜的工夫，就在多姆筹备竞选团队时，金妮的世界里突然就涌进了很多的新朋友，这些人大都是搞政治的。说真的，有些金妮不太喜欢，有些还不认识。有些跟她见面时，仿佛是认识了一辈子的老朋友，有些表情冷淡，就好像她并不存在一样，还有的只把她当成了端茶倒水的家庭主妇。她说得少，听得多，一脸和气地跟每个人打着招呼，尽着自己的本分。如果多姆这次败选，这一切就无所谓了，如果他赢了，那她就知道这些人当中谁是可以信赖的，谁又是他们这次竞选旅程中的障碍。

她没有见到鲍比。他仍不接她的电话，后来她又去总部找他，他的同事说他好几天都没来上班了。

鲍比在肯辛顿一个时髦街区的一间公寓里住着，离高街并不算远。金妮把车子停在外面的路上，心里想，这儿的房租这么贵，鲍比的薪水又很有限，他肯定别的收入来源，说不定常向他的父亲要钱。楼里没有电梯，楼梯两侧的墙上贴着 19 世纪 30 年代的广告，纸都老旧发黄了，却装饰得很讲究。走到半路上，一个年轻的女人从一个房间里冲了出来，打着电话，手里的宝马车钥匙叮当作响。就见这个女人抬起头，冲金妮抱歉和不耐烦地一笑，挨着她的身体下了楼，一路上还在说个不停。真是个典型的雅皮士。

鲍比住的那间公寓的门上没安门铃，金妮握紧拳头咚咚地敲起来。没人应声。她又敲了一通，过了一会儿，门慢慢开了，可她面前出现的那张脸让她觉得有些陌生。鲍比好几天都没刮胡子了，衬衣皱皱巴巴的，脚光着，但他的目光吸引了她的注意。他的嘴唇很红，透着怒气，瞳孔呆滞、死灰，看样子好几天都没睡好觉了。见到她，他的眼睛里既没有欢喜，也没有惊讶；既没有露出表示欢迎的神情，也没有露出一丝一毫的认识眼前这个女人的迹象。

"你收到我的短信了吗？"她问。

他什么也没说，门也没关，转身回到屋里。他重重地倒在一个黑色皮面沙发上，瞧上去他好像在那儿坐了很长时间。碗和杯子散落在木地板上，沙发前面有个矮桌子，上面放着些剩饭，一看就知道是在微波炉中热过的，一瓶红酒喝得只剩下了一半。屋里弥漫着一种绝望的气氛，臭气熏天，鲍比好像成了个50岁的糟老头子，孑然一身，无依无靠。

"你这是怎么了，鲍比？"

"真对不起。如果我事先知道您大驾光临，会让女佣把屋里好好收拾一下的。"

他这么说是故意惹她生气，她不动声色地说："道歉的应该是我，那天的事是我们误解对方了。我一直在担心你，知道吗，鲍比？"

"用不着担心我。我现在不是挺好吗？"

"能看出来。"说着，她不自觉地开始为他收拾垃圾。

他一下子蹿起来，大声说道："别动，我自己能收拾。"

"那咱们一块儿收拾吧。"

他犹豫了一会儿才动手，有些不情愿地捡拾着地上的垃圾。他走进厨房，在水槽边又停下了，看到她跟进来，拿起脏脏的盘子啪的一声摔碎在水槽里，"他妈的这是什么意思？"他怒气冲冲地说。

"什么什么意思？"

"这一切。"他转回身面对着她，"你们这场可笑的大选。我看到阿尔奇下注的账本了——你知道他赌博这事吗？他赌的不是马，而是政治。他妈的干得还真不错。那个小账本上说多姆胜选的机会一点儿也没有。就算杰克·桑德斯退选了，他也只能落个第四名，甚至连查理·马特豪斯都不如，被黑泽尔和雷恩·梅登远远地落在了后头。"

"所以我们才要扭转不利局面啊。"

"还有不到4周的时间啊！怎么扭转？哦，是的，多姆可以发表一两场漂亮的演讲，不过说真的，人们几乎不知道他的名字，也不知道他有什么样的政治主张。他只是个陪衬罢了，就像一本没人读过的书的封面。"

"我觉得他会让人们熟悉他的。"

"我需要一些更加实际的东西，而不是你的女人的本能。"

"我们的友谊怎么样？"

他盯了她一会儿，然后一屁股又坐在了那个皮沙发上，拿起一杯酒喝着。她趁机打量了一下这间公寓，家具都很现代，摆着一台大的平板电视机，尺寸是那么大，她从来没见过。肯定又是他父亲给他买的。一面墙上挂着漂亮的民族地毯，另一面墙边有两只小巧的音箱，一看就价格不菲，是鲍比用来听音乐的，音箱上面有几行字，看不太清写的是什么，金妮猜测可能是先知的箴言。屋里的摆设给人的感觉并不和谐。

鲍比看出了她心里想的，扫视了一眼屋子，说："没错，这一切都是我父亲给我置办的。他觉得我的一切都是他的，他就像个老哈里发。"

"出什么事了？"

"哦，也不是什么大事。一点儿家庭琐事。"

"什么事？"

"你认为呢？"

"你结婚这事吧。"

"他把一切都安排好了。那姑娘的父亲和他在卡拉奇一块儿做生意。他打算下个月把那姑娘带过来让我认识一下。这事就定下来了，不管我同意不同意。"他发现自己被气得呼吸都困难了，话说得也不那么利索了。"我跟他说我不愿意，他说没关系，结婚是我对这个家庭应尽的责任，他受够了我的一再推诿。"

"我为你感到难过，鲍比。"

他突然蹿到她跟前，因为生气，他的整张脸都变得扭曲了。"你的难过还不及他的一半多。知道吗，我把我的事跟他说了。我再也受不了了。我再也受不了三天两头撒谎了。我告诉他了，说我是同性恋，是个狗娘养的。他说他知道，知道了一段时间了。他哭了，这是我第一次看到他哭，不过他坚持说我要尽责，结婚，不然的话，我不但会让自己受辱，也会让整个家庭蒙羞。"鲍比发现自己很难继续说下去了。记忆好像让他不能自持，整个人都开始颤抖了。

"你打算怎么做？"

"不听他的。"他的声音此时变得安静了，"在谎言中过日子是更大的屈辱。他老了，身体老了，思想也老了，而这个世界在不断向前发展。"他停顿了一下，睫毛眨了眨，接着说，"他说这个世界没有变，古老的智慧仍然有用，如果我离经叛道，无异于在先知的脸上啐唾沫。他作为父亲，是绝对不允许自己的儿子这么做的。"突然，鲍比的头又抬了起来，愤怒又回到了他的脸上，他开始来回踱步，回忆着当时的情景，一边走，一边挥舞着胳膊，"我告诉他我过什么样的日子用不着经过他的准许。他是个老傻蛋。我今天变成这个样子也是他一手造就的。"鲍比的声音哽咽了，他继续说道，"他说他既然能生我，也能毁掉我。他说要把我从他的世界里扔出去，和我断绝父子关系。"

金妮张着嘴，吃惊得什么也说不出来，鲍比一动不动地站在那里。

"我发火了。我说配得上'父亲'这两个字的人都不会这么威胁自己的孩子。我不想让自己被他像奴隶一样对待，说他比拉皮条的也好不到哪儿去。然后……他打了我。"说着他用一只手摸着一侧的脸颊，刚才眼里还冒着怒火，这时却浸满了绝望，声音也近乎于低语了。"他一脚把我踢倒在门口，我站起来对他说，如果他不希望我留在这个家，那好，用不着他踢我，我走。然后我就走了，从他身旁走了出去，走出了那个家，走出了他的生活。如今，我再也回不去了。"

"我敢肯定……"话说了一半金妮就打住了，鲍比现在需要的不是陈词滥调，她想不出合适的词语，便握住了他的手。

"如果我有一支魔杖，轻轻挥一下就能让自己变成他想看到的样子，我想我会这么做的。但我没有这种能力，我就是我，我不会听他的，哪怕是为了我的父亲。"他的手仍在摸着他的脸颊，金妮能够看到他脸上的伤。"他从来没有打过我，一次也没打过。他爱我，这一点我始终都知道，并且以我为傲，我也爱他。但他的爱并不是我想要的。现在我孑然一身了。"

"我不想让你这么想，鲍比，"她轻声说着，伸出胳膊抱紧了他颤抖的身体，"有我在这儿呢。"

她躺在床上，翻来覆去睡不着，一直在担心。她面对的是一种新的生活，白天在匆匆中过去，有时候夜晚却总是不到头。多姆过了半夜才回来，白天忙乱一天，回来以后累得连话也懒得说。他比别的候选人行动得要晚得多，就像一场长跑比赛，起跑时就远远地被落到了后面。办公地点找到了，房租也是支持者支付的，招聘了一些人，媒体那方面也打好了招呼，就这样快马加鞭地把一个团队组建好了。

"那件事是怎么回事，多姆？"她问他，他躺在床上，也是辗转反侧睡不着。

他哼了一声，表明他也没睡着。

"听说阿尔奇·布莱克斯通有个小本子，你排在第四名。还不错，一周前还没人知道你呢。"

"每个人可都是削尖了脑袋朝里头钻啊，金妮，谁都想有个站脚的地方，媒体的兴趣现在都集中到这上面来了。如果我的曝光度能有那个可怜的老蒂娜的十分之一，就是死也情愿了。"

"多姆，你可要小心啊。"

"什么意思？"

她叹了口气说："朱莉娅。"

"看在上帝的分上，你能不能——"

"我不是故意提她的，多姆，我是说有这种可能性：你的曝光率比你渴望的要高得多，这要看你的敌人如何出招了。"

"敌人？我现在有敌人吗？"

"多的是，他们正像苍蝇一样围着你转呢。"

"我就想让英国好起来。我知道，这话听上去有点儿感情用事，可……"

"要想帮助别人，先得帮助自己，这便是威斯敏斯特的首要规则，这个你忘了吗？"

"这话听起来怎么这么自私。"

"一个无权的政治家就跟下水道里的一张糖纸差不多。你得说了算啊，得有立足的地方啊。"

"这我知道，我知道。有时候我感觉自己就像一个被嗜血的印第安人团团围住的士兵，想要拼命突围。"

"你有什么想法？"

他一时间没有回答，头躺在枕头上。路灯透过窗户射进卧室，在天花板上照出一些奇怪的图案。他想了想，这才说。

"也没什么复杂的想法，时间不够用，只有几个还算清晰的念头。为什么咱们不能像你在报纸中写的那样，在家庭和未来这方面做点文章呢？要知道，黑泽尔那个臭婊子没孩子，雷恩还没结婚。"

"你想用本和杰玛帮助咱们竞选。"

"当然是有限度地用，但他们毕竟活生生地存在啊，这一点你总不能否认吧。他们是咱们生活中最重要的部分，是他们让我走上了今天这条路，是他们让我将全部心思集中到了一个目标上。如果咱们成功了，对他们也有好处。那句歌词怎么唱来着，'迷失在沙漠中，然后永远地离开那里'。"

"我不想让本迷失在什么该死的沙漠中。"

多姆咯咯地笑了。"我想有你在身旁，他也不会迷失的。"说着他伸出一只手，在黑暗中握住了她的手。"说到沙漠，"他说，"我觉得现在应该把英国的全部士兵撤出伊拉克了，让伊拉克人去收拾他们的烂摊子吧。"

"分道扬镳？"

"不只是跟现任政府决裂，还包括黑泽尔和雷恩。黑泽尔不把那该死的坦克开上去是决不罢休的。雷恩呢，这家伙只是黑泽尔的一个跟屁虫，自己没什么主张。伊拉克战争开打时现任政府说的那些大道理已经让咱们吃了不少苦头，该成熟起来了，该勇于面对这些事情了。"

"你会因此陷入孤立的。你觉得英国的老百姓会关心什么该死的伊拉克战争吗？你知道那些民意测验调查者都是怎么说的。"

他有些不耐烦地说："金妮，别人关心什么，那帮可怜的记者说什么，我都不在乎，这次竞选成功与否，我也不在乎。这是我的信仰。"

她翻身把他压到自己身子底下，他能感觉到她那温热的气息。她深深地吻着他。

"这是什么意思？"

"知道吗，多姆尼克·艾治，你就要成为一个真正的政治家啦。"

自从出了朱莉娅这回事以后，这还是他们第一次做爱。他们如饥似渴地索取着对方，动作热烈，情话露骨，酣畅淋漓。

阿乔克把她那件最好的裙子穿上，外面裹上她仅有的一件外套，朝劳务仲裁法庭走去。法庭位于伦敦市中心一条繁闹的街上，她以前不知道那块地方叫霍尔伯恩。法庭是一栋维多利亚时期风格的房子。

走进里面，光秃秃的，就像一间教室。朴素的家具，一面光秃秃的墙上开着一扇窗户，阳光射不进来，也看不到外面的风景。空气是循环的，墙边放着几壶温水，都好几天了。这地方让人觉得麻木，会把一个人身体中残存的激情硬给挤掉。阿乔克突然有一种迷失的感觉，渴望回到老家村子里集市中心那棵高大的胶树底下去。那时候，她常常站在树下，微风吹来，带着温热，把大胶树的叶子吹得哗哗响，风抚弄着她那裸露的皮肤，她觉得很舒服。她渴望重新去感受她的村子那独一无二的颜色和芬芳，再去听听奶牛们那低低的哞叫。她觉得自己离家太远了，心里慌慌的。

有人让她在一张桌子旁坐下，那桌子上没写字，只有个标识，表明她是原告，一切就是这么没人情味。工会派来的那个律师，试着帮助她放松，却笨手笨脚的，没有起到什么效果，人很年轻，阿乔克以前只和他见过一次面。他带了个旅行箱来，里头装着好多文件，不时把头伸进去扒拉一番，样子就像一头正在吃草的小公牛。她见过很多的小公牛，只瞥了他一眼，她就知道这头小公牛长得不太合格，太瘦了。在她的村子里，像这么瘦的小公牛会被阉掉的，这样一来，它就能长膘，成为人们的盘中美食了。另外，像他这个样子，拉车也是不行的。

另一张桌子是被告席，后面坐着个财务部的主管，此人原籍塞浦路斯，旁边坐着一位叫奥马尔的财政部的律师。克瑞希也来了，在旁边坐着，他真是个好人。这地方混杂着多种口音，陪审团有3个人，主审法官的皮肤黑黑的，显然不是纯种的英国人。开庭了，屋里顿时乱成一片。她的律师和主审法官尽量用简单的话问她，但他们都是律师出身，说的那些古怪的词语总让她一头雾水。

主审法官50岁上下，受过良好的教育，脸上挂着微笑，外套的上衣兜里露着一块手帕的一角。该她陈述事实了，主审法官让她宣誓，但她既不是基督徒、穆斯林，又不是印度教徒，因此不知道该怎么说。她相信万物皆有神灵，膜拜她的先人所膜拜的那些存在于石头中或者大树上的神灵。在这方面，法庭里没有现成的宣誓文本，所以主审法官就让她当庭郑重发誓，她说的一切都是真实的。除了阿乔克，出庭的目击证人还有两个，他们都宣了誓，但这并没有阻止他们撒谎。

主要的目击证人是个高个瘦脸男子，头发秃得没剩下几根，一双

145

斗鸡眼，戴着一副厚镜框的眼镜。她以前从未见过他，但这并未阻止他竭力将她的生活撕得粉碎。这人在部里任职，好像是个什么人力资源助理。她不知道他叫什么名字，可现在他在这儿呢，手按《圣经》宣誓完以后，就和那个塞浦路斯人开始窃窃私语，不知羞耻地扯谎。他说她靠不住，总在抱怨。

"阿乔克太太在陈词中说她常常因为工作出色受到表扬，此种情况是否属实？"主审法官问。

"据我所知并不是这样，法官先生，""斗鸡眼"回答，"恰恰相反，我认为她为人极不可靠。"说着他用手指了指装在深棕色档案袋里的一沓纸，"在她被辞退的那个星期，有天晚上她来得非常晚，还有一个晚上彻底没来。"

"可——"阿乔克想要反驳，却被她的律师和主审法官制止了。

"还没轮到你说。"她的律师对她小声说。但她只想解释，那天晚上她之所以去晚了，是因为米约克病了，发高烧，她得带他去医院。那个塞浦路斯人当时可是知道这个情况的啊，当时也没说什么啊，可现在——

"我听说原告总在抱怨工具不好使。""斗鸡眼"继续说道。

没错，那个老吸尘器老坏，谁使都坏，大伙儿你抱怨完了我抱怨，那个塞浦路斯人抱怨的次数最多。有一回，吸尘器又坏了，这人碰巧在楼道里经过，狠踢一脚，却也没有踢好。但"斗鸡眼"假装不知道这事，始终在说她干起活儿来总是磨磨蹭蹭的，上班总迟到，这种人不适合在政府办公大楼这种场所工作。他怎么什么都知道，她以前可是从未见过他的啊。"斗鸡眼"每说一句谎话，阿乔克都觉得自己像被鞭子抽了一样难受。

该她的辩护律师向"斗鸡眼"问话了。他站了起来，现在在法庭上就座的各位该听听真话了。"阿乔克太太经常因为工作认真负责受到表扬，请问证人，此事是否属实？"

"没有这回事，先生。"

"她一次也没有受到过表扬吗？"

"据我所知，没有。"

"但她是你们那儿干的时间最长的员工之一。"

"是的，我们很有耐心。""斗鸡眼"说道。

"但据我所知，阿乔克是你们那儿最优秀的员工之一，这就是她被调来负责打扫政府大楼楼道的原因。"

"我们不得不把她调来调去。她在好几个地方干过，别的员工都对她有怨言。"

"这些怨词你有书面性的东西吗？"

"没有。如果我们整天搞这些事的话，工作就没法干了。人家抱怨也是私底下抱怨的，而不是写个什么正式的文件。"

"这么说你没有任何能够证明存在这种书面性证据的东西了？"

"证明什么？"

"阿乔克太太的不称职。"

"她总换地方，这一点就是最好的明证。"

她干活儿不知辛苦，所以上头才把她调来调去，给她更多的责任，可现在这竟成了诋毁她的证据。她旁边坐着的每个人都很有礼貌，都很平静，她自己心里头却像着了火一样。她觉得自己发烧了，那个塞浦路斯人站起来提供证词时，她内心的怒火烧得更烈了。她以前从未见过他穿西装、打领带的样子，这人总是烟不离手，满口脏话。他连看她都没看她一眼，宣完了誓，开始陈述，他的话让阿乔克感到更加困惑和愤怒。

"从你的证言中可以听出，你本人很不喜欢原告。"主审法官说。

"不是的，先生，她有的时候很难打交道，脾气很臭——但我对手下的员工都是一视同仁的，我总是试着和他们沟通，和谐共处。"

"那你为什么不让别人打扫那间屋子呢？"

"我们都做得很辛苦，每个人都在忙。活儿很多，如果我有时间的话，我宁可自己做，可……"他绝望地耸了耸肩膀，没说下去。

"原告说你侮辱她、骂她了。有这事吗？"

"没有，先生，我敢拿自己的名誉保证！"塞浦路斯人激动了，"我这辈子没说过一个脏字，我可是个敬畏上帝的人，先生，我从未骂过女人，绝对没有过。"

"你确定吗？"

"我愿意拿我母亲的坟墓担保，尊贵的教长先生。"

"用不着发这样的毒誓，我也不是什么教长，叫我'先生'就够了。"

"谢谢，谢谢你，先生。听到有人这么说我，我感觉很难受，真的。我可是在一个正统的家庭中长大的，接受过良好的教育。"他拍着胸脯大声喊道。

"你是说——我想让你在这一点上做一个非常清楚的表示——原告说你侮辱她、骂她，她对你的指控是完全错误的，对吗？是谎言，对吗？"

他深吸一口气，说："先生，你自己判断吧。但这不是真的，纯属捏造。"

"斗鸡眼"就在桌子旁坐着，此时满意地点了点头，他的样子就像一位在学校观赏孩子演出的父亲，但主审法官困惑地摇着头说："我发现这个案子很棘手，证据很明显，却很难判断谁对谁错，"说着他掏出一块眼镜布用力地擦着眼镜，就好像这么做能让他的视力变得更好似的，"我和我的同事的任务是判断在这个案子中谁的行为是不合理的。阿乔克太太，我想再问问你。"他把擦好的眼镜重新戴上，像个恩师那般和蔼地对阿乔克说，"刚才每个人说的话你都听懂了吗？案子进行到了哪一步你都知道吗？请原谅我这么问，因为这些对你来说很重要。"

"我想我听懂了，先生。"她有些犹豫地回答。

"那好，我来问你，你受到的对待是否和别的清洁工一样？"

"别的清洁工？"

"比方说英国清洁工。"

"清洁工大部分都是外籍的。"

"这样啊，白人清洁工呢？"

"一样。"

"但你刚才说你的上司在侮辱你时专门提到你的肤色了。"

"他谁都侮辱，先生。他就是这么个人。"

这样的话对本案根本没用。主审法官心里清楚，在他见过的塞浦路斯人当中，几乎每一个都有一种高高在上的优越感，都觉得他们国家的文化比别国的要高级。阿乔克的上司很可能也是这样的人，但感觉不能当证据，所以他决定换个方式问："你是否认为在当时的情况下，你的举动有点儿过于莽撞了呢？"

"这话怎么讲，先生？"

"你是否觉得你让你的上司处在了一种很难做的境地？"

"我觉得并不是这样。除了我，还有别的清洁工可以打扫那间屋子。清理完连5分钟都用不了。"

"你说你想要回你的工作。"

"是的，先生。我想工作。"

"你想在政府大楼工作。"

"是的，先生。我还想做以前做的工作。"

"那我问你，如果你能回去继续工作，你是否愿意清扫政府大楼的地面？"

"扫地没问题。但那间屋子我不愿清扫。"

"对不起，阿乔克太太，我可能有些逼问你了，但我必须确认这一点。你仍然拒绝清扫部长们开会的那间屋子，对吗？"

"是的，先生。"

"发生了这么多的事，引起了这么多的麻烦，你仍然不愿意清扫那间屋子，是这样吗？"

她想了想，然后点了点头。

"嗯，我明白了，我明白了，"他喃喃道，"部级大楼里头是否还有别的你不愿打扫的地方？和战争相关的地方你是否都不愿意打扫？"

这时候她的代理律师插嘴了："先生，请允许我说两句，让我的委托人做一些她觉得违背道德的事是不合理的。"

"请问你的道德底线在哪里？一间屋子、一条过道、一个角落或者一个裂缝都可能与战争有关，那这些地方你都不愿意打扫吗？"

"阿乔克太太并不是一个不讲理的女人，先生，她也没有任何的政治倾向。"

"她是个难民，对吗？她对战争肯定有着很强烈的看法。"

"她只想把工作干好，不愿做有悖良心的事。"

"不过，如果我们……"主审法官困惑不解地摇着头，就好像在驱赶几只讨厌的苍蝇，"阿乔克太太，可你为什么单单拒绝清扫这间屋子呢？大楼里别的地方你为什么没意见呢？"

"我不想捣乱，先生。但……战争。"她答道。

她的代理律师又插嘴道："我想再重复一遍，先生，我的委托人并不是一个持有某种信仰的政治上的激进主义分子。她不过是个持有某些道德准则的清洁工，只想要回自己的工作。"

"你说她不是激进主义分子，但她这个要求是很有政治倾向的。"主审法官叹道。然后，他双手紧握，一时间陷入了沉思中，像是在祈祷，"阿乔克太太，我再问你最后一个问题。倘若以后出现相同的情况，你的上司让你打扫那间屋子，你仍不愿意打扫吗？仍然拒绝服从命令吗？"

"是的，先生。"

"那么我想这个问题我们已经很清楚了。"

主审法官和两位在庭审过程中几乎不发一言的人此时站起身，从一道边门出去了，午饭时间过后便回来了。主审法官收拾好卷宗，清了清喉咙，然后说他们觉得这个案子很棘手，证据都是矛盾的。不过，他最后宣布，即便这样也没什么关系。阿乔克拒绝清理那间屋子，就足以证明她的行为已经违背了劳务合同，尽管她觉得清理那间屋子有悖良心。她明确表示倘若以后再有类似情况发生，仍拒绝服从上司指令，这说明她的行为有着很明确的政治倾向性，如果不是这样，那么她的行为至少就违背常理了。因此，主审法官当庭宣布，她的申诉是不合理的。她败诉了。

这一幕让阿乔克不知所措。这时候，主审法官和同事从后门出去了，"斗鸡眼"和那个塞浦路斯人站起来相互握手，恭喜他们的律师干得漂亮，而她的律师则失望地摇了摇头，嘟囔了一句什么，就低垂着头拖着旅行箱急匆匆地走了。克瑞希对阿乔克表示了同情，然后说还要赶赴另外一个法庭，也走了。过了好一会儿，她的脑子才清醒过来，而那个时候她的身边已经没有一个人了。她来这儿是寻求正义的，却没有找到。而在法庭上，她又不得不听着那些并不了解她的人把她的人格一点点撕碎。她愤怒了，受伤了，泪水在眼眶里打转，赶紧跑进女卫生间，默默地去承受屈辱。然而，不论她如何努力，又狠狠地抽了自己的脸好多次，心中的屈辱感仍旧摆脱不掉。这时，困惑中的她突然感觉到有个女人在看着她，黑皮肤，身着正装，圆脸，短发。

"你没事吧？"那个陌生人问。

阿乔克说自己没事，谢谢你，但她很明显在撒谎。

"这地方太没有人情味儿了，"那个女人小声说，"哪怕你赢了。我猜你输了。"

女人那温柔的语调让她受不了，她突然崩溃了，任泪水在脸上往下淌。女人递给她一张纸巾，她很快便把自己的遭遇告诉了对方。

"伊拉克？"陌生女人的声音突然变得警觉了，"他们开除你是因为伊拉克战争？"

阿乔克点了点头。

　　陌生女人听完，在那儿坐了一会儿，想了想自己刚听到的话，然后作沉思状，叼着大拇指尖说："你的案子还不算完，或许我能帮你。我叫索菲·加米那拉。"她伸出一只手，接着说道，"我是免费法律代理署的律师，我们是做公益活动的，专门为你这样的人免费打官司，为的是积累经验。尽管我们平日里接手的那些案子和你的有很大不同，但我愿意帮忙。"

　　主审法官说阿乔克的案子是政治性的，颇具讽刺意味的是，她跑了大半个地球就是为了逃避政治的迫害，可最终还是逃不掉。她这辈子从未投过票，从未见过选票是什么样子。别人让她干什么她就干什么，她早就习惯了别人的发号施令。她是个传统的女人，有着一套属于自己的做事准则，知道自己的位置在哪里。当然了，她的位置并不在这里。在这儿，她永远是个黑脸的丁卡人，永远都融入不到社会中去，但她知道这一切都是不可避免的，便接受了，而且是心怀感恩地接受了。换成在老家，她这样的人别的部落是不肯轻易收留的，而在这里，人家几乎没怎么盘问她就让她留下了。她没什么野心，只想给孩子和自己找个安全的住所，暂时远离战争的伤害。然而在这里，在离家2000多英里的英国，她仍觉得不安全。敌人仍在追捕她，想把她找出来惩罚她，夺走属于她自己的一切东西，包括尊严。他们不会得逞的，所以她对这个陌生的女人表示了感谢，接受了对方的好意。这么做总比默默地承受屈辱要强。然后令她没有意识到的是，她的这个举动竟会让她自己的世界和威斯敏斯特的世界在以后发生激烈的碰撞，而随之而来的结果也是灾难性的。

第
八
章

"是我，金妮，你不是说有事让我给你打电话吗？"

"麦克斯啊，我忘了——"

"朱莉娅·萨默斯把她的故事卖了。"

金妮正把一堆脏衣服放进洗衣机里，便停了手，拿了杯咖啡过来。"她都说什么了？"她的声音听起来虚弱而遥远，就好像不是她本人的一样。

"还不是她和多姆那件事。时间、地点都说了，什么沙发啊、红酒啊、在地毯上滚啊，就是这些事。"

她知道这件事迟早都会发生，现在麦克斯提前告诉她了，却仍没有填满她心中那无尽的空虚。杯子在她的手里抖动着，咖啡就要洒出来了。她把杯子放下了。

"什么时候？文章什么时候见报？"

"后天。"

"你确定？"

"确定。律师看过了，正在排版，打算登在封面上。"

"你？是你买的吧？"

"这故事不错。"

"求你了，麦克斯……"她朝窗户外望去，远处有个小公园，天真冷，开始下霜了，狂风吹打着那棵高大的枫叶树的顶端，她就这么看着，枫叶树的最后一片叶子打着旋，黯然地落到了地上。

"算了吧，金妮。如果我不登，肯定有别人登。其实这件事我不跟你说也行，不过咱们事先有约定，我不能不守信用啊。我尊重我们之间的约定。"

"尊重？你敢跟我说什么尊重？"

"其实我用不着给你打这个电话，金妮。换了《镜报》或者《太阳报》，人家可不会给你这么宽松的条件，我给你打电话，是想让你和多姆提前做好准备。把孩子先送到他们奶奶那儿去吧。"

"你这么做会毁了多姆。"

"很可能。"

"就没有……"

"没有任何商量。"

她的世界在快速旋转，转得那么快，她觉得周围熟悉的一切都飞进了最黑暗的角落中。

"真是对不起，但这个故事的确不错，能让我赚不少钱，"麦克斯继续说，"我个人感觉多姆胜算的机会还是挺大的。"

尽管她的世界已经失控，脑子里也乱成了一团麻，但一个念头此时突然冒了出来。"麦克斯，还多亏了你给我打电话。谢谢你！这让我感到很欣慰。"

"真的？"

"嗯，该来的总归要来，躲是躲不过去的。"

"说得太他妈对了。"

"老实跟我说，麦克斯，你愿不愿意用朱莉娅的故事换一盘你和那个酒店女服务员的录像带？"

"哪个该死的女服务员？"

"你知道的，就是开党代会时电梯里的那个。"

"你真是疯了。"

"算了吧，麦克斯，拍得质量很差，你的脸倒是很清楚的。你给了她50块钱，也许是20，不过你不是这么小气的人，对不对，麦克斯？"

"你在吓唬我。"

"你没仔细看酒店的监控吧，不过没仔细看的人也不止你一个。"没错，鲍比在剪辑的时候也忽视掉了这个细节。他没认出那人是麦克斯，不过话说回来，麦克斯不过是个编辑，算不上什么大人物。

"你打算怎么做？"麦克斯慢慢地说。

"这要看……"

"看什么？"

"你怎么做了。"

"朱莉娅的事我必须登，金妮。现在不登不行。"

"你不是编辑吗？"

"哪怕我迟疑30秒，就会有人出大价钱把这个故事买下来的。很多人都知道。"

一阵沉默。

"就算你把我的事说出去，又能怎么样？我是个单身汉，不会有事的，你这么做只会让我更加出名。我和多姆不一样。"

"不过到时候你得跟你母亲好好解释一下这是怎么回事。"

"你这么做未免太龌龊了，别把她拉进来。"

"可你把我的孩子硬拉进来了，我要让你生不如死，你这个小男人！"她啐了一口，然后就听砰的一声，她用拳头猛地砸了一下门。

"我干这行得活着啊，金妮。"他恳求道，能听得出来，他动感情了，"这篇文章我一定要登，金妮，希望你能明白我的苦衷。"

"快他妈的闭嘴，麦克斯，我好好想想。"

她能听到电话那头的他正在焦虑地呼呼喘粗气，她的状态何尝不是这样呢。

155

"你跟她签保密协议了吧，麦克斯？某个让她不要再把这件事告诉别人的合同性东西？"

"当然签了。"

"那好，你印吧，不过要推迟一个星期。"

"你是想找律师告我们吗？没用的，金妮，我们这么做是完全合法的。"

"我不会这么做的，麦克斯。你忘了我们之间有过约定吗？我不会阻止你刊登这个故事的，我需要几天的准备时间，想想对策，如何接招。"

"那盘录像带你打算怎么处置？"

"也没什么打算。私人聚会的时候放放，说不定到时候还会邀请你母亲过去一块儿欣赏。这要看——"

"看什么？"

"你的表现，还有多姆是否能挺过这关。"

"你认为他真的还会留在竞选阵营吗？"

"我们准备打伊拉克这张牌。凡事皆有可能。"

"天啊，金妮，你可真有种。"

"种我倒没有，我只有一个丈夫和两个孩子。女人需要的不就是这些吗？"

她想都没想就把桌子上的一些水滴抹去了，然后才意识到这是她的泪水。

电话那头的麦克斯也没闲着，他在想他的母亲和荣誉市民委员会。他知道总有一天他的名字会出现在里面的，到时候他的母亲肯定会很欣慰，而他自己肯定也会感到很骄傲的，不过他却从未听说过他们曾把荣誉勋章颁给一个在电梯里和女服务员玩儿口交的家伙。

他叹了口气，说："金妮，你还在吗？"

"在呢，什么事，小男人？"

"我想咱们还可以再商量商量。"

领导人大选残酷而充满变数，想要在大选中站住脚跟，不但要和候选人竞争，还要抵御住某些人的猛烈攻击。这些人会用尽各种手段毁掉你，不让你一帆风顺地走下去，他们以前就对布莱尔和他的手下这么干过，而今也对肯·波士顿用了这一招。

肯最初是同性恋运动中的积极分子，从此以后便再也没有摆脱掉这个"污名"，那些人也不允许他这么做。15年前，他发表过一场演讲，当时的听众是一些支持同性恋的人，算是一个私人聚会，演讲引起了广泛反响。说起来他也算是一个很普通的人，演讲进行到高潮时，他提到了一个人的名字：温斯顿·丘吉尔，他说在丘吉尔最惨淡的岁月中，曾恳求身边的人继续"干"①下去。他在做蠢事，千不该万不该在这样的场合提伟人的这句话，他也知道自己出言不逊，但这是私人聚会，想着也没什么大不了的。但令他万万没料到的是，有人用录音机把他的话偷偷录下来了。到现在，这事已经快过去20年了，但人们一想起来还是无法原谅他。领导人大选就是数字游戏，但时局对他明显不利，一家小报曾称他"是那种垫底儿的家伙，人品低俗"。其他报纸也用类似的语调刊登了不少关于他的文章，并做出暗示，如果他胆敢继续竞选，就把他的丑事都抖搂出来。他们这么做是有意羞辱他。

就这样，他把各大媒体都召集到了自己的家门口，身旁站着的是永远忠诚于他的荣。他当场宣布，说自己当初设定的同性恋候选人可以不受歧视地参加领导人大选这个目标已经实现。这和20年前的情况大不一样了。那个时候，这种事是连想也不敢想的，这是一场胜利，一场关于人权的历史性的胜利，更是他本人的胜利，这表明政界的容

---

① 原英文单词为"bugger"意为"肛交"，在这里用"干"有双关的意思，丘吉尔的原意是"挺住，别泄气"，但肯用的是这个词的基本意思。

忍度提高了。他轻而易举地就把当初设定的所有目标实现了。但说话的过程中，他的老毛病又犯了。他说他没想把自己看作弥赛亚，觉得自己更像施洗者约翰，照亮了那些愿意追随他的人的路，因此觉得现在退选比较合适。他又说无论谁赢得此次大选，他都会送上自己衷心的祝福，并信誓旦旦地表示在下次的英国大选中，本党极有可能获得胜利。话说完了他就笑得像花儿一样，冲着各位摄影师一摆手，从前门退到后面去了，而在那儿，荣已是泪眼涟涟了。

这个世界充满了各种各样的报复，有的人活着，就不允许别的人活。刚过去了一周多一点儿，原本的7位候选人就只剩下了5位，当然了，如果再把埃德·古德瑟普除去，就只剩下4位了。

肯·波士顿并不是一个没有野心的人，虽说是退选了，可这一切都是假的。他想见多姆，而且是很秘密地去见他。接下来的那一周，也就是选战的第二周，大选结果公布前的倒数第三周，他去多姆家里找他了。

他在一把柳条编的椅子上坐下了，金妮递给他一杯咖啡。他今天穿的是休闲装，却总摆出一副让人觉得他穿的是正装的样子。另外，他穿休闲装都穿名牌。"我到这儿来只是想跟你小谈一下，想告诉你那天你的演讲让我多么的激动。知道吗，你提到的在保护环境中家庭所扮演的角色这一点跟我想的一模一样。"

多姆笑了笑，这时才猛然想起肯是环保部的发言人，可他干得并不称职，自己想到的办法他竟然没有想到。

"在这方面我有几个小想法，算是对你说的做一点儿补充吧，都草草地写下来了，"说着他用了一个飞快的动作把腰上的赘肉盖好，然后从上衣兜里掏出了几张纸，"希望能有点儿用。"

多姆瞥了一眼，吃惊地发现这几个点子还很不错，说得有理有据。尽管肯说话没什么水平，可人并不蠢，这次退选就证明了这一点。"写得很不错，肯，我还以为没人看我发表的那场演讲呢，谢谢。"

"我想让你知道我支持你，并将你视为我在政治上的密友。我退选后做的第一件事就是来看你。我想说的是，如果你有用得着我的地方，请尽管开口，我随时愿意效劳。"

"我感到受宠若惊。"

"我在政治上想做的事还有很多。我的大好年华刚刚在我的面前展开，你可以依靠我，多姆。"

他俯身向前，眼神中透着热切，那样子就好像在对别人透露什么秘密，柳条椅子发出吱吱的响声。他这句话中透露出的信息已经很明显了，他想捞个位子坐坐，继续留在竞选阵营。

"尽管你的台词不是最重要的，但戏还是开演了。"

"那帮该死的！"波士顿一摆手，对剩下的那几个反对党候选人表示出了一种不屑一顾的态度，衬衫袖口上的纽扣在微弱的冬日阳光的照射下泛着淡淡的光。"黑泽尔是个臭婊子，"他突然啐了一口，恶毒的言辞开始从嘴中蹦出，"雷恩谨慎得要死，不看天气预报就不出门，古德瑟普嘛——嗯，就那样了。还有马特豪斯，每次我去他家，他一说话准是结结巴巴的，还一句真话没有。"

他这愤愤不平的态度是最近才变成这样的。他尽管说了这些人的坏话，可退选之前他都是拜访过他们的。他在政治上有一种被排斥、被忽视的感觉，人家根本瞧不起他。黑泽尔对同性恋深感厌恶，私底下也不掩饰这一点，雷恩和马特豪斯谨小慎微，不发表任何评论。至于古德瑟普，没人在乎他的看法。

"我打算出来发表一份支持你的公开声明，"波士顿皱着眉头说，从声音上听，他有些发噱，却也没有掩盖住语调中透出的虚夸，"我想知道你对这事是怎么看的。我知道有些人觉得我在同性恋这个问题上的态度有点儿直率……"

"对我们来说这不是问题，"金妮手里拿着杯茶从厨房里出来，在椅子上坐下之后插嘴道，"对吧，多姆？"

"当然不是问题了。"

"请原谅，我一直在想，"波士顿有些踌躇地说，"知道吗，考虑到你的信仰……"

"金妮说的没错，这不是问题，肯。我不会把别人的私生活道德化的，对政治家来说这么做不安全。"多姆将头转向了金妮，"肯愿意为我们提供帮助，这件事真的很棒，对不对？"

"我想加入你的团队，推一把这辆老宣传车，"波士顿把自己的想法又提了一遍，"等竞选完了以后，我想……"

"我珍视别人对我的忠诚，肯。我不会亏待你的，放心。"

来客终于露出了久违的笑容，身体在吱吱呀呀的椅子上来回摇晃着。

"但我在想，"金妮沉思道，"这么做是不是最优方案。"

"什么？你是说我的支持会让你们丢脸，对吗？"

"快别说傻话了，肯，"她俯下身体摸着他的手安慰道，眼前这个男人心中藏着一团火气，就要爆发了，却在最后一刻被她压了下去，"你们男人干什么事都那么着急，真可笑。有时候，慢慢来要更好些——相信我。"她笑了，是那种近乎戏弄般的笑。"我想我已经有了一个更好的主意。你们想听听吗？"

闭上眼，屏蔽掉车辆不时发出的噪声，对愤怒的低吼和声嘶力竭的演讲充耳不闻，将游船发出的声音过滤掉，忽略大本钟整点报时奏出的咚咚声，你便会察觉到威斯敏斯特的私语。这些轻柔而颇具煽动性的声音无处不在，就像一条大河，有时候慢慢地穿过水草，在深深的沟壑中不动声色地向前流淌，有时又变得狂暴无比，如山的浪头把面前的一切全部毁灭。很多人都葬身在这条河里了，却仍有不少的人执意在里面游泳。

160

鲍比是个游泳高手。他是做保密工作的，再加上自己是同性恋，因此养成了谨言慎行的习惯。但他喜欢倾听，并善于从别人的话语中发现蛛丝马迹。和威斯敏斯特大多数的年轻人一样，他也喜欢交朋友。他们的生活方式一样，工作的地方也一样。为反对党工作的和为执政党工作的人在一块儿吃饭、去健身房或者同睡一张床都是很常见的事。因此，当鲍比从痛苦的沉沦中恢复过来以后，就又开始了新的交际。一天晚上，他正在议会大街的红狮酒吧坐着，不小心碰到了一个人的胳膊肘，扭头一看，发现这人长得跟拿破仑差不多，个子也是那么矮，酒还没有来，两人都在等着。这个小个子也叫科林，在唐宁街工作，是做政策顾问的，这份工作让他远离了钩心斗角的政治竞技场，可他倒觉得有些遗憾。别人对他又忌妒又恨，说他离权力中心那么近，其实他每两周才能见上首相一次。科林话多，和"敌人"们狭路相逢时更是说个没完，而现在他的身边就有个"敌人"。

他笑着和鲍比打招呼："最近在健身房里没见你啊，忙什么呢？"

"一直在办公室里流汗呢。"

"哦，原来是这样。这段时间够你们受得了。他们不是说了吗，如果一个参选人退选还算无关痛痒的话，那么一周有两个候选人退选就……"他咯咯笑了，"别想啦，高兴点儿。我给你要杯喝的。"

"谢谢。我还正想喝一杯呢。来杯百威啤酒吧。"

"你支持谁？"

"谁也不支持，这段时间忙得四脚朝天，哪有心思想这个。"鲍比撒谎了。他身为总部员工，在这个问题上应该保持中立。

"我们也在看着呢，不管是谁，选一个出来算了，"科林说，"最近这几个月过得真无聊。民意调查显示，那个谁好像领先 10 个点，而且还在升。没有搅局的人，可真没意思。"

"看你这么无聊，我应该请你喝一杯才对啊。"

"下次吧，"科林把酒钱给了吧台服务员，又把头转向了鲍比，"其实，我们把祭物都给上帝准备好了，让他发发慈悲，把黑泽尔转到我们这边来。"

"黑泽尔？这人可是个搅局的主儿。"

"她呀，也蹦跶不了几天了，我的老伙计。"科林得意扬扬地笑道。

"你什么都知道啊。"鲍比鄙夷地说。

"说真的，没有，不过我们已经把这只老鸟给逮住啦，逮住她啦。我们早就盼着她当选呢。知道天鹅临死前跳舞的样子吗？转着圈直打趔趄。到时候她的羽毛会飞到英国各家商店的上空的。我们只是在等待合适的时机。"

"你是说你抓着她的某些把柄了？"

"这么说也行。到时候就有她受的了。"

"你在唐宁街干的时间太长了，我的朋友。你是不是让大风吹着了，说起话来怎么结结巴巴的，光绕弯子？"

"还不是跟电视上那个叫什么的主持人学的。行了，不多说了，投票给黑泽尔吧，然后看着她浑身着了火朝天上蹿。"

"能给我透露点儿线索吗？"鲍比接过科林递给他的啤酒，用怀疑的语气问。

"不行啊，老弟，"科林说着转身要走，"不过这出戏会很热闹，记住我的话。哦，妈妈。哦，妈妈。哦，妈妈。"他一遍又一遍地说着这句让鲍比摸不着头脑的话，声音尖尖的，就像哑剧中的老太婆，然后出了门，消失在了人群中。

这不过是一次偶遇，鲍比却想得很多，或许是因为他这段时间一直没让自己的脑子闲着，想事情已经成了习惯，还有，科林是有意这么做的。放点儿诱人的消息出来，制造不安气氛，把水搅浑。这都是游戏的一部分，却让鲍比深感忧心。那天晚上，在剩下的时间里以及回家的路上，他想了又想，却始终没能想出个头绪来，他觉得这事不妙。上楼梯、进门的时候他仍在想。凌晨 3 点，他打开电脑、敲键盘上网查东西的时候，终于想明白了。

"知道吗，他老说这句话，'哦，妈妈。哦，妈妈。'都把我给逗笑了。"鲍比隔着门对金妮说，"这家伙挺自大的，开了口就说个没完，不过对自己没用的话不说。他这句话让我想了很久，伤透了脑筋，后来我才想到，说不定他指的是黑泽尔的母亲。我打开《名人录》的官方网站，真的找到了她的名字——人还活着，不过年纪已经很大了——我想她可能住在哪儿。我查阅了选举人登记簿，发现——"

"我觉得你最好进来说。"

鲍比上气不接下气地上了门前的台阶，胡子拉碴的，眼神狂乱。金妮也刚从学校回来，她为鲍比开了门，鲍比进门的时候还在说个没完。她看到他觉得很欣慰，因为他这么快就从沮丧的情绪中挣脱了出来，尽管人瘦了不少。她让他在厨房餐桌旁坐下，端出一盘烤肉让他吃，又去叫多姆，多姆穿着衬衣出来了。

"她住在离福克斯通不远处的一座养老院里，"鲍比一边说，一边用手擦嘴上的肉渣，"那地方不在黑泽尔的选区，不过离得很近。知道吗，那个养老院问题很多，死了好几个老妇人，验尸官大发肝火，说这都是因为养老院疏于照管。政府发话了，说要把它关了。当地的报纸曾对此事大肆报道。"他停住了，把一杯橘子汁喝了个一干二净。

"黑泽尔这么做好像不太明智，"多姆说，"她母亲也挺可怜的，不过我觉得——"

"这家养老院和黑泽尔本人有关联，"鲍比插嘴道，"她在里头有股份。她母亲在那儿受罪，她却赚她母亲的钱。你觉得这事放在头条会有什么样的反响？"

"她不可能那么蠢的，"多姆表示了不同的意见，"对不对？"他这么一问，鲍比和金妮都没说话，他接着说，"我不会拿她的私生活说事，她毕竟是我的同事。"

163

"她是你的对手，而且人气正旺，"金妮反驳道，"等你意识到这场大选有多肮脏的时候或许就会改变主意了，多姆。"

他俩在厨房里站着，四目相视，她的眼睛和语调中有某种东西让他变得谨慎了。

"鲍比，你现在的模样就好像在脱水机里待了一夜似的，"她说，"去睡会儿吧，睡一个钟头。楼上有间空屋，里头有张床——别在意那些纸箱子。小睡一会儿。等你醒了，下来喝杯咖啡。"

"可我还没说完呢，还有呢。"他喊道。

"鲍比，求你了，去睡会儿吧。"

他也看到了她眼睛里的那种东西。"或许你是对的，我该休息一会儿。我都好几天没怎么睡了，"说着，他从椅子上站了起来，到门口时，却又扭回头，急切地说了一句，"知道吗，我还没说完呢。"

"谢谢你，鲍比，"她说，"你知道我们有多么感谢你。"

听到楼上空屋的门关上了，金妮这才开始洗盘子、打扫厨房。

"这到底是怎么回事，金妮？"

"你这辈子最难熬的一周就要来了，等着接招吧。"

"说具体点儿。"

她用毛巾擦了擦手，说："这周六，《档案》要刊登你和朱莉娅的风流故事。"

他的表情先是忧虑，而后转为极端的愤怒："什么？他们不能这么干。我要告他们。"

"凭什么告人家？"

他开始在厨房里来回踱步，"我要让法院下达一项禁制令①。"

"朱莉娅帮了他们一把，把她的故事卖给了他们，这事你阻止不了。就算你能让法院下达禁制令，可这么一来，全世界的人就都知道

---

① 指法院强制被告从事某项行为或者不得从事某项行为的正式命令。

了，人家会想你为什么这么做。"

"这是对隐私的侵犯。"

"可你现在正在竞选，这就算不上侵犯隐私了。"

"可这太他妈的不公平啦！"

"不公平？这事棘手，让你难堪，在政治上又颇具爆炸性，可我倒没觉得有什么不公平。"

他突然停住了脚，吼道："你到底是哪边的，金妮？"

"在你和朱莉娅的这件破事上，你竟敢让我选边站队？"

这话一出，就好像抽了他一巴掌似的。他沮丧地在一把椅子上坐下，头垂得很低。过了一会儿，他才把头抬起来，看着她。他的眼睛已是湿漉漉的，目光中透着无尽的痛苦，却又有着一丝狐疑。"你刚才说是这周六对吧？为什么不是周日呢？你是怎么知道的，金妮？你是什么时候知道的？"

"这个你就别管了，反正咱们有足够的时间准备。"

"说具体点儿。"

她挨着他坐下了，俩人说话的时候，她一直在握着他那双颤抖的手。

金妮把杰玛和本送到了多姆的父母家里。这栋房子就要变成一个战场了，孩子们在这儿待着不合适。她告诉本尼迪克特神父，下周孩子们不能来上课了。听了这话，神父绝望地摇了摇头，当初他还很愿意让这个政治家庭的孩子来他的学校呢，现在看来这个决定有些冒失了。等到了门口，她咕哝着对公公婆婆表示了谢意，话说得结结巴巴的，一个字一个字地从嘴里蹦，就好像雪崩刚开始时从山上掉下来的冰块。她叮嘱他们，什么也不要对孩子们说，也不要惯着他们。两个老人的目光是忧伤的，眼睛里却又透出对他们的支持，让她觉得很欣慰，这一切本来都是多姆搞糟的，可她自己为什么也有一种失败感呢？

回家路上，她去了趟超市，准备囤些东西。接下来的几天，他们家很可能会受到围攻，她怀疑自己在接下来的数周内是否还愿意出现在超市里。可是，就在她推着购物车在货架中间的过道里四处转的时候，突然看到了那个放报纸的货架，头版文章是那么醒目，让她觉得眼生疼。等到了这周六，《档案》的头版文章也会像这样灼伤她的眼的，她顿时觉得慌慌的，赶紧把购物车扔到一旁，逃了。

与此同时，多姆正坐在家里的电话机旁，准备打几个电话。头一个是给他的律师打的，对方让他去请教一个媒体方面的著名律师，这人的收费标准是每小时 300 英镑，告诉他最多能告他们诽谤，这样还能稍微挽回点局面。而后，周六下午 6 点，他又给他选区的负责人打去了电话，让他准备好迎接这场猛烈的暴风雨。毕竟，这人是他的主要支持者，他在电话中一直在解释这件丑事，还不停道歉。对方让多姆放宽心，并祝他好远，但多姆在他的话语中听出，对方有些恼怒。毕竟，这只是一场游戏，每个人都有自己的小算盘，人家得重新对他进行评定。如果他折了，他们会转而投奔、支持别的候选人。

阿尔奇来了，坐在厨房里听多姆结结巴巴地讲述他的丑事，金妮递给他一杯茶，他也没接。他听着，金妮在一旁看着，阿尔奇的表情就像以前听谁说过这样的事似的，他也的确听人说过这样的事。等多姆说完了，他表示总部帮不上什么忙，这是他的私事，和总部无关。这样一来，多姆和金妮就孤立了。他们还会站在一起吗？

"我们当然会站在一起了。"多姆厉声说道。

阿尔奇挑挑眉头，什么也没说，金妮靠着窗户，觉得自己像被人开了膛一样难受。

阿尔奇并没有站在道德的高度评判多姆，也没有表现出任何的恶意，"我喝醉的时候，做的那些事比你这件烂多了，"他对多姆说，"我个人认为，你有着广大的前途，如果就这样被毁了，那就太可惜了，太可惜了。我有时候会想，你会成功当选。"

"是吗？"

"是的，但现在我说不准了。"

送阿尔奇出门的时候，多姆说要在周日早间发表一份声明。

"太迟了，"阿尔奇回答，"一个月前还行，但现在局势已经不由你控制了。"

"一个月前我能做什么？"

"最简单的办法是离开你的妻子和那姑娘结婚。很多人都是这么做的，结果个个相安无事。"

"政治之路上不是只有坦途。"阿尔奇的直白让多姆回了他这么一句。

"婚姻不也是这样吗？祝你好运。"说完阿尔奇转身走了。

多姆没有直接回厨房。他胡乱翻弄着一堆报纸，想找个理由不去看金妮那双眼睛。最后，他把外套穿在身上，对着正在俯身洗盘子的金妮的背说："我去趟教堂。"

"行。"她的声音小得几乎听不见。

他走了，金妮的心在流血，肩膀不受控制地剧烈颤抖着，她没想到这件事竟会让她的心这么痛。看来，她的伤口还要过段时间才能愈合。

国王十字街地铁站，一辆货车把一捆《档案》卸在一间报亭旁，鲍比顺手买了一份。20分钟以后，当鲍比的出租车来到金妮和多姆的家所在的那条街时，已经有大批的记者和摄影师聚集在了他们家外面的人行道上。这时候，天正下着大雨，气温刚过零摄氏度，恶劣的天气不时分散着他们的注意力。鲍比让司机把车子停在街尾，他一个人装作没事的样子偷偷从后门走了进去，途中不小心撞翻了一个垃圾桶。他没有停下来把垃圾清理干净，因为他知道，接下来还有很多这样的混乱、肮脏的场面。

他俩正在厨房里——金妮在厉声哭泣，厨房已经变成了一个永久的战场。等过几天，屋里就会挤满了伤亡的人员和军事顾问。鲍比从雨衣下面把那份报纸掏出来，放在餐桌上，俩人谁也没说话。

《在沙发上搞》——标题就是这么刺眼，内容更是香艳无比，"我们一边听着大本钟发出的叮咚声，一边搞——一连搞了几个小时，无时无刻不在搞。"这个故事就像一个旅行纪录片，把威斯敏斯特除上下议院之外的主要场所都提了一遍，他俩就在这些地方尽情淫乱。文章在描述他俩的性事细节时，使用了很多的双关语和粗俗下流的词句，还说两人甚至在放拖把和扫帚的工具间里大干了一场。"我俩在一张皮沙发上弄了一遭，而沙发上面就是托尼·布莱尔和撒切尔夫人的画像。然后有天晚上，我们趁没人注意，偷偷溜到屋顶上大肆交欢。我看着那些选民，心中忍不住想，我把我俩的往事爆出来是否会提升他的人气。"

这事搞得还不算太狠，只有区区 3 页，另有一张朱莉娅的照片，尺寸不大，就见她蜷缩在一张沙发椅上，怀里抱着一根类似于男人下体的石雕的东西。不过，文章结尾处让人惊讶。她说她想继续为党工作："我为什么不能？政治家不能因为有婚外情、吵架或者隐瞒个人的消费项目而辞职。我要接着干下去！"她知道在当前的环境下这么做是在犯傻，但她转念又一想，党总部巴不得要开除她，说不定她能得到一笔不菲的补偿金。

文章又说，多姆对这一切不予置评。

"这他妈的纯粹是在胡说，"他伏在桌子上，把报纸看完以后，愤愤不平地吼道，"根本就不是这么回事，这不是真的，不是！纯粹是在胡扯淡！我俩从来就没有……"他说不下去了，怒气冲冲地把报纸推给了桌子另一头的金妮，"你自己看看吧。"

"你觉得我会看吗？"她冷漠地咕哝道。但她当然会看了，午夜时分，没人在旁边的时候她把文章看了。

星期六。这一天是给那些没有死的人准备的。没有死，并不是说还活着，而是还没有被正式埋葬。窗帘拉着，像裹尸布一样，只有各路记者和摄影师的影子为伴。这帮人就像一个个噬尸者，在门外面不停晃来晃去，金妮和多姆就在这样的一个世界里暂时活着。屋里一片死寂，气氛让人感到压抑，除了不时响起的电话铃声打破这死一般的寂静，而电话大部分都是媒体打来的。只有几个沾亲带故的人还想着他们——她的一位乡下姑姑、一位老同学和杰玛的教母。金妮先是觉得吃惊，而后倍感伤心，威斯敏斯特那些支持他们的朋友们都到哪儿去了，他们出了这么大的事怎么连电话也不打一个。正是这种寂静吞噬着她的内心，她真的希望能有个人跟她说说话，哪怕是劈头盖脸地臭骂他们一顿也好，至少这还能说明他们没有被忘记，还存活在人间。但一切杳无声息。政治的世界早就接着转下去了，已经把金妮和多姆抛到了黑暗的角落里。

星期天的早晨，他们一声不吭地穿好了衣服，而后又一声不吭地吃了些东西，谁也不说一句话。他们在等鲍比，昨天已经告诉他让他今天来开车送他们去电视台。他们知道，记者们守了一夜，这个时候早就累得不行了，天气又冷，出去是有可能的。

多姆和金妮出了前门，面带着微笑。还是有几个记者在的，不过瞧上去并不像昨天那么疯狂了。有人问多姆是否考虑辞职，他们是否会离婚，他们一概没有回答。他们尽可能表现出一副放松的样子，让人觉得他们并没有心事，不过是一对开着车在乡下兜风的无忧无虑的情侣。不让这帮人知道他们有多心痛是明智的。

他们上了金妮用来接送孩子的那辆红色小雷诺。后座上到处都是糖纸和饼干屑，玻璃上还有很多的指印，都是两个孩子弄的。鲍比开着车拉着他们朝泰晤士河南岸走的时候，后面追着一排车，里头坐着记者、摄影师，这帮家伙把车子开得飞快，油门一直踩到底，想拍一张那个满脸泪痕的女人和那个朝他们挥舞拳头、竖中指的男人的照片。

"我觉得这个主意不怎么好。"多姆双拳紧握，膝盖顶着前座，一边假装读报纸，一边说。

"我可不想让一群害虫把咱们的家给毁了。"她就说了这么一句。她的手在颤抖。

他们到了电视台，门口挤着很多獐头鼠目的人。进了大厅，前台对他们爱答不理的。这姑娘不是本地人，话也说不利索，可能也是昨天晚上没睡好，连问了两遍金妮的名字，其间又一个哈欠接一个哈欠地打着，最后才让他们进去了。他们进了接待室，屋里开着暖风，摆着几把褪色的椅子，桌子上堆放着一些报纸。一个浓妆艳抹的姑娘给他们端过来两盘小面包和油酥点心，被他们谢绝了。

"不用了，谢谢，我们刚吃过。"金妮说。

《天堂与地狱之火》是一档聊天节目，每周日早晨播出。主持人叫马科斯·怀特，原籍加拿大。栏目标题源自于《圣经·旧约》，主持人以不留情面著称，站在道德的制高点上对这些不上不下的政治家进行审判，因此很多人把他称为"死神"，把这档节目称为"死亡之吻"。尽管如此，很多政治家还是禁不住抛头露面的诱惑，甘愿在电视上，面对着亿万观众被怀特羞辱、蹂躏。

等进了直播室，看着那么多的摄像机和工作人员，多姆低声说："咱们这下可惨了，简直是灭顶之灾。"

"没事的，"金妮小声安慰他，"咱们的名声不会受损的。"

怀特正在一张扶手椅上坐着，面前是一张低低的桌子，桌上放着几杯橙汁，最醒目的当然是那本《圣经》了。他个子很高，50岁上下，留着一头长长的银发，面色严肃，一双锐利的灰眼睛，脚上还是那双棕黄色的皮靴，看样子就像一个刚从沙漠里出来的苦行者。两人在椅子上坐下了，怀特头也没抬，也没跟他们打招呼，而是埋头整理他那些小便条，音响工程师过来把麦克风给他们戴上。多姆不经意地瞥了一眼，看到在那部《圣经》下面压着一份折叠起来的《档案》，还没容他整理好领带、清清嗓子，舞台总监就示意大伙儿安静，倒计时开始。

怀特对着那个红色的摄像机笑了笑，这时候他仍没跟金妮和多姆打招呼，而后叽里呱啦地说了一堆与丑闻、领导能力、不幸、灾难、政治事业和十诫相关的话。在他说话的时候，屏幕中滚动播放着《档案》上那篇关于多姆和朱莉娅的文章。

"在此，我衷心地欢迎这次事件的男主角多姆尼克·艾治和他的妻子弗吉尼亚的到来。"

金妮到这儿来是临时决定的，她知道自己只是个陪衬，和这起事件无关，而怀特也不想看到她来。他用她的全名弗吉尼亚称呼她，这让她恨得直咬牙根。

"多姆尼克·艾治，"这是怀特第一次面对着他俩说话，"你——嗯，你今天到这儿来的目的是想更生动形象地描述你的丑事，对吗？"

多姆的手紧紧抓着椅子扶手，结结巴巴地说："我是个凡人，也是个通奸者，不过，我觉得这个没有什么值得骄傲的。"

"'骄傲？'真奇怪，怎么能用这个词？有人会觉得通奸是件光荣的事吗？我认为这种事很丢人啊。"怀特说。

多姆点点头，握住了金妮的手，轻轻地攥着，"是的，我觉得很丢人。我给我的妻子和孩子造成了巨大的伤害，为此我悔恨不已。"

"你是一个应该感到羞惭的人，是一个打破了十诫中第七诫的人，还是一个背叛了你的家庭的人。"怀特的声音十分浑厚，一句一句，慢条斯理地说着，听上去就像一位正在传道的福音教士。"身为党主席，只说这么几句不痛不痒的话是远远不够的。"

"我做了错事，但这并不能阻止我继续前行。我今天到这儿来，就是为了要人们看到我的勇气。"

椅子上的怀特听完这话不由得一惊，一脸怀疑地说："你是说你还打算继续竞选，对吗？"

"是的。"

"我的天啊，我的天啊，多姆尼克，真是出乎我的意料，你竟能说出这样的话。我本以为你是到这儿来悔罪、宣布退选的，可你还提什么勇气。"说着他把《圣经》底下压着的那份《档案》拿过来，质问道："你的勇气在这个故事当中表现得还不够充分吗？那个姑娘说你是她见过的最讨人喜欢的反对党成员，对此你作何感想？"

多姆一时间无话可说，只是紧紧地攥着金妮的手不放。

"多姆尼克，你为什么非要把这种荒唐事干到底呢？你还想给你的妻子和家人造成更大的痛苦吗？"

"我爱我的妻子，怀特先生。"多姆动情地说，"我背叛了她，辜负了她，但我觉得最好的补偿办法就是让她永远都不要忘了我做过的错事，同时，我自己在政治事业上获得成功。"

金妮接着说："有很多男人做了丢脸的事，转而将全部身心投入到公共事业中去，这样的例子在历史上不胜枚举，怀特先生。"

"不去将全部身心投入到家庭中去，而是投入到什么公共事业中去，是这样吗，艾治太太？"

"我自家的事不用你操心，怀特先生，"多姆说，"昨天我们接到了很多人打来的电话，他们给我们鼓劲儿加油，让我们继续走下去。电话铃声几乎没有停止的时候。"

多姆说的不是实情，多数的电话都是记者打进来的，也不是给他们鼓劲儿的，而是问这问那的。

"多姆尼克，可别忘了昨天你给我们打电话的时候可是聊了很长时间啊，非要今天早晨过来上我的节目，这样看来，给你们家打电话的人也不怎么多嘛……"今天来上节目并不是多姆的主意，而是金妮让他这么做的，如今面前桌子上就放着一份《档案》，扰乱着他的心，让他不知道该怎么回答才好了。

"你想通过这种方式把这件事摆脱掉,"怀特不依不饶地接着说,"希望健忘的人们忘掉你的丑事。但你并不是摩西,无权带领你的人抵达应许之地。显而易见,现在你能做的唯一体面的事就是当众忏悔、退选。"

"我要当着亿万观众的面最诚心地忏悔。是的,我是个罪人,到这儿忏悔来了,但我不会退选。我自己并不完美,也当然不是摩西,这一点我心知肚明。我并不想带领着我的追随者和我的家人在接下来的40年中长途跋涉穿过茫茫沙漠。"

"你是在取笑先知吗?"

"完全没有。我只是在说现在应该由普通人对我进行评判。如果你不介意,我们可以先把这种终极审判暂时放一放。当我回到我的造物主的身旁时,回头看我这一生,我相信自己没有虚度。那将是全心为民服务、无私奉献的一生。"

"那将是充满了谎言和背叛的一生。"怀特讥笑道。

"我是一个知错就改的人。"

这时候金妮插嘴了:"怀特先生,请允许我问一句,你能列举出一个一辈子都没有犯过错的英国伟大领袖吗?"

"我?可我是加拿大人。"怀特反驳道。

"当然,如果你想宣讲什么大道理,首先要了解你的听众。快点儿,说一两个。"

"格莱斯顿①!"怀特几乎是得意扬扬地说出了这个名字。

"一个终日把道德挂在嘴边的十字军头子,"金妮说,"却在晚上偷

—————————

① 即威廉·格莱斯顿(1809—1898年),英国自由党领袖,曾4次担任首相,实行议会改革,对外推行殖民扩张政策。

偷溜出唐宁街 10 号去嫖妓。"

"什么？"

"再说一个。快点儿，没这么难吧，就连我那 10 岁的儿子随口都
能说几个。"

"劳埃德·乔治①。"

"一个出了名的奸夫。"金妮说。

"还明码标价出售贵族头衔。"多姆补充道，"这种事听上去有点儿
熟悉，是不是？"

"还没有制止那头威尔士老公羊成为英国历史上最伟大的首相，"
金妮接着说，"但我不想再追问下去了，怀特先生，不想让你难堪。毕
竟，你是外国人。不过，我觉得你用两个生动的例子非常形象地把下
面这个问题解释清楚了。也就是，犯错并不能成为一个人谋取高职的
障碍。其实，任何一个正派的历史学家都会告诉你，这些人物之所以
伟大，就是不断在犯错中汲取教训、不断成长的结果。"

"好吧，下面我想和本次访谈的男主角聊聊——"

"哦，对不起，我们是一个整体，知道吗。"金妮说，"无论是在家
里，还是在政界都是如此。"

"你就像某个乡村行吟歌手，不管你的丈夫做了什么，永远都会和
他站在一起，对吗？"怀特不耐烦地说。

"不，你搞错了。我没有忘掉他犯下的错误——他也不会忘。说真
的，我不得不竭尽全力试着去宽恕他。我想跟你说说宽恕这件事——
我这么做是值得的。怀特先生，最近的一项调查数据显示，68% 的男
人一生中至少会出轨一次。你说我丈夫是奸夫，嗯，好像大多数的男

---

① 劳埃德·乔治（1863—1945 年），英国前任首相（1916—1922 年），自由党领袖，
曾任财务大臣，率先实行社会福利政策。

人都是这样。"

"你是在为你的丈夫破戒辩护吗？"

"当然不是。不过政治家每时每刻都在破戒。他们崇拜别的偶像、做伪证，做各种上帝明令禁止的事。既然你提出这个问题了，那么我想问你，你愿意将手放在《圣经》上，发誓你不是这 68% 的男人中的一员吗？"

"真是太荒唐了！应该接受检测的是你丈夫的道德，而不是我的道德。"

"你站在审判台上对别人进行审判，而你自己从未接受过别人的审判，所以我觉得让你手按《圣经》，说说你自己是个什么样的人，这么做是公平合理的。这应该不是问题吧？《圣经》就在你面前的桌子上放着。你为什么不敢这么做？"

制片人此时应该站出来上前加以制止，却没了主意。这档节目做得很精彩，上午的报纸肯定会大幅报道，鉴于这档节目是半宗教性的，所以也不算是什么坏事。另外，他总觉得怀特有些自高自大，宣扬的那些关于道德的大道理让人讨厌。还有，怀特一直想坐坐制片人这个位子。让这个狗娘养的在布满钉子的床上好好享受一会儿吧。

怀特接着说："我不想让你把这档节目变成一个文字游戏，艾治太太。"有那么一会儿，俩人隔着桌子你一言我一语，谁也不让谁，制片人一看，再不制止已经不行了，便过来对着怀特的耳朵大声喊，应该让她先说。

金妮向前挪挪身体，眼泪在眼眶里打转，动情地说："刚才你提到什么游戏，但对我来说这并不是游戏，怀特先生。我们在这儿谈的是我的家庭，这关乎我的下半生。多姆出轨这件事给我和我的家庭造成了伤害，我一直在煎熬中过日子——他向我坦白了，我甚至把这件事写了下来。"

"什么时候写的？在哪儿写的？"

"发表在《档案》上了，网站上也有，哦，叫什么名字来着？"她掏出手帕，一边擦泪，一边说，"对了，叫 www.mums-on-top. uk——说的是宽恕在维护家庭这件事情上发挥的作用。家庭很重要，对不对？"

"你是在对我说，你那篇文章写的是你丈夫不忠这件事吗？"

她不相信他没读过这篇文章，便说："哦，怀特先生，凡是读过这篇文章的女人马上就能明白我写的是什么。如果你不懂，说明你愚蠢到了极点！"她双眼含泪，怒视着怀特。

这时候怀特才意识到这档节目做得有多糟糕。他让一个蒙冤受屈的女人当众哭泣，也让自己出尽了洋相，这说明他并不是一个能够掌控局势的合格的主持人。更糟糕的是，电视机前的每一位观众都知道了这一点。他拿着耳机，盯着摄像机，那个表情就好像脑袋里有什么东西烧着了似的，说话时声音也干巴巴的，听着很生硬："很抱歉，时间到了，今天早晨的节目就是这样了。"

怀特站起身，直接出了直播间，屏幕上的片尾字幕还在滚动。多姆和金妮紧紧握着对方的手，仍在沙发上坐着。这时候，音响工程师过来告诉他们可以走了。在此以后，一张张的面孔和嘈杂的声音好像都在他们身后隐去了。

各路记者仍在电视台门外的人行道上蹲守，见他们出来齐拥上去，他们分开人群，回到了车上。

"怎么样？"一直在车上等着的鲍比小心翼翼地问。

"惊人，很惊人。"多姆慢慢地说，"知道吗，那家伙搞得糟透了，连个人生活方面的问题都不敢回答，不敢承认……"他犹豫了，当着金妮的面仍不能大大方方地说出"奸夫"这个词。"不敢承认自己的失败。可是，亲爱的，你是怎么知道他私生活不检点的？刚才你那么问，我还替你捏了一把汗，这么做太冒险了。"

金妮什么也没说。她的身体还在发抖，两只手不受控制地抖动着。他去摸她的手，这次她却把手挪开了。

"我听过各种关于怀特的传闻。"鲍比插嘴道。

"是吗？在威斯敏斯特倒没听说什么。"多姆说。

"这件事政界不知道。我常去一家俱乐部，在那儿偶然碰到了他的一个员工。从他口中得知，这人倒不胡搞，在这一点上和你不同。他是个酒鬼，一喝醉了就骚扰女员工，很多女员工都调走了。"

"这么说，他……"多姆的话还没说完，就听见金妮的手机响了。金妮把手机从包里拿出来，刚才还是一副恍惚的模样，这时已经好多了。

"简直是太棒啦，艾治太太，"麦克斯在电话那头说，"表演得很精彩。"

"那不是表演。"金妮用虚弱的声音说。

麦克斯哈哈大笑起来："我从未看过这么精彩的节目，应该给你颁发一个奥斯卡奖杯。对了，有一两件事我想让你考虑一下。"

"我听着呢。"

"再帮我写个专栏，每周写一篇文章，无论这次领导人选举结果如何。"

"你对这次大选怎么看，麦克斯？我们有机会吗？"

"获胜的机会吗？根本不存在。挽救多姆的事业？嗯，倒是有这种可能。你把一个救生圈扔给了他，明天你就又上头条了，到时候你家门口的记者比昨天还要多。"

"另外一件呢？"

"在你的网站打更多的广告。你出名了，我认为你的网站此后每天应该有 100 万左右的点击量。我们应该好好利用这一点。"

177

"我考虑考虑吧，不过凡事要等到我和多姆商量了之后才能做决定。"

"好的。越快越好。你们女人不是常说要趁热打铁嘛。还有，金妮……"

"什么事？"

"我们仍在遵守着那项约定，这让我觉得很欣慰。"

电话断了，她有些犹豫地把手机放回了包里。有她在身旁，多姆觉得心安。这么多天以来，他第一次有了活着的感觉。车子正在穿过兰贝斯桥，路上车不多，回头看看，也没有讨厌的记者追赶。他们的右手边是威斯敏斯特宫，在初冬阳光的照射下，宛如一栋哥特式的俗丽城堡，泰晤士河在微风的轻拂下缓缓流淌。多姆心满意足地靠在后座上，问："谁啊？"

"麦克斯。"

"那个狗娘养的。他有什么事？"

"对咱们表示祝贺的。"

"这小子还算识趣。亲爱的，你刚才说凡事要和我商量了以后再做决定，你说的是真的吗？"

她的手包咔嗒一声关好了。她朝车窗外望去，看着那些行人，心中充满了羡慕。然后，慢慢转回身，面对着她的丈夫。她的声音低沉，仍是那么虚弱，她又哭了，在啜泣，说出的每一个字却足够清晰："如果你胆敢再这么对我，我发誓，多姆，我会扯掉你的睾丸，扔掉喂秃鹫。"

阿乔克想家了。英国让她觉得心寒，所以当索菲·加米那拉提议她们在她的办公室之外的某个地方聊聊时，她便说去修道院社区中心，那地方有很多的外国难民，她觉得放松，索菲好像也觉得那儿不错。

她快 30 岁了，是个实习生，还没什么经验，前行之路上有很多其他的野心十足的年轻律师挡着她，她想冲过去。她友好、善于倾听，真心想帮助阿乔克，却也没有掩盖下面这一点：她觉得阿乔克的案子对她有帮助，这件事可能会引起轰动。打一场能够制造出足够大的动静，引起他人注意的官司是这些年轻律师的目标。话说回来，还有比战争更能引起轰动的事吗？俩人喝着咖啡，吃着炒花生，索菲兴奋地说着。她说她们可以把阿乔克的案子提交高级法院，因为伊拉克战争是非法的，任何与伊拉克战争有关的命令或者指令都是不合理的。她的案子在劳务仲裁法庭很可能会不了了之，但还有别的选项。她们可以向上诉法庭起诉，甚至可以告到欧洲人权法庭。

对索菲这样的年轻律师来说，伊拉克战争是她愿意帮助阿乔克打官司的原因之一。因为一旦哪个案子涉及战争，就非同小可，这或许能让她名声大噪，但阿乔克不为所动，而且深感怀疑。战争和屠杀什么时候是合法的了？不都是非法的吗？人们对此早已见怪不怪了，用这样的理由去打官司能赢吗？她的心里一点儿底也没有，还觉得索菲这么做很幼稚。但索菲的笑容温和而热情，她自己这么做也不会损失什么啊。索菲愿意免费为她提供服务，并且已经说服了犹豫不决的梅西先生继续支持这个案子。

阿乔克还在这个社区中心发现了一封写给自己的信。是一个远房男亲戚寄来的，这个亲戚她从来没见过，但在苏丹宗族关系深厚，再远的亲戚也是亲戚。这人叫马里斯·布拉贝克，像阿乔克一样，也是难民。他最近才到英国，正在四处找住宿和吃饭的地方。阿乔克想起了自己曾经住过的那种地方——湿漉漉的墙壁，不时咳嗽、感冒，厕所总坏，总有人小偷小摸，厨房都是公用的。这么说好像很奇怪：她在老家村子里住的时候，在阿拉伯人到来之前，尽管住的是茅草屋，地是泥的，却比这里要干净、安全。也许是索菲的善良感染了她，她就给那个男亲戚写了封信，让他过来和她一起住。除了吃饭、用电，用不着花什么钱，他可以在她那里住到找到合适的地方为止。话说回来，让孩子们认识认识丁卡人也有好处。丁卡人是一个大家庭，你照顾我，我照顾你，晚上多了个说话的人，痛苦的生活中也有了些阳光。

碰巧，马里斯·布拉贝克这人还很有礼貌，和他做伴相当不错。阿乔克很快发现他们之间的关系已经越过了友谊的范畴。不过，就事态以后的发展看，当初她应该快刀斩乱麻，把这段关系及时断掉。

　　黑泽尔·巴沙姆有政治天赋，长得不算漂亮，却很有气质，头脑灵活，一双眼睛黑亮无比，让有些人怀疑她并不是纯种英国人。每次有人质疑，她总是信誓旦旦地说，自己是纯正的大英帝国子民，其实她有爱尔兰黑人血统。像多数的猎食动物一样，她也有着灵敏的嗅觉，善于捕捉猎物。她对执政党的批评是无情的，开会时，每次面对普通议员的批评，她总是表现得那么有风度，用辛辣的言语回击却又不失幽默。她就像一位女校长，面前坐着的是一群呆头呆脑、蠢笨的学生，她心平气和地对他们说，他们这辈子也就这样了，长出息是不可能了。执政党恨她恨得直咬牙根儿，早想着把她搞下去，但现在还没动手。他们知道，先把心中的火气压一压，等到她当上了反对党领袖以后再动手会好得多，离大选结束的日子还剩下两个星期，他们愿意等着。

　　搞政治这一行，时机就是一切。金妮把握住了时机，黑泽尔却丧失了时机。

　　星期一，大多数的报纸都对金妮前一天在电视台的表现做了大幅报道。《泰晤士报》说，她让多姆转危为安，给了他一个赎罪的机会；《每日电讯报》把焦点放到了马科斯·怀特身上，说这位"毒舌道德主义者在节目中表现出了令人困惑的沉默"。《镜报》的做法则大不一样。黑泽尔的秘密被揭露了，《镜报》的刀子也亮出来了。头版就把黑泽尔置于了死地，其他通俗小报和电视台竭力跟进。

黑泽尔在一家经营私人养老院的公司持有股份，这一点无可指摘。人口老龄化严重，领取养老金的人越来越多，这些人如何安置就成了一个问题，政府集思广益，号召私人开设养老院。黑泽尔把她母亲安置在其拥有股份的养老院也无可厚非，但鲍比发现了更多的内幕。黑泽尔的养老院无论是卫生条件还是基础设备都不达标，而她母亲住的是最恶劣的那一家。政府相关部门已经对他们做出过惩罚，强令整改，如果再不达标就强行关闭。晚上值班的员工太少，活儿又多，所以人人怨声载道，有几个员工把这种情况向政府做了汇报。《镜报》挖出了更多的见不得光的东西，其头条用赫然的大字写着："这是英国最卑劣的女人吗？"内文则用不留情面的笔法详细地描述了她母亲的痛苦生活，那里的护士大都不会说地道的英语，几位老妇人不堪忍受恶劣的环境，悲惨死去。照片显示，浴室肮脏无比，到处都是老鼠洞，食物是过期的，一台用来清洁地面的经常坏的老机器被扔在后门外面。

这种情况是黑泽尔无力控制的。记者的调查渠道很多，又对近期几位老妇人的死亡纷纷提出了质疑，让人觉得养老院过去这些年的每一次事故都是在昨天发生的。当地的一位宠物店老板透露，最近这段时间宠物鼠的行情突然大涨。据他观察，这些顾客很像是从事媒体行业的摄影师，但黑泽尔已经是穷途末路了。"她是那种敢狠下心来扒自己亲生奶奶的皮的女人，"一位不肯透露姓名的人这样说，"但令我们万万没想到的是，她竟然也把自己的亲生母亲给卖掉了。"

这件事是鲍比透露给《镜报》的，记者部的人都听不出他是谁，他也没有透露自己的名字，只是告诉他们，如果星期一之前他们没有刊登这个故事，就会把它转给别的人。当天晚些时候，《标准晚报》称，黑泽尔当初并未依法在股权登记处登记其在养老院中所占有的份额。面对压力，她拿出了一个借口，说之所以没有登记，是因为她从公司没有分到过一分钱。但实际情况并非如此，她的母亲在那儿是白住的，记者没用多久就查出，光是这笔费用每年就至少有 25000 英镑。

事情到此并没有完。星期二，有记者问她，她得到的这些好处是否依法缴纳了收入所得税。黑泽尔的办公室无法拿出一个明确、有说服力的答案。24 小时以后，在媒体和几个政治家的压力下，税务局发表了一份声明，声称要对黑泽尔的经济问题进行调查，这份声明是在基准与特权委员会宣布对此事进行调查之后发出的。很显然，黑泽尔和税务局有交易，税务局里面的几个人当初就是黑泽尔选上去的。

她的生活变成了一场噩梦，名誉被败坏了，选战也陷入了无底的黑暗深渊。

没错，时间就是一切。星期四，距离投票的最后期限只剩下一周了，3 天没有在公众场合露面的黑泽尔发表了一份退选声明。她说，之所以这么做，是想"留出时间处理这些完全不实的诋毁，保护我那可怜的母亲不受媒体的侵扰"。不愧是黑泽尔，她没有就此罢休，而是发出威胁要把英国半数的报刊告上法庭，把另外一半的丑恶行径向报刊投诉委员会做汇报，控诉他们用残忍手段践踏一位老妇人的隐私。她还将一桶水泼到了一个正在她的门前草坪走路的记者的头上，把桶也扔了下去。有个记者以此为题写了篇文章，名字就叫"巴沙姆把记者淹了"。

而在这段时间内，甚至连那些见多识广的人也都快把朱莉娅·萨默斯这个名字给忘了。

他们挺了过来。两个孩子回家了，猫喂了，奇怪的事发生了。他们的电话又开始响了，各式各样的祝贺话不时传来，大部分是给金妮的，赞赏她敢于面对媒体和"那些该死的男人"。很多电台的谈话节目向他们发出邀请，内容都和政治无关。选战的这三个星期，说的都是政治，早就烦透了，换换口味也不错，而且这是提升知名度的一个机会，所以他们欣然答应了。金妮拜访了黑泽尔在广告部的好友艾德里安，让他和麦克斯谈在她的网站上做广告的事。她在《档案》上开了一个新的专栏，内容是关于帮助孩子应对家庭危机的，文章在多家媒体转载。突然间，他们的世界又开始运转了。人们认真听他们说，给予他们关注，并付钱给他们。

具有讽刺意味的是，事情进展得如此顺利，也亏了刚刚出狱的蒂娜帮忙。她的双腿刚迈出监狱大门，就开始对剩下的那几个候选人进行攻击，主攻目标当然是多姆了。每次的午餐会结束之后，她总会没完没了地抨击多姆和金妮，把他俩比作犹大和耶洗别①，说他俩把她出卖了。她宣称，金妮的一切都不可信，还说连她的乳房也是假的。清者自清，污言秽语是打不倒金妮的。

然后，报纸上登出了最近一次的民意测验结果。在此之前，对这种测验感兴趣的读者寥寥无几，因为几个候选人的排名总在变。有一次，首相在闲暇之余形容这次大选"不是宣传车的聚会，更像是牲口运输车的比赛，意外事故频频发生，跑道上的车子残骸随处可见"。还剩下最后一个星期，大选就要结束了，《每日电讯报》发表的一份民意测验显示，多姆坐到了第二的位置上，只落在雷恩·梅登后面，但大选已经变成了一场两匹马的比赛。有时候，第二比第一要好。对报纸编辑来说，预测大选结果是最无聊的事了，而看着领跑者一头摔倒在地则是最开心的事，所以尽管他们在政治上存在不同的倾向，却对这场赛事都表现出了莫大的兴趣。他们又把多姆当初发表的那场关于环境保护的演讲端了出来，说他是个有前途的年轻人，和那个老迈的梅登截然不同，注定为死气沉沉的英国政坛送去一缕清风。多姆曾说，应该让全部英军撤出伊拉克，而这个时候，连那些并不认同这种看法的人也站出来纷纷表示，他说得有理有据，而且思维清晰，和那些人云亦云的政治家大不一样。雷恩·梅登聪明、能干，又有长期的从政

---

① 以色列王亚哈之妻，以淫荡、邪恶著称，见《圣经·列王纪》。

经历，魅力十足，有人却说他"过于聪明"，对一位英国政治家来说，落个这样的名声是危险的。

一天，阿尔奇·布莱克斯通去多姆的办公室找他，多姆这才意识到自己的胜率提高了多少。

"我看错了。"阿尔奇直言不讳地说。

"我知道。"

"我看错的时候并不多。"

"这我也知道，阿尔奇。"

"不过我得说点儿什么。我道歉。"

"当初你很坦率地说出了你的看法，"多姆停了一下，夹在两根手指中的一支钢笔转了一圈，接着说，"现在你觉得我的机会有多大？"

"比以前大。"

"我一直盼着这次大选结束之后能与你共事。"

"这么说你认为自己赢定了？"

多姆笑道，"谁知道呢？一切都有可能发生。"

"在这样的选举中令人意想不到的事常出。"

星期六。最后一周。投票于下个星期四结束，下下个星期日，也就是 12 月 15 日，公布结果。

多姆和金妮都没有睡。这是他们最后的机会，事情成与不成就在此一搏。按规定，候选人要去伊丽莎白二世会议厅集合。这是一栋现代风格的钢筋水泥建筑，隐藏在威斯敏斯特修道院后面。然后，他们会去丘吉尔礼堂，面对有头有脸的党内支持者发表演讲，整个过程会在互联网上直播，接着会赶赴市里的一些小规模的党内聚会。说是辩论会，其实是你死我活的争斗，有人会中枪死在当场，这种情景在美国西部片中是很常见的。

候选人的妻子也要参加，还会占据显要的位置，其中的原因没人

185

说得清。或许是想赋予整个过程一种质感，缓和剑拔弩张的紧张气氛，也可能是党内大佬设计好的，肯·波士顿胆敢登台，就用这种手段羞辱他。多姆现在才知道，如果没有金妮，就没有今天的一切。在这次的选战中，出现了很多荒谬的巧合和意想不到的事件，在多姆看来，这些不只是因为运气好，而是冥冥中注定会这样，命该如此。倘若真的是命运使然，他就要牵着金妮的手一步一个脚印地走下去。她是他的护身符，他的魅力来源，他的天使。

这一刻的到来离不开她的付出。多姆很清楚自己没有经济管理方面的经验，有些时事评论员很显然受了多姆对手的鼓动，纷纷指出，他没有做账的能力，甚至连妻子和情人的关系也处理不好。多姆一时陷入了困境之中，这时候也是金妮出手解围。金妮提醒他，他只有几分钟的讲话时间。在这样的场合下，说那些半生不熟的税改方案不合适，除非他说的是蠢话，否则没人会记得他说的是什么。人们只会记得他笑了没笑，有没有幽默感，有没有魅力，那些有头有脸的人是否真心实意地请他出去吃饭了，那些女人是否把他硬拉到灌木丛后面和他大干了一场。人们就喜欢听这些。

因此，他们想出了个办法，并且这办法很有效。党内大佬表示，这次聚会一定要按规矩来，不能有横幅或者旗子，不能出现宣传小册子，也不能举行吵吵闹闹的游行活动。不过，当900名党员到场的时候，不知道从什么地方跑出来一帮打扮成圣诞老人、小精灵和驯鹿模样的年轻人，就见他们手里举着海报，为多姆喝彩加油。他们不顾初冬的寒冷，对每一位从他们身旁经过的投票者微笑致敬。只要是正常人都不会觉得这么做有什么出格的地方。又有谁知道，他们当中的大部分人都不是什么政治上的激进分子，只是多姆和金妮的朋友，酬劳也只是有免费的饮料喝和30英镑的现金。这笔费用将近1000英镑，但金妮觉得值得花。党员拥入会场就座的时候，每个人的脸上都露着笑容。

他们看多姆的宣传短片的时候笑得更厉害了。每个候选人都可以准备一个 4 分钟长的短片。观众入席以后，可以看看，算是辩论前的预热。古德瑟普为这次大选投了不少钱，但参选之路不顺利，他是直接坐在椅子上对着镜头说的，没什么新意。查理·马特豪斯录制的是一个家庭小电影，效果不错，除了在花园里玩耍的孩子的表情有些呆板。梅登的片子是花大价钱找专业人员做的，展示了从他小时候到入驻议会的政治历程。片子里的他边走边说，不时朝别人打着招呼，时而又作沉思状，对未来充满了信心和期待。如果说这个片子有什么缺点的话，那就是有些过于华而不实，不过没人那么较真儿。

多姆的片子是最后播放的，里面根本没他的影子，内容只是 1973 年在利物浦举行的障碍马赛的一些片段。这真是天底下的新鲜事，因为以前从来没有人这么干过。人们在礼堂里面窃窃私语，有的表示出了吃惊，有的则觉得这是意料之中的事。这家伙玩的是哪一手？

片子的画质算不上好，却还过得去。这样的赛事录像很多人都看过。比赛开始前，大伙儿聚在阴郁的天空下，既紧张又激动，都等着开赛那一瞬间，然后哨音响了，十几匹赛马从护栏后面飞出，有的半路上跌倒了，有的撞到了护栏上，直到最后有一匹马杀出一条血路，蹿到了最前面。这一年的赛事当中有一场给人们留下了深刻的印象。有一匹叫作克里斯普的马，是常胜将军，人们都喜欢它。在这场比赛中，它的表现同样不俗，一开始就把其他的马远远地甩到了后头，转过弯道，距离终点只剩下 250 码① 了，眼看胜利在望。而这个时候，其他的马还看不到影子，看来这回它又赢了，可是有一匹生性倔强的马不肯乖乖认输，就见它使出浑身的力气奋勇直追，距离一点点在缩短。有些观众拿出望远镜，就见远处有一个黑点在逐渐靠近终点，而此时的克里斯普已经累了，步子变小了，动作也不那么利索了。两位

————————

① 1 码 = 0.9144 米。

187

骑手用鞭子狠狠抽打各自的坐骑，两匹马浑身直淌汗。追击的那匹马慢慢看得清了。刚才还是一个小黑点儿，这会儿变成了一个庞然大物。

观众席上的人坐不住了，纷纷站起来鼓掌欢呼，或许有人会想这是不是暗中策划好的，不过多数人并没有心思想这个，一个个都快疯掉了。

"朋友们，我们是在见证一个奇迹的发生吗？"解说员上气不接下气地喊道，"克里斯普不会最后掉链子吧？它累了，跑得太多了，尽力了。它就要被超过去了吗？"

在场观众的欢呼声一浪高过一浪，有人在喊："加油，朗姆！超过它！"

"这是我这辈子见过的最令人吃惊的比赛啦，"解说员哑着嗓子大声喊道，有观众看到他正在椅子上上蹿下跳，"克里斯普还差 200 码就赢了，可是我简直不敢相信自己的眼睛，它被超过去啦！克里斯普被超过去啦！克里斯普被超过去啦！"

这是朗姆第一次参加这么重大的赛事，真是一鸣惊人，它将成为赛马史上最伟大的马。

观众席上有很多办企业、开公司的人，看到这一幕，鼓掌欢呼之余忍不住想，企业之间的竞争就像赛马，不到最后谁也说不准赢家是谁，无论你刚开始的时候有多风光，也不管我创业之初有多么不堪，只有到了最后才能见分晓。

多姆和其他几位候选人在屋里等着，激动的心情难以抑制。他还没有上台开口说话，在座的各位就摩拳擦掌，要豪赌一把。

该多姆和金妮上台了，可就在这个时候，金妮的手机响了。她想找一个人少的地方接电话，就听多姆对她低声说："现在不行，现在不行，这个时候怎么能接电话。"是啊，还有比接下来的这几分钟更重要的事情吗？但一脸焦急的金妮还是抱歉地告诉他，她必须离开一下。他说她这么做会把一切毁掉，让她别犯傻，还说他不愿走到台上，坐在一张空椅子旁边。但太迟了，登台的音乐声已经响起，其他的几位候选人开始入场，多姆只好跟着去了。

金妮飞快地跑到她那辆脏兮兮的小车旁，今天是星期六，路上的车子肯定比平时要多，走得也会慢些。她上了车，猛地踩下倒车挡，就听砰的一声，好像是玻璃碎了，她连管都没管，就开着车蹿了出去。她上了主路，绕过白金汉宫，一直向前奔驰。走了一段，就见前面红灯亮了，但她的脚还是没离开油门踏板，直接闯了过去。一辆黑色的出租车急忙打了个转，一个司机愤怒地朝她竖起中指，她觉得摄像头已经把她的行为拍下来了。

走到半路上，她急忙打开手提包，摸出了电话。她的嘴角紧绷着，掏手机的时候，不小心把化妆包拉了出来，里头的化妆品落了一地。她一手紧握方向盘，一手打电话，眼睛既要盯着键盘，又要看着前面的车辆。她连打了 3 次，鲍比却没有接。车子越跑越快了，前面是一个大转盘，她用膝盖和胳膊肘顶住方向盘，腾出一只手换挡，转了过去。

车子上了小路，横冲直撞，有很多司机狂按喇叭以示抗议。前头又有一个摄像头，附近却不见警察的影子。"他妈的，用得着他们的时候，却不知道滚哪儿去了。"金妮心里骂道。她上了应急车道，一直朝前开。

成功的政治家都有表演天赋。有的擅长演喜剧角色，有的演技精湛得足以演莎士比亚的戏剧，不过要想在残酷的政治丛林中活过来，就要学会如何在公众面前掩饰自己内心的感情。多姆一个人到了台上，心里不免胡思乱想。她怎么也没说是什么事就急匆匆地走了？是不是孩子出什么事了？是不是她听到了什么可怕的消息，为了保护他，让他不受干扰才走的？他的心开始变得慌乱，大脑一片空白。感谢上帝，那篇演讲稿早被他背得滚瓜烂熟了，就连做梦的时候都能一字不差地背下来，只要开口就能像机器一样把那些字句倒出来，但金妮匆匆而去这件事让他不知道如何向在座的各位解释。

台上的灯光很亮，照得他直眨眼，台前是黑压压的人群，他看不清他们的脸，却能感觉到他们越来越强烈的期待和对他身旁放着的那张空椅子的疑问。他没有马上说话，而是先停顿了一下，他这么做不是想要某种戏剧性的效果，而是为了掩盖内心的慌乱。他觉得一阵头晕，怀疑自己得了眩晕症，老想摔跤，需要扶着个什么东西才行。他需要金妮，可是，该死，她并不在身边。然后，他笑着朝在座的各位党员挥手致意。

"朋友们，"他开口说道，"同志们，首先我要向各位转达金妮最良好的祝愿和歉意。"他该怎么向众人道歉？他也不知道，连点儿头绪也没有，不过，他搞了这么多年的政治，虽说官小，却也经了不少的大场面，托词随手拈来。"在座的各位都知道家的含义，我也有家，"他咯咯笑了笑，给自己打气，"现在的孩子每次吃完饭不打碎点儿东西或者不摔一跤就不算完事，真是不让人省心。就在刚才，金妮接到了一个电话，说孩子出了点儿事，她一听到这个消息非去不可，觉得家是她的全部，我又何尝不是这么想的呢。知道吗，上帝为什么会让我们每个人都有父母双亲，我想原因就在于此，一个有事走不开，另一个还可以回去照顾他们。反过来说，孩子也的确让做父母的很头痛，我那两个孩子就是这样。我代表金妮感谢各位的耐心等待并恳求各位的原谅。"

台下一听这话纷纷表示理解，这让他信心大涨，整个人也变得活跃了很多。接下来的几分钟，他把演讲稿中的内容很流利地复述了出来，还不时加进去几句幽默的话，总之，他这次表现得很精彩。这篇稿子是金妮帮他写的，其中也有他的一些想法。尽管金妮不在身旁，但他觉得她就在他身边给他鼓劲儿加油呢。

演讲完了，他停了一会儿，然后深吸一口气，走下了讲台。

她把车子停在双黄实线旁，打开车门就开始跑，等到了鲍比租住的公寓前门，发现门锁着，顿时觉得事情不妙。她不停地按铃，大声地喊着："快让我进去，有急事！"她那痛苦的喊声奏了效，就听嗡的一声，大铁门开了，她蹿进去，跑上了楼梯。她跑过那些古旧的广告，抓紧护栏，两步并作一步。在她身后，有几个租客以为出了什么事，纷纷把门打开，伸出头来四处观瞧。她到了鲍比的房间，伸出拳头，把门砸得咚咚响，叫嚷着让他开门，里面却毫无动静。

楼道对面有扇门嘎吱一声开了，一个年轻女人隔着安全链朝外张望，脸吓得惨白。

"我是来找鲍比的，"金妮喘着粗气说，"我想他在这儿住。出事了。"

女邻居一皱眉，并不相信她说的。"我这儿有钥匙，"她犹豫地说，"他出门的时候让我替他浇了浇花儿。"

"看在上帝的分上，快点给我！"

门开了，俩人进了屋。

梅登的表现令人尊敬，他不是那种浮夸式的人物，一字一句地说得很严肃。如果说多姆送给各位党员的是一块生肉，那么他送给他们的便是一块烤得很好的牛肉，不过就今天这种场合来说，烤得有些过头了，他又不能临时改变菜谱，因为这么一来，他就什么都得不到了。这些话他说了30年，的确让他很受用，在接下来的30分钟，炒炒冷饭也是没问题的。保险是第一位的。总之，他表现得还不错，但那些獐头鼠目的记者可不买他的账。

说完了，掌声、喝彩声响起，听上去也像是真心的。他瞧了一眼记者席上的那些记者，并不像各个党员表现得那么热情，而刚才多姆结束演讲的时候，他们可是报以了热烈的掌声的。就见有的记者在窃窃私语，有的直摇头，这些人对这种事可是很敏感的，马上就能写出一个故事。但"大伙儿相安无事，没有死伤"这样的标题不足以温暖编辑先生的心，所以有的人转头问后面的人觉得梅登表现得如何。"很沉闷，没有新意。"一个人这样说。"就像被一只乌龟蹭了一下。"另一个说。"说的都是他妈的废话，不过说得倒很流利。"又有一个人说。被多姆和金妮事先安排在媒体席上的记者把他们听到的各式各样的评论都记了下来，编辑了几篇文章，登在了第二天的报纸上。

不过，大出风头的要算演讲结束以后发表评论的肯·波士顿了。他事先向英国广播公司的记者提议，让他们在整个的演讲过程中用摄像机记录下他的反应。他们同意了。他们看到他在古德瑟普演讲的时候安静地睡大觉，马特豪斯说完以后礼貌性地鼓了鼓掌，多姆说完以后却又像受了电击似的大为惊骇，这家伙还真是有表演天赋啊！在戏剧中扮演女一号一点儿问题也没有。就在雷恩·梅登上台的时候，他还在暗自偷笑，心想这家伙肯定又玩儿那一手，本想鼓两下掌的，手倒是伸出来了，却不知道为什么没有碰到一块儿。梅登说的时候，他的肩膀耷拉着，手搭在膝盖上，脸上显出一副语言无法形容的痛苦表情。

事后，各路记者将他围在当中，想听听他对今天这几个候选人的表现做何评论。"哦，说得一点儿用也没有，一点儿用也没有，"他哭诉着，那样子就像一个在悔罪的牧师，"我是以雷恩崇拜者的身份到这儿来的。在某种程度上讲，现在我仍然崇拜他，不过我要向各位澄清的是……"他指了指前面那个空荡荡的舞台，接着说，"光背一下那些该死的经济理论是无法赢得人们的心的，还不如给人们一点儿安眠药吃算了！"

记者们一个个拿着笔拼命记着，这家伙总是出语不凡。

"那你准备支持谁？"有人问。

这个问题好像让他觉得有些吃惊，他想了想，整理了一下思路，又低下头，祈祷了一番，这才清清嗓子说开了："我觉得反对党应该与时俱进，不能总依靠那些传统的支持者，应该把目光放得高远些，多关注关注那些数以百万计的保持中立的年轻人，他们正在等着有人点燃他们心中的热情。我们需要性的吸引，不要总搞那些没完没了的枯燥数据。我的话说完了。"

"那你支持谁？"有人逼问。

他瞥了他们一眼，那个表情就好像觉得他们一个个都是蠢蛋似的。"那还用说，我当然支持多姆尼克·艾治啦。"

血。到处都是血。地板上、墙上、镀金的家具上，当然了，还有浴室中。起初，金妮看不到别的。她想尖叫，但那位女邻居替她做了。鲍比的头和膀子在浴缸的水里漂着，旁边有个手机，地上有把刀子。

她觉得他死了，流了这么多血，不死都难。20分钟以前她就给救护中心打了电话，报了警，可这会儿还不见救护车和警察的影子。女邻居受不了惊吓逃了，屋里只剩下了她一个人。金妮有些害怕地走到浴缸旁边，用手舀了些水，洒在鲍比的脸上。让她又惊又喜的是，鲍比的眼睛竟然睁开了。她一把抱住他，他的身体又冷又滑，这时她才看到他下腹的伤口，原来是割断了股动脉，血仍在往外流。

"鲍比！鲍比！"她大声叫道，想要唤醒他，"坚持住！看在上帝的分上，坚持住！救护车马上就来了。"

鲍比缓慢而生硬地摇着头说："来不及了。"

"那你给我打电话干吗？"

他的嘴唇已经变成了奇怪的蓝色，他用尽全力地说："因为我想让你知道为什么。"

鲍比刚才跟她通话的时候说得并不清楚。他好像在抽泣，会场上人那么多，闹哄哄的，金妮并没听太清，只是听他说，星期五的时候他穿着传统服饰去伦敦清真寺做礼拜了，想见见他的父亲，和他和解。但他的父亲不和他说话，转身走了，回到公司以后，派了个人去找他，当面对他说，他不想再和以前的儿子在同一个清真寺做礼拜，也不想让他再进自己的家门。"以前的儿子，以前的儿子……"鲍比一边啜泣，一边重复道。第二天早晨，他收到了父亲的律师写来的亲笔信，信上说，从今以后，他父亲不会再寄钱给他，而他租的这间公寓再有一个月就要到期了。

"不可能……活不下去了。"他咕哝道，声音是那么弱，听起来就像一个快要咽气的人说的。

"你可不要做什么傻事，鲍比，答应我，好吗？"她心疼地说。

"来不及了，"他低声说，"太迟了。"

接着，电话就断了。金妮赶紧跑了出来，那一刻对她和多姆来说是那么重要，但她管不了那么多了，或许是因为某种不祥的感觉，让她开车朝鲍比的公寓奔去了。路上她在默默祈祷，希望多姆能理解、原谅她。

这时候，她听到外面的楼梯上传来了一阵急促的脚步声。"他妈的，都什么时候了！你们都他妈的滚哪儿去了？"她对两个出现在门口的医护人员骂道。

他们没搭理她，这样的事早就见多了。

"有个人正在流血。"其中的一个医护人员说着慢慢把金妮搀扶了起来。

"他叫鲍比。"起身的时候，金妮一边很不舍地把抱着鲍比的胳膊抽走，一边小声说了这么一句。

他们开始呼唤他的名字，但他已经没了知觉。

"没有脉息了。"一个医护人员按着鲍比的脖子说。

"要是能找到血管，最好给他打针血安定。"他的同伴说。

他们忙活开了，一个使劲儿压着伤口，一个在鲍比的大腿上绑上一根止血带，想帮他止血。有那么一会儿，金妮脑子里都是血、毯子、绷带和血安定，然后来了个警察，不停地问她问题。医护人员要把鲍比抬走。在金妮看来，他已经彻底没了生命的迹象，但那两个人还在竭尽全力抢救。担架抬上来了，她问他们能否坐救护车和他们一块儿去医院。

"没问题，"其中一个医务人员说，"不过你得照顾好自己。"

"我会竭力和他的家人取得联系。"她说。

突然，鲍比的眼睛又睁开了。"不行。"他小声说，然后就又没了知觉。

她的心里乱极了。救护车一路鸣着笛，左躲右闪朝着医院赶去，车轮在飞转，她的心在怦怦地跳。她不知道他是否能听到什么声音。"挺住，你这个狗杂种！他妈的给我挺住，你这个该死的狗杂种！"她一边哭，一边对他喊道，"我需要你，鲍比·可汗。我需要你！没有你，我还能去相信谁？"这时候，救护车到了医院，后门打开以后，有的抬担架，有的拿毯子，有的拿输液的瓶子，七手八脚地把鲍比抬进了急诊室。

过了一会儿，金妮发现刚才周围还是乱哄哄的，这时却慢慢安静了下来。鲍比已经躺在了病床上，浑身裹得严严实实的，半个脸上盖着个氧气罩，正在输血，桌子上放着个检测器。刚开始的时候，因为鲍比的手指冰冷，连接在上面的血氧饱和度分析仪器无法正常工作，后来就好了。看着一切都稳定了，金妮这才离开了鲍比的病床，医护人员要给她检查一下，想看看她有没有伤着，最后给了她一杯热茶，让她平复一下内心的惊慌。

她回来的时候，发现医生们又在鲍比的床边忙活。一个医生说他的肾衰竭了，吸氧量不足，肺里有积水，一个输液瓶子又挂在了他的身旁，里头装的是肾上腺素，一根管子的一头插进了他的呼吸道，另一头连着一台呼吸机。

她受了惊吓，却没有发蒙，而是抽空给邻居打了个电话，让他们帮忙照看一下孩子。她给多姆打了几个电话，却无人接听。她想给他留个口信，解释一下，却没有找到合适的词语，便说她深感抱歉，晚些回家，她爱他。

该离开鲍比了，用不着再待下去了，他的情况已经稳定了，有护士照看，她想去看看多姆和孩子。她凑近他的耳边，小声说了几句什么，握了握他的手，转身走了。

她出医院时，夜已经深了，走到车子旁，发现车轱辘被锁上了，前挡风玻璃上还贴着张罚单。现在这些已经无所谓了。让她感到吃惊的是，手提包和手机还在座位上放着，并没有丢，她打开车门，把东西拿了出来。

她拦下一辆出租车。

"天啊，你这是怎么啦？"司机把车子停下以后吃惊地叫道。

借着路灯发出的光，她这才看到裙子上都是黑黑的血迹，脸上也是，她这个样子就好像刚刚从矿井里出来一样。

她刚坐到后座上，手机就响了。

"是'德助撒修女'①吗？"

"你到底想干吗，麦克斯？我现在可没心情跟你胡扯——"

"这在我的预料之中，听说你今天可够忙活的。"

"你都听说什么了？"

"你在你丈夫发表演讲之际溜了，去救一个自杀的朋友。"

"你是怎么知道的？"

"快行了吧，姑娘。伦敦警察局一半的人都是我们的眼线，我们什么不知道啊。"

一阵沉默。

"对了，你和多姆现在可是出大名了，明天的报纸会对他进行大肆报道，不过我们的报纸不会，因为选举这种事太严肃了，不适合我们

①　德助撒修女（1910—1997年），印度天主教仁爱传教会创建者，在加尔各答设立很多服务所，救济贫民、残疾人和重症患者，被印度政府授予"莲花主"勋章，获得1979年诺贝尔和平奖。

的风格。你可以上我们的头条，不过今天来不及了，星期一怎么样？"

"我考虑一下，麦克斯。"

"别考虑啦。考虑的应该是我，毕竟这是一个很不错的故事。如果我不登的话，别的报纸也会登的。你知道这个故事会对多姆的竞选造成多大的影响吗？朱莉娅那件事发生以后，当人们发现他娶的是'德肋撒修女'时，会大大提高他的人气的。想想看，从此以后我的报纸上至少有一半的专栏都是你的啦，我会因此破产的。"他笑着说，"还有，我们现在可不是一般的敏感，不过我并不想问你一些让你难堪的问题。你和那个小伙子到底是怎么回事啊？"

"就是普通朋友，麦克斯。"她叹了口气说，觉得身体里最后的一点力气也用完了，"朋友。就这样。我必须帮他。知道吗，没有别的人可以帮他……"

"编得不错啊，金妮。"

"编你妈的头。"她小声说了一句，随后挂断了电话。

她坐在出租车里，回家路上一直在想，事情变得越来越糟糕了。报复，这一切都是报复造成的。现在她已经是身不由己了。这不单单是个击败敌人的政治游戏，她已经走上了一条不归路，不但把自己的命押上了，也把朋友的命押上了。在这场地球上最肮脏的游戏当中，她成了一个玩手，不管她喜欢不喜欢都得玩下去。

多数反对党成员认为，搞一场充斥着坐牢、学历造假、通奸和虐待老年人等字眼的辩论会让人受不了，所以决定将辩论日期推迟。

这对雷恩·梅登来说是个坏消息。他是那种很冷静的人，迈出的每一步都是经过深思熟虑的，不走极端，主张采用渐进式的方式对英国社会进行改良。但目前的情况是，反对党内部一团浊气，死气沉沉，需要的并不是这种温和式的改革，而是大刀阔斧式的改革。距离最后的投票期限剩下不到一周了，星期六的早晨，党内忠实分子要梅登拿出点勇气来，统领全局。星期日，他就被人家起了个"安眠药式的男人"的外号，党内成员对他的能力和魄力也产生了深深的疑虑。当他们把选票填好寄出去的时候，艾治夫妇却像肥皂剧中的人物那样从迷雾中脱颖而出。当然了，这都是媒体搞的。

星期四是投票的最后期限，有人发现阿尔奇·布莱克斯通的情绪不怎么高。大选开始之际，他就看好梅登，因此在他身上投了不少钱。他预测这将是一场两匹马的比赛，认为党员绝不会支持一个像黑泽尔·巴沙姆这样的吃人不吐骨头的女人。中午，在各个投注点不再接受赌注之际，他在多姆身上小投了一笔，这样一来，万一事情有变，自己也不会落个血本无归的下场。

第二天吃完早饭，金妮对多姆说，等鲍比出了院，恢复得差不多了，她想让他过来和他们一块儿住两天。多姆没同意。金妮就开始哭，一直哭到他点头，因为她知道，现在的他不想让别人看到他有一个泪眼涟涟的妻子。第二天，也就是星期六，鲍比出院了。晚上，金妮亲自下厨，给他和全家人做了几样可口的饭菜。

依照雷恩和彭妮的性格，他俩本该回家度周末的，却留在了伦敦等消息。

星期日，投票结果出来了，雷恩败选，只差了 3000 票。

差不多就是在这个时候，阿乔克听到了一个让她觉得很吃惊的消息。索菲说，财政部的律师又跟她联系了，这次寄来的不是一封写满了谎言和威胁的信，而是和解意愿书。他们愿意一劳永逸地把这件事解决掉，同意将补偿金提高到 1500 英镑。看得出来，他们没兴趣再在这件事上浪费精力了。

"我们让他们感到惊慌了，阿乔克。我觉得凡是和伊拉克战争有关的事都让他们感到忧心。他们不想拖拖拉拉的，想尽快把这件事解决。"

阿乔克想了一会儿说："他们同意我回去工作吗，索菲小姐？"

"不，阿乔克，我想他们绝不会主动这么做的。"

她又想了想，然后说："那他们愿意收回那些侮辱我、骂我的话吗？让那个塞浦路斯人认错？"

"这个也不行，他们说给你这笔钱的前提是你不会再有别的要求。"

"我早就习惯了自己被买卖这种事，索菲小姐，我们村子里的女人都是买来的。这是我们的风俗，不过我觉得在这件事当中，他们是想让我出卖自己的灵魂。"

"我觉得并不像你想的那样，阿乔克。有了这笔钱，你就能生活下去了。你会发现这笔钱很有用，而且别人不会因为你收了这笔钱而瞧不起你。"

但阿乔克会因此瞧不起自己的，蒙受了这么大的委屈，给点钱就算了，换成哪个丁卡人也不会就此罢休，她忍不下这口气，非要讨个说法不可。"我还有机会吗？"她问。

"机会是肯定有的。梅西先生想让你把这笔钱收下，但我想克瑞希先生会说服他改变主意的，如果你需要我帮忙，我仍乐意效劳。"

"我带着孩子从那么远的地方来到这里，就是为了躲避欺凌和迫害，索菲小姐。现如今，我对这一切已经感到厌倦了，我不想再忍受下去了。"

"你可要想清楚，你将要面对的是英国政府。这种事可不那么好办。"

"我不怕，也不在乎。我的好名声已经被他们玷污了，我什么都没有了。"她不说了，脑子里浮现出了一幅画面：她正在给她那头最喜欢的奶牛身上抹灰，这是丁卡人的一种古老仪式，用来招呼死者的灵魂，给予生者活着的勇气。于是她肯定地说："我要抗争下去。"

第二部分
〉〉〉

英国首相阿尔弗雷德·丹德森阁下让其他党员觉得他们正在山丘上蹒跚前行。

首相 50 岁出头，低沉的声音中透着威严，就像一匹最终被丘吉尔放到草场上吃草的上了岁数的役马，两鬓已经灰白，说明他在这个位子上坐了很多个年头了。他从小就有一种观念——他的父亲本该做英国首相。老丹德森是一位东英吉利的清教徒，以严厉著称，他把自己的志向告诉了小时候的阿尔弗雷德，但他的身体又不好，早早就死掉了。阿尔弗雷德继承了父亲的遗愿，但在从政路上，沼泽地上空的迷雾好像渗透到了他的灵魂中去，让他的性格变得越来越宽容。他对笼罩在每个政治家头上的阴影和薄雾没有兴趣；他曾经怀有的勃勃野心被一阵道德的清风吹散了。他做首相的前十来年，首相府邸的厚墙差点儿毁掉他的热情，让他一度萌生辞职不干的念头。他对首相府中盛放公文的红匣子没有兴趣，而是能不看就不看、能扔就扔，他的脾气也不怎么好。倘若有什么对他不利的消息出现，他总能第一时间找到源头，及时保护好自己。他任职这么多年，在他手下干的那些人一方面拿着不菲的薪水，一方面也累得够呛。

如果说阿尔弗雷德·丹德森有什么盲点的话，那便是他那固执的道德感。这种感觉猛烈无比，有人胆敢不按照他说的做，不合乎他内心的道德准则，就会被立即开掉、丢弃。那些反对他的人不但被视为犯错者，更被视为罪人、恶人，因此很快都被无情地清理掉了。他为了目的不择手段，道德使命感常常让忠于他的老朋友离他而去，而他面对这些人的选择只是轻轻一摆手，眼睛里闪过一丝惋惜。面对不断攀升的犯罪率，他却说那些统计数字都是扯淡，还信誓旦旦地表示，在他的统治下，英国正在一步步向前发展。他赋予越来越多的军事顾问绝对权力——这些人在他的口中被称作"民主的看门狗"——确保国内的自由派、反对派没有一天好日子过，"让他们夜不能寐，知道我们在找他们……"他曾这样大发雷霆地下令。他对英军在伊拉克的凄惨局面视而不见。他曾说，如果那些贱民拒绝接受英国政府给予他们的东西，那他们就这样过下去好了。伊拉克问题变得越发棘手，但他有一套安慰自己的方法：实在不行就撤军嘛，这一切都是布莱尔那个家伙搞的嘛。

大伙儿一致认定，他那强烈的道德感便是他的盲点，还有他的妻子。

劳伦·丹德森个子娇小，皮肤黝黑，嘴巴像一个邮箱，一开口就发牢骚。她的脾气很坏，动不动就发怒，在伯明翰长大，家庭不幸。她有两个继父——"三个就太多了"，她常说——上的也是很烂的学校，度过了一个没有安全感的童年。她第一次见到阿尔弗雷德的那一刻就被他深深吸引，其中也有这方面的原因。他俩之间不常有身体上的接触，性爱生活贫乏，他更愿意将手放在书上，而不是插到她的内裤里面。他们也没有孩子，而她总是竭力让自己相信这没关系。他整天忙得不可开交，她则把充裕的时间用在了赶时髦上。一个专栏作家曾把她说成是"一个总赶时髦，却总也赶不上的女人"。他上任3个月，就对各大媒体进行管控，那些有问题的记者在下次的首相出访中统统被扔下飞机。这倒不是他亲自下的令，而是那些安全系统的人考虑到保护首相隐私才这么做的。和丹德森家族的人打交道时要小心，这便是新上任的反对党领袖多姆尼克·艾治即将察觉到的。

后来，有很多人对他说，当初应该意识到这一点，做好防范。或许在会上他不该那么刺激首相，但当时他没处躲没处藏，只能这样回击。后来，他才发现，不管他说什么，都沦为了人家攻击的目标。

圣诞节过完了，上、下两院的人聚在议会大厦准备开大会，多姆也参加了，这是他就任以来第一次参加此类会议。肩负着拯救世界重任的首相有些不情愿地把身上的担子卸下，在议院中面对下议院的质询。每逢这样的场合，各个党派的领袖总是你反对我，我看不惯你，吵得不可开交，乱糟糟的场面就像一帮人在球场上进行激烈的打斗。争斗中，甚至连那些地位最高的人都会受到攻击，逼得他们只好亲自上阵拼杀一番。哈罗德·麦克米伦①天生就是当演员的料儿，但每逢这样的场合总是难觅他的身影。撒切尔夫人在每次开会之前总是精心准备数个小时。布莱尔总是试图淡化此类会议造成的影响，以前每周开两次，现在减为每周开一次，并且每次都在中午吃饭以前开。这么干的目的就是让那帮家伙没精力折腾，省得吃饱了没事干光扯淡。

阿尔弗雷德·丹德森采用的则是一种完全不同的对策。每次开会前他总会祈祷一番，他为那些服务、忠于他的人祈福，不掺杂任何水分地咒骂那些反对他的人。为了维护他的道德家形象，他专门命人把各位与会者的怪癖和曾经犯下的错误记在了一个大笔记本上，甚至连那些叫不上名字的人也没能幸免。"我知不知道他们不重要，"他曾经粗声粗气地说，"重要的是让那帮该死的家伙知道我是谁。"一件让人难堪的事或者一句引语一出口，就像一个晴天霹雳，让那些提问者乖乖闭嘴，把他们羞臊得无地自容，恨不得找个地缝钻进去，同时提醒整个世界的人，他阿尔弗雷德·丹德森是何许人也。

多姆受考验的时候到了。

---

① 哈罗德·麦克米伦（1894—1986 年），英国保守党议员，曾任英国首相（1957—1963年），改善苏伊士危机引起的英美紧张关系，争取英国加入欧洲共同体。

数个夜晚他都不得安睡，想着首相可能会在哪几个方面对他进行攻击。会前的3个小时，他和顾问们关在屋子里商讨战情和策略，那个情景就像几位弓着背的将军正围着一张军事地图探讨该打哪儿，什么时候打。他们也需要一些防御措施。首相总是一击置人于死地。议会里坐满了人，都想瞧瞧这个刚上任的反对党领袖的表现。多姆走进会场的时候，听到两边座位上的人在交头接耳，从嗡嗡的声音中他能听得出来，他们对他是有所期待的。等他到了发言人的座位后面，反对党成员顿时发出一阵欢呼，而与之形成鲜明对照的是现任执政党的各位成员不时发出的嘲笑声，他们手里挥舞着的是一份《泰晤士报》。今天早晨，该报上刊登了最近一次的民意调查结果，执政党的支持率仍遥遥领先于反对党，附带的一篇文章中说，"此次反对党领导人大选，待人们的热情退却之后，剩下的只是一连串的龌龊卑鄙的勾当。如果说其中缺少什么的话，那便是男童妓了。到了最后，各个候选人因为自身的某些见不得光的事统统背叛了自己，而新选出来的这个领导人不过是走了狗屎运，并没有因为开妓院、挣赃钱受审判。"

议院中纷涌而来的噪声就像两条血河一样激烈地碰撞着，让座位上的金妮直皱眉头。这是男人们的游戏，粗暴，没有任何的规则。多姆的衬衣和领带是她亲自为他挑选的，本希望能为他带来好运，可现在看来这些外在的东西一概没有价值。多姆坐了一会儿，丹德森仍是一副冷默的表情，没有任何表示。气氛变得凝重起来，台下的场景让人想到了古罗马帝国。议院两旁坐的都是拉船的奴隶，后排的那些普通议员都是划桨的，议长坐在中间，鼓着个草包肚子，就像一个在计时的鼓手，丹德森扮演的则是奴隶主的角色，目光始终保持着警觉，不时朝左右瞧瞧，看看有没有拉后腿的。沿着廊台向前看，不远处的长椅上坐着一堆记者，隔着栏杆朝外瞧着，鼻子扭曲着，早就做好了品尝血腥味儿的准备。

多姆起身的时候，四周闹哄哄的声音再次响起。他今天坐上这个位子，过程极富戏剧性，吸引了很多人的关注，但现在他要为缺乏经验买单了。他以前从未面对过这样的场面，他知道自己肯定会紧张，因此事先喝了一杯威士忌，即使现在他站在台上还没开始说话，两条腿也早已抖得不行了。他看到自己面前是一片脸的海洋，一张张都呈扭曲状，每个人都不怀好意，都想嘲笑他。突然他开始恨起这份工作来。他问了一个问题，却忘了问的是什么了。演讲稿是事先准备好的，早就被他背得滚瓜烂熟了，可这时他萌生了一走了之的念头，但又一想，就这么走了也不算回事，只好坚持了下去。丹德森这时候已经站起来了，欢迎他履新，并说尽管报纸上说他所代表的反对党没有多少取胜的机会，但他也不要因此灰心丧气。"我们要竭尽全力为人民服务，"他说，"只不过有些人做得比另外一些人要好些。"听到这句话，执政党的各位成员哄然而笑。

多姆的策略是在家庭问题上对首相进行攻击。这个策略是顾问团商定的，会让没有孩子的丹德森难以应付。多姆连续三次而非一次在这一点上对丹德森施压，内心焦躁的他好像做得有些用力过猛了。"对我们这些有孩子的人来说，每天都会遇到这样的问题，可为什么首相阁下始终在装聋作哑？"

丹德森近旁的那些人看到他伸出拳头，猛地一拍大腿，这表明他要勃然大怒了。他从座位上站起来，威严的样子宛若上帝一般，声音打着战，透着愤怒。"看来这位先生要学的东西还有很多，"他一手抓着公文箱①，一边用炸雷般的声音吼道，"他还没有到这儿来对我发表关于家庭价值观的演讲的时候，"他盯着距他不过几英尺远的多姆，继续说，"就有人告诉我，他会厚着脸皮这么干的。"

"但朱莉娅可能不会就此事发表任何的评论。"议员席上有人喊了

---

① 指会议桌上盛放有《圣经》的箱子，一般有两个，执政党这边一个，反对党那边一个。

这么一句，大伙儿随即哄然而笑。坐在高处的金妮看到多姆的脖子变红了。

"我并不怀疑这位先生很看重传统意义上的家庭价值观这一点，只不过他阐述的方式别具一格。嗯，实际上，他就任反对党领袖之后所做的第一件事便是，"——丹德森瞥了一眼面前放着的一个笔记本，接着说——"给有关部门写信，为他的妻子在……在……在哪件事上来着？……找借口。"他飞快地翻动着页码，"哦，对了，在公共高速路上超速行驶和一边开车一边打电话这两件事上找借口，还有……"此时的会场中鸦雀无声，各位议员都竖着耳朵听着。丹德森转看了一眼在他身后坐着的那些流氓政客，那意思是让他们听好，"违章停车被贴罚单"。

听了这话，那些流氓政客一个个像狗一样，义愤填膺地吼叫起来，有的站了起来，对着多姆指指点点，言语中尽是不屑和嘲讽。多姆僵硬地坐着，一动不动，那个样子好像在坐电椅。他后面就座的那些人嘤嘤地说着什么，言语中透着困惑。

"我无意干涉他的家庭生活，"丹德森等噪声慢慢消退之后最后说，"但对一个想当政治领袖的人来说，以为当了官就能享受这么多的特权，这一点让我极为惊骇和不解。"

这下完了，就见各个记者手里拿着笔在纸上飞快地记着，故事的基调已经定好，就等着明天登报纸了。"下次来的时候记着穿条长裤啊。"多姆离开会场的时候有人喊道，支持他的那些反对党成员都不愿意看他的眼睛。

金妮随后也出来了，朝四下看看，却没发现他的踪影，孤零零的他早已走在了回办公室的长路上。

他是有意避开金妮的，想赶紧离开这里，他想跑，却又怕人嘲笑，便迈着大步径直朝前走，既不朝左边看，也不朝右边看，一路上谁也没搭理，一直到了他的办公楼门前。他冲进办公室，一边尖叫，一边破口大骂，害得外面有个姑娘都哭了。

金妮来了，后面跟着气喘吁吁的阿尔奇。刚进门，就听见咣当一声，一个垃圾桶被结结实实地摔在了墙上，碎片落了一地。

多姆在猛喝威士忌，他看了他们一眼，眼神狂乱而迷惘。"阿尔奇，那张罚单是金妮开车去救鲍比·可汗的时候开出的。我只是给当局写了封信，解释一下当时的情况，作为丈夫，我这么做有什么不妥的地方吗？"

"你是用下议院的信笺纸写的吗？"

"可能是。"

"这下麻烦了。"

"有什么麻烦？"

"人家会说你以势压人。"

"那个狗娘养的如果没有以势压人怎么会知道这事呢？"

"这一点你提得倒是很不错。"阿尔奇回答。

"不过，当时那么多人笑话我，我一时没想出来。"多姆厉声说道。

"我去找那些记者说说，告诉他们金妮是为了赶去救人才违反交通规则的。看看能不能消除掉这件事的恶劣影响。"

"可这件事在那儿都传开了，"多姆用手指了一下下议院的方向，痛苦地喃喃道，"来不及了。"

阿尔奇没说话。的确，在上、下议院的议员当中，有一半以上的人都听丹德森的，他的实力比多姆要大得多。一个是校长，另一个是还没穿长裤的学童，怎么比？阿尔奇一言不发地走了。

阿尔奇走了以后，屋里就只剩下金妮和多姆了，她走过去将他抱在怀中，他的眼泪啪嗒啪嗒地滴落在了她的衬衣上。

"他把我毁了。"他强忍着悲痛说。

"这事还没完。"

"天啊，还没完？一个人有几条命经得起这么折腾？"他误解了金妮的意思。

"我是说你还有翻身的机会。"

"怎么翻身？他妈的，怎么——"

她摇晃着他，想让他安静下来。"听着，如果那个狗娘养的道德家想欺负艾治家族，那就让他来吧。如果他想和我们干一仗，那就等着接招吧。"

"你这话什么意思？"

"你对付丹德森那个狗杂种，把他的妻子交给我。"

派特·克瑞希跨过一个个小水坑，绕过无人料理的垃圾桶和购物车，来到了一个美丽的新世界的里面。在城市中生活，他见过比这儿更脏的地方。墙上画满了涂鸦艺术家的作品，在这里他们可以任意挥霍内心的创作激情，发泄心中的不满。前段时间，有个部长对这种乱涂乱画的艺术形式给予了很高评价，说这是 21 世纪的社会中不可或缺的，在文化上具有一定的意义。但克瑞希知道，这种富有文化性和社会性的东西是不允许出现在政府办公楼的墙壁上的。

这是他第一次来阿乔克的家。她本来要去找他的，但他不忍心让她冒着冬雨跋涉大半个伦敦去他的办公室，所以亲自来了。她为他开了门，欢迎他进屋，他发现她的目光中既有期待又有着几分紧张不安，她知道这次会面和以往的不一样。她要给他倒杯咖啡，他说不用了。他不想那么正式。

阿乔克的房子尽管小，却收拾得很干净，孩子的衣物整整齐齐地堆放着。这种住所和她老家的茅草屋截然不同，但屋里的两样东西还是能让人感觉到主人不是土生土长的英国人：墙壁上挂着一张木刻画，画的是一个头上顶着木柴的女人，屋子中间的桌子上还摆放着一个装饰过的大葫芦。家具不多，还都是旧的，他在一张光秃秃的沙发上坐下，忍不住想这些家具肯定都是从哪个义卖商店里捡的。

"克瑞希先生，在我的老家，这些东西都是宝贝呢。"她看出了他心里想的，于是这样说。

她的真诚让他觉得更难过了。他只想帮助别人，帮助像阿乔克这样的人，保护他们不受权力的侵害，可到头来竟落个这样的结果。

"阿乔克，我本想用一种委婉的方式对你说，却不能够，"他说，"但工会……"他停顿了一下，"你可能听说了，工会接受了政府提出的条件。这件事已经拖了很长时间了，最后他们决定给你一笔钱，他们说这笔钱数额不菲，谁都会接受的。"

"是每个有工作的人都会接受吗，克瑞希先生？"

她的话让他觉得很不安，他想把这种不安吞咽下去，却发现自己的嘴干得像块骨头。"阿乔克，这笔钱很多，比我们预期的还要多，但他们有一个条件，知道吗？"

"我不知道，克瑞希先生。"

"他们说你不能再回去工作了，还让工会不要再支持那些被辞退的员工的诉求，就像你这种情况。"

"像我这种情况的人一共有多少，克瑞希先生？"

"我只知道你这一个。"

他们这么做是不是太无耻了？用一笔钱就把一个孤苦无依的女人打发掉了？梅西说这只是一个偶然事件，拿出几千英镑，给一个不听话的移民，这么做太可笑了。是的，他用了"移民"这个词。派特·克瑞希不也是移民的后代吗？他的父亲不是也告诉过他一切权力都是阴谋吗？

"也就是说，工会不会再支持你了，阿乔克。"

"我明白了。"她低声说，但他很怀疑她是否真听明白了。

"我今天到这儿来是想让你知道我对这个结果深感抱歉。"

"谢谢。"

就在这时，他屁股底下的那个旧沙发里头有根弹簧动了一下，让他觉得更不舒服了。他想离开这里，走进冬雨中，让雨淋自己几个小时，把自己身上的所有污秽冲掉。

"或许——我不敢保证，你知道的——我们还可以要求一下，让他们再给你一些补偿。"

她坐在沙发上，身体挺得笔直，手放在膝盖上，显得那么有尊严。"谢谢你，克瑞希先生，但我觉得已经太晚了。"

他突然觉得他低估了这个女人，或许他一直在低估她。她并没有他想象的那么简单。

"你是个好人，克瑞希先生。我知道你尽力了。"

听她这么一说，他的心里更难受了。

"你是怎么知道的？"金妮一边追问，一边递给鲍比一杯红酒。

这个晚上就他俩在家，多姆去西北部的一个市考察了。鲍比很不情愿地接受了金妮的邀请，住进了她家的那间空屋。他能看出来，多姆不太愿意让他过来住，但他又没有别的什么选择，姑且将就了。这段时间发生的事情太多，他需要有个地方好好理一下思路，整理一下自己的生活。他的薪水就那么多，找个合适的公寓还真不太容易，只能先住下来再慢慢寻觅。毕竟是在人家住，他整天赔着十二分的小心，很拘束地生活着，帮着照看孩子，打扫卫生，帮金妮开车、洗车，慢慢地，多姆也变得对他友好起来。多姆始终把鲍比当作金妮的朋友而不是他的朋友看待。有时鲍比下班回来，发现俩人正在床上做爱，这种事也是蛮尴尬的。但多姆一直忍着，因为他欠金妮的。鲍比的存在压缩了他俩的私人空间，但和这个新职位带给他们的东西相比就不值一提了。他们都成了公众人物。

他们的生活发生了翻天覆地的变化。每次去超市买东西，总会有人拉着她的衣袖说上两句话；每次去学校接孩子，总会有摄影记者蹲守在门口，对着她一顿狂拍。她的收入也增加了，专栏稿费增加了一倍。现在钱已不再是至关重要的问题。多姆的薪水增加了不止一倍，年薪到了6位数，但这笔收入可能不会持久，因为他刚坐上这个位子，反对他的人有很多，已经有人在交头接耳，说他在下次的大选中肯定会输。他上任以后，仅仅过了几个星期，就有一堆人迫不及待地攻击他了。

"你真想知道啊？"鲍比说，"那好吧，你过来，我一边给你揉肩膀，一边慢慢告诉你。"

她找了个垫子，在他面前的地板上坐了下来。他的手指柔软，让她觉得很舒服。

鲍比和金妮说的是工贸部大臣的妻子米茨·尼克尔森。那天下午，金妮在南岸一家酒店的健身房里挥汗如雨时听到了关于米茨·尼克尔森的一些事。这家健身房不对外，收费却不贵，金妮到这儿来健身，这儿的经理给她办了张会员卡，却一分钱没收。她以前没有钱，不敢到这种地方来，现在可以大大方方地出入了，她记得当时工作人员是把会员卡放在盘子里递给她的，她觉得很奇怪，但威斯敏斯特的规则就是这样。尽管她知道不该接受这种慷慨的馈赠，却还是收下了，其中的原因主要是她想把身体练得壮壮的，对侮辱他们的敌人进行有力回击。除了免费的会员卡，还有很多别的好处——这家健身房就在泰晤士河边上，朝窗外望去，美丽的景色尽收眼底，还有一个澳洲来的私人帅哥教练陪着，看着那紧身裤下面的发达肌肉，那种野性十足的眼神，哪个女人不动心？而且更重要的是，到这儿来能听到一些人的流言蜚语。那天，她正在自行车上热身时听到了一些关于米茨·尼克尔森的最新传闻。

米茨好像被盯上了。在威斯敏斯特，被盯上这种事可是很危险的，一举一动都在别人的监视之下。有人发现，最近这段时间，米茨一直在和一个年轻的帅哥在一起，关系不同寻常。在此之前，没人知道这个年轻人的身份，后来有个服务员说，他叫大卫·吉尔伯特，是一家名为穆恩雷克的大型建筑公司的业务员。

"但这一切都是胡扯，"当金妮把这件事对鲍比说了以后，鲍比说，"不可能是真的。绝对不可能是真的。"

她的肩膀很痛，让他使劲儿给她揉揉。"那你说是怎么回事？"

"我住院的时候，想了很多，"他的声音突然变得遥远而冷漠了，"过去的 10 年，我一直骗自己。我知道如果我再这么活下去的话，终有一天会做出什么蠢事来。因此，我决定从阴影中爬出来，在阳光下生活——毕竟我的父亲已经知道了。"

他的手指嵌进了她肩膀的肉中，弄疼了她，但她并没有抱怨。

"我并不想成为同性恋，但我就是我，骨子里的东西变不了。我并不想吹起小号，向世人炫耀我的同性恋身份，但也不愿再隐瞒下去。我下定了决心……嗯，当我像脱掉一件肮脏发臭的衣服那样扒下自己的虚伪面具时，我平生第一次感觉到自己是那么轻松、那么干净。很奇怪，是不是？承认你的同性恋身份会让你觉得自己很干净。但我的感觉就是这样。过圣诞节的时候，你让我出去玩玩，我便去了瑞士，还记得这回事吗？我告诉你那里的雪很美，但我没有告诉你的是我是和一帮同性恋去的。我以前从来没这么做过。我们一共 15 个人，住的是森林小屋，我们就像孩子那样打雪仗、堆雪人、做游戏、滑雪橇，搞化装舞会。我玩得很痛快，我喜欢那种感觉。"

他的手指又一次变得轻柔了，继续轻轻地揉捏着她的肩膀。

"一群很有意思的家伙，大部分是威斯敏斯特的，有个卫生部的，几个议员，一个高级文官，一个《每日电讯报》的编辑——就是在维多利亚大街上开小餐馆的那个，甚至还有一个侦探。哦，还有切尔西的一位牧师，你都能闻到他身上散发出的香火味儿。碰巧那个叫大卫·吉尔伯特的也来了——其实他是这场活动的主要发起人和组织者。他有钱，愿意为我们的玩乐埋单。"

"你是说这是一场阴谋吗？"

"也不全是。一边做生意，一边痛痛快快地玩。他的那家建筑公司经常承包政府工程，涉及几十亿英镑的合同。大卫负责交际这一块儿，和政府的人搞关系。"

"这么说他是……"她结结巴巴地说。

"威斯敏斯特男同性恋圈里的。"

"我还不知道有这样一个圈子。"

"你不知道的事多着呢，学着点儿吧。"

"那个侦探是怎么回事？"

"白金汉宫的，那里头这样的人有很多。"

"很多侦探吗？"

"很多同性恋，你这个傻瓜。"

"真有意思。"

"这种皇室风气由来已久。"

"但那个大卫·吉尔伯特。他不会是……"

"你说他是不是双性恋，对吗？"

"嗯。"

"在理论上讲是可能的。但他绝对不是双性恋，在这一点上，你要相信我的判断，金妮。"

"如果真像你说的那样，他把米茨·尼克尔森拉进来不是为了寻欢作乐，那肯定是为了……"

"生意。为了穆恩雷克公司的生意。"

"尼克尔森太太能和穆恩雷克公司有什么样的生意？"

"肯定是和尼克尔森有关的生意。穆恩雷克是工贸部大臣尼克尔森的金主。这层关系外人是不能明说的，知道吗？"

"不会吧？"

"有什么不会的。自从伯尼·埃克莱斯顿①手里晃着一张面值100

---

① 伯尼·埃克莱斯顿（1930—），英国著名富商，一级方程式赛事掌门人。

万英镑的支票撞开唐宁街大门以后，现任政府就一直在接受企业家的恩惠。”

“你不会认为穆恩雷克也给了米茨·尼克尔森一张 100 万英镑的支票吧？”

“我觉得她不值那么多钱。”

“那你觉得她值多少？穆恩雷克给她这笔钱又是为了什么？”

他住了手，不给她揉捏了，她却没注意到。他俩都在推测。

“我觉得大卫·吉尔伯特不会告诉你这个的，对吗？”她有些犹豫地试探着问。

“是的，不会。不过在网上查一下，或许我们能从穆恩雷克这段时间的活动中得到一些线索。从大卫的朋友那里也能得到一些。他有个发型师，叫特雷弗。”

“你不是在开玩笑吧。他还有个发型师？”

“是的。特雷弗瘦得像竿一样，酒量不大，还挺喜欢喝，喝醉了就丑态毕露，乱说朋友的坏话。”

“你们这些人都这样吗，喝醉了就乱交，出卖朋友？”

他没有马上回答，而是停顿了一会儿，说的时候声音比刚才又低沉了些，他悲伤地说：“我开始发现，在威斯敏斯特工作，死心塌地地总跟着一个人不可能，只能不时背叛对方。相互欺骗，这便是我们付出的代价。”

金妮没说话，静静地听着。

“我想改善一下形象，开始新的生活，理个发，打扮得整洁一些。”

“可是你的头发很不错啊，”金妮扭过头来看了他一眼说，“你一副女人气质，还真是浪费了。”

“谢谢。不过说到女人气质倒提醒了我。我从那个侦探口中听说了点事，是关于劳伦·丹德森的。”

1月。连绵阴雨。天空像一件灰色的旧外套，凄惨，都扭曲得变了形。马里斯·布拉贝克刚刚出门上班了，阿乔克隔着窗户看着他远去。快走出街区时，她看到他住了脚，抬头看了看天，把衣领翻上来裹紧了脖子，然后才步履蹒跚地朝公共汽车站走去。他找到了一份工作，最近这段时间总是很早出门。突然，她那锐利的眼睛看到了什么。离大街不远的地方停着辆车，里头坐着两个人，正盯着马里斯的一举一动，其中的一个好像手里还拿着个相机。他的车来了，他上去找个位子坐下，车重新开动，那辆车也跟上了。阿乔克一直在盯着看，直到两辆车都消失在了清晨的迷雾中。

　　那两个人在监视他。

　　阿乔克猛然想到，他们不会也在监视她吧？

　　"麦克斯，我想和你签个合约。"

　　"快饶了我吧，金妮，光是你的专栏现在就已经让我不堪重负啦，这还不算在你的网站上打广告的费用。"

　　"快别发牢骚啦。你的钱又没打水漂，现在你的报纸知名度可是大增啊。再说了，我说的这件事又不会让你花一分钱。"

　　"我不信。"

　　她正在他那张大玻璃办公桌的一角坐着。"我有个故事想写一下，这个故事可能会对现任政府造成很大的破坏。你不会觉得不安吧？"

　　"我不安个什么劲儿？"

　　"你不是丹德森先生的支持者吗？"

　　"我更关心我一年能挣多少钱。"

　　"那这两者间就不存在利益上的冲突喽？"

　　"快说吧，什么事？哦，我明白了，你想让我把一桶屎倒在那帮家伙身上，然后让我的读者在下次的大选中继续投票支持他们，对吗？那要看这个装屎的桶有多大了。"

"会导致内阁解散。"

"这个倒是够大。"

"麦克斯，有件事我得提一下。我无法证明这个故事的真实性。"

"这么说你这个故事都是传言了？"

"传言倒是传言，但可信度很高，我觉得你能证明，毕竟你有那么多的信息渠道，那么多的线人。什么通话记录啊，银行账单啊——"

"这么做很不妥——甚至很不道德——"

"是的。报刊投诉委员会可能会找你的麻烦。"

"快说吧，什么事？"

"你们这些男人怎么都这么猴急。咱们先谈谈交易。我把这个故事给你，你先让多姆在议会上提一下。"

"让那些流氓记者先用肮脏的爪子把它摸一下吗？不行，艾治太太，我绝不同意，这不合规矩。"

"听着，麦克斯，我的意思是先让多姆今天下午在议会上提一下，明天早上你把整个故事登出来。时间这么紧，别人是赶不上的。这还算是你的独家文章。"

他想了一会儿，然后再次摇了摇头。"对不起，艾治太太，我不能冒这个险。"

她叹了口气，从椅子上站起来，抚弄了一下裙子上的褶皱，说："哦，亲爱的，看来我得去找别人了。"

"等等，金妮，别跟我来硬的。"

"来不来硬的，不都是这么回事吗，麦克斯？来吧，让我看看你的胆子够不够大。"

他挤过散发着微微的雄性荷尔蒙气味的人群，心里五味杂陈。座位上的人把两腿伸得远远的，都到了过道上，他只能左躲右闪地朝前走。有的在小声说话，言语中对他充满了期待，有的在嘻嘻嘲笑他，还有的祝他好运。多姆又回到了那个他刚刚爬出去的洞里面，他遍体鳞伤，浑身淌着血，这种滋味儿他早品尝过很多次了。

对一位反对党领袖来说，首相的质问涉及的不是能否成功应答的问题，而是关乎生死存亡的问题。活下来的概率太小了，受重伤才是常有的事，就算在多姆最顺的那些日子里，他也不是一个能把事情做得很漂亮的人。首相最后总能给出致命的一击，这让首相取胜的机会大增，但这么做也意味着高风险。首相必须赢得这些比赛，做不到就会失去对议会的控制权，进而很快失去对整个国家的控制。但阿尔弗雷德·丹德森并不担心，民意调查显示，他的位子依旧坐得很稳。

多姆要想坐到他那张绿色的沙发椅上，必须挤过拥挤的人群。议会中共有650多位议员，然而有座的不到400位。人一多，在这种地方待着就不那么舒服了。每个人的脾气点火就着，在外面还是斯斯文文的政客很快就变得像暴徒一样残暴。

多姆在后排座位上看到了容光焕发的杰克·桑德斯。桑德斯拒绝在他手下工作。雷恩·梅登听他指挥也是迫不得已，其实心里头一百二十个不愿意。有人说反对多姆只是时间问题，用不了多久就会有一个人站出来和他再次较量一番，而黑泽尔总是和他势不两立。

当丹德森出现在议长位子的后面时，他的支持者顿时发出一阵欢呼。在他身后，他那两个议会助手低头哈腰地跟着。他隔着公文箱朝多姆笑了笑，这才坐下了。当然了，他的笑不是发自内心的。接下来的几分钟，当丹德森回答问题时，多姆不由得对他那针锋相对的风格心生敬佩。时而点头，时而皱眉，时而微笑，时而朝这边猛地一推，时而又朝那边满意地一拍，每次碰到哪怕是一丁点儿的麻烦，他就会翻开他那个小本子，啪地一拍，动作是那么狂暴，让提问者不由得胆战心寒。但他穿得不太讲究，衣领皱皱巴巴的，他本可以穿得更得体些。有一个劳伦那样的妻子照顾他，没把他打扮成嬉皮士的样子就足以让人惊奇了。丹德森更钟情于收集资料，而不是关注衣服的款式，他把那些资料用作武器攻击对手。

该轮到多姆问答了。他冲议长点点头，走到台上，台下顿时发出一阵嘻嘻的嘲笑声。

"议长先生，谢谢你。"他用藐视的目光扫了一下四周，换来的却是更大的噪声。他深吸一口气，说道："我想首相阁下应该记得当初就任时说过的话。他说他将用最高的道德标准要求属下，他的政府会比白纸还白。"他瞥了一眼面前的小本子，想把首相当初说这些话的确切日期告诉台下的人，不过他这么做只是想要一个戏剧性的效果，因为他提前一个小时就把这些东西都背下来了。

"跟你那帮人肯定不一样的，"有人起哄道，"你那帮人都是些拱槽的家伙。"

"我想首相阁下在说这番话的时候肯定想到了他的前任，"多姆盯着那个起哄的家伙继续说道，"那些人狡诈无耻、诈骗、骗贷，什么样的龌龊事都干得出来，甚至连前任首相的妻子都不干净。如果我真的想站在那个草料槽旁边和别人抢吃的，我还没等跑到那儿就被别人踩死了。"

一阵欢呼声从他后面传来，那个捣乱的家伙嘿嘿笑了笑，不说话了。

多姆摸索着公文箱的边，竭力装出一副冷静的样子。"我要遗憾地告诉首相，我已经得到了他的一位高级内阁成员犯罪的强有力的间接证据——我本不想用下面这个词，但考虑到他所犯下的罪行，只有这个词才合适——'腐败'。"

这个词一出口，议会上下顿时变得鸦雀无声，刚才的吵闹声和交头接耳的嗡嗡声马上就不见了。议长吃惊地朝前俯着身体，一阵奇怪的沉默降临了。他们可不想在星期三的上午开这样的玩笑。

"在我把证据交给首相阁下之后，我对他只有一个要求，请他委派一个独立调查团彻查此事。调查团必须是独立的，而且调查的结果要公开宣布。过去，他和他的前任在面对此类事件时，总是采用遮遮掩掩、徇私舞弊、暗中操作和和稀泥的方式，我们再也不想这样了。"多姆站在那儿，朝四周看看，大伙儿都在侧耳听着，想听听他下面会说些什么，但他没有透露更多的细节，坐下了。

腐败？内阁内部有腐败分子？在座的人惊骇不已，唯独丹德森丝毫不以为然。他站了起来，眼睛都被气红了。"我发现阁下的行为极其令人厌恶，"他大声吼道，"为了诽谤现任政府而抛出一些虚无的指控，这只能证明他这个人做事没有任何原则。他刚才说得到了一些什么强有力的间接证据，他的意思是不是说他触及的只是一些没有多大价值的流言蜚语呢？他怎么能用流言当证据对政治家进行最严厉的指控呢？"这时候，坐在椅子上的执政党的组织秘书转过身去，鼓动本党成员起哄。"我始终认为，在这种情况下，对一个男人来说——对一个真正的男人来说——都应遵循一项准则。要么挺身站出来，要么闭嘴。我认为这位可敬的正派绅士证明自己既不可敬，又不绅士，除非他能证明自己不是这样的人！"

"安静！安静！"议长大声喊道，想把执政党成员发出的席卷会场的吼叫声压下去。

多姆没有受到这波狂叫的干扰。他站起来，让身体俯过公文箱，盯着丹德森，好让他明白他在鄙视自己的同时，自己也在鄙视他。"首相阁下他为什么会突然大发脾气呢？我真想不通。我只是要求他确认一下我要交给他的那些证据的真实性。他为什么不愿意接受我这个小小的请求呢？没错，我在此不会透露这桩腐败案的细节，"他朝前座上一个正在起哄的家伙啐了一口，接着说，"我们不应在公众场合草率地议论这些指控和涉案人的身份，严厉指控需要严肃对待。这便是我的全部要求。"

首相后退一步，用手指着多姆，朝前蹿起，那个架势就好像要把对方的眼珠子挖出来似的。"如果他能拿出来的只是一些流言，我认为他的问题不值得一答。"说完就猛地坐到了座位上。会场内部又是一阵骚乱。此时，在他旁边坐着的财务大臣的脸上突然显出紧张的神色。

多姆又站了起来，跟脾气大发的丹德森不同，他的表情警觉、谨慎而平静。他控制住了此刻的局势，声音变得柔和了。那帮像狗一样狂叫的家伙要是想听他接下来会说些什么就得乖乖闭嘴，老老实实的。他们也的确安静了下来，他开始说了，说得很慢，给人的感觉好像每一个字都是经过深思熟虑才说出口的："首相阁下搞错了，我并未要求他回答我的问题，而是回答全体英国人民的问题，公开而坦诚地回答。当然了，最重要的是准确地回答。这件事相当重要，不能交由他手下的那些媒体从业人员处理。另外，与伊拉克战争有关的任何行动都是极为严肃的，不能被当作笑话看待。"

丹德森马上意识到多姆话中有话。伊拉克战争？他妈的，这到底是怎么回事？他的脑子一片混沌，一点儿头绪也没有，但他是个久经沙场的斗士，知道应该暂退一步，好好休息一下，理理思路再做打算。局势不该这么发展，他受挫了，需要一些时间做好防御准备。

"议长先生，我刚才已经告诉过反对党领导人，要么站出来抗议，要么闭嘴。如果他除了空话、废话还能提供一些实质性的东西，那么我当然会看的。"

多姆最后一次站起来说，"议长先生，今天开完会以后，我会把我收集到的材料和证据交给首相阁下。"

这件事暂时被搁在一旁了。当天晚上9点，各大电视台的新闻节目中都粗略地提了一下这桩腐败案。但对各大报纸来说，要让这件事出现在第二天的报纸上，时间上已经来不及了，当然了，《档案》除外。麦克斯会独家刊发这桩腐败案的全部细节，在别的媒体从业人员纷纷揣测这桩案子的时候，他的个人价值却一路大涨。

消息是从鲍比的同性恋圈里传出来的。几杯科罗娜啤酒下肚以后，大卫·吉尔伯特的发型设计师特雷弗就喝得晕晕乎乎的了，说话也没什么遮拦了。他说大卫这段时间一直在忙几个和英军占领的伊拉克南部地区有关的建筑合同。他是无意间说起这件事的，只是随口提了一下，并没有太在意，却被鲍比听在了心上。合同额总计数十亿英镑，穆恩雷克建筑公司死咬着这块肥肉不放。当然了，合同要想拿到手，必须经过工贸部的准许，争夺这几个合同的建筑公司有很多家，为什么偏偏穆恩雷克中标，是不是工贸部内部有人把机密消息透露给了他们？

这件事的另外一个线索是金妮在健身房里听来的。据说米茨最近正忙着装修普罗旺斯的一栋乡下别墅。她很喜欢这栋别墅，还把照片传到了网上。

这件事的大体脉络有了，细节部分是《档案》的记者搞到手的。一个记者用了不到两天时间就把那栋别墅的具体位置、游泳池的大小、购买时的花费以及更改户名的费用（户主是米茨的一位女仆）这些细节都搞清楚了。这个记者又花了些工夫——当然了，主要是通过各种见不得光的手段——发现，米茨又以她这个女仆的名义在穆恩雷克担任顾问，而这栋别墅就是用她的顾问薪水购买的。

这件事没有任何不合法的地方，只不过满足了公众的好奇心，知道了一位英国部长名下有多少财产，但英国老百姓对这种事也不是那么有热情，他们对这种事的感觉就跟一个饥饿的维京人对一只小猪崽的感觉差不多。或许米茨的丈夫对这件事并不知情——内阁部长对配偶做的事矢口否认从而保住了乌纱帽，这样的事以前就有过。《档案》的记者查了米茨的银行账单、通话记录和私人日记，却没有找到任何能够说明内阁部长与此事有关联的证据，直到几个记者再次去了那栋位于普罗旺斯的别墅。在一面粗糙的墙壁上，一个女记者发现了一组正在装修的各个项目的照片，其中一张就是米茨的那个游泳池。照片中的米茨和她的丈夫正得意扬扬地站在还没有放水的深深的池底。

这张照片登在了《档案》头版，照片上面有一个赫然的大标题："在官商勾结的龌龊行为中畅游。"

这位部长站在自家门外，眼睛睁得很大，目光中透着警觉，完全不顾飘舞的雪花纷纷落在他那日渐稀疏的头发上，说自己对此事根本不知情，是大伙儿搞错了，还信誓旦旦地表示从未把机密信息泄露给属下，更别提他的妻子米茨了，俩人在床上说悄悄话时也根本没跟她提过这件事，甚至还说几年来他俩一直分床睡。面对众人的指控，他竭力装出一副毫不在乎的样子。可还没到中午，人就不见了踪影。

"这一仗干得真漂亮！我赢啦！我赢啦！"多姆一边看电视直播，一边拍着手大声喊道。

"快别说蠢话了，亲爱的，"金妮在他的耳边小声说，"咱们才刚刚开始，这才是预赛。"

也就是在同一天，阿乔克收到了当地的劳保部门寄来的一封信，说有件事让她过去谈谈。信中说这件事"要么涉嫌欺诈，要么就是有些地方搞错了"，需要解决一下。她打电话过去，问到底是什么事，人家却没告诉她。她并不担心，她知道自己没什么藏着掖着的。

第十一章

　　做父母和搞政治，这两件事能兼得吗？撒切尔夫人这么做了，但很多人说她做得并不好，有很多不足的地方。梅杰 [1] 夫妇承受过苦痛，甚至连遮遮掩掩的布莱尔夫妇都经历过极其难熬的时刻。据说劳伦·丹德森曾在私底下表示自己是幸运的，因为她没有孩子牵绊。真是一头愚蠢的母牛。

　　这段时间，本一直很安静，沉默寡言的，和平时相比简直判若两人，金妮本该注意到这一点，却因为事情太多，忽略了自己的儿子。就拿今天晚上来说吧，有个慈善晚宴她得去一下，到场的嘉宾非富即贵，说是为了某项事业捐款，其实主要是为了提升主办者的形象。像这样的晚宴，如果多办几年，说不定他们当中就能出个爵士；现如今，爵位头衔成了稀缺货，而且越来越稀缺。

　　金妮一边安顿本上床睡觉，一边梳洗打扮准备赴宴。本说不想让她走，她解释说首相的妻子也去，有点儿事要跟她谈一下，不能迟到，他可以在床上多看一会儿足球杂志。也就是在这个时候，他突然大哭起来。她花费了两天时间考虑穿什么，而现在他正扑倒在她新换好的裙子上哭泣，宣泄着自己内心的痛苦。

---

[1] 即约翰·梅杰（1943—），英国保守党议员、首相（1990—1997 年）。

有人在学校里欺负他了，是两个和他同龄的男孩子，但个子都比他高。他们先是侮辱他，当然了，有时候也会不可避免地连多姆一块儿侮辱，而后想出各种馊主意折磨他、吓唬他。偷他的运动器具，撕掉他的作业本的封皮，半路上拦下他逼他把口袋里用来买足球杂志的零用钱拿出来。听了本的哭诉，她心里头更多的是耻辱，而不是愤怒。这一切都是她的错。孩子受了伤害，都是因为母亲做得不够。她本该知道这一点的。

"你怎么不跟我说呢，亲爱的孩子？跟你的老师说也行啊。"她关切地问。他说他不能这么做，因为他是多姆的儿子，自己刚到这所新学校来，不能惹麻烦，而且就是跟本尼迪克特神父说了，他也不会让他报复的。现在，她的眼泪也洒落在了她的裙子上，和他的混在了一起。

"你想让我去学校把这件事告诉本尼迪克特神父吗？"

他摇了摇头，她说不行让你父亲去吧，他把头摇得更厉害了。

"那你打算怎么办，孩子？"

"我想自己处理这件事。"

"你知道怎么做吗？"

"我想我知道。"他点了点头说。

看到他握紧了拳头，她的心里更痛了。她知道对那些伤害过你的人实施报复是什么滋味儿，从她母亲死的那一刻起她就知道了。如今面对自己的孩子，她并不愿扮演一个伪善者的角色。

"那就这么干吧，小伙子，"她泪眼涟涟地看着他的脸说，"和他们干。不要让他们把你吓倒。这件事咱们谁也不准说出去，就你和我知道，明白吗？"

他若有所思地点了点头，然后抱住了她。她吻了吻他，看着他睡着了，这才起身去换衣服。

金妮不太喜欢这次的慈善晚宴。很多人都在玩等着被人家认出来却又假装不认识别人的游戏。劳伦·丹德森是最有激情的玩家之一。几个报社的摄影记者建议她俩应该见一面——她俩以前从来没见过——再拍张合影，但这位首相的妻子说这么做不太合适，还是保持一点儿距离为好。

不依不饶的记者把她俩的单人照片拼在了一起，劳伦·丹德森的的担心是对的。《每日邮报》在头版上登了这张拼贴的照片，标题为"两位第一夫人"。照片上的金妮穿着一件短裙，衬托着她那修长的身段，显得高贵典雅；而旁边的劳伦就逊色多了，肥墩墩、矮墩墩的，大花的裙子显得鼓鼓囊囊的，好像里头装了草似的。

这张照片让金妮在第二天上午的大部分时间里都是高高兴兴的。快到午饭时间了，她买完了东西，刚好路过党总部，决定去见见阿尔奇·布莱克斯通。她这么做不是一时心血来潮——她有些事要向他请教，还想多了解了解这个言语不多的苏格兰男人，今天刚好有空，机会挺合适的。直接去他的办公室找他，他就不会显得那么拘束。她想看看这个严肃的男人是怎么工作、生活的。

媒体办公室很大，是个大开间，有很多屏幕和监视器，因为是中午吃饭时间，里面没几个人。"该死，"她想，"他不会出去了吧？"但阿尔奇并不是一个喜欢交际的人，别人一边吃可口的饭菜，一边尽情聊天时，他宁愿坐在一旁看着。她发现他正在办公室里坐着。他的办公室和外面的大办公室中间只隔着一面玻璃墙，员工的一举一动都逃不过他的眼睛，另一面墙上挂满了带镜框的竞选海报和登有反对党几次胜选消息的头版报纸。她发现里头并没有多姆。"等着瞧吧，你这个老家伙，等着瞧吧……"她愤愤不平地想着，却又吃惊地看到阿尔奇正在俯身玩拼图游戏。这个男人肯定有着某些不为人知的秘密。

"对不起，阿尔奇，我打扰你了吧？"

他抬起头来，先是吃了一惊，而后安静了下来。他正在拼的是爱丁堡城堡，这可是个浩大的工程，零部件就有 5000 多个，"这是我放松的方式。如果时间允许，每天中午吃饭的时候我都会玩上半个小时"。

"那你先忙，我改日再来。"

"等等，进来吧，随便坐。"

她发现他一紧张乡音就明显了很多，没有了威斯敏斯特口音的那种矫饰。他从那张摆满了拼图零部件的桌子旁边站起来，坐到了办公桌后面的椅子上。金妮俯下身体，瞄了一眼那个拼图，研究了一会儿，说："看着很复杂啊。"

"可以让我暂时忘掉这些乱七八糟的事。"

"让你的心飘回到老家。"

"那个拼图是爱丁堡！"他没好气地说了一句，"我老家在西岸。"

"那你拼爱丁堡干吗？"

"两方面的原因。第一，拼完以后我会有一种满足感。第二，把它毁掉的快感。你可以把这种东西称为集团意识，但我们当中的大多数人都有这种意识。"

"我这辈子走过很多地方，不知道为什么，我觉得哪里都不是我的家。"

金妮说这话是想让阿尔奇把他那紧闭的心门敞开，和他畅谈一番，但他好像丝毫不为所动。"你今天找我有什么事，艾治太太？"

"我刚才在这边买东西了。"她解释说。

"又买你那种小裙子了吧？"他冲着桌子上的一沓报纸点了点头说。

"没有，买的都是吃的。你有孩子吧，阿尔奇。他们好像一直在长个子。"

"长大以后就离家奔社会了。"他冷漠地说，一点儿深谈这个话题的意思也没有。

"阿尔奇，我一直在想。"

他皱了皱眉。

"今天早晨报纸上的那张照片。"

"不是你鼓动他们这么做的，对吗？那些人都是水虎鱼，会把你撕成粉碎。"从语气上判断，他好像在怪她。

"不，不是我让他们这么做的，"嘴上虽这么说，可心里头还是很愿意让他们这么做的，"我的手干干净净的。"她想让他叫她金妮，而不是艾治太太，不过他的态度让她有些恼怒，就没有要求他这么做。他们永远都不可能成为朋友的。而后，她想了想，觉得"艾治太太"这个称呼也挺好的。"不过，不管我想不想，媒体好像都有让我俩一直比下去的意思。这种事我逃不掉。对唐宁街那帮人我也不相信。瞧瞧首相阁下是怎么处理我那张罚单的。"

"那你打算怎么做？"

"我想报复。我在她的盔甲上发现了几个漏洞。"

这句话好像引起了阿尔奇的注意。

"我是个家庭主妇，阿尔奇，她不是。我整天照顾两个孩子，忙得一团糟。我给他们修玩具、熨衣服、粉刷墙面。上个星期我还在粉刷本的房间呢——就是《你好！》杂志登出劳伦·丹德森在唐宁街拍的那些照片的那天。她刚刚让人把白色会客室重新装修完毕，她正在窗户前的一张沙发上坐着。"

"我有点儿印象。"

"你知道那些窗帘值多少钱吗？知道那些家具值多少钱吗？"

"我哪儿知道。"

"你当然不知道啦，但多数女人都能猜个八九不离十。唐宁街上挤满了设计师，一半都是国外请来的。她把好好的会客厅装扮成了意大利荡妇的闺房，钱花得肯定少不了。天啊，光是那些窗帘就花了75000英镑，如果我有这么多钱，绝不会花在这方面。"

"多少？"阿尔奇惊得差点儿没喘过气来。

"具体数字我怎么知道呢？不过，当有人问起这件事的时候咱们就知道了。"

"你什么意思？"

"我觉得你应该找个人把这件事写一下，问问那些新窗帘、沙发垫和别的东西总共花了多少钱，然后搞点儿动静出来。"

"听着这事怎么这么龌龊啊。"

"正因为龌龊我才来找你啊。"

他慢慢点了点头，说："嗯，你来对地方了。"

"罚单的事把我推到了火坑里。我没办法。下次的国家领导人大选，人们选的不仅是政府，还有形象。据我所知，劳伦·丹德森正在四处树立自己的形象。"

"你呢？"

她看着桌子上的那堆报纸，点了点头说，"还好。"

他将身体朝后仰，双手放在脑后，"有时候我很讨厌自己这份工作，艾治太太。当初我投身政治是想为英国老百姓创造一个更好的生活环境。我知道别人听了这话会觉得我这个人太幼稚，过于感情用事，但当初我就是这么想的，而我现在每天做的竟是为别人洗脏内裤。"

"知道吗，阿尔奇，听上去你的工作和我每天做的倒是蛮像的，我身为母亲，每天的活儿也是洗洗涮涮。"

他明白她的意思，挑了挑眉毛，却没有露出任何想要微笑的迹象，"这是纳税人的钱，属于公众问题，我想想怎么做。"

天啊，这家伙真是一个自高自大的讨厌鬼。金妮真想冲他大嚷一通，让他有点反应，把他掀翻在地，再狠狠踢他几脚。但她只是笑了笑，说了句"打扰了"，而后趁他不注意的时候偷偷把他那张极为看重的拼图的一个零部件顺在手里，开门出去了。

阿乔克到了劳保部门，比约定的时间提早了几分钟，大厅里柜台前有一排人正在等着，业务办得很慢。终于轮到她了，她把自己的名字对接待员说了，把那封信也递了上去。

"你迟到了。"接待员冷冰冰地说。

"我一直在排队。"

"那你只能再等会儿了,"另一个女接待员说,"我去问问班纳吉先生,看他是否还愿意见你。"

阿乔克又等了 20 分钟,这才被领进一间密不透风的小办公室,里头只放着一张木头桌子和四把硬硬的木头椅子。桌子上好像摆放着一台电子设备,她没看清是什么,旁边坐着个人,灰白色的卷曲头发,皮肤黝黑,和她的肤色差不多。阿乔克进去的时候这人正在低头看报纸,这时把头抬起来了。"我叫拉文达·班纳吉,"这人说,"你叫什么名字?"

"我叫阿乔克·阿罗伯。"

他翻了一下便笺本,说:"嗯,你迟到了。请坐,阿乔克太太。"他说话的时候总是略掉一些音,吐字却很清晰,肯定是来自次大陆的哪个国家。他摘下眼镜,擦了擦,叹了口气;阿乔克把双手放在膝盖上等着。

班纳吉转过身去面对着他身旁的那台电子设备。这回阿乔克看清楚了,原来是一台录音机。"我必须告诉你一点:录音开始以后我们才能开始正式交谈。"说着他把两盘新磁带的塑封撕掉,放进录音机,按下一个键,旁边的一个小红灯开始闪烁。

他用一种很慢的语调说了今天会谈的日期和具体时间,接着又说了他和阿乔克的名字。然后,他把脸转过来面对阿乔克说:"我是一位负责反诈骗案的警官,阿乔克太太,我必须提醒你,你现在正在接受警方质询。"说完他把法律条例念了一遍,就像电视上的警察做的那样。阿乔克第一次感到紧张了。

"你想让律师代你接受质询吗,阿乔克太太?"

"不用,我没什么可隐瞒的。"

"那你是否愿意对着录音机再说一遍你的名字和地址?"

她照做了，然后他开始问她一连串事先写在纸上的问题，最后问到了和她同住的人都有谁。屋里的空气变得越来越憋闷了。

　　"据我们所知，和你同住的还有另外一个成年人，你却从未提过这一点。"

　　"你搞错了，先生。"

　　"稍等，"说着他从文件袋里掏出一张照片，"照片上这个人你认识吗？"

　　"认识。他叫马里斯·布拉贝克。"

　　"他和你在一起住，对吗？"

　　"他是我的一个亲戚，是和我们一起住，不过来的时间并不长。"

　　"多长？"

　　"差不多 4 个月吧，他一直在找别的地方住，却很难——"

　　"他是你男朋友吗？"

　　"不是。"

　　"这么说他是租客了？"

　　"可以这么说。"

　　"那你为什么从未向我们提起过他每月支付给你多少租金？"

　　"布拉贝克先生不用给我房租，他也是苏丹人，和我一个国家，是我的一个远亲，另外——"

　　但班纳吉对阿乔克的家谱丝毫不感兴趣，他说："也就是说，这个男人和你一块儿住了 4 个月，却一分钱没有给过你，我这样说对吗？"

　　"他给我饭钱和洗衣费。"

　　"这么说他并不是一分钱都没给过你，对吗？"

　　"他用我的东西才给我钱呢，房租是不交的。"

　　班纳吉哼了一声，"你刚才说他是租客，那我问你，你家一共有几间卧室，阿乔克太太？"

　　"两间。"

"没错。那布拉贝克先生睡哪儿？"

"我还有间空屋。"

"可你还有两个孩子。"

"是的，乔尔和米约克。两个都是男孩。"

"他俩睡哪儿？"

"在我那间屋里和我一起睡。"

"他们……"他查阅了一下手边的文件，接着说，"……一个9岁，一个7岁。两个孩子和你一起睡，把他们原来的屋子腾出来给客人睡。你不觉得这种事有点儿不太可能吗？"

"先生，在我的老家屋子分得并没有那么细，就一个大屋子，全家人一块儿睡。"

"可这是在英国，阿乔克太太。我认为你并没有说实话，你和布拉贝克先生同住，却以单身母亲的身份骗取政府津贴。"

"我说的是实话，先生。"

他又拿出了几张照片。"我们一直在监视你的家，布拉贝克先生每天早晨都出去上班。我们知道他在哪儿工作，薪水有多少，他的收入应该列入我们考察的范围，但你一直在向我们隐瞒这一点。"

"不，我什么也没隐瞒。"

班纳吉将身体俯过桌子，盯着阿乔克说："阿乔克太太，依照1992号社会保障法第112条的规定，你没有向当局如实申报你的生活条件的变化，这一行为涉嫌违法。你会被起诉。"

"可布拉贝克先生并不是我的男朋友，"她大着胆子反驳道，"只是我的一个亲戚。你们调查他的情况干吗？"

"因为这是法律规定的！"班纳吉自以为是地喊道，"有很多的外国人到我们的国家来骗保，这类人是我们怀疑和监控的对象。"

"可我并没有骗保。我只想找份工作养家。"

"但我觉得你是故意让自己没工作的，"他得意扬扬地说，"你向你的雇主索要补偿金，劳工部觉得你的要求太过分，是在无理取闹，便驳回了你的请求。在这以后，这个叫布拉贝克的人马上就和你住一起了。你并不像你刚才说的那样想要一份工作，这一切都是你事先设计好的，目的就是骗保，阿乔克太太。对于这一切你还有什么话说？"

但阿乔克什么也没说，一滴眼泪滚下了她的脸颊。

班纳吉觉得他戳中了阿乔克的痛处，便改了脸色，不说她了，改为安慰她："听着，很多人都犯过错。他们都想投机取巧过日子，却不知道他们的行为是大错特错的。协助我们把这件事解决掉，阿乔克太太。好好交代这是怎么回事。你放心，我们肯定会宽大处理你的问题的。"

她仍没有说话。

"不起诉你了，你也不会有任何的犯罪记录，名声也不会受损，这样岂不是很好吗？"

沉默。

"为你的孩子想想。"

"他们是我的全部，先生。"

他等着，她没有再说下去。真是个不开窍的黑婊子。他又叹了口气，攥紧了拳头，因为用的力气太大，骨节都变白了。

"阿乔克太太，政府已颁布法令，要绝对制止这类骗保行为。可以说是零容忍。我认为你的行为已经涉嫌违法。你这种态度让我没有办法，我只能将你的事汇报给上级。这样一来，你就会受到警告、被罚，乃至被起诉。"

"可我什么也没做。"

"另外，政府相关部门会根据你现在的生活条件减少救济金的发放数额。还有，就算我们不起诉你，你也得把之前骗取的救济金如数交出来。"

"可我没有钱。"

"你当然有了。合法的那部分救济金会发给你，以后多出来的那部分就没你的了。"

"那我怎么生活啊，先生？我的孩子怎么办？"

"你好像是一个很有能力的女人，"他讽刺道，"我想你会找到挣钱的办法的。你有时间、有精力上法庭告你以前的雇主，也会有时间、有精力找份工作的。"

"可我——"

"你应该记住，阿乔克太太，像你这样只知道占国家便宜的人是在冒险。"他啪的一声合上了文件夹，"或许你下次再这么做的时候应该考虑考虑这一点。"

本尼迪克特神父打来了电话，让她去趟学校，说有点事和她谈。脑门光光、一脸阴郁的神父给她倒了杯茶，这才说："对不起，打扰你了，艾治太太，可事情很严重。和你的孩子本有关。"

"你太客气了，神父，每次见到你我都很高兴。"

"恐怕今天你高兴不起来了，因为我们要说的是恃强凌弱这件事。"

"出了这样的事我很难过。"

"哦，我也很难过，我也很难过，"他一边哀叹，一边把一小块饼干放进了茶杯里，"在圣泽维尔小学，我们对这种事看得很重。"

"我也是。"

"本来自一个显赫的政治家庭，对于这样的家庭培养出来的孩子，想走进我们这座学校的大门是很难的，"他用他那颇具戏剧性的语气说道，"可令我万万没有想到的是，事情好像变得越来越复杂了。我要很心痛地告诉你，我不得不考虑对你的孩子本杰明做出处罚。"

"什么？"她惊叫道。

"就在昨天，我们这儿的两个孩子被送进了医务室，满脸是血，身上青一块紫一块的，伤得倒不严重，但问题不在这儿。他们说是本杰明打了他们。"

"你找本谈了吗？"

"我想他并不会否认。"

"可你和他谈了吗？找出原因来了吗？"

"他好像很不配合。"

"另两个孩子是怎么说的？"

"他们说本杰明无缘无故就打了他们。在圣泽维尔，不管谁打架，不管因为什么打架，都是不能被容忍的，艾治太太。"

"这件事我知道一些，神父。那两个孩子都比本的个子大，对吗？"

"是的。"

"本无缘无故就打他们，你觉得这事可能吗，神父？"

"好像就是这么回事。"

"那两个孩子最近一直在欺负本，我想你应该知道这一点，本尼迪克特神父。抢他的东西，撕他的作业本，让老师找他的麻烦，甚至恐吓他把零用钱交出来。我之前为什么没跟你提这件事，是本别让我把事情闹大。他说他自己解决这件事。"

"可他也不能随便打——"

金妮看着他，打断了他的话："我想你的意思是说他不能被人家随便欺负而没有人上去帮他一下吧。"

"可我的确对这件事毫不知情。"

"这件事出了这么长时间了，你却说丝毫不知情？真的什么也没看到？什么也没听到？"

"确实不知道！"神父为自己辩护道。

"哪怕这件事就发生在你眼皮底下，你也不知情？"

神父开始恼了，气势汹汹地吼道："事情这么多，我不可能什么都知道。"

"那就报上见吧。"

"什么？"

"你把本处罚了，这事就会见报。肯定会。这事要是被人们知道了，你的学校也不光彩，你那些老师脸上也挂不住。会让人们觉得圣泽维尔有欺负老实孩子的传统。"

"我的学校根本就没你说的那种事！"

"本的事不就在这儿明摆着吗，还不承认？"

"可——"

"对了，神父，有件事我还要跟你提一下：我不想让我的孩子乖乖地坐在椅子上受罚，这一切并不是他的错，而是你的学校管理不善。"

"艾治太太，请你——"他变得越发恼怒了，脸蛋子也被气红了，刚才放在茶杯里的那一小块饼干也忘了及时拿出来，都化成粥了。

"这件事我会告到校领导那儿去，说不定还会惊动律师。现在这个世道，你知道这种事会导致什么样的后果。到时候大伙儿的日子都不好过。"

本尼迪克特神父开始意识到问题的严重性了。

金妮看出来神父的态度软化了，却也明白不能把他逼急了，她挺喜欢这所学校的，本也喜欢，她不想为自己树敌。想到这儿，她的眼泪下来了。

"哦！哦！"神父见此情景，赶紧从桌子后面跑出来，抽出衣袖中的手帕，朝金妮挥了挥。

"真对不起，神父，"她接过了手帕，一边啜泣，一边擦着脸颊上的眼泪说，"但我了解我的孩子，他说的可都是真的。或许这一切都是我的错，我应该早点儿来找你。"

"在这件事上，最没有过错的就是你了。"他说。

"本喜欢这所学校，我想他每次看到它都像看到了心中的圣殿一样。我认为他在做这件事的时候觉得自己不过是把两个放高利贷的家伙给揍了一顿。"

"我亲爱的艾治太太，请听我说，"本尼迪克特神父使劲儿攥着两只拳头说道，"这一切都是我搞错了，我不该听信报纸上说的那些胡话，还有那些当官的……哦……我……哦……我。"他用力拍打着胸脯，就好像心脏快要不工作了一样，"请允许我把那两个孩子叫来，好好查一下这件事的来龙去脉，要彻底查清。你说的话我会牢记于心，这样吧，你代我向本说句道歉的话，这样要好些。"

"你不罚他了？"

他朝天上挥舞着双拳大声喊道，"我早就没这个想法啦！"

他等她脸上的眼泪干了，这才拉起她的手，陪着她到了校门口。"你这么忙，还要你亲自跑一趟，我很感激，另外也感谢你的理解。我们一直在教孩子们传统的价值观。"他说。

"我为什么要把孩子送到这儿来，刚才你说的就是其中的一个原因，神父。"她说，"对了，我有个网站，我想以此为题写篇文章，说说传统价值观的持久力量，然后发到我的博客上去。"

"太棒啦！简直是太棒啦！把传统的东西和互联网时代的科技融在一起。你可真是个了不起的女性，艾治太太。不过我想我不会看，我对网上的东西和博客什么的不感兴趣，也可以说我落伍了。不过你刚才的想法很棒，的确很棒！"

"我尽力而为吧，写篇好文章，不会让你失望的。"

"对了……本这个孩子吧……很有个性。不过我想让他把惩罚那两个孩子的事交给全能的上帝去做——至少交给他的老师处理。我看这孩子前途广大，有出息。说不定再过几年，这孩子就能成为他们班的班长了。"

金妮一路笑着回到了家，坐下更新博客时，她的脸上仍然挂着笑容，她写的是母亲在教育孩子时的矛盾心理。

《圣经》上说，别人打你的脸，你要把另外一半转过去让他打。但我觉得这种做法有时候让人受不了，也是错误的。世界残酷，你老实、软弱就会被人家欺负；你一味忍受、做好人，却被人家瞧不起。有时候，面对欺凌，我们的孩子应该做的便是把那个欺负他、占他便宜的家伙打倒在地、踩扁。或许这才是我们英国人最传统的价值观。

　　一群员工围拢在麦克斯·摩根宽大的办公桌旁，他正在和别人打电话，听筒放在桌上，他提高了声调，好让大伙儿都听得到。

　　"我们这么做，你看行吗，阁下？就你和我，一对一面谈。这个年轻的女士说你喜欢早晨吃煎鸡蛋，她还拍了张照片，你正穿着睡袍在阳台上站着，远眺大海。你好像没戴假发啊。"

　　电话那头传来一阵闷闷的声音，一个人快要被勒死时才能发出那种声音。

　　"她还说你这个人很有思乡情结，喜欢到你小时候生活过的那些地方走走、看看。"麦克斯的嘴唇噘着，露出不怀好意的笑。"不，不是伊顿，阁下。她说你有个小嗜好——对了，阁下，我想引用一下她的原话，你不会介意吧？她说你喜欢让一个穿着男人衣服的女人把你的衣服脱光，喂你奶，然后狠揍你的屁股。请问有这种事吗，阁下？"

　　电话那头的号叫声越发大了。

　　"我在想啊，这是不是就是你说的那种在公共场合要保持的正派形象。还记得这句话吗？你说过的。我的一个记者到你那儿去了，你骗了她足足两个月，始终没有告诉她是谁泄露的那些机密文件。"

　　电话那头的那个人好像正在苦苦挣扎，想恳求麦克斯别这么干，又想问问他是否能做个交易，一时还没有想好。

　　"嗯，一般说来，我这个人是很喜欢做交易的。我把那些照片给你，你给我一个更好的故事。但这次不同寻常，阁下，因为涉及内阁成员或者皇室成员。你关押我手下那个姑娘，让她什么也做不了，在唐宁街这样的事并不多见，尽管我觉得你是摊臭狗屎，但你评说这件事时那副义正词严的模样给我留下了很深的印象。当时你一边晃着头上的假发，一边说那些道德上的大道理。所以我想这次破个例，把你登在头条算了。"

从听筒里传来一连串的恐吓。

麦克斯打断了对方的话，说："阁下，你得快点儿行动，因为……"他瞧了一眼手表，接着说，"再过3个小时报纸就印出来了。我的几个律师就在旁边站着，正在偷笑。对了，阁下，有件事我想确认一下，听说你喜欢在法官服里面穿女人的裤袜，是不是真的？你知道的，《档案》对每个细节都要进行核实的，准确无误以后才能刊发。"

电话那头传来一阵阵破口大骂的声音。

"你骂得倒是挺好听，我能把你骂我的这些话原封不动地登在报纸上吗，阁下？"但那头的电话已经挂断了。

麦克斯让两只手的指尖对着，一声不吭地在椅子上坐了一会儿。"登出去，"他慢慢地说，"惹《档案》的人，你就等着后悔吧。"

一个年轻的女记者从桌子那头跑过来在麦克斯的额头上温柔地亲了一下。"你真是太棒了，亲爱的麦克斯。"崇拜的泪水已经滑下了她的脸蛋儿。

"够了，"他说，"赶快给我回去工作，我花这么多钱养你们，你们可不能只在这儿站着。"他面前的人群消散了，金妮出现在了门口。"你都听到了，对吗？"

"听到了，千万不要惹你，麦克斯先生。"

"可你惹我了！"他叫嚷着，又摆出了刚才的那副架势，"这份该死的《镜报》是怎么回事？"说着他从桌子上抓起一份报纸，扔到金妮跟前，标题是"粗俗劳伦的窗帘"。"她花了这么多钱，会被人骂死的。天啊！我简直不敢相信她竟会在一些该死的窗帘上花这么多钱！12万多英镑？每个帘扣带1000英镑？这么可笑的东西你竟然给了我的对手！"

"我反倒觉得这篇文章写得很不错。"

"你还不如拿把刀子捅死她算了。你说用纳税人的钱买一些没品位的高价品是错的，还说等你入主唐宁街以后，会记得这里只是暂时租用的，不是你的永久财产，到这儿来是为英国老百姓服务的，不是大手大脚乱花钱来了。"

"是的，都是些陈词滥调的东西，没什么新意，你觉得呢？"

"还有——这些不会是《镜报》的那些狗杂种想出来的吧？——你说，有可能的话建个保育室，或许再买个大些的衣橱。写得真垃圾。"

"谢谢。"

"你为什么把这篇文章给我的对手呢？"他一边质问，一边把报纸丢进了垃圾篓。

"他们让我写的。还有，麦克斯，伦敦的编辑又不止你一个，这一点你应该清楚。"

"我们的关系不是不一般嘛。"

"是不一般，麦克斯。我不就是没让你发独家嘛。"

"这是个狗咬狗的世界，金妮。你去别人那儿，我不喜欢。"

"我只是到那儿去了一下，麦克斯。我今天给你带了一些更好的东西来。"

"我的耳朵早就竖起来了。"

"劳伦·丹德森不光在唐宁街碰到了麻烦，在白金汉宫也出了点儿小事，做的一些事很没礼貌，最后一刻爽约，对女王不理不睬的。还有，去年在巴尔莫勒尔酒店，她非让人给她换卧室，一块儿吃饭的时候还出去抽了支烟。听说这事在白金汉宫都传开了。"

"嗯，这种风言风语的东西我们常听到，没什么新鲜的。你有证据吗？"

"时间、地点以及抽的是什么牌子的烟这些东西我都知道，剩下的你就自己查去呗。"

"是皇室的人告诉你的吗？"

"麦克斯，你说这话真出乎我的意料。你想让一个姑娘透露她的信息来源？"

"没错。"

"下周有个国宴，这事你知道吗？"

"来的不知是昆士兰州州长还是哪个差劲儿的独裁者，反正就是自家庄园里有条输油管道的那个。"

"在哪儿吃饭还没定，这件事她想做主。她正在为到时候见什么样的人穿什么样的衣服烦心，搞得鸡犬不宁的，把事情都复杂化了。"

"你说的是真的吗？真让人想不到！我那些该死的记者怎么没听到这个消息？这帮人都是白吃饭的，把他们都开了算啦。你真的不想跟我说你是从哪儿得来的这个消息？"

不，她不想把这种事告诉鲍比或者麦克斯这样的"侦探"朋友。"麦克斯，你手下有那么多跑腿儿的，又有那么多的线人，让他们查去呗。怎么，你的人还不够啊？"

"给他们每人一台照相机，趁首相夫人吸烟不备的时候偷拍几张。"他自言自语道，早在想他的头版怎么弄了。

"咱们还是朋友吗？"

"顶好的朋友。"

"那行。"说着她转身要走，"哦，对了，还有件事，麦克斯。你得去采访采访劳伦，看她是怎么说的。"

"那是自然了。"

"你采访她的时候就说是我把她的事告诉你的，好吗？"

"那你俩岂不是要在这个信奉基督教的国家大吵一架！"

他看出她出门的时候脸上还带着微笑。

阿乔克上诉了，人家把她叫到了另外一个地方。那地方在黑衣修

242

士桥附近的维多利亚堤岸上，退回到几个世纪以前，那些被绑住双手的犯人就是在这儿被扔进滔滔的河水里的。这座劳务仲裁法庭比她第一次去的那个要气派些，很正式，主审法官椅子后面有一个由狮子和独角兽组成的大纹章，黑色的窗帘拉着，木制的护墙板，椅子坐上去也很舒服，甚至还有一个身着制服、负责下达命令的庭警。"全体起立！"这人吼道。法庭是典型英国式的，但这个警察的口音好像是加勒比海附近哪个地方的。

派特·克瑞希早就在门口等她了，见她来了，满脸堆笑迎上去，握紧了她的手，说祝她好运，却不打算陪她进去。他说他是以私人身份来这儿的，因为工会为了她这事花了不少钱，不支持她了，所以她只能一个人硬撑了。她的身份由原告变成了上诉人，人家却不允许她说话。索菲·加米那拉今天穿着正式的黑套装，里面是一件白色的衬衣，阿乔克说的每一句话都由她代说，法庭上的专业术语很多，这次人家也不问她能不能听懂了。什么协定啊、证据啊、材料啊、权利啊，说了一大堆。庭审过程中，阿乔克发现索菲放在桌子上的手攥紧了，旁边玻璃杯里的水也开始轻轻晃动。这让阿乔克想起了她村子里的那个池塘，下雨之前，浓重的云块和闷雷都会在水面上聚集。

第一次庭审的时候，法庭上一共有3个中年男人决定她的命运，这次里头却有一个女的。但索菲事先警告她，对这几个人别抱太大希望。她说的没错。这可不是溜奸耍滑的地方，千万不能有什么幻想。这里是法庭，一切都得按规矩来。阿乔克的案子现在交由索菲全权代理，案情很简单：伊拉克战争是非法的，因此让阿乔克打扫那间与伊拉克战争有关系的办公室就是不合情理的，把她开除掉是不公平的。

伊拉克战争合不合法这个问题以前讨论过很多次了，有人还曾一路告到国际军事法庭，但最后都不了了之了。战争是一个复杂的问题，涉及人类文明，不是一两句话就能说清的。就拿这次的事情来说，法庭上的3位法官采取的也是敷衍塞责的态度。他们今天可不想讨论几千英里以外的事，要解决的是前段时间发生在议会大楼里的那件事：一个苏丹来的难民清洁工拒绝打扫办公室。阿乔克说打扫那间办公室她良心上过不去，这不是胡扯吗？你不过是个清洁工，上司让你扫哪儿就得扫哪儿，还真把自己当大人物看了？3位法官真是百思不得其解。他们在那儿坐着，听着，一个个哈欠连连，把椅子坐得咯吱咯吱响。他们对这种事一点儿兴趣也没有。

这几个人有地位，是好公民，做犯上的事会让他们丢了饭碗。他们可是费了好大劲才爬到今天这个位子上的。说首相是骗子，他们根本不会这么做的。

所以，他们驳回了阿乔克的上诉请求。

伊拉克真是个多事之地，现在很多国家在那儿都有驻军。伊拉克是个古国，位于底格里斯河和幼发拉底河畔，古巴比伦国王、亚述和美索不达米亚所在地，人种繁多，有苏美尔人、闪米特人、什叶派穆斯林、逊尼派穆斯林，还有库尔德人，那里先是被波斯人、希腊人和土耳其人占领，如今被有美国盟友支持的英国人占领。

伊拉克石油资源丰富，英国人为什么又打回来了？原因就在这儿。他们先后于20世纪20年代、40年代、90年代入侵伊拉克。第一次入侵时，温斯顿·丘吉尔曾把那儿称作"一座忘恩负义的火山"，还大胆预测，任何一届政府，如果能从那里撤军会赢得民众的支持。但没人听他的话。他们现在这不是又回来了吗，这次死活不肯放手了。英国人不喜欢那里，也不喜欢那儿的人，多数英国人对那里一无所知，给他们张地图，连个地名也找不到，但他们想要的是那里的石油。

这件事也关系到面子和自我辩解的问题。很多年前，有个美国将军曾嘲笑说，英帝国垮台了，英国还没有找到新的角色；另外一位美国将军连挖苦带贬损地说，英国军人走正步走得很好。英国想借助这次伊拉克战争重树形象，却错打了算盘，正如丘吉尔90多年前抱怨的那样，报应来了。

英国人本想打一场速决战，玩玩儿就算了，没想在那儿长待。有了些成绩，但转瞬间成果就付诸东流。伊拉克就像一条生命力顽强的绦虫，不断蚕食着各个参战国的智力和精力。后来，这个国家陷入了一种互相残杀的状态，占领国一看形势不好，就拨转马头，撤到那些稍微安全的地方去了。库尔德人占据了北方，美国人盘踞在首都巴格达，说是首都，其实除了一个褪色的梦外，什么也没剩下。这个国家开始了内战，血流成河，遍地屠杀，噩梦持续了很多年。

英国人占领了南方，靠近几口重要的油井。后来，迫于越来越大的压力，他们打算在巴士拉建造一个军事指挥中心，穆恩雷克建筑公司瞄准了机会，进来了。这个指挥中心不但有独立的供水系统、发电站和废物处理系统、直升机降落场，甚至还有一所医院，就像一座漂浮在汹涌大海之上的岛屿，但岛屿也有倾覆的时候。为了保护那里的军事要塞和其他的重要设施，政府不断增派部队，但议会矢口否认他们是作战部队，因为这么说的话，就等于承认英国人在伊拉克的军事行动失败了，便改了说法，说他们是技术人员、顾问及和平的维护者。但那里没有和平，只能不断增兵，而英军的伤亡人数也在不断增加。

伤亡事故每天都有发生，但几千英里之外的英国老百姓对这些事早听厌了，他们更关心今天哪个球队获胜了。每天都能在报纸上见到身穿军装的士兵，这种东西早就激不起媒体的兴趣了。伊拉克不性感，就是报道了，也不会增加发行量。英国人对那里知之甚少，也不想知道，直到坠机事件发生。

外号为"大力神"的 C-130 大型运输机消失在了巴士拉上空几英里外的地方。这种事不是第一次发生，飞机上死了人，这种事以前也出过，但一次死了 34 个人，对英国人来说，这是自参战以来最大的损失了。尸体被运回了英国，棺椁上盖着英国国旗，抬棺人的每个动作都透着对死难者的无限敬意，但没人知道棺材里的尸体和贴在棺材外面的遇难者的名字是否相符。这次事故的不同之处在于，除了死伤人数众多，死伤者中大部分都是女性，有护士、医生，还有物理诊疗师，都是一个军事医疗单位的。更糟糕的是，除了机上的 3 位工作人员和上述死难者，剩下的那些都是记者。媒体有挺长一段时间都没有报道伊拉克了，现在他们的目光又转移到了这上面来。有了新的故事，而且这个故事足够令人震撼。就这样，在这起事故发生之后的那个周末，距伊拉克几千英里之外的英国老百姓，个个像梗犬一样，手里紧攥着报纸看着，浑身颤抖着，仿佛这是地球毁灭前的最后一个故事。

唐宁街用其惯有的那种油腔滑调的态度，再加上一大堆的陈词滥调，对这场事故中的死难者表示了哀悼，说他们是英雄，他们的血不会白流。棺椁抵达布莱兹诺顿皇家空军基地之后，首相届时会代表整个国家到场。不会举行重大的葬礼，也不会有名人聚在一起哀悼死难者的场面出现。这么做会引起媒体的过分关注，在很多事情上开先例。在这件事上，最好不要拖延，在空军基地露露面，弯弯腰，低低头，表现出一副凝重的样子，就算完了。这种办法以前就用过，而且效果不错。但多姆不这么看，觉得这么做很不妥。和唐宁街那种深思熟虑的做事方法截然相反，这次事件让他陷入了一种不知所措的忙乱状态。他憎恨这场战争，想让自己所在的反对党与之脱离干系，但党内的很多高级成员长期以来都是支持英军入伊的，说句话就让他们放弃原有的坚定立场，不是一件容易做到的事。

"我不能这么做，现在不能这么做，"多姆隔着窗帘看着外面人行道上正在等说法的大批记者对金妮说，"在这个举国哀悼的时刻，在国殇日，我不能趁死难者尸骨未寒的时候搞党派政治。"

"等他们入土安葬以后，你觉得自己就能搞了，是这样吗？"

"不是，可……"

"多姆，你恨这场战争，从未说过它的好话，以后也不会说。"

"这事以后再说，现在先做准备。"

"你说的这都是什么话啊。"

"那你说怎么办？"他没好气地回了一句，外面的记者还在等着，他的犹豫不决让他有些恼怒，他不能让他们这么等下去。

"诚实点儿？"

"怎么诚实？"

她上下打量着他，那个样子就像做母亲的送孩子第一天去学校似的。"把你那套最好的衣服穿上，白衬衣，配条深色的领带，再穿上我去年圣诞节给你买的那套西装。今天这种场合，你不能穿运动衣，戴棒球帽。把鲍比拽出来，你用得着他。"

"叫他干吗？"

"快别说傻话了，多姆。他很有用的。有他在，你的个人形象就能加分。"

"我觉得今天这种场合真不该再关心什么个人形象。"他咬着牙说。

"又在说傻话了吧。赶紧上楼换衣服，我去叫鲍比。"

"那个该死的阿尔奇哪儿去了，他能帮我做什么？"

"这个问题问得好，不过他能帮你做什么只有上帝知道。"

过了一会儿，多姆穿着新衬衣，皱着眉头，到了门外的台阶上，对记者们说，他要去趟教堂，为死者的家人祈祷，静下心来好好想想发生了什么事。说完以后，他就朝教堂去了。他走得并不快，到了以后，在里面待了将近一个小时，大部分时间是跪着的。记者们在教堂的门外看着跪在地上祈祷的多姆。那个时候，冬日的阳光正强，那光就好像一座通向天堂的桥，隔着染色玻璃射到了教堂里面，让他们拍了不少奇妙的照片。

一个小时快过去的时候，金妮来了，挨着他在长椅上坐下来，握紧他的手，用轻柔的语调和他说了几分钟的话。然后，阿尔奇和鲍比出现了，俩人低着头，说得很热闹，引起了那些男记者的兴趣。最后，多姆走出了教堂，脸上写满了悲伤，但目光是坚毅的，站在那儿，无所畏惧地让记者拍照。有的记者还为他录了像。

站在教堂门口，有头上那庄重的拱门做衬托，多姆说了一些激动人心的话，为这一天增添了一些色彩。他说，他的心和遇难者家人的心紧紧相连，要做好自己的本职工作，为每一个人祈祷。"对我来说，这件事是我生命中的一个转折点。我不想看着遇难者的父亲或者母亲的眼睛，说我为他（她）失去儿子或者女儿而伤心。悲伤是容易做到的，责任的担子更重。我们流的眼泪够多了，流的血也够多了。"他停了一会儿，然后用缓慢而悲伤的声音继续说，"现在该让我们身处异国的孩子们回家了。"

他不想说下去了，以他现在的身份是不能乱说话了，刚才他说的这番话只是他个人的一些看法，和他所在的党的政策无关。每个人都需要时间好好思考一下。再过几天，他打算让首相开个全体会议，深入探讨一下这起事件，这样的要求首相是不能拒绝的，更何况，这几天的报纸上登载的都是这件事，他想拒绝也不行。

当天晚上，英国数百万观众在电视机前看了多姆的表现，他悲伤、真诚、多思、让人激动，而这些正是他们想看到的。多姆在教堂跪着祈祷的时候，金妮和阿尔奇却在商量着做另外一件事。他们让反对党内负责民意调查的工作人员今天给一些选民打去电话，想听听他们对这件事和现任政府的看法。他们没指望着这样的一个小测验能有多权威，因为时间不够，受访的人数不够多，不具分析性，但选民们的意愿很强烈：他们想让多姆尼克·艾治上台。

接下来的几天，多姆收到的群众来信多得能装几麻袋。多数的信是表扬的，但也有一些是批评他的，说他用传教士的语调搞党派竞争，为自己挣人气，更让人无法容忍的是，他竟让一个穆斯林进入基督教堂。本尼迪克特神父一时间站在了风口浪尖上，因为多姆去的正是他辖区内的圣泽维尔教堂。这座教堂很久都没有出现在公众视野中了，而他自己也从来没有这样忙碌过。这位善良的神父执意对批评他的那些信件一一回复。他在其中的一封回信中这样写道："前任首相曾说，是上帝让我们介入此次战争，因此我们理应祈求全能的上帝帮助我们找到一个摆脱它的办法。"

第十二章

劳伦·丹德森那天过得很惨——后来她发现这是她几周来过得最惨的一天。都是那些该死的窗帘惹的祸，几家北欧小报又大肆渲染她和皇室的关系。这帮该死的家伙不把事情的真相调查清楚就胡说开来。这种事真够烦人的，但她还是保持了理智。她不想为了几个上蹿下跳的小丑就把窗帘换了。但今天早上报纸上登的那些内容让她坐不住了，一些抽风的记者开始造谣攻击她了。他们以前说她偷皇室厕所里的肥皂，这回又说她倒卖白金汉宫花园晚宴的门票。太他妈可笑了吧！说真的，她不屑去那种地方，她的朋友也没几个愿意去的。她的那些朋友秉性脾气都像她，要她们扒拉着数门票还嫌弄脏手呢。劳伦从小没学会尊重人，她小时候唯一的朋友就是那台破电视机，十几岁的时候就在街上晃荡，旁边经常有三四个小伙子陪着，什么样的事都做过。不过从她踏进唐宁街大门的那一刻起，这段不堪回首的日子就消失得无影无踪了。

坏事一桩接一桩来。今天晚上她要去白金汉宫参加一个晚宴，她不想去，便说自己头痛，犯了潮热病①，但阿尔弗雷德不信她说的，执意要她去。"你要敢于盯着敌人的眼睛。"他给她鼓劲儿。头痛还能装

---

① 女性更年期时一种突发性的发热感觉，常波及全身。

得出来，但潮热这种事……她不去不行。"每次出彩虹都要下点儿雨的。"他又说。就这样，她换上晚礼服，钻进了车子，可就是在车上她也不得安宁。车子缓缓驶出唐宁街大铁门的时候，她看到一个黑人女性怒气冲冲地朝她大喊大叫。隔着一寸多厚的防弹玻璃，她听不清那女的说的是什么，但从口型上判断，和阿尔弗雷德发动的这场伊拉克战争有关。那女的摆出一副义愤填膺的样子，脸上有个扇形的刺青，很显眼。劳伦看着她的时候，一个警察赶紧过来把她带走了——她很可能会被逮捕，但要紧的并不是这一点。她可能是恐怖分子，身上可能还藏着武器。新的反恐安保法刚刚颁布就发生了这样的事，这帮该死的警察真是废物！政府赋予了他们新的权力，这帮家伙却都是些烂泥扶不上墙的货。他妈的，唐宁街是劳伦的家，她并不介意抗议示威者在她家门前的草坪上静坐示威，可今天这种事……

他俩中间的座位上放着一份《标准晚报》，劳伦一看内容心里头就很不是滋味儿，气得浑身都红了。报纸上登的是金妮·艾治的一次访谈——还能有什么事呢？金妮动情地描述了她对女王的崇敬之情，说早就想来拜访女王陛下了。劳伦越看心里越来气，手都开始抖了。"这篇垃圾文章你看过了吗，阿尔弗雷德？"

"什么事？"他漫不经心地问。

"艾治的妻子。又说她如何如何尊敬女王了，说女王陛下不但是国家的象征，还是所有女性学习的榜样，还说男人能做的事，女人一样能做。"劳伦生气地把报纸揉成一团，扔到了一旁。"这个婊子养的，个子不高，嘴倒挺大。"

"别说脏话。"

"她一直给咱们身上倒脏水，知道吗？"

"是吗？你在巴尔莫勒尔吃饭的时候的确抽过烟，对吗？"

"是抽过，可这件事是她说出去的。"

"你有证据吗？"

251

"人们都这么说。"

"人们还说我当不了英国首相呢。"他冷漠地回了一句，就在这时，车子上的电话响了，是找他的。

车子继续朝前开，劳伦再没有说话，闷闷不乐地坐着，路两边的旗杆上挂着五颜六色的旗子，都是为这次外国元首访问英国准备的。她想让自己高兴点儿，便幻想着自己手里正端着一把锋利的斧头，把这些烂旗杆砍得一根不剩，然后奔着那个该死的金妮·艾治去了。劳伦·丹德森本来是在街头长大的，对什么事都不在乎，这次本可以对报纸上登的那些把她和那个该死的女人做对比的内容不理不睬，但这些内容对她刺激太大了，不管她多努力，心中还是感到一阵阵刺痛。金妮说一旦有一天入主唐宁街，要在里面建个保育室。很简单的一句话，却像尖锐的玻璃一样深深刺着劳伦的心。她没有孩子，生活中就少了很多色彩，现如今那个该死的女人又在刺激她、咒她。她恨这个女人。

没想到金妮已经来了。劳伦进了画廊，里面人很多，两边的墙壁上挂着不少镀金的镜框，镜框里都是卡纳莱托①、鲁本斯②和伦勃朗③的名作。她远远地看见金妮在那儿站着，身旁围着一帮打扮得流里流气的老头子。她和这些人打招呼、握手的时候，金妮瞧见了她。金妮微笑着挤过人群，朝她过来了，瞧上去是那么年轻、那么鲜活，又能生儿育女，真该死！

"你好，我们终于见面了。"金妮说着把一只手伸了出来。

---

① 即安东尼奥·卡纳莱托（1697—1768年），意大利风景画家，以画威尼斯、英国风景著称，名作有《威尼斯小景》《在泰晤士河上看格林威治医院》等。
② 即保罗·鲁本斯（1577—1640年），佛兰德斯画家，巴洛克艺术代表人物，在欧洲艺术上有重大影响，主要作品有《基督下的十字架》《维纳斯和阿多尼斯》《农夫的舞蹈》等。
③ 伦勃朗（1606—1669年），荷兰画家，擅长运用明暗对比，讲究构图的完美，尤其善于表现人物的神情和性格特征，主要作品有油画《夜巡》、素描《老人坐像》等。

"是的，终于见面了。"劳伦不情愿地握住了对方的手，感觉自己心里头有什么东西像大坝一样决堤了。

"报纸上说的那些个关于咱俩的事都是瞎扯，你别介意啊，劳伦——我能叫你劳伦吗？"金妮紧紧握着对方的手不放开，"我想你的心情和我一样，恨透了那帮该死的记者。"

"是的，艾治太太，你肯定挺恨那帮家伙。"

"叫我金妮就行了。咱们不能就这么认了，应该让那帮家伙瞧瞧他们错得有多离谱，找一天咱们出去，好好聊聊，再逛逛街，挑几件衣服，看他们到时候还能说啥。"

"我的衣服够多，用不着再买了。"

金妮凑近劳伦耳畔，像是有什么秘密要对她说一样，低声道："不过你肩膀上的那两个老衬垫瞧上去就像两片卫生巾一样，取掉要好看些。哦，对了，那些窗帘你就别再操心了，我会给它们找到一个更好的买家的。"

窗帘、孩子，跟一个自己恨得要死的女人离得这么近。劳伦终于受不了了，愤怒的波涛从心里奔涌出来，破口大骂道："你这个该死的臭婊子！"骂街这种事她并不擅长，不过这次骂的声音够大，好多人都听到了，上第二天各大报纸的头条也是没问题了。"你们艾治家的个个都是害人精！"她又骂了一句，这才离开了这个折磨她的女人。

在这场激烈的足球对抗赛中，劳伦·丹德森先来了一个大乌龙球。

历史学家在评论某个历史人物时总喜欢借助诸如日期、数据、社会潮流、发表过的宣言、演讲等这些看得见摸得着、能够用合理的理由解释的东西。他们喜欢理性讨论，蔑视情感，作品中不允许掺杂一丝一毫的感情成分，但政治没这么简单。他们在写历史性的著作时，很少将诸如忌妒、傲慢、暴怒或者转瞬即逝的疯狂这样的情感状态对他要写的那个人物所造成的影响考虑进去。对一位首相来说，他每时每刻都要把上述情感的缰绳紧紧抓在手中，以便有效掌控自己前行的方向。但有时候，这些缰绳会反过来将他牢牢捆住，让他挣脱不得。

阿尔弗雷德·丹德森就任英国首相的当天就立下誓言，要把英军从伊拉克撤出来，以赢得民众支持，但他后来并没有这么做。他故意回避这个问题，因为他还有很多别的事需要处理。他一拖再拖，犹豫不定，却总说在他任职期间一定做成此事。当然了，他并没有说，照这样三天两头派兵，总有一天会把英国兵派完，到那个时候这件事也就没法办了。他能坐上首相这个位子纯属偶然，当时两党候选人都在相互扯皮，相互攻击，恰巧丹德森这个人双方还都能接受，还不是那么让他们讨厌，所以就把他推上去了。他的位子坐得并不稳当，得提拔一批人支持他，这个时候推翻实行了很多年的对外政策，说伊拉克战争是一场灾难是不太合适的。于是，他就跟着混下去了，因为这是最容易做的。他和那个该死的反对党领袖多姆尼克·艾治不一样，不像他那么自由，执政期间无权改变英国的对外政策。

当然了，伊拉克并不是他必须要做的唯一一个生死攸关的决定。还有很多别的事：医疗保险改革、法律、养老政策和公共交通服务。在唐宁街这扇最著名的大门后面生活就得付出这样的代价。文件上的一个小记号或者留白处的一个字样就意味着有些人能保住性命，而某些人会遭遇灭顶之灾。以前他每次出现在照相机前，还能保持笑脸，但现在他发现自己笑得越来越不自然了。他睡眠不好，晚上总睡不踏实，早晨 5 点准醒，起来以后会想想昨天怎么过得那么难，今天还会碰到什么样的烦心事。过去让他激动不已的那些时刻，比如在议会大厦进行首相问答的时候，开媒体发布会的时候，甚至是看到那些隐藏在首相公文箱最上部的极其重要的文件的时候，现在却让他冷汗直流。不过他心里想得最多的事，也是能让他一洗这些天来的耻辱的事，就是即将举行的首相大选。

阿尔弗雷德·丹德森是由党内一小撮狂热分子组成的一个选举委

员会选出来的，其实很多人都不愿意选他。他根本不是人民选出来的，而现在大选的日子就要到了。踏入唐宁街大门的那一刻，他就想搞个全国性的民意测验，却又害怕出来的结果太丢人，索性作罢。他担心自己只做了几个星期的首相，屁股还没坐热就被轰下台，在历史上沦为一个脚注。如今，随着大选的临近，他心里越来越没底，其实，每个现任首相面临下一届选举时都是这种心理。

他有很多优势。他形象好，在最近一次的民意测验中也是遥遥领先的，只不过领先的幅度没有上次那么大了——多姆的工作做得越发出色，但在这次大选中胜出的机会并不大。伊拉克战争虽说让人头痛无比，却没有对前几次的选举造成什么大的影响。毫无疑问的是，伊拉克战争会慢慢将英国拖死，终有一天，英议会把它甩掉，自己逃命去了。作为首相，在议会上屈尊俯身，请求议会颁布一项新的指令，任由多姆在他身上扔臭白菜，这么做的确不太妥当。最好的办法就是拖，等到大选结束以后再说。到那时，怨声载道的普通议员就不会再非议他了，他自己的位子也坐稳了。

他心里一直在想的还有另外一件事——劳伦。人们对她的批评越来越多，她的压力也越来越大，提早绝经了，他们的生活宛如到了一个鱼缸里头。她在白金汉宫做了蠢事，只好一封接一封地写道歉信，她并不是第一次做这种蠢事，以后还会做。如果她有什么能让她分心的事，比方说有个孩子，也就没时间做这个了。这一切都是他的错，当年在赞比亚做义工时，像很多的莽撞小伙儿一样，他也染上了一种病。当初他并没有注意到，回来发现他们始终没有孩子，就让医生检查了一下，这才知道了。尽管如此，她并没有怪他，一直在事业上支持他，换作别的女人，说不定早跟他离婚了。她的忠贞让他感动，他便竭尽全力保护她、为她分忧。

他必须找到某种办法，帮她卸下身上的压力。提早举行大选或许是一个选择。选完了，他的心里就踏实了，或许就能再次对着她微笑了。他爱她，她是他的全部。劳伦的困境不是让他做决定的主要因素，却是很重要的一个，那些历史学家是不会深入思考这一点的。

阿乔克没想对首相的座驾大喊大叫，也根本不想和警察发生冲突，但她的生活中发生了很多让她意料不到的事。

她去了议会大厦，想和克瑞希见一面。这些天她一直在找工作，却没有找到，想看看他能不能帮帮她，哪怕再找个打扫卫生的活儿也行。克瑞希说，现在这种活儿越来越不好找了。从波兰和立陶宛涌进来了很多廉价劳动力，竞争越来越激烈，她的履历也有很多问题。他很想帮她一把，便提议她去工会总部大楼，但那地方晚上没有公共汽车，所以……他觉得很抱歉。

克瑞希办公的地方离唐宁街并不算远，阿乔克刚从里面出来，就碰到了首相的座驾，灰心失望之下，就大喊了几句。她没骂街，就说了几句愤怒的话，但警察还是过来扭住她的胳膊，把她押到了墙根儿底下。那些警察说她犯了重罪，从态度上看，她知道他们没开玩笑。他们说她刚才的行为是恐怖袭击，她听完以后直摇头。她知道什么是恐怖袭击，和她刚才做的一点儿也不一样。她就冲着首相的车子喊了几句，这些勇敢的英国警察就这么粗暴地对待她，他们凭什么？在她老家，丈夫喝醉了都不会这么做的。他们详细询问了她的名字和住址，期间一直让她贴墙根儿站着，还不时发出警告，别说谎。路人很多，都盯着她看，她身处异国，觉得一切是那么陌生，最后他们让她走了。

几天后的一个傍晚，她正忙着做饭，等孩子们放学回家，就听见有人敲门。她开门一看，面前站着两个男人，没穿制服，自称是警察。她没记住他们的名字。她把他们迎进屋里，给每人倒了一杯茶，他们却没喝，外套也没脱。他们解释说，今天到这儿来不是和她谈心聊天的。俩人溜达着把各间屋子仔细查看了一遍，那个样子就好像他们是这里的主人似的。

"阿乔克太太，"先进屋的警察说，"你好像惹了点儿小麻烦，对吗？"

"没有，我什么也没做。"

"前几天你袭击首相了。"

"我只是冲着他的车子喊了几句，没想到这么做是违法的，议会里有很多人都是这么做的。"

"那是他们的工作，阿乔克太太，和你无关。"

"我没有工作。"她痛苦地说。

"是的，我们知道，所以你就惹出了这么多的麻烦。"他抚弄着他的短发说。

"你还骗国家的钱。"另外一个瘦高个的警察检查完了小厨房以后走过来插了一句。

"这不是真的。"她反驳道。她不认识这两个人，也不喜欢他们，但他们好像对她的事了解得一清二楚，她开始害怕了。她顺手拿起一个垫子放在胸前，想给自己一些安慰。

"那些犯了罪的人进班房的时候都是这么说的，阿乔克太太。我们知道你都做了些什么事。我们没有起诉你并不意味着我们不会改变主意。"

"知道吗，阿乔克太太，"那个短发警察接过话茬儿说，"我们很不喜欢你这种人，到我们的国家来骗我们。我们把能给的东西都给了你，反过来你还恩将仇报。"他瞄了一眼墙上挂着的照片，走过去眯缝着眼仔细查看了一番，皱着眉说，"我——"

"我们给了你需要的一切东西：工作、房子，还有你这两个孩子上学的机会。"他用一只戴着手套的手拿着那张照片，用另外一只手的一根手指抹了一下两个孩子的脸说："他们在学校里过得很不错。不过，如果他们就此辍学的话就太可惜了。"

"你这话什么意思？"

"没什么意思。如果你再惹麻烦，那我们就说不准什么时候让他们离开学校了。英国政府不想看到一个人在它的地盘上整天琢磨着干违法的事，很讨厌惹麻烦的人，会把他们清除掉。"他龇龇牙花，两颗门牙中间露出了一个大牙缝。"到时候你的两个孩子怎么办？"

"我没惹麻烦。"她温和地说。

"什么？在公众场合对着首相大嚷大叫，把现任政府告上法庭，这还不算惹麻烦？"

"我只想要回自己的工作。"阿乔克说。

"可你要回工作的方式是我见过的最奇怪的。"他又挠了一下头说。

"知道吗，阿乔克太太，"瘦警察插嘴道，"你不是英国公民，是难民，当初你说到这儿来是为了躲避麻烦，可从你踏上英国土地的那一刻起就一直在制造麻烦。"

"你这么干很不明智。"他的搭档晃着脑袋说。

"如果你继续这么干下去的话，我们就会重新考虑你的难民身份了。瞧瞧，你做了多少违法的事。我们可能会把你赶出英国。"

"你们不能这么做！"

短发警察放肆地笑了。

"回去的话，我什么也没有。"她低声说。

"没错。听说在苏丹生活很难，每天都在变得越发艰难，对孩子来说尤其如此。"

她觉得自己都要哭了，紧紧抱着那个垫子，指甲嵌进了胳膊上的肉里。瘦警察进了卧室，她现在都没力气反抗了。过了一会儿，瘦警察从马里斯的卧室里晃出来了，表情有些吃惊，冲搭档点了点头。

"听着，阿乔克太太，我们到这儿来是想客客气气地跟你说话的。你别伤心。不过我有个建议想跟你提一下。你知道那儿的水有多深吗？我劝你还是打住吧。为你的孩子考虑考虑，我看你还是想继续在这儿住的。只要你答应我们不再闹了，你就继续在这儿住，我们也不想把你一家老小赶走。救济金以后还会发给你，不过你和你那位房客是怎么回事？"

"你们走吧。"

"阿乔克太太，你的态度一直这么不友好啊。你这么做只会让人家觉得你是个受某种政治思想鼓动的讨厌货。原谅我出言不逊。"

"我变成现在这个样子都是你们弄的。"

"很不友好，你觉得呢，伙计？"

"没错。"瘦警察说。

"你想让我们走是吧？实话告诉你吧，这儿有很多人巴不得让你赶紧滚蛋。你可要给我记住了，阿乔克太太。"短发警察说完，把手中的照片扔在地上，用脚狠狠地踩了几下。"哦，亲爱的，原谅我把你的照片搞脏了，麻烦你自己收拾一下吧。"

"赶紧走。"

两个警察走了，她的身体开始发抖，当初那些巴拉加阿拉伯人离开的时候，躲在河岸上的她身体也是这么抖的。镜框碎了，玻璃散落了一地，但她的手抖得太厉害，连拿笤帚的劲儿也没有。在她的村子里，女人是被当成商品买卖的，有时候，一个女人能换几头牛。一个男人倘若有好几个女儿，那就发大财了。但在丁卡，女人是有真正价值的。而刚才这两个男人对待她的态度，就好像她是一堆垃圾一样。

那天晚上，等两个孩子睡熟以后，趁马里斯正在卧室里看电视，她偷偷拿过乔尔的练习本撕下一张纸，用学过的半生不熟的英语写了封信。这是她第一次独立写信。她的字写得很幼稚，语法也不合规则，但她还是坚持写了下去。她在信中一再强调，自己不是个惹是生非的人，从未想过要去冒犯别人。她只想回去工作，养活孩子。信写完了，她从头到尾读了两遍，然后寄给了唐宁街的阿尔弗雷德·丹德森先生。

信寄到了，负责收信的工作人员把信打开，一看那稿纸和幼稚的笔体，内容读都没读，就扔进了垃圾篓。

就这样，阿乔克始终没有收到回信。

阿尔弗雷德·丹德森透过卧室的窗户朝外望去，天还没有亮，只在白金汉郡的地平线上弥漫着一层朦胧的灰白。5点了，他睡不着了，每天这个点儿准醒。床不舒服，下回就不睡它了，可他知道，没睡好觉并不是因为床不舒服。

契克斯是英国首相的乡下别墅，卧室多的是。他和劳伦喜欢在这个卧室睡两天，在那个卧室睡两天。有的卧室装修奢华，四根床柱都是精雕细琢的，他们在里面睡了几个晚上，然后搬进了一间淡雅朴素的卧室。二战期间，丘吉尔首相在这里住过。他们甚至还左转右转爬上了数段螺旋形的楼梯，到楼顶上的一间牢房中睡觉。都铎王朝时期，女王贝斯曾把格雷郡主的姐姐玛丽囚禁在这里。他们在那儿睡得很不好。房顶太低，空气污浊，不能自由呼吸，整间牢房的面积充其量不过12平方米。他们只在里面睡了两个晚上就受不了了，玛丽却在里头待了两年多。最后，他们给了她一条生路，没像对付她妹妹那样，用斧子砍下她的脑袋。这个周末，丹德森夫妇睡的是斯大林的外交部长莫洛托夫睡过的床，莫洛托夫在这张床上睡觉的时候枕头底下总藏着一把左轮手枪，他说男管家都想投毒害死他。在这张床上睡过的人性情都是多疑的。

丹德森打了个滚，想让自己舒服些，心里却在琢磨今天可能会发生什么让他想不到的事。伊拉克战争是一个绕不过的棘手问题，每天都在发生和伊拉克战争有关的事，但他有一回仿佛想出了一个解决的办法，看到一束光从笼罩在这个问题之上的层层阴云和浓重的黑烟中间穿了过去。理查德·尼克松也在这张床上睡过，越战问题曾搞得他焦头烂额。或许他能从这位美国总统的经历中发现一些可以借鉴的东西。尼克松一直都很强硬，把敌人打得满地找牙，然而就在大选前，他找到了一个合适的机会，谈到了结束战争这个问题。在那次演讲中，他提出了"光荣的和平"这种说法，结果在逆境中获得了胜利。当然了，他赢得的不是战争的胜利。在此之后，越战又打了好几年才以美国的失败收场，不过这个结果早就没关系了，他如愿以偿地当了一届总统。跟他学说不定就能成功，精心挑选几个合适的句子，发出一个妥协性的暗示，成功当选以后光荣撤军，请几支乐队庆祝一下，彩旗飘摇，然后……不管做什么都行了。尼克松因此获得了诺贝尔和平奖的提名——不对，好像是他的国务卿基辛格吧。没错，是基辛格。事情总是这样，那些狗娘养的总是潜伏在你的周围，逮着机会就把你的辛苦所得偷走。

这时候，睡在他身边的劳伦动了一下，醒了，揉揉眼睛，说："怎么醒这么早？"她的头枕在枕头上，在微光的映衬下，就像一块被灰尘覆盖的面团。

"在想辩论的事，睡不着了。"

"你是说你很担心这次的辩论，对吗？"

"我敢肯定我的担心还赶不上多姆尼克·艾治的一半。"

"这次的辩论很重要吗？"

"这是我和他的第一次正式对决，我得把他打败。"

"你没问题的，亲爱的。"她挣扎着想靠着枕头坐起来。天还没有亮的迹象。

"那些普通议员也是个问题。"

"这种事你以前不是处理过吗？"

"是的，要么给他们好处，要么把他们的丑事曝光，就是那些让他们难堪的小事，比方说他们忘了向妻子提及的旧情人，最后一次填纳税申报单时忘掉的银行账户，儿子用假名在某个收费昂贵的私人诊所接受诊疗，等等。人嘛，都有弱点。这种事不能拖，越拖越麻烦。"

"咱们有麻烦了吗？"她焦虑地问。

他摇摇头，说，"没有，至少跟那个叫艾治的毛头小伙子的麻烦相比，咱们的麻烦不算什么。"

金妮伸了个懒腰，眯眼一看，发现多姆正在盯着她。他早就醒了。

"我想起了第一次骑摩托车踩下油门的事，"他说，"都快把我的屎给吓出来了，就好像腾云驾雾一样，完全不由自己控制了，不知道会去哪儿，也不知道怎么让那个该死的东西停下。"

"那你是怎么停下的？"

"被摔下来的。"

"那时候你还不认识我吧？"

"不认识，也不知道什么叫医保。"

"嗯。你今天怎么醒这么早？"

"我在想黑泽尔和杰克·桑德斯。"

"那条毒蛇和那只羊羔。"

"他们的势力还在，甚至有些普通议员也支持他们。听说他们打算反对新的政策，说这项政策背离了党的宗旨。"

"没有背叛就没有进步。"

"话虽这么说，可这是我提出的第一项重要政策。党内高级成员说，如果我真的这么做，就离我而去。这样一来，咱们可就惨了。简直是灾难临头，金妮。会让人家觉得反对党是个幼儿园，不是什么严肃的政党，我只是个书呆子。"

"这件事他们做不成的。"

他从床上坐起来。旁边的桌子上放着昨天晚上喝剩的半杯威士忌，他在里面倒了些，拿起来，喝了一口。"他们始终就没有承认我的领袖身份，还有很多人在打我的主意，黑泽尔和杰克仍不肯善罢甘休。他们想让我变成圣塞巴斯蒂安①，把我挂在树上，用乱箭射死。"

她把头从羽绒被下钻出来，说："那他们可就得小心了。知道吗，

---

① 圣塞巴斯蒂安（？—288年），罗马军官，早期基督徒，引导许多士兵信仰基督教，事发后皇帝下令以乱箭射之，侥幸不死，后被乱棍打死。

我总跟孩子们说不要玩尖锐的东西，这样很容易把手弄伤……"

　　楼下大厅里的钟敲响了 5 点半的钟声，丹德森听到员工们开始忙活了，他们今天可不怎么好过。中午 20 个人吃饭，下午喝茶的时候有 150 个人。没处躲，没处藏，即便是现在，在卧室里，他也躲不开，因为劳伦正紧紧依偎着他。床头柜上放着个文件盒，他伸手把里面的文件拿出来，长出一口气，说："当然了，这次的辩论会咱们自己这边也有些问题。最大的麻烦就是那个叫迪克·波尔的该死的蠢货。听组织秘书说，这个狗娘养的想出出风头，不打算支持咱们了。这家伙总是昏头昏脑的。"

　　"还不是因为你嫌他胆子太小，把他开除了。"

　　"也不是胆子太小，只是在如何应对恐怖主义威胁这个问题上和我的观点不一致，我不能让这样的人当秘书，只好让他滚蛋。"

　　"软弱。我总觉得这个人一无是处。"

　　听她这么说，丹德森笑了。她不是总这么看迪克·波尔的。有段时间他们还常和波尔夫妇一块儿出去度假呢，人们都说他们是密友——政治上的密友。"迪克的事不用担心，"他拿着文件说，"咱们手里有他的把柄。这家伙上学的时候就不老实，现在正和别的女人胡搞。"

　　"那女的叫什么？"

　　"安琪，他的女秘书。"

　　"男人怎么都是这个德行。"

　　"这件事显然很严重。"

　　"我还以为他俩的关系没发展到这一步呢，这么说他打算和他妻子离婚了？"

　　"我不知道，或许连他自己也不知道。不过我觉得他的坏运气就要来了。如果他执迷不悟，非要在这次的辩论会上出风头的话，那就太可惜了。"

"你不会想要……"

"爱和战争,爱和战争,亲爱的。不幸的是,在战争中,死伤总是免不了的。"

多姆起身去楼下了,几分钟之后端着两杯茶又上来了,脸上的阴云仍没有散尽。

"至少我还能烧得一手好茶。"

"饼干拿上来了吗?"

"没有。"

"还是考虑考虑怎么把首相的位子弄到手吧。"

"这次辩论会完了以后再说。"

"别总摆出一副苦大仇深的样子好吗?知道吗,有个老手曾告诉我,去议院的时候,兜里要揣个手榴弹,随时准备着把保险销拔掉,以防万一。"

"你是说出些奇招,对吗?"

"嗯。"

"可我属于反对党,这种事没那么容易做。"

"哦,这个我还真不知道,"说着她又把被子撩开了,一丝不挂的诱人肉体在灯光的映衬下闪着亮光,睡袍早就被她扔到一旁了,她的眼睛里透着狡黠,"你兜里有手榴弹吗?"

他差点儿把喝进嘴里的茶喷了出来。

"你现在是病人,需要一点点的刺激。来吧,小乖乖,"说着她拉过他的手放到了自己的乳房上,"快来吧,趁孩子们还没醒……"

"得想个办法,让他们的心思集中到一件事上,"阿尔弗雷德·丹德森说,他仍在想辩论会的事,心思根本没放在手里的文件上,"给他们点儿压力。我说了,要把他们当中的大部分人开除掉。知道吗,劳伦，我觉得你说的是对的。对一个稀里糊涂的人来说，再没有比马上吊死他更能让他集中精神的事了。"

"你打算吊死谁？"

"那些该死的普通议员。我打算跟他们讲清楚，我再也受不了他们这样胡混下去了。我打算提前举行大选，省得让他们明年还这样不死不活地混下去，把我们降低到和反对党那帮家伙一个水平。我这么做的话，结果会大不一样。"

"可这么做风险就增加了。"

"那当然了。"

"不过这么做也会让你显得强硬无比。"她摸索着他的胳膊说。

"到时候肯定有几只迷路的绵羊回不到羊圈里了。"

"对绵羊来说，那个世界太危险了。"

"非常危险。"

"你简直太棒了，亲爱的。"她动情地说着贴紧了他的身体。

"也太忙了。"他这时才发现手里拿着文件，便一边翻看，一边说，"责任重大啊，真该死。谁让这是英国呢。"

这个问题太老了。有一回，一个人问哈罗德·麦克米伦，他最怕的是什么。麦克米伦友好却又不失魅力地回答："是突发事件，亲爱的伙计，是突发事件。"这个老政治家还是有点儿先见之明的。果不其然，这话说了没多久，他就遇到了几件意想不到的事。而对普通人来说，生活中也有很多突如其来的变故。不管一个首相有多聪明、多有经验、多有能力，那些不可预知的事件总会偷偷地从唐宁街 10 号的后窗户进来，对着他的睾丸就是一脚。该轮到阿尔弗雷德·丹德森被踢了，至于什么时候挨踢只是时间问题了。

迪克·波尔发表了一个简短声明，说他准备和妻子离婚，丹德森听说了这个消息以后不由得勃然大怒。离婚这种事叫人伤心，是个悲剧，却很常见。他在大庭广众之下认错这件事本身没问题，有问题的是他这个举动激起了唐宁街的愤怒。丹德森本想在辩论会前一天把他的丑事透露给媒体，目的是搞臭他，现在他这么一弄，整个计划就被打乱了。他本想让人拍些他的不雅照片，比方说从情人的公寓里出来，头上裹着围巾，身穿黑衣，手里还拎着几个垃圾袋，生怕被人认出，或者站在某栋房子的窗户前隔着窗帘的缝隙鬼鬼祟祟地朝外张望。接下来媒体会对他发问，他要么闭口不答，要么遮遮拦拦编些蹩脚的借口出来。现在看来，丹德森的如意算盘打空了。一个计划被破坏了，一个罪人却获得了拯救。不过，这件事也有好的一面，那就是到时候迪克·波尔整天都要和律师打交道了，就没工夫准备辩论会的事了。

辩论会的准备工作做得很细，首相下了紧急指令，要求本党成员届时都要参加。丹德森的御用笔杆子们纷纷出动，在各大报纸上发表文章，朝多姆身上泼脏水，说他搞党派政治，用国家安全当筹码；丹德森还鼓动一些人散布反对党内部不和、闹内讧的谣言。与此同时，来自巴士拉的消息越来越少，因为那儿的记者都被管控起来了，不允许迈出军事基地一步，因此他们就无法确认消息的真实性，只能听上面说的。几乎每天都能看到首相在军队高层陪护下四处巡查，就在辩论会的前一天，有人还看到他头上戴着钢盔，眼睛上戴着挡风镜，开着一辆坦克在萨里斯伯雷平原上驰骋。当然了，这一切都是在演戏。他想让每个人知道：他才是英国军人的朋友。这是一场硬仗，经验不足的多姆无法应对。

还有一场硬仗，多姆的实力也不行。政党都是联盟，由人组成，但有些政党叫唤得要响亮些。首相有赞助者、有权，能拉拢人，比方说承诺给对方一份工作——实实在在的工作，在首相府任职，有专车司机伺候，每个月还能收到一张大额支票。假如有时候他没有兑现承诺，组织秘书和他手下的那些死硬支持者就会暗示他一下，如果他点了头，那就说明这事准成。他会说，等过两天，派几位部长到他们所

266

在的选区去，视察一下情况，让他们提前做好准备。说是视察，其实只是做个样子，过不了多少时日，他们就会得到一些好处，有的甚至还能高就，而丹德森要他们做的只是表表忠心。当然了，并不是每个人都会被收买，但话说回来，刚刚上任的多姆就没办法做这种事。他也说给人家工作，却连个公车都不给人家配，奖励没有，薪水没有，等于让人家给他白干活儿，而他所能承诺的，不外乎是再过几年，等日子好了，就怎样怎样。反对党成员对领袖的忠诚有时候只是一种盲目的信念，这种信念不是商品，不可买卖，而且具有高度的易燃性。

尽管伊拉克真正给丹德森所在的政党造成了一定的冲击，但辩论会到来的那天，他的心里还是蛮高兴的。一切好像都已准备停当。演讲稿写好了，已修改过无数次，确保不出任何差错。一些死硬的支持者得到指示，适时进行干预。等多姆一走进会场，就会有一批人站起来朝他狂吼。唐宁街把能用的手段都用上了，其实这么搞也没什么必要，但阿尔弗雷德·丹德森执意这样。

唐宁街10号首相官邸门口的台阶上，他和劳伦手拉着手站着，他抬起头，朝外务办公室外面窗台上落着的几只鸽子挥了挥手，摆好姿势，让一帮御用记者尽情拍照。他的时间不多了，赶紧上了车子，准备离开唐宁街去议会大厦。他事先已经买通了反对党那边的一些议员，等他一出场，这些被他买通的人和他的那些支持者就会发出一阵阵的欢呼声，他则会风度翩翩地出现在议长的位子后面，这样一来，就打响了头一炮。然而，就在车子驶出沉重大铁门的那一刻，他的世界就乱了套。

一个女人从人群中蹿出来，突破警方的封锁线站到了首相的座驾前面。司机骂了一句，来了个急刹车，丹德森和劳伦事先没有防备，从座位上被甩了下去，膝头上的文件也散落了一地。但要想让一辆重达3吨、防弹能力可以和坦克相媲美的汽车立即停下来并不容易，尽管司机采取了一切必要的措施，但车子还是撞到了这个女人。后面跟

267

着的那辆车里坐满了官员，可就没这么幸运了，直直地撞上了首相座驾的后部，玻璃碎了一地，引擎罩被撞得竖了起来，散热器里也开始朝外冒白烟。

劳伦最先恢复了神志，她从地上爬起来回到座位上，定睛朝外一看，一张熟悉的脸出现在了前挡风玻璃外面。"又是这个该死的女人！"她一边指着阿乔克，一边厉声骂道。

这突如其来的一幕很快便消散了，只在人们的记忆里留下了一些碎片。特种部队和荷枪实弹的警察从四面八方涌过来，朝聚集在首相府邸门口的人群大喊大叫，手里端着枪让他们退后。很多人一见这个势头赶紧逃了，也有些胆子大的没有动，用手机和照相机拍下了眼前的一幕：安全人员把丹德森夫妇从车子里拖了出来，转念又一想，在外面不安全，就又把他俩给塞了进去；一群警察把阿乔克逮住，让她趴在引擎盖上，搜她的身，看有没有带武器，然后把她押到人行道边上，对着她大喊，说他们是什么16处的，她被逮捕了。检验车子受损情况时引发了更大的混乱，丹德森对负责安全事务的部长大嚷大叫，说他要步行赶去参加一个辩论会。

这个时候，阿乔克已经被扔进了一辆警车的车厢里，警车拉响警笛，车里的无线电啪啪响着，一路向前驶去。她受了伤，并不是身体上哪儿破了，尽管被撞了一下，首相的保卫人员对她又推又搡，但整个人还是完好无损的。她是丁卡人，就是再被撞几下，也不会有事的。她感到困惑，没想到会把事情搞得这么糟糕。她一再解释，说只是来递交一封信的。她以前给首相写过一封，但首相没有回，这次她又写了一封，打算在首相经过这里的时候亲自教给他。这次事故都是因为司机开车太快造成的，不是她的错。她一遍又一遍地解释，可他们就是不听，冲她大嚷大叫，还把她的头使劲儿朝两腿中间按，搞得她很不舒服，最后把她带到了一个她不认识的地方。

议院里面，原本每个人的心里都充满了期待，这时却变得焦躁不安起来。首相去哪儿了？怎么还不见影子？两党成员都到齐了，有的在椅子上坐着，有的在过道里蹲着。很多记者嘴里叼着笔尖，心里在琢磨到底发生了什么事。被丹德森收买的那些反对党成员也都各就各位了，数码挂钟发出嘀嗒嘀嗒的声音，辩论会开始的时间已经过了。首相到底去哪儿了？议长弯着腰和旁边的人小声说着话，因为不安，脸颊都红了。这时候，执政党那边的一个普通议员在一位组织秘书的鼓动下站了起来，结结巴巴地说："我们到这儿来可不是为了浪费时间的。"议长让他闭了嘴，可接着又有一个站了起来，然后又是一个，首相的第一组织秘书最后站起来说："议长先生，我请求两党议员开一个私会。"

他的话刚说完，反对党那边就开始起哄，搞得他身体僵硬地站在座位旁边，羞得脸上红一块紫一块。开私会只有两党议员才能参加，属于议院内部会议，公众代表是不允许参加的，至于能否开成，必须经过议院上下投票才能决定，而这个过程最起码需要 10~15 分钟，说不定在这段时间内首相就来了。这是第一组织秘书想出来的拖延之策，不过他这么做会招来非议，降低自己的公信力。

丹德森终于现身了。他出现在会场上时，从支持者那边的席位中间传来了一阵稀稀拉拉的掌声。他把垂到眼前的头发朝脑袋后面拢了拢，又擦了两把湿漉漉的额头，上气不接下气地喘着，兴奋得过了头儿，感觉肚子一阵发紧。这和他设想好的开场阵势完全不同，但他必须到场。第一组织秘书收回了刚才的请求，说了声"对不起"，议长要求全场肃静，慢慢地，议院内部的喧闹停息了，辩论会即将开始。

丹德森简单地解释了一下他迟到的原因并表示了歉意，而后说："但我觉得今天下午我当着上、下两院全部议员的面道这个歉就够了。"丹德森毕竟是经验丰富的政治家，大风大浪经了不少，很快便镇定下来，心中的恐惧也消失殆尽。当初他踏上政治这条路时，一个老手曾

269

把他叫到一旁，亲口对他说："凡事都不能视为想当然，凡事都要全力去争取，不要让机会落到别人手里。"当时他觉得这话很粗俗。当首相，尽管任期有限，可就是在这些有限的时间内，很多人都会想方设法用手中的权力为自己捞好处，把灵魂和道德扔进垃圾桶。离退时，他们好像都缺少一种"该放手时就放手"的优雅，不过话说回来，当一位首相处于层层压力之下时，想要优雅可真是不容易。

轮到丹德森上场了。他首先提醒在座的各位议员，要时刻牢记肩上的责任、对他人的承诺和对国际社会的义务。他表示，当前的问题很多，不只有伊拉克战争一个，这些问题涉及我们要为下一代创造一个什么样的生存世界。然后，他摆出一个戏剧性的姿势，用手指了一下刻在橡木墙板上的彩色纹章，说每一枚纹章代表的都是一位在两次大战期间为英国人民献出生命的议员。"那些人，那些议员，知道他们的责任是什么。他们没有开小差，他们也没有白白死去。在那段黑暗的日子里，有很多不和谐的声音存在，说这场战争和英国没有关系，不用去管它，敌人爱打谁就打谁，英国应该保持中立，但我们并没有这么做。当世界上多数的国家陷入黑暗的深渊时，我们就是在这里，在我们所喜爱的威斯敏斯特，让自由之光始终燃烧得如火般光亮。当时我们没有辜负他们，以后我们也不会辜负他们。"

他的胳膊肘搭在公文箱上，目光扫视着四周，把那些不可靠的人，也就是潜在的麻烦制造者，一个挨一个都瞧了一遍。

"我觉得英军进驻伊拉克体现了英国人的信仰。反对党里面有几个稚嫩的成员，想在这个问题上做文章，搞党派政治，借此上台，"他一边说，一边用鄙夷的目光盯着多姆和他的支持者。他觉得自己的嘴唇都快干裂了，就用舌头舔了舔，与此同时，声音也突然变得尖厉起来，不过并不要紧，他只想强调下面这几句话，"议院必须做出明确决定，是否愿意继续履行其曾对世界上其他国家做出的郑重承诺。"话说到这儿，他停了一下，确定在座的人都在认真听他说，便接着说了下去。"这件事如果议院做不了，那我们就只能交由英国人民去做了。这才叫民主，这才算自由。用人民的意愿做出裁决。在伊拉克战争问题上，我们的要求就是这样。"

这是他发出的一个警告。他在提醒他身旁的那些"羊"，如果他们不支持他、响应他的号召，就会被开掉，扔进遍布危险的深渊。这件事他没和他们正式提过，也没有什么文字性的东西，更没有公开讨论过，但它始终在他的脑子里转悠，一刻也不肯离去。他在怂恿他们，他觉得衬衣都粘在了身上，或许是因为刚才发生的那起交通事故让他太紧张了，或许是因为命运正在他的耳边私语，反正他想一劳永逸地把这件事解决掉。

他说的话可能有些生硬，甚至还有些晦涩，但他们都明白他的意思。他在挑战他们，在沙地上画了一条线，如果他们胆敢越过去，就成了他的敌人。坐下来的时候，他听到旁边有很多人在窃窃私语，言语中透露着欣赏。他说的算不上有多好，却也很不错，最起码引起了一些轰动。旁边的人拍着丹德森的肩膀，对他表示祝贺，他抬起头，朝媒体区的方向瞥了一眼，看到了正在低着头狂写的记者们和永远忠于他的劳伦那张容光焕发的脸。他朝她笑了笑，这也是她的演讲。

该多姆上场了。

"慢慢来，"金妮事先对他说，"别急。先陪他们调侃一会儿，把他们的情绪调动起来。"

"议长先生，听说首相的车子出了点儿小事故，所以来迟了，这个消息让我深感吃惊。我本以为他今天会开坦克来呢。他喜欢的交通工具不是坦克吗？"

就听议院里面有人在呵呵笑，执政党前排席位上有些人也在笑。

"他坐在坦克上简直是魅力十足，拍了不少迷人的照片。事情总是这样的，表象往往替代严肃的政策，形象往往胜过严肃的分析。但众所周知，首相并不是一个无足轻重、可以轻描淡写的人。"

哦，他还没跟他们调侃多长时间就开始想方设法控制他们了。

"感谢阁下今天到场重申他的做事准则，虽说来晚了一会儿，但并无大碍。上次他到这儿来讨论伊拉克的局势差不多已是一年前的事了。我听到了一些风言风语，说他并不喜欢众议院，我觉得这些人是在胡说八道。"他这番话刚一说完，反对党那边的席位上就有人发出一阵阵反对的吼叫声，他挥挥手，让他们闭嘴。"我觉得原因并非如此。他之所以这么长时间都没到这儿来，是因为他没什么新东西可说。正如他刚才告诉我们的那样，这是他的做事原则。这样的话我们以前就听过。他紧紧抓住它们不放，就像醉鬼紧紧抱住电线杆一样。经验告诉我们，他是那种为了寻求支持不惜动用一切可能手段的领导人。"

他的开场白引起的嘻嘻的笑声此时变成了哄堂大笑，执政党的气势被压下去了。有人给他鼓掌、喝彩，并非受了他的指使，完全是个人性的行为。今天注定会上演一场好戏。"我记得，他当上首相的时候曾向我们做出承诺——我想众议院很愿意记住这一点——要永远改变伊拉克的战局。他遵守了承诺，哦——他果真遵守了承诺。伊拉克并没有变成一个民主国家，却变成了一片血海。如今，伊拉克各派势力正在互相残杀，绝望的情绪在全国蔓延，没有水，没有电，没有希望。"他的嘴就像一挺机关枪，词句如同子弹一般纷纷射向在座的人。"巴格达的人们现在病的病，残的残，巴士拉肯定也听说了首相阁下的原则，但他们早想让他放弃原则，给他们一点儿有用的东西了。他却死死抓住他的原则不放，而他们每天都在生死之间徘徊，周围遍布敢死队和自杀式炸弹袭击者，不知道明天会发生什么，不知道他们心爱的人是否能活着看到黑夜降临。"

在第一组织秘书的鼓动下，执政党的席位上响起了一阵阵龙卷风式的狂吼。

"哦，瞧瞧他这个人，"他指着组织秘书说，"又在故技重演了，想把别人的气势给压下去。他干得可真不错啊，这么一闹腾，公众代表就什么也听不到了。他应该感到羞耻，把头低下才对。"

反对党那边的席位上也响起了一阵阵愤怒的吼声。

"那就让首相阁下谈谈他的原则吧，"多姆继续说，"不过在他重新考虑他的原则时，先让我们考虑一个问题：英国在伊拉克维持驻军的唯一理由为何是那里的石油？有些国家在那里占据的是河流山川，我们占据的却是富含石油资源的地带。这根本不是什么原则性的策略，而是输油管道策略。"

这番话注定会登上各大报纸的头条，在电台、电视台中一再播出。太晚了，执政党的支持者狂吼乱叫，和竭力维持秩序的议长大肆理论，想把多姆的声音淹没。但多姆分明看到，在执政党的席位上有好几个人并没有加入起哄的行列，有的好像还在不舒服地扭动着身体。应该趁热打铁。

"组织秘书妄图通过起哄的方式搞垮这次辩论会。这是执政党政策的一部分，不但涉及伊拉克战争，也涉及我们这个国家。一场旨在让我们远离恐怖主义威胁的战争，却让我们的士兵每天蜷缩在水泥掩体和炸弹探测器的后面，每一个举动都会被政府的摄影机记下，每一个电话、每一封电子邮件都要经过政府情报人员的审查。曾几何时，英国是一个多么自由的国家，一个人愿意怎么想就怎么想，怎么想就怎么说，但令我们倍感伤心的是，这样的好日子已经一去不复返了，只留下了一些回忆的碎片。议长先生，今天这场辩论会不单单和伊拉克战争有关，更与我们生存的环境有关。如今，在这位首相的领导下，国内形势一再恶化。他装模作样，开着个坦克，说自己是英国军人的朋友，而在伊拉克战场上，每天都有英国军人死去，是他让我们对这种事慢慢变得麻木了，对于英国军人或者科技人员的死亡事件，他甚至下达了不准报道的指令。我们知道这种事每天都在发生，但有多少人还会看那些死去的人的名字。一张一寸的戎装照，照片上的人是那么年轻，我们觉得好像在哪儿见过这张脸，可就是想不起他的名字，这样的事情我们都经历过100次了吧？这是首相的战争，是他造成了今天这种局面。前段时间发生了34名医生、护士坠机身亡的事件，他这才到议院来。我们都知道这一点。如果没死这么多人，今天这个辩论会也就不会有了，他只不过会心烦一段日子罢了。"

丹德森猛地站了起来，被气得满脸通红，两只手紧紧按着桌子上的公文箱，想插嘴。但多姆摇了摇头，没让他这么做。"不行，我觉得这样不妥。关于首相阁下做事原则这个话题我们已经听得够多了。他说话的样子像是妄图用刺刀逼着历史前行。这样的话我们以前就听过了，不必再听了。"多姆站在公文箱旁边，身体靠着它，伸出一只拳头把它砸得啪啪响，然后摊开两掌，掌心向上，放在上面，那个虔诚的样子就好像放在神坛上一样。他一直在不停地攻击阿尔弗雷德·丹德森，最后停下来喘气的时候，用两只眼睛死死盯着对面座位上离他不过几英尺的对手，看到对方的眼里冒着怒火，嘴唇噘着，一脸的不屑。多姆知道面前这个人已经是他的敌人了，他们之间的敌意永远也不会消散了。

"当初，首相以民主之名帮着发动了这场战争，后来又处处以伊拉克人民的名义进行干预。他说这个候选人不可接受，那个大臣不能重用，要么就是当地负责安全事务的官员应该被开掉。分化和统治，这完全是过去帝国主义者搞的那一套。但这次稍稍有些不同，当地人的武器并不是弓和箭。"多姆低下头，整理了一下思路，想好了最后怎么说。当他把头抬起来接着说的时候，语速变缓了，声音中流露出的更多的是悲伤而不是愤怒。"够了。把这个问题交给伊拉克人民去解决吧，因为我们是没有希望帮他们做了。首相曾说失败不是选项——这句话我们听他说过多少次了？不过，他说的倒也没错，如今，失败不再是选项，而是一种冷酷的现实。我们在那儿停留的时间太长了，闲事管得太多了，看过太多的希望在沙漠的狂风中变得枯萎，又埋葬了太多英勇的英国儿女。该撤出伊拉克了。如果他没有足够的勇气和毅力做成这件事，那就让他下台好了，他将是这场声名狼藉的战争中的最后一个伤者。"

这种话粗野而伤人。辩论这种事在众议院上演过无数回，却从未见过哪个反对党领袖用如此无情的言辞攻击执政党的领袖。但丹德森仍然信心满满，深知结果并不会变。反对派是乌合之众，内部存在巨大分歧，内讧严重，激烈程度远超高层内部权斗。这是件好事，但波尔接下来的举动让丹德森有些恼火。此时，他已站了起来，非要厚颜无耻地表现一番不可。丹德森那边的人有些运气不佳，当初要是这个家伙没有发表那个简短的离婚声明，而是让他们把他的丑事透露给各大通俗报纸，一举搞臭他，该有多好。但运气这种事就像夏天的风，说不好哪会儿朝哪边吹。波尔又在重复他当内政大臣时私底下说过的那些陈词滥调。那个时候，他就像一团怎么赶也赶不走的臭气，在每次的内阁会议开完以后总跟在人家后面，跟人家说他的疑虑，不时搓着手，那个难看的模样就好像被人家掐住了他那该死的红脖子一样。只不过在当时的场合下，他不敢乱说话，但今天他什么顾忌也没有了。他说的不像多姆那么犀利，那么不留情面，却有着同样强大的杀伤力。

"入侵伊拉克让我们成了恐怖分子袭击的目标，"波尔说，"现任政府为了证明其所做的一切，为了夸大我们所面对的威胁，认定我们周围的各个角落里都潜藏着敌人，也把自己国家的人视作了敌人，看到可疑之人，马上就逮捕，不经过审讯就投入监狱。我们用恐怖分子的手段对付自己人。战争刚开始的时候，我们谈论的是心灵，而今采用的却是酷刑，古巴的关塔那摩监狱就是一个典型的例子。我们永远丧失了对同胞的信任。"

这时候，后面的一个普通议员站了起来，想要打断波尔这哀歌式的讲述。"政府实施这些手段的时候你不是正在当内政大臣吗？"

"没错，"波尔答道，"这就是我辞职的原因。我曾经认为，追随首相的脚步是一种功德，但辞职以后我发现，追随自己的良心能让我比以前睡得更香甜。"

说得很不错，但他太孤立了，掀不起多大的风浪。丹德森手下的那些组织部长早已把事情安排妥当，但他并不知道别人也准备好了。

鲍比上周日晚上回家的时候，发现多姆、金妮和阿尔奇正围坐在圆桌旁圈选可能会影响辩论会的人的名字，三个人就像古罗马政坛的三巨头一样。他早习惯了在外面过周末，每次回来总是一脸疲态。多姆没兴趣问他去了哪里，金妮则不敢问，他们不会去探究鲍比的私生活。但今天晚上他带了不少的好故事回家，国王街上有一家叫作罗宾汉的酒吧，每周日早晨会有很多伦敦当地的同性恋者和花花公子去那里聚会，他们的脖子上裹着标志性的围巾，腰上系着厚皮带，表明他们准备大干一场。他们分享性伙伴，但仅限于此，在这种场合下，什么种族、宗教信仰、收入、职业统统不重要，大伙儿就是来找乐儿，痛快了就算了事。有时候，你并不想问太多的事，但也有些时候，比如碰上了哪个让你心旷神怡的人，就能聊个尽兴。鲍比碰到了一个司机——不是普通的那种，是首相府里的，这人不但体格健壮，性能力超强，还善于倾听各种内幕消息。司机是首相府内部看不见的一类人，他在前面开车，大人物坐在后座上打电话，下达密令，会忽略掉他的存在。这个司机碰巧听到了要把波尔的私生活曝光的事。他是个老同性恋，脾气有些坏，是那种完全不在乎自己的身份会被曝光的类型，也不管和自己聊天的是什么样的人。几杯啤酒下肚之后，他就把丹德森准备对付波尔的事对鲍比说了。

那天深夜，鲍比在圆桌旁坐下以后，并不想把他今天下午在罗宾汉酒吧听到的事都告诉多姆他们，只把唐宁街准备对付波尔的详细计划说了——鲍比为什么要这么做，其中的原因不难猜出。趁鲍比和阿尔奇坐着聊天、金妮冲咖啡的时候，多姆赶紧给波尔打了个电话，提醒他做好准备，对付他的计划还没有最终确定。当然了，他的妻子这下可怜了，但这也是没有办法的事。伤者又多了一个，但他不过是这场战争中众多伤者中的一个。

阿尔弗雷德·丹德森对此事毫不知情。他坐在绿皮面的椅子上，外套下面紧贴着身体的是一件被汗浸湿的又冷又黏的衬衣。他把所有的侮辱都咽进了肚子里，因为他知道暴风是朝四面八方吹的。而他心怀特殊的激情等待着的那场暴风雨的名字就叫作黑泽尔·巴沙姆……

他们都认识黑泽尔——她也觉得他们都认识她。她爱出风头、有热情、易怒，不肯进入多姆的影子内阁。她这么做并不是因为上次的经济欺骗行为让她感到羞愧难当，而是因为她觉得自己比多姆能干得多。她是一个斗士，不是一个甘愿听从他人指使的傀儡——她当然不愿听多姆的了。至少在前一天金妮走进她在议会大厦的办公室之前她是没有这个想法的。

"你好，弗吉尼亚，"黑泽尔头也不抬地说，"真对不起，我现在很忙，正在准备辩论会的演讲稿。你找我有事吗？你刚才在电话中说有急事。不是来求我支持你丈夫的吧？这种事让我俩面子上都不好看。"

"根本不是这种事，黑泽尔。有点儿东西我想和你分享一下。只能咱俩看。"

她再没有说什么，而是径直穿过屋子到了一个角落里，那儿放着个柜子，柜子上有一台电视机和一台影碟机，她把一盘录像带塞入了影碟机。内容是前段时间反对党成员开会的时候，酒店过道里的一个摄像头拍下的，日期和时间都有。录像里的黑泽尔和她那个广告部的朋友正站在她的卧室门外，两人动手动脚的，还在咯咯笑。黑泽尔先是鬼鬼祟祟地朝四周看了一下，而后给了对方一个热吻。俩人就像年轻人一样有活力。她在包里乱摸了一通，把钥匙拿了出来，却没攥紧，钥匙掉在了地上，那个男的弯腰把钥匙捡起来递到了她的手中，她用手在他身上摸了一通，换作别的环境，旁人还以为她在给他检查身体。然后，录像带上的时间就到了几个小时以后，那个男的又出现在了过道里，就见他心满意足地摸了摸裆部，走掉了。

"我不是说了吗，黑泽尔，录像带只能咱俩看。我还以为你知道是什么内容呢。"

"什么？你想敲诈我？"

"天啊，我为什么要这么做？如果我们有这个心，当初选领导人的时候早就这么干了。"

"那你想干什么？"

"什么都不想干。党代会开完以后，自从我们拿到这盘录像带的那一刻起，我就一直把它锁在保险柜里，现在没用了，我想你还是把它收了吧。"

黑泽尔怀疑地皱了皱眉头。

"给你了。"金妮说。

"谢谢。"黑泽尔的声音小得几乎听不见。

"多姆很看重你的能力，黑泽尔。你是个斗士。养老院那事你干得很漂亮。他也没兴趣站在道德的制高点上对别人的睡觉习惯指指点点。他想让你重回前线。"

"他真是太大方了。"黑泽尔用沙哑的声音说，她的样子让人觉得她的脖子好像被人掐住了，维持生命的最后一点氧气也用尽了。

现在，首相正在议院的另一边看着她，她好像又恢复了全部的精力。她个子不高，却将身旁的人牢牢控制住了。甚至连她站立的样子都让人感觉到了一种威胁。她的话像子弹一样射向了议院内部的各个角落，每一个词都有针对性，把阿尔弗雷德·丹德森以退为进的策略完全毁掉了。

"我觉得首相并不是一个惯于撒谎的人，"她说，"不过，在伊拉克战争这件事上，他说的总是有点儿前后矛盾。"

丹德森一皱眉，这和他预料的情景一点儿也不一样。

"他不论去哪儿都会随身带着他的那些原则，就像穿着一件从未脱掉的雨衣一样，试图掩盖他的失败，"黑泽尔继续说，"他的政策是借口和灾难之间的一场比赛。他已经输掉了这场比赛。我知道，对一个傲气十足的人来说，主动承认自己犯了大错是很难做到的。不过，倘若他能够想象出沙漠中的大规模杀伤性武器，肯定就会认识到变道的时间到了。他这个时候应该做的便是不退缩，不畏惧难题，让英军撤出伊拉克。"

婊子养的。这个女人临阵叛逃了，反对党内部在这个问题上也就没有分歧了。反对党内部另外一个行事高调的反叛分子桑德斯都不会有这样的胆子说这种话。反对党团结一致的情景会让丹德森这边摇摆不定的人重返球场。众议院是一个未开化的地方，部落和部落之间有着不可逾越的界限，丹德森知道自己会安然无事。

黑泽尔的话还没有说完。她让首相拿出一点勇气和毅力来，他不是经常要求那些在伊拉克为他卖命的人这么做吗？这个该死的臭婊子！她说让议院等了这么久才换来一个讨论伊拉克战争这个严肃问题的机会是一种耻辱。他在掩盖什么？他为何回避这个问题？为何不承担起责任来？

丹德森疲惫不堪地站起来插话道，"这位女士好像已经失控了。她应该知道，不论何时何地，我都愿意讨论这些严肃的问题。我认为她应该向我道歉。"

"哦，快得了吧，我觉得首相抗议得太多了，"黑泽尔讥笑道，"不论何时何地，哼，只要不在议院和靠近反对党的地方。"她在嘲笑他，他摇了摇头，怒气大增。"我们都知道，他对这个地方只有鄙视，他今天到这儿来的唯一原因就是他是被灾难硬拖到这里的。"

"这位女士出言不逊，可笑极了，"丹德森厉声说道，"我说什么她都不满意。这番对话没有意义。"他用嘲笑的目光瞥了她一眼，不说话了。

但黑泽尔就像一条抓住耗子的猭犬，拼命摇晃它，继续折磨丹德森。丹德森不插嘴了，坐在那儿保持着威严的神态，气得太阳穴通红，湿乎乎、黏糊糊的衬衣像绑缚犯人的约束衣紧紧贴在身上，但他那边有很多人也在跃跃欲试。他们不会让一个该死的女人占他们的便宜，把他们比下去。"不论何时何地，"他们冲着黑泽尔齐声喊道，喊声响彻议院内部，发出一阵阵回响，就跟球场上一波又一波起哄的声音差不多。议长要求全场肃静，想重新赋予会场一些严肃感。

突然，多姆站了起来，问黑泽尔是否愿意暂时休息一下。

"议长先生，首相的话我们已经听过了，我觉得在今天这样严肃的场合应该相信他说的是真话。"

议长满意地点了点头，执政党那边的噪声慢慢消退了。

"我感谢首相做出的愿意与我们公开谈论这些问题的保证，"多姆说，"并且我也愿意接受他所提出的关于下次大选的一些建议。我期待届时与他进行公开辩论。但此时此刻，议长先生，我觉得我们应该回到今天的议题，也就是伊拉克战争这个最严肃的问题。"

尽管从表面上看，丹德森满意地点了点头，但他的内心就像被剁掉脑袋的虫子一样，尖叫、呻吟、扭曲、翻滚。他真是一个该死的蠢货，被别人打了个伏击战，给了多姆在下次的大选中与他面对面进行辩论的绝好机会，而身为首相，多姆诚恳的态度又让他不得不接招。两党领导人之间的辩论，每次举行全国性的大选这都是重头戏。这样的事情在美国、德国、意大利以及多数国家的大选中都存在，但那又如何？英国就没有这种事，因为坐在议院最前面的那个人没兴趣卷入这场让他有可能品尝失败滋味的角力赛中。在别的国家，这样的辩论会总会伴随着各种意外事件的发生，多姆可不想让自己遭遇什么意外。而现在，丹德森任由一个愚蠢可笑的女人刺激他，他的自负消失了，理智和冷静也不见了。他许下诺言，无论何时何地都愿意讨论这些问题，那也就是在下次的大选中，当着约两千万选民的面讨论这些问题。多姆和金妮打算利用英国历史上首次两派领导人之间的辩论赛这件事创造历史。挑战者多姆届时会成为唯一的赢家，而现在，身为首相的丹德森却无力改变这个结果。

　　对丹德森的折磨并没有完，接下来他还要承受痛苦。肯·波士顿最近才在反对党内部捞了一个新职位，这时候提高了声调，站在公文箱旁，左摇右晃。每次辩论会快要结束的时候，也就是诸位议员吃完晚饭重返议院的那段时间，不论是执政党那边的人，还是反对党这边的人，都会大声起哄，肯·波士顿在一波波的起哄中算是出尽了风头。丹德森差不多一直在座位上坐着，期间只洗过一个澡，换了件衬衣，晚饭期间，他的胃口很差，肚子疼得厉害，可能是神经性腹痛。他想在议院里待着，为的就是让别人看看他有多看重这个场合。组织秘书三番五次跟他说，他们会平安无恙，执政党这边弃权的人没几个，只有波尔和另外几个议员；剩下的那些捣蛋分子今天晚上不在状态，有大将在这儿督阵，他们也不敢起什么风浪。

　　各位议员都怀揣着心事朝外走，但这一刻，谁的心事也没有菲尔斯·坦南特的多。菲尔斯是苏格兰人，50岁刚出头，爱喝酒、抽烟，很长一段时间以来都对执政党的伊拉克政策持怀疑态度。但他是环保部的部长，算不上什么大官，即便有疑虑也不能说出来，只能闷在心里。他为了往上爬，有几次也放弃了原则。但政治是一个团体性的游戏，所有的球不可能都是你一个人打进。不过，在这场游戏中刚来了一个新选手，这个新选手一上场就来了一个漂亮的横传，他就是阿尔奇·布莱克斯通。

　　阿尔奇一路跟到了他在议会大厦的办公室。他俩是老相识了，30多年前，两人都是格拉斯哥大学学生会的干部，有段时间还常在一起喝酒。这会儿，阿尔奇手里拿着一瓶威士忌进来了。

"你他妈的找我有什么事？"坦南特有些吃惊地问，俩人尽管属于不同党派，但他倒不怎么恨阿尔奇。

"闭嘴，乖乖听着。"阿尔奇说着把那瓶酒放在了俩人之间的桌子上。坦南特办公室的一个角落里放着个柜子，柜子上放着一个有些磨损的警用头盔。当初政府要征收人头税，人们举行游行示威，他俩也参加了，骚乱中，坦南特从一个警察的脑袋上把这个头盔给扒了下来，算是留个纪念。"怎么，还在回忆往日的美好时光啊？那时候咱俩还是反叛青年呢。"

"你到这儿来是跟我一起回忆过去的吗？"

"不，没这么好的事，坦南特。我到这儿来是想和你说说你妻子的事。"

波莉·坦南特有个毛病——好赌，赌瘾很大，不过这事她没跟别人说过。她在网上赌，刚赌的时候，本来是想找点乐子，放松放松的，可后来越陷越深，输的钱也越来越多。钱不够了，就骗，骗朋友，骗丈夫同事的妻子，骗在健身房里认识的女人。骗来的钱也快没了，她就想了个主意：说服认识的女性朋友购买地皮，她说这些地皮政府马上开发，这么干能让她们狠捞一笔。不用太贪，不用买那么多，几公顷就够了，等政府宣布建屋计划时，地皮的价值就会一路猛涨，到那时候她们就等着数钱了。这种钱玩着就赚了，而且也没什么风险，因为她丈夫就主管城市开发这一块，给她开开绿灯不在话下。她的这几个朋友听了以后觉得这事靠谱，就把各自的零花钱掏了一部分出来，每个人也就几千英镑。

没承想波莉又把这些钱拿去赌了，后来人家问她要，她一而再再而三地编借口。她的这几个朋友拿她也没什么办法，她们不能把这件事告诉别人，不能跟警察说，甚至也不能跟各自的丈夫说。因此，她们就只能在健身房里聚在一起相互抱怨了。那天金妮正在换衣室里吹头发，碰巧听到她们几个说这事，因为里面很闹，只听了个大概。后来，她们几个去餐厅吃饭，金妮也跟去了，故意挑了一张邻桌。被骗的总共8个人，有的一次被骗了2000英镑，有的被骗了3000英镑，还有的前后几次，每次都被骗了4000英镑。被骗金额加在一起也算一个不小的数目。阿尔奇把这些事跟波莉的丈夫说了。

"老伙计，你的位子要保不住喽。"

坦南特的脸顿时变得僵硬了，他说："我敢发誓，我对这件事毫不知情，她们的钱肯定会如数退还给她们。"

"太迟了。"

"他妈的，可这并不是我的错，"他骂道，"能做的我都做了，让银行冻结她的信用卡。她跟我说已经不再赌了。"他用一只拳头猛地砸了一下桌子，又说，"她病了，需要医治一下。"

"即便这样你也成了案板上的肉了，你完了，我的老板是不会放过你的，《太阳报》也不会放过你的，等我们把这件事跟他们说了……"

"你这个狗娘养的！"

"算了吧，坦南特，你知道游戏是怎么玩的，你也得这么玩。"

坦南特绝望地翻着眼睛说，"求你了……"

"部长你是干不成了，你每做一个决定，你妻子都要从中捞点儿好处。"阿尔奇冷漠地说，那语调让人听了很不舒服。这种事够龌龊的，他们为什么派阿尔奇来？因为他最擅长干这种龌龊事。坦南特双手抱头，阿尔奇把桌上那瓶酒给他推了过去。他一把抓起酒瓶，手在不住地颤抖，咕咚咕咚猛灌了几口，很多年了，他都没喝过这么多威士忌。这酒让他有些受不了。

"不过你还有一个选择，坦南特。"

他把头抬了起来，满眼含泪。

"这件事我们还没跟那些通俗小报说——也不打算说，只要你提前辞职。"

"我不明白。"

阿尔奇给他倒了杯酒，也给自己倒了一杯。"今天晚上不要投执政党的票，就说现有的政治格局需要改变一下。"

"可我要是这么做的话，我就非辞职不可了。"

"你在听我说话吗？你做个选择：是昂首挺胸地走出议院、坚持原则好，还是被人家当作一个该死的傻瓜踢出来好？真他妈不开窍，再过一年半载的，等新的领导人上来，你不就又能官复原职了吗？在某种程度上说，你此刻正在与死神同行。"

坦南特把杯中酒喝光了。"你想让我背叛阿尔弗雷德·丹德森，对吗？"

"别跟我讲大道理，坦南特。丹德森一旦听说了这件事，肯定会向你发起突然袭击，就好像你正对着他的花坛撒尿一样。"

沉默、痛苦、困惑、良心上的折磨。他的确恨这场伊拉克战争。首相坐在那儿，闭着眼睛，蜷缩着身体，钉着橡木护墙板的墙壁好像正在把他包围。一幅惠灵顿公爵的肖像画正盯着他，目光中露着谴责。

阿尔奇把他能做的都做了，他觉得身体有些不舒服，他在流汗，闻了闻空气中飘着的威士忌的香味儿，感觉他的大脑正在和他玩鬼把戏。该走了，让这个人再煎熬一会儿吧。"最好的结果就是这样了，你看着办吧。"他提醒了老朋友一句，转身出门走了。

坦南特一个人坐在办公室里，从下午一直坐到晚上，那瓶酒也喝光了。他醉了，却没有醉到不能走路的地步，坦南特拖着困惑和良心走进了议院。他静静地坐着，闭幕词说过了，议长要求肃静，分组表决的铃声响了。周围的人起身挨个儿走进投票厅，但他仍然原地不动坐着。

"起来吧，坦南特。"一个同事拍着他的肩膀说。

但他仍然没有动，而是固执、缓慢地摇了摇头。

几个人聚在他周围，其中一个对他说："上帝，快点吧，投票快结束啦。"

"你是不是觉得哪儿不舒服？"一个组织秘书问。

"这个狗娘养的喝醉了。"又一个说。很快一小群人便把他围在中间了，有的骂他，有的让他赶紧起来，有的用手指戳他，还有的抓住他的胳膊，想把他硬拽起来，但他仍不肯起身。

坦南特此刻成了全场注意的中心，一双双眼睛都在盯着他，这时一个组织秘书抓住了他的领带。

与此同时，肯·波士顿挤过人群，到了议长席旁边，为了让大家听清他的话，他大声喊着："议长先生，我请求暂停一会儿。"

"我们正在投票啊。"

"问题就在这里。听着，执政党的组织秘书们正在使用恐吓手段逼迫议员投票。这种事让人无法忍受。我知道这届政府惯于撕毁原则，只要是对他们有利的事，什么样的手段都能使得出来，但我们必须让议院成为个人良心的圣地。议长先生，你是自由的守护神。我能请你下令让他们暂时停止投票吗？瞧瞧他们那个德行，简直是一群恶棍！"

一阵欢呼声响起，投票只好暂时停止。菲尔斯·坦南特没有把票投给现任政府。这么干的还有不少人，不光是波尔，还有那些心存疑虑的人。如果首相可以坐在一旁不参加投票，他们也能这么做。

因此，那天阿尔弗雷德·丹德森想做成的事一件也没有做成。在他的支持者当中，变节的就有40多个人，波尔和另外的几个人把票投给了反对党。议院上下轰动了。

在这种场合下，当执政党和反对党的得票率相等时，议长有权投决定票，这是惯例。拿今天这种情况来说，意味着他要投票支持执政党。丹德森挺了过来，却没有感觉到一丝一毫的欣慰。自从那个该死的女人出现在他车前的那一刻起，他的灾难就开始了。他感觉自己正在穿过一间桑拿浴室。新换的衬衣又贴在了背上，再过一会儿，汗水和焦虑又出现在他的脸上。他必须做出决定，而且是非常快地做出决定。他可以把今天发生的事抛在脑后，不理不问，期待明天会顺利些，但他知道狗一旦从窝里逃了出去，想要把它们再捉回来可就难了。刚才他像个过于自负的傻瓜一样发出威胁，如果他们无法取得一致意见，就把这件事交由人民裁决，现在人家在这一点上向他发起了挑战。如果他说话不算话，人家就会无情地嘲笑他，他见过很多前任首相就是在一点点的嘲笑中被压得抬不起头来。从另一方面来说，他的影响力还在，在民意测验中，他的支持率也是遥遥领先的。另外，还有一个绝好的办法，能够将糟糕的这一天抛在身后，那就是举行大选，把死刑执行人叫过来，反正都这样了，拼一把又何妨。他必须选准时机做这件事，最好趁他的威慑力还在的时候，千万不要等到那些狗都跑疯了再行动。

他坐在椅子上，这些事情在他的大脑里不断翻滚。他抬起头，朝反对党那边望去，看到的只是一片翻腾的脸的海洋，那些人在狂吠，在嘲笑，每个人的嘴唇上都露着不屑。对一个男人来说，忍受别人的嘲笑没有任何回应是很难做到的，对他这样一个傲气十足的人来说，这一点尤其难做到。他坐在那儿，心中只有一个念头：把嘲笑从他们的脸上抹去。他想告诉他们，他仍是这场游戏的掌控者。然后，他看到了多姆尼克·艾治。多姆没有像别人那样，而是面露微笑地在看着他。"不论何时何地。"他轻轻说着。说这种幼稚的话干吗？自己真是个不中用的东西！

突然，丹德森站了起来，他想把他们都推下悬崖，好让他们明白他比他们强，他决定证明这一点给他们看。

"议长先生，议院无法做出一个清晰的决定，照这种情况看，我认为目前的这种混乱状态还会持续下去。这绝不是一个好的预期。因此我认为，在目前的情况下，最明智的办法就是让别人替我们做出决定。"哈哈，那帮家伙不说话了，都在侧耳听着。多姆脸上的笑容消失了，取而代之的是极度的专注。"议长先生，我请求女王陛下准许我解散议会，届时举行大选。我想把我们的事情交给人民去裁决！"

　　他们把她带到了距唐宁街约 1 英里的查令十字警察局。警察局里很乱，让阿乔克想起了洪水过后的那些日子，村里人把牛驱拢到一块儿，赶着它们去新的草场吃草，每个人都在漫无目的地游荡，混乱的场面随时都有可能发生。他们给她录指纹、拍照，还用什么东西在她的嘴上擦了一下，留作 DNA 样本。在唐宁街上，他们把她按倒在地，拖起来，押到人行道边上时，告诉她之所以逮捕她，是因为她犯下了扰乱公共秩序罪，但现在他们对她进行了更严厉的指控。她犯了破坏罪，如果车内有人受伤，她还犯下了侵犯人身罪。这不是一起偶发事件，她以前就去那儿闹过事。因此她是一个闹事者，甚至还有可能是恐怖分子。然后，他们开始侮辱她，问她是不是有病，是不是想自残，是不是文盲。在此之后，一个女警察把她带到了一个房间，侮辱她、骂她，和她在喀土穆受到的待遇很像。

　　直到他们把她带进一间牢房，砰的一声把门关上以后，她才有时间整理思绪。她害怕了。他们审问她的时候提到的那些词和班纳吉先生用过的那些很像。他对她进行了错误的指控，削减了她的救济金数额，让她陷入了痛苦之中。如今，他们会怎么对待她？

　　过了一会儿，他们把她带到了一间审讯室，和班纳吉先生的那间很像，只是大了些，桌子上也放着一台录音机。他们问她是否需要一位律师，又问她对唐宁街上发生的事是怎么看的。

　　"我只想要回我的工作。"

　　"有案底的人是要不回工作的，对不对？"一个警察说。

　　"我不是罪犯，先生。"

　　审讯室里的人进进出出，有的打电话核实她的身份和住址，有的给移民局打电话让他们看一下她是否有临时签证。电脑中的资料显示，她涉嫌骗取救济金，还提到了被国防部解雇这件事。她向前每走一步，就离那张怀疑的网近了一步。

她问什么时候能让她走。

"什么？让你再回唐宁街？"一个审问她的警察嘟囔了一句。

"不，我要回家。我还有两个孩子。"

"你有孩子？"

"是的，先生。"

他们的态度变了。有孩子就意味着和社会福利事业有关联，就意味着更多的书面工作，尽管他们以前怀疑她，但她身上一点儿恐怖分子的特征也没有。她既没有喝酒，也没有嗑药，更没有被魔鬼附身。他们只是觉得这个女人不是一般的固执，但仅凭这一点是无法给她安加罪名的。然而，她的种种恶劣事迹还是源源不断地被录入了他们的电脑里。难民、对现任政府充满憎恨、骗取国家救济金、抗议者、闹事者。审讯室内外，几个警察在小声说话，不知道下一步该怎么做。

他们去请示狱长。狱长不是电脑，虽经验丰富，但今天这事他也不敢一个人拍板决定，便去请示局长。

"她可能真的碰到了难处。"狱长说。

"是你的感觉吗？"

狱长摇了摇头。"有时候，这些电脑比夜壶也好不到哪儿去。夜壶用完了，还可以把里头的尿倒掉，隔着窗户扔出去也行，可是屎尿一旦进到了电脑里头，清理的活儿就只能交给魔鬼去干了。"

"对了，"局长说，"唐宁街给这边打了不止一个电话。丹德森太太说这一切都是我们的错。据她所知，这个女的是个惯犯，我们本该在局势失控前把她控制住，让我们从严惩罚她。她在电话中大发脾气，想让我们以故意伤害罪、不法示威罪和怒视首相夫人罪等等此类罪名起诉她。"

"是吗？"狱长挠着下巴说，"那这事就不好做了。你的意思呢，局长？"

局长将身体后仰，好像要跟留在他办公桌上的那些正式文件故意保持某种距离似的。"哈里，你干警察这行多久了？"

"你不是知道吗？咱俩一块儿上来的，只是你的小提琴总比我拉得好。"

局长听了这话咯咯笑了："对了，哈里，当初咱们为啥要干这行？"

"忘了。"

"好好想。"

"好像是当警察的都是好小伙儿、好姑娘吧。"

"那我觉得你就应该知道怎么办了。"

狱长转身刚要走，却又把身体转了回来，问道："首相夫人真的大吵大闹了，对吗？"

"很讨厌的一个女人。"

狱长若有所思地点了点头，走了。他回到了审讯室，几个年轻的警察正在等他。干警察这些年，他矮了几英寸，因此下命令的时候就踮起了脚尖，一直撑到高得不能再高了才肯罢休，"把她放了。保释出狱。两周后回来。"

"可是，狱长……"

"我的话你没听到吗？找辆车把她送回家。我们让她在这儿待得够久了。"

"车？狱长，你不是在开玩笑吧？"

"如果有人问起，咱们就可以肯定地说她直接回家了。如果不开车送她，让她步行回家，她要是再返回唐宁街，那咱们的饭碗就都保不住了。"

俩人躺在床上，精疲力竭，却无法入睡，整个晚上一直在听房子嘎吱嘎吱响。

"搞定他们几个没花一分钱吧？"多姆问。

"哪有那么容易。"

"好啦，等哪天下午我闲了，好好在床上伺候伺候你，算是对你的补偿。"

"说定啦？"

"那么，你想什么呢？"

"在想一个人。"

"谁？"

"菲尔斯·坦南特。"

"想他干吗？"

"我们把他毁了。"

"嗯？"

"他不该遭此厄运，多姆。"

"游戏规则嘛。"

"或许是你的游戏规则，可是……他不该遭此厄运。"

"可他妻子……"

"没错，是他妻子的错，和他无关。"

"连坐。"

"这我知道。"她小声说。她说这句话的时候，声音中浸满了悔恨。这是她第一次冲一个清白无辜的人下死手。

"在政界，这种事每天都在发生。每次重新洗牌或者关上公文箱的时候都会发生这种事。"

"就像本因为是你的儿子，所以才在球场上被选中一样。"

"嗯，我们走得太远了，回不了头了。"

"我知道。回不了头了。就算我们想……"

第三部分

∨∨∨

第十三章

　　大选既让人兴奋，又让人疲惫至极。东南西北各个地方都去过了，但这些地方在他们的脑子里只留下了一个模糊的印象。这个时候，我们渴望看到我们的领导人以最好的状态示人，但到头来看到的常常是一具靠肾上腺素、药物和热情苦苦支撑着的活尸。他们骑虎前行，深知随时都有摔下来、被吃掉的危险。他们在苦苦追寻，因为这是他们一生中最重要的时刻。走到今天，他们付出了太多的东西。这段旅程早已让他们付出了太多的金钱、时间、青春和友谊，让他们无数次地放弃原则，有时还要搭上自己的妻子或者孩子。大选像一场炼狱，在天堂和地狱间徘徊，结果却掌控在愚人手中。

　　妻子在这个过程中扮演的并不是主要的角色。她们就像夜空中闪耀的星，离得远远的，在一旁给丈夫做陪衬，给丈夫配药，让丈夫喝适量的酒。她们尽职尽责地跟在丈夫身后，与丈夫之间的距离永远保持在几步之内，多数时候总是被淹没在人群中，被人家拍照、推搡、嘲笑，有时还会被啐唾沫。一般来说，人们会忽略她们的存在，只有在打哈欠或者露出大腿上的肥肉时才会登上报纸头条。妻子在大选中只是一种附属物，除非她是金妮·艾治。

　　多姆仍是一个半成品，性格仍未成型。他那毋庸置疑的演讲才华散发着璀璨的光一路穿过茫茫的竞选旅程，至于结果如何，他心里根本没底。其实，大选的事让他颇感意外，他仍没有做好准备，在他爽朗的笑容背后不难听出他心底的恐惧之河正在潺潺流淌。虽说他缺少阿尔弗雷德·丹德森那样的经验，却也有几个有利的条件，其中最重要的就是金妮和孩子。丹德森夫妇无法打形象这张牌，而他们年轻、貌美，又有着强大的生育力。因此，阿尔奇和手下的员工就迫不及待地向世人展示这一点，精心拍摄了很多照片；有多姆和孩子们一起玩耍、洗车的情景，还有周日金妮给一家人用心烹制午餐的情景。

为了向世人证明自己才是最尽职尽责的丈夫，阿尔弗雷德·丹德森特邀全世界 100 余家媒体亲眼看见他为劳伦煮茶的温馨情景，就好像他每天都在做这种事一样。不过，他的完美形象受到了严重破坏，当着那么多照相机和麦克风，他竟然心不在焉地转过身去问劳伦茶壶在哪儿放着。

危险也在等着多姆。大选第一周，他穿着惠灵顿长靴去东部乡下，随身的摄影师把他抚弄一只小羊羔的情景拍下来了。注意，他抚弄的是小羊羔，不是小牛犊，因为抚弄小牛犊这种鬼把戏好多人都玩过了。他这么做的目的是向人们展示，他想赋予英国乡村一种新的活力，他和乡下存在着某种精神上的联系。为了拍出好照片，他得一直把那只小羊羔抱在怀里抚弄，他的脸上带着笑容，小羊羔却在不停地挣扎，这时他才想起自己说过禁止虐待动物的话。照片上了几家报纸的头版，过了几天，小羊羔的主人接到了报社打来的电话，问他小羊羔是否安好。然后，有一天，这个农夫发现小羊羔死了。很多人说是谋杀，却没有证据，《镜报》主动拿出来几千英镑要求公开验尸。这只小羊羔活着的时候无人过问，死了却成了媒体的宠儿，多姆为此大为恼火。

小羊羔随的是杰玛的名字，杰玛听说了这件事难过得哭了，金妮安慰她，为她擦眼泪。

那个该死的朱莉娅不知道又从哪个老鼠洞里冒出来了，转而给《世界新闻》写大选专栏。"我跟领导人都很熟，"她这样写道，"跟多姆·艾治就更熟了，因此，我可能不会成为最客观的观察家，但这又如何？我知道很多的内幕故事。想瞧瞧我知道的有多少吗？那就在接下来的这几个星期关注我的专栏！"她继续分析两党领导人的着装品位。"阿尔弗雷德·丹德森穿的是三角内裤还是平角内裤我不知道，但我可以告诉你们——听好了啊！这可是我第一次爆猛料！——多姆穿的是南方公园牌的内裤！哈哈哈！真叫人倒胃口！咱们可别盼着他的政治理念和他的内裤一样差劲！"当然了，这个女人说的纯属捏造，但如果你反驳的话，就会招来人们的嘲笑。她这么干是想威胁多姆，如果他不乖乖的，就会怎样怎样。

还有一篇小报道吸引了金妮的注意，是《独立报》登出来的，文字浮夸，有着堂吉诃德式的幻想，这是他们的一贯风格。报道说，一个叫阿乔克·阿罗伯的女人向最高法院提起上诉，说她因为质疑伊拉克战争的合法性被辞退。伊拉克问题以前曾数次提交法院审理，但最后都不了了之。讨论战争是否合法这种事就像一块沾有麻风病菌的布，从你的手里传到我的手里，再从我的手里传到他的手里，谁也不敢接。不过，这个案子有些特殊，好像牵扯到的不只是法院，这个女人把她的案子直接送到了首相那里，并在两党领导人辩论前引起了巨大骚乱。因此，金妮觉得这个女人不简单。还有件事吸引了金妮的注意，是这个女人的代理律师说的一句话，她说阿乔克太太并不是什么政治上的激进分子，只是想保护好自己的孩子。

金妮读这篇报道的时候正跟多姆以及随行人员搭乘直升机从巴特西机场起飞赶往英国西部的路上。他们正飞过威尔特郡，向下望去，风景有一种不同寻常的美，直升机引擎发出的轰隆声大得可怕。鲍比坐在她旁边，蜷缩着身子，紧紧抓住座位边沿，好像很不喜欢这次旅行。金妮只能喊着才能让他听清自己的话："鲍比，查查这个女的，"她指着那篇报道说，"看看她的事是不是真的，这个女的可能对咱们有用。"

"这话怎么说？"

"她要是真像我一样，恨阿尔弗雷德·丹德森恨得咬牙切齿，我和她就能成为朋友，你觉得呢？"

鲍比什么感觉也没有。他抓着那张报纸，就像抓着一张能让他进入一个更美好的世界的通行证。在那里，他能知道他的胃在哪里，脑袋不再随着旋翼叶片旋转。

"你感觉还好吗？"她问。

"不好。"

"不喜欢坐飞机？"

"我感觉自己就像从孩子们手里拿过来一条可怕的虫子，被吓得浑身一点儿知觉也没有了。"好像要强调这一点似的，他让自己的身体突然变得僵硬了，然后，一甩手把报纸扔掉了。

"别担心，"金妮假装很高兴地说，"不过就飞24个小时嘛，明天早晨就到了。哦，快看啊，巨石阵，"她指着窗外叫道，"很有意思，对不对？"

"我觉得自己像个牺牲品。"他一边抱怨，一边擦着额头上的汗。

"在这场游戏中，咱们都是牺牲品。"她答道。

晚上，多姆瞧上去一脸疲态。他觉得是这些天奔波得太累了，休息一下就行了，可到了第二天、第三天，他的状态仍然没有好转。紧张、缺乏睡眠、生物钟紊乱、头晕目眩。在一个重要的选民集会上发表演讲时，他表现得很差劲，两眼呆滞，不知道自己都说了些什么，事后又跟助手大吵了一架。报道出来了，说反对党内部分裂了。他开始发高烧，快要崩溃了，却只能忍着，否则人家会觉得你不配坐这个位子。与此同时，丹德森那只老狐狸正躲在一旁嘿嘿笑。

选举由混乱和机会组成。多姆正在慢慢失去他的机会。

然后，事态变得越发糟糕。是蒂娜搞的鬼。金妮背叛了她，她的心中仍然燃烧着愤怒的火焰。她放出风去，说杰克认为这场选举会变成一场灾难，而这一切都是多姆造成的，他不配当领袖。当然了，在选举中期，杰克肯定不会说得这么直白，因此面对媒体的提问，他摆出一副笑脸，说自己连多姆的十分之一都赶不上，但记者们都听出来了，他这话是在讽刺多姆。另外，对多姆的能力持怀疑态度的不止杰克一个，蒂娜就上气不接下气地把这些人的名字都对媒体说了。这时候有传言说，多姆在重压之下变得萎靡不振，再加上连篇累牍的不利报道，导致他所有的努力都付诸东流了。

没过多久，首相就玩了一个只有首相才能玩的鬼把戏。当时，美国总统正在对德国进行国事访问，他便在这件事上打起了主意。在柏林议会大厦外面的台阶上，美国总统站在太阳底下，大加赞赏德国及其首都柏林在影响全球发展上所扮演的重要角色。对那些不是那么健忘的人来说，他们可能会首先记起德国在奴役半个欧洲这件事上扮演的角色，但在这种场合下，这种事是不能提的。总统是来和他的朋友们握手的，而他的这些朋友最近这些年干的事给世界上很多国家带去了灾难和不幸。伊拉克问题连提也没提，但就算是最愚钝的人也知道他说的是什么意思：让这些国家从废墟中得到拯救。

然后，他乘飞机去了巴黎，不顾法国一直以来极力反对他的对伊政策这个事实，把他在德国说的那番话几乎是原封不动地重复了一遍。但这次他没有谈两国间的分歧，而是发表了一场关于永久友谊与横跨大洋的亲密关系的演讲。他告诉他们，对被压迫的人们来说，自由、平等、原则永远都是一支指引他们前行的希望之炬。他站的那个地方有个乞丐刚吐过一口痰，过去也摆放过断头台。没人提伊拉克问题，也没人提法国过去做的某些事让美国极为不满这个事实，人们看到的只是两位总统坐在豪华沙发上亲密握手的情景。

然后，传来了一个意外的消息。他说要去英国，公报中把这件事称为"根本性的改变"。日程表上没这项，是临时决定的。他不打算在英国久待，就停留几个小时，却足够丹德森和他合影留念的了。美国总统的这种行为相当于对英国首相大选进行直接干预，但美国人对此并未觉得良心上有任何的不安。佛罗里达、伊利诺伊、伦敦，不都一个样吗？哪儿举行选举都需要一些修缮性的工作。美国总统听说了一些和多姆尼克·艾治有关的事，却没往心里去。他知道谁是他的朋友，丹德森就是。美国总统想让全世界的人瞧瞧，和美国做朋友是有好处的。当然了，美国总统矢口否认干预此次英国大选，只是想和老朋友丹德森叙叙旧，对艾治先生也没什么意见。美国总统说，他仔细调查过，认为艾治先生是一位非常出色的反对党领导人。其实，他非常期待能有一天与他会面，却没有明确表示他是否会全力支持多姆竞选。

人们看到美国总统和首相闲适地坐在沙发上有说有笑，这两个政治家代表的是世界上最强大的联盟，双方亲密握手，这一幕给多姆的竞选阵营造成了巨大的压力。他完全不是丹德森的对手。这时候，朱莉娅又出来添乱了，她说专栏写不下去了，因为有人对她施压。"很多人都喜欢看我的政治专栏，"她宣称，"但我不会就此屈服！"其实，对她施压的不是别人，正是麦克斯·摩根。朱莉娅事先和摩根签订了一份合同，朱莉娅为他的专栏写自己的风流情史，但又有另外的一份报纸邀请朱莉娅给他们写评论专栏，麦克斯听了这件事不干了。律师和他在劳务费这个问题上没有谈妥，这件事就一直拖着，但朱莉娅没闲着，而是继续大写特写她和多姆的风流韵事，倒霉的多姆被溅了一身臭泥。他烧得更厉害了，金妮只好让他卧床修养。

他睡了一觉，中间醒了好几次，迷迷糊糊的，醒来以后，金妮把最近的一次民意测验结果让他看了：丹德森扩大了领先优势。多姆又在床上躺了一天，报纸预测，他的病好不了了，至少他的政治生涯已经宣告结束了。

天色已晚。金妮悄悄地去了阿尔奇的办公室。屋里堆满了广告样张，桌子上散落着一堆堆尚未成型的广告，乱七八糟的，让人觉得这些东西都是弃之不用的垃圾。阿尔奇双脚搭在办公桌上，一副茫然若失的样子，吸着烟，蓝色的烟圈袅袅上升，一直到了天花板上。

"没想到你会抽烟。"金妮说。

他吃惊地朝四周瞧了瞧，嘟囔了一句："大选的时候才抽。"

"你是说像这次的大选吗？"

他把腿放下来，转过身去，看着她说，"可能比这次还要糟糕。"

她没有经过他的准许就在他办公桌旁边的一把椅子上坐下了，想拉近她和他之间的距离。"能糟到什么程度？"

他注视了她一会儿，试图透过她的眼睛看到她的内心，想看看她是否想让他说实话，他要是说了真话，她又能承受多少。但他并不了解她，他向来不了解女人，因此就把心里想的都说了，用的还是惯有的那种冷漠的语气。"这次大选来得太早了，我们应该给多姆一些准备的时间，让他整理整理思路，看看哪件事应该先做，哪件事应该后做。丹德森是一条狡猾的老狗，做的每件事都是有目的的。"

"我们有获胜的可能吗？"

"一切皆有可能。"

"阿尔奇，以你的经验，你觉得这事有可能吗？我想听你的真话。"

"我们在两党领导人之间的辩论这种事上没有任何的经验，是我们让这次的辩论成了可能，我们一直在寻找的东西到头来可能会让我们失望。"

"可我们已经……"

"是的，对目前这种结局我深感抱歉。"

"政治是一种残酷的游戏。"

"向来如此。"

她摊开两手，看着，盼着这时候能从天上掉下来一个解决的办法。她说得很慢，言语中却又有着一股怒气。"如果我们输了会有什么样的结果？"

"你是说多姆吗？"他深吸了一口烟，说，"失败者都是耐力不够强的人。他们在前行的路上要么跌倒，要么被人推倒，会有一场恶战。杰克·桑德斯和另外的一些人都想试一试，利用这几个月的时间好好出出风头，试图一雪前耻。"

"瞬息万变的事你见过太多了。"

"凡事都不是那么容易。"

"好消息是什么？"

他皮笑肉不笑地说："如果赢了，咱们就都成了英雄了。"

"你相信会有奇迹发生吗，阿尔奇？"

"不相信。"

"我也不相信。"

以后人们提起多姆时，只会说他是一位反对党的领袖，他的名字将和"失败"这个词连在一起，而且能记住他的人也没几个。阴影掠过金妮的心头，她感觉她的心中有什么东西死掉了。不是纯真，纯真早已在她的身上消失了，而是她曾乐观地认为付出就会有回报。如今，连这个信念也在她的心中消失了。她走上了一条万劫不复的路。她曾对这个残酷的政治世界充满愤怒，因为它会削弱亲情，而今她也成了其中的一部分，并且即将品尝失败的滋味。

但金妮接受不了失败这种事。如果命运女神拯救不了她，那她就会去寻找别的出路。她必须自己拯救自己。

鲍比正在跟政治保安处的一位官员说话。大选期间，一支由荷枪实弹的警察组成的小分队受命保护多姆及其家人的人身安全，这些人很快便把多姆的家当成自己的家了——让金妮有些受不了。便衣站在前门外，带枪的警察在厨房里坐着。金妮起初觉得烦得不行，她感觉这些人私自闯入自己家里，威胁到了家人的安全，但这一切让本很着迷，金妮也就变得宽容了许多。一个警察把外衣脱掉，露出了腰间的手枪，本看到这一幕别提有多兴奋了。从那一刻起，他的生活重心就发生了改变，想加入特勤小组，不再做什么病理学家了。他说，抓人比给别人看病酷多了。

选战之初，金妮的心中有一种负罪感，不知道是站在丈夫那边，还是站在孩子这边。她知道，孩子和丈夫都需要她，但本和杰玛很快便把这一切当成了一种冒险。每次离家去学校的时候，总有警察对他们挥手致敬，每次回来，总能在电视上看到爸爸和妈妈。金妮没时间，就雇了两个保姆照顾他们，但她不得不忍受这些临时保姆。她们煮茶的时间没规律，甚至一两天都不见踪影。不过孩子们睡得香，心里也很高兴，很天真地相信他们的爸爸会赢得他一生当中这场最重要的比赛，完全不管民意测验的结果如何。

鲍比把阿乔克的事跟这位官员说了，这位官员解释，不能向普通民众透露警方内部资料，包括政府官员在内。向媒体出售警方内部信息也属违规，但这种事长期以来一直存在。后来，鲍比向这位叫弗兰克的官员做出澄清，是金妮想要这个女人的资料，弗兰克很欣赏金妮，也很喜欢鲍比，就破了一次例。

"这要看你怎么看了，"两人在厨房里端着大茶杯喝茶时弗兰克对鲍比说，"电脑里有她的资料，从这些资料来看，她的危险程度不亚于本·拉登。坑骗国家的钱、搞阴谋活动、受极端思想的影响攻击首相等等，罪名多得说不完，还说伊拉克战争是不合法的，闹到了法院。想想看，如果她赢了会有什么样的结果，肯定会掀起大混乱。打开电脑，把她的名字输进去，你会发现有很多红色的小旗子在飘扬，那场面就像莫斯科在庆祝五一劳动节。他们给她定了不少罪名，每一面小红旗子代表一项罪名。"

"谁给她定的罪名？"

弗兰克把头一低，说："也不一定是谁。反正事情就是这个样子。她不适应英国社会，跟政府作对，就有了污点。这就好比跟网络黑客开战一样，对方对你的打击也是无情的。"

"听起来这件事好像让你不太高兴啊。"

"快乐和我的工作无关。"弗兰克说着把三勺糖倒进了他的杯子里。

"她的真实情况是怎样的？"

"不太清楚。从一方面说，她对国家安全构成了威胁，但从另一方面说，她只是一个护子心切的单身母亲。现阶段对她的所作所为只是一种怀疑，还没有证据。不过，一旦罪名成立，就会录入电脑，到那时候，这些罪名就像粘在鞋子上的口香糖一样，你到哪儿去都会跟着你，想甩也甩不掉。"

"还有呢？"

弗兰克抿了一口茶，说："本来不想跟你说这件事的，好吧，就咱俩知道，你不能对外人说，能做到吗？"

"没问题。"

"劳伦·丹德森从头至尾一直在插手这件事。她很不喜欢这个叫阿乔克的女人，吵着闹着要我们起诉她。"

"这有关系吗？"

"本来没有的，一点儿关系也没有的。但这件事也录进电脑里去了，又是一个污点，从唐宁街出来的一个大大的污点。阿乔克有很多这样的污点。"

鲍比若有所思地点了点头，说："谢谢你，弗兰克，我欠你一份人情，到时候一定还给你。"

"好的，什么时候还都行，不过你不要做违规的事。这件事只有你和我知道，千万不要传扬出去。"

"放心吧。"鲍比笑着说。

"对了，等这次的大选结束了，咱俩找个地方好好喝几杯怎么样？我想喝几杯。"

鲍比高兴地说："我也想喝几杯。"

多姆终于从病床上爬了起来，精神好多了，精力却没有完全恢复，头还有些晕，注意力还是无法集中。等着他的是一群顾问、民意调查员和同行，都迫不及待地要向他提意见，大部分的意见是相互冲突的，但目的只有一个：要他重新踏上竞选之路。在多姆听来，他们说的每一句话都是对他领导能力的攻击。他们聊到了新的税改政策，话锋一转，就又谈到了要去科林·彭里斯的墓地看看，但转念一想，这么做肯定会上报纸头条，姑且作罢。已死的人，垂死的人……绝望的气氛，多姆挣扎着下达了一项命令，要广告部放出风去，他即将重新踏上竞选之路。其实，他并不知道接下来该怎么做，但对一个无计可施的政治家来说，只能先这样做了。

他正在总部办公室忙活演讲的事，就听见有人敲门，开门一看，原来是财政大臣马克·菲茨莫里斯。马克上岁数了，满脸络腮胡子，早年在皇家海军服役。他叉着腿，好像正站在一个滑板上一样。

"对不起，打扰你了，多姆。有点事要跟你说。"

"我很忙，马克……"

"这事很急，不能等。你说的重启竞选的事恐怕做不成了，广告部的钱只够支撑几个星期。"

"就不能再筹点儿吗？"

马克叹了口气，说："很难啊。现在可不是那帮人争着抢着挤在门口签支票的那个时候了。大伙儿都知道，你也知道，重新开始竞选需要花多少钱。"

"库里肯定还有结余。"

"有倒是有，不过也坚持不了多久。"

"那就借。"

"我可不想让咱们党破产。这次大选过去之后，我可不敢保证咱们能把欠人家的钱还上。"

显而易见，马克的意思是，如果他们这次输了，就一分钱也没有了。如果赢了，一切就都好办了，马克很精明，经过无数次的大风大浪。

多姆盯着眼前这个人，心里又气又恼，手里紧紧攥着钢笔，想把这个不听话的优柔寡断的老家伙臭骂一顿。这时，就听咔嚓一声，钢笔断成两截，飞到了地板上。生这么大气又有什么用？这支断开的钢笔就像他的竞选之路，半路上出了岔子。在他的心中，也有什么东西跟着一起断裂了。他最后说话了，声音很沙哑，说得结结巴巴："我该怎么做，马克？"

"尽力做吧，这是我给你的最好建议。"

多姆就像一只泄了气的气球，两眼低垂，看着桌上那篇未完成的演讲稿，绝望写满了他的脸庞，那个样子就像在看自己的死亡证明书一样。菲茨莫里斯向前走了几步，从上衣兜里掏出一支钢笔，放在多姆的办公桌上，然后一声不吭地走了。

勇气、混乱、过于精细的政策，再加上激烈的冲突。搞竞选可不是一件容易的事，需要具备很多的条件，但其中最最重要的就是钱。钱，多姆没什么钱，丹德森的钱却很多。

政党资金是由一帮财务人员筹集的，艾登·布莱特就是丹德森竞选阵营中最年轻的财务人员之一。小伙子有激情、有热情，干过多年的股票经纪人，积累了很多经验，整天跟钱和富人打交道。他不是主管级的人物，但他告诉妻子，当上财务主管只是一个时间问题，他的工作是负责筛选、鉴别那些前来敲门的新的赞助者。有些是真心实意来捐钱的，手里拿着支票，有些则是专门为了占便宜的，跟这种人说一句话也是浪费。布莱特每天从谷糠里拣麦粒，把真正有钱的人和装腔作势的家伙分开，然后想方设法让有钱人尽可能多地掏钱。这活儿可不好干，最近这些年关于这方面的丑闻频发，就更不好干了。这些捐赠者的名誉很便宜地就被卖掉了，人家不希望他们捐钱的事被曝光，但有些财务人员不守规矩，把他们的名字传扬出去，搞得全世界的人都知道了。前车之鉴，他们必须小心再小心。

此刻，在一间高级茶室里，布莱特的对面就坐着一个人。这人叫鲁贝克·马拉克，布莱特以前没多见他，这人打电话过去，非要给执政党捐钱不可。"我想帮助你们。"他在电话中把这句话说了好几遍。马拉克的英国口音并不纯正，混合了孟买某条后街的口音和伯明翰的工业区那一带的口音。于是，他们决定见面。

"我有一个很大的调味品生产厂，布莱特先生，"坐在大沙发上的马拉克一边品尝大吉岭①茶叶，一边说，"生意做得不错，多亏英国政府照顾，我的钱包也一天天鼓起来。"他把一只手放在鼓鼓的大肚皮上，接着说，"我想表示我的谢意。"

"怎么表示，马拉克先生？"

"帮你们赢得大选。"

"怎么个帮法？"

"给你们捐一笔钱，我本人投票给你们。"

"你……"布莱特本想问你是不是英国人，但话到嘴边又咽下了，而是换了一种问法，"你是登记注册过的选民吗？"

"哦，是的，我生在印度，但20年前就来英国了。"

"太棒了！这样真的是太棒了。想捐钱得先注册。不过，如果你以企业名义捐的话，就不用……"

"不，我以个人名义捐。"马拉克的脖子粗大，又松松垮垮的，瞧上去就像是用橡胶捏的，说话的时候，脑袋像风中的谷穗左摇右晃。

"我想问的是，你为什么不把这钱捐给你所在的党呢？为什么不在你的选区捐呢？"

"我捐了，不过捐的并不多，只是一小笔，而且是匿名捐的。我想

---

① 印度东北部城市，制茶业中心。

给丹德森先生捐一大笔，但我并不想在支票上签个字就得了，布莱特先生。我想知道我的钱可能会用在哪些方面。"马拉克一边很大声地大口喝茶，一边说。

布莱特抿了一口茶，还太烫，不能喝。他拿起对方递给他的那张精美名片仔细看着。这人的身价有多少？对党有多大的价值？他又能得到多少好处？有人告诉过他，如果让人给党捐了钱，那么劝捐者就有奖励，尽管对一个不满 40 岁的财务人员来说，捞一个普通议员的位子绝非易事，但布莱特并不缺少野心。他拉到的那些捐赠者都是小虾米，而那些高级财务官拉拢到的都是有钱有势的大亨。不过，随着新的募捐规定出台，这些大腕儿纷纷退到了隐蔽处，连支票也一块儿带走了。说不定今天能从这个叫马拉克的人身上挤点油水出来。

"我知道，每次大选结束以后，各个党都会欠下一屁股债，"马拉克摇晃着脑袋继续说，"钱打了水漂儿，我并不心疼。但我想要某种具体的东西，某种做主人的感觉。"

"马拉克先生，花钱的地方很多，比方说上电台、上电视台、搞宣传、印海报，这些都要花不少的钱。"

"我能问问需要花多少吗？"

"这么跟你说吧，每上一次节目都要花 5 万英镑，有时候还会更多。"

印度人的脑袋摇晃得比以前更厉害了，布莱特的心也沉了下去。又是一个浪费时间的家伙。

"对不起，布莱特先生，恐怕不行。"

"我感到很遗憾。"

"知道吗，我想捐的这笔钱比你刚才提到的那个数字要大得多。"

布莱特压低了声音，从嘴里挤出来几个字，"能多多少？"

马拉克耸耸肩膀，把两只手张得大大的。

布莱特紧张地朝左右瞧瞧，茶室里人很多，想看看是否有人在偷听。"马拉克先生，我觉得这不是讲话之所，咱们换个地方谈，去我的办公室吧。"

阿乔克在查令十字警察局门外的台阶上站了一会儿，看了看她前面熙来攘往的人们，又走进了她熟悉的世界。头上是蔚蓝色的天空，微风卷着灰尘打着旋朝天上飞去。天气不错，出来透透气感觉真的很好，比那间折磨人的审讯室好多了，那里死气沉沉，还有那些该死的紧急按钮和桌子上的那个录音机。终于出来了。

两个星期后，她按照规定去了一趟警察局，但他们什么也没说，只是告诉她两个星期之后再来。有些纸面上的工作还没有做完。有人说他们应该去问问丹德森太太，听听她对这件事的看法，但她忙得很，而且不好打交道。她在忙选举的事。大选让每个人的工作都变得讨厌起来。警方在大选期间并没有兴趣去追捕政治上的异见分子，如果他们这么干了，何时收手？他们得把半个英国都封锁起来，因此他们选择了睁一只眼闭一只眼，尽量不去管这种麻烦事，但劳伦·丹德森那里很难应付。就这样吧，等大选完了，尘埃落定之后，看看会发生什么样的事吧。

狱长一脸严肃地看着她说："阿乔克太太，帮我们一个忙，也算是帮你自己一个忙——一个很大的忙，"他一边摸弄着黏糊糊的衣领，一边用厌世的声音强调道，"你干啥我都不管，只要不在唐宁街就行。现如今，有很多人都争着抢着要到那里去，你去了只会被踩死。"

"对我来说，那不是一个愉快的地方，"阿乔克回答，"很不愉快。我不会再去了。"

狱长如释重负地长出了一口气，告诉她可以走了。这时候，她正站在外面的台阶上，阳光照在街对面的玻璃窗上，反射了过来，弄得她直眨眼，就听有人在叫她："阿乔克太太？你是阿乔克太太吗？"一个年轻人慢慢靠近了她，"我叫鲍比·可汗。不好意思打扰你了，我想和你说句话，行吗？"

第二天下午，金妮由鲍比陪着到了阿乔克的家。变天了——雨水洒在人行道上，流入阴沟，路上到处是小水洼，烟蒂和糖纸随处可见。她梦想着有一天身旁有一个耐心的司机为她开车，还有一个特种安全人员保护她。而今天下午，她开了将近10分钟的车才找到一个停车场，余下的路只好步行，一路上躲着小水坑，玩着跳房子。

金妮敲门的时候，阿乔克那两个孩子——米约克和乔尔——正在屋里打闹，听到敲门声，过来把门打开，看到面前站着两个陌生人，脸上顿时露出惶恐的神情。米约克把嘴上的茶渍擦了擦，厨房里传来一股炒黄豆的气味儿。几个人坐在屋里，还真是有些挤不下。课本和书包散落在桌子上，地板上也有，到处乱糟糟的。金妮看到这种情景想到了自己上学的那个时候，大学最后一年，多姆就搬到她的宿舍和她同居了，俩人整天在书本、脏衣服和行李箱中间小心翼翼地走动，每次都摔跤。那已是很久以前的事了，那时候的她多有激情，她和多姆之间又有多少小秘密。

"谢谢你准许我过来看你，阿乔克太太。"金妮一边说，一边坐在了光秃秃的椅子上。阿乔克倒了三杯咖啡，两个孩子退回到了圆桌旁。三人的茶杯颜色、图案各不相同，阿乔克那个边沿上缺了一块。

"你真是太客气了。"阿乔克回答。这时，金妮才注意到阿乔克的姿态是那么优雅，眼神是那么悲伤。金妮明白自己闯入了别人的世界，能感觉到阿乔克的那种不自然，对方只是出于礼貌才同意她来访。但也有可能是因为她是一个贫苦的黑人移民，无法拒绝一个白种女人的要求。想到这些，金妮的脸红了，也变得拘束起来。

"阿乔克太太，我到这儿来的原因有些不好解释，"她一边喝着咖啡，一边说，"我在报纸上看到了你的故事，知道你现在有难处。我觉得我们之间有相同之处。"

"真的吗？"

"我也有孩子，年纪和你的差不多。我们都对丹德森太太有成见。

无论喜欢与否，我们都被拖进了一个政治游戏当中。"

"我明白了。"阿乔克坦率地说，但言语中也透出了几分警觉。

"我很欣赏你，阿乔克太太。我想帮助你。"

"怎么帮？"

"我也不太清楚。帮你出出主意或者给你一些支持，要么就在这儿陪着你，让你知道你并不孤独。我深知，在这种情况下，有个人陪陪是很重要的。"

阿乔克没说话，而是盯着手里的杯子摇晃着。

"我给孩子带了点东西，"金妮焦虑地说着，从包里掏出来一本漫画书和一张足球年票，"希望你不要介意。"

屋子那头，坐在床上的乔尔和米约克兴奋地扭动着身体，可谁也没过来，他们在等着母亲说话。

"你真是太好了。"阿乔克温柔地说。她的话刚说完，两个孩子就疯了似的冲过来，把礼物抓在了手里。他们对着金妮鞠躬致敬，脸上泛着幸福的光。

"我有个儿子，和他们的岁数差不多，真希望他也能像你这两个孩子一样懂礼貌。"

"对不起，艾治太太，我没什么回赠你儿子的……"

"千万别这么说！道歉的应该是我。"一抹警觉的阴云掠过金妮的脸，"我没想让你难堪。我无意……阿乔克太太，我只想跟你坐几分钟，仅此而已。你让我们到你家里来就够可以了。我只想尽力帮助你。"

"这么说，愿意帮助我的人又多了一个，艾治太太。"

"又多了一个？"

阿乔克从心底发出一声疲惫的叹息："很多人刚开始的时候都说愿意帮助我。做清洁工时，我的上司这么说过；工会的梅西先生这么说过；福利办公室的人这么说过；甚至我的律师索菲·加米那拉——一个挺好的姑娘——也这么说过，可到头来……其实，他们想帮助的是他们自己。"

金妮咬着嘴唇，觉得有些羞愧："或许我到这儿来也有一些自私的成分在里面，我道歉。可是我们为什么不能互相帮助呢？"

"你是个大人物，我能帮你什么呢？"

"你打官司告政府，这件事很有意思。老实说，这是一件非常重要的事，对你我而言都很重要。你可能知道，我丈夫很关心伊拉克问题。然后，你在唐宁街被车撞了，和丹德森太太有了矛盾。坦白说，只要是涉及劳伦·丹德森的事就和我有关系。你和我是一边的。"

"你是说我们都恨巴拉加阿拉伯人。"

"你说什么？"

阿乔克摇了摇头，脸上第一次露出了悲伤的笑容："我只想要回我的工作。"

"如果我丈夫赢了，或许我就能在这件事上帮你做点什么了。"

"如果你丈夫赢了，各种各样的奇迹就都有可能发生了。"

奇迹——又是这个该死的词。有那么一会儿，金妮心里想眼前这个女人是不是在嘲笑她，但阿乔克天性单纯，不可能玩那种政治家们玩惯了的文字游戏。不过，她说的没错。如果多姆赢了，一切奇妙的事情都有可能发生。

"跟我说说你的孩子，艾治太太。"阿乔克提议。

"你先跟我说说巴拉加阿拉伯人的事。"

鲍比和两个孩子在外面玩，屋里的两个女人说着知心话，他们的关系越来越近了。

"欢迎你，马拉克先生。再次见到你让我非常高兴。"布莱特伸出一只手，大步穿过了办公室。

马拉克笑了。俩人握手的时候，布莱特发现马拉克简直像换了个人一样——腕子上戴着明晃晃的劳力士，身穿剪裁得当的考究西装，

310

打着低调的丝制领带，拎一只小巧纤细的路易威登手提箱。要不是他那双粗糙的手，又有谁能想到这个白手起家的商人靠包装炒茴香和咖喱粉积累了数以百万计的财富。布莱特去了一趟鲁贝克·马拉克所在的那个党派的总部，查了查他的底。那个党简直一无是处，现在只剩下个空架子，里头有个女工作人员，连本党候选人的名字都不知道，当地企业的情况就更不知道了。但他是登记注册过的，这一点毫无疑问。马拉克说的句句属实，他的公司生意做得的确不错，在很多国家设有分厂，信誉也很好。从谷歌上查到的资料显示，前几年，公司效益不太稳定，原因是他有个亲弟弟出去另起炉灶了。但这些年，通过马拉克的苦心经营，公司挺了过来，而且效益越来越好。马拉克一心扑在生意上，是出了名的工作狂，企业从未有过经营不善的记录，他本人也恪守规矩，开车的时候从未超过速，最近这些年生活中也没有遭遇什么不幸事件。他还是个单身汉，没时间找另一半，生孩子。

寒暄几句之后，布莱特就把话题引到了正事上来。

"马拉克先生，现在捐正好，"他解释道，"最近出了一系列的新规定，说实在的，我们的工作不好干了。你在大选这个时候捐款，简直是雪中送炭。当然了，我们会用某种非常适当的方式表示谢意。"

"什么样的方式？"

一阵沉默。"你喜欢什么样的方式？"

俩人注视着对方，在互相试探。过了一会儿，马拉克将手伸向了那个手提箱。箱子打开了，马拉克推过去让布莱特看。里头足足装了50磅①重的钞票。布莱特惊呆了。

"这是我的第一笔捐助，接下来还有一笔。两笔总计50万英镑。这么多钱能买多少谢意？"

"简直是一笔巨款。"

---

① 1 磅 = 0.45 千克。

马拉克一听这话哈哈大笑起来："但钱这种东西我根本不想要，"他说，"给你们捐钱的那些人的名单我看过了。什么贵族啦、勋爵啦、侯爵啦，都是这些乱七八糟的玩意儿。我和上议院①又有啥关系呢？我连自己家里都不长待，更别提去别人家里待了。"哈哈声再次响起，布莱特却觉得没什么好笑的。

"你什么也不想要？"布莱特简直不敢相信。

"一无所求，布莱特先生。"

"真的什么都不想要？"

"哦，对了，我有几个印度亲戚，我想把他们弄过来帮我做生意，希望路上不会出什么差错。当然了，我并不想让你违规做这件事。"

"哈，不就是办几个护照吗。"布莱特心想。现在风声紧，不过小心点儿的话，还是可以办到的。

"另外，我希望有一天能与丹德森先生喝杯茶。"马拉克摇晃着橡胶脖子说，每一个字中都透着一种卑躬屈膝的调调，"我很崇拜他。他让我得到了如此丰厚的回报。我只想拿出一小部分积蓄回报他。"

"喝茶？"布莱特的心在兴奋地尖叫着。"拿出50万，就想喝杯茶？你睡他那该死的老婆都可以了。""还有其他要求吗，马拉克先生？"布莱特想把所有的条件都记下来，便继续问道。

马拉克的脑袋摇晃得越发猛烈。"这个嘛，对了，还有另外一件事……"

"什么事？什么事？"

"如果英吉利海峡之内有一座火山喷发了，形成了一座新的小岛，能以我奶奶的名字命名的话，我会倍感欣慰的。除了这个，就真的没什么事了。"马拉克又开始笑了。这次，布莱特也跟着笑起来。他的大

---

① 上议院的英文是"House of Lords"，也称贵族院。后面马拉克提到"家"（house），其实是玩了个小幽默。

脑在急速运转。50 万英镑啊！就几本护照，一壶茶，这事就做成了。他们的目光碰到了一起，马拉克在对方的眼中看到了一丝怀疑。

"没有了。绝对没有别的事了。"马拉克重复道，"只是作为首相的朋友和一个骄傲的英国人，我希望首相能帮我把那些控制欧洲其余国家的狗杂种们教训一顿。布鲁塞尔有些愚蠢可笑的男男女女总扣我的货。知道吗，我花了很多钱——比这箱子里的多多了——购买设备，提高产品质量，确保我的货是全世界最好的。这一点让我非常骄傲，布莱特先生，我敢说我的货是全世界最好的。我，鲁贝克·马拉克，不论去哪儿，人家一提我的名字就知道我的货是最好的。我这个名字就是最优质量的代名词！"他气鼓鼓地说，脸都被气红了。"不过布鲁塞尔那帮狗娘养的觉得扣押我的货是理所应当。他们先说要严把产品质量关，为老百姓的健康着想，然后又说我开的是血汗工厂。都他妈的是谎言！谎言！布莱特先生！我知道是怎么回事，我的货品质太好了，他们怕我的货一进来，就挤得他们没地方站了，当地的工人只能失业。自由贸易不就是这个样吗，布莱特先生？他们收购我们的汽车厂，收购我们的银行，却受不了我们英国人收购他们的咖喱粉厂！"马拉克停了一会儿，平复了一下心中的火气，整理了一下领带，朝上拽了拽衣袖，又说，"请原谅我失态了，亲爱的布莱特先生，可那帮家伙真是太欺负人了。我没别的要求，只想让首相阁下抽空考虑考虑我的事，看看那帮人的恶劣行径。他考虑完了，说不定会给布鲁塞尔当局写几封信。麻烦帮我通融一下吧，我就这一个要求。我这么做不是为了耍什么小聪明，而是因为丹德森先生是英国首相。"

布莱特觉得心中喇地一下放松了。他终于明白了，马拉克和其他人一样，也想让人帮他个忙。给他打开几扇门，帮他个忙，50 万英镑就到手了，这笔买卖很划算。他笑了，放松了。这事完全没问题。眼前这个人并不想要什么贵族头衔，也就是说，等这件事做成之后，就空出来一个贵族头衔，说不定到时候他能把这个头衔捞到手呢。国库里的钱不多了，筹钱变得越来越难。他，艾登·布莱特，算是救场的人。他们对他的感激之情将是无限的，他非常确信这一点。突然间，他觉得自己仿佛重生了一般，重新踏上了一条新的生活之路。他会永远铭记此刻。他将身体俯过茶桌，把那箱子钱朝他这边拉近了一点。

"放心吧，马拉克先生，首相阁下深知他的职责是什么，不用提醒他。你的慷慨所为会深深地打动他。我们会照顾好朋友的。"

"听你这么一说，我的心里就踏实多了，布莱特先生。"

布莱特将身体后仰，靠在椅背上，一手摸着白鼬皮衣领，心里美滋滋的。"光喝茶没意思，我能推荐点儿带劲的东西庆祝一下吗，马拉克先生？喝杯香槟怎么样？为了我们的友谊干一杯。我们一边把一些书面性的工作做完，一边喝香槟。"

"很抱歉，布莱特先生，我是穆斯林，不能喝酒。"

布莱特暗骂了一句。"真对不起，我不知道……"

"没事的，放心吧。你说有些书面性的工作要做，是什么？"

"也没什么，就是把你捐的钱公布一下。"

"公布一下？"

"是的，现在捐的每一笔钱都会向选举委员会公布。"

"也会向社会公布吗？"

"那当然啦。"

"我没想到会这样。"

"这是一个信任缺失的世界。我们必须经受各种测验。向社会公布赞助人捐赠的数额会让人们打消用钱买贵族头衔的念头，现在这个世道有钱人净干这种没谱儿的事。"

"可我并不想要什么贵族头衔。"

"不要也得把你捐献的数额告诉选举委员会。"

布莱特觉得屋里的温度低了几度，身体不由得一抖。

马拉克的脸变得扭曲，显得很痛苦："我不想让外界知道我捐钱这事儿。我见过这么做的后果，名誉对我来说非常重要，布莱特先生。我不想让我的名誉和企业的好名声被媒体毁了。"

"放心吧，这种事是不会发生的。"

"可这种事已经发生过了。"

马拉克说的不假。有很多志得意满的生意人，手里拿着支票，敲着唐宁街的大门，可到头来都成了媒体的牺牲品。丹德森的前任曾恳求媒体别这么做，这里面不存在任何的官商勾结，让他们放心，但媒体可不信这套。丹德森可不想让媒体在这件事上对他指指点点。

"在不曝光的前提下，还有没有别的我可以帮助你们的办法？"

"恐怕没有，都是该死的法律……"

看着马拉克把桌上的那箱子钱拉了回去，准备起身离开，布莱特失望透了。他的好日子还没有开始就结束了："马拉克先生，等等，说不定还有……"

马拉克伤心地摇着头说，"对不起了，布莱特先生。"

"我真心希望我们能成为好朋友。"

马拉克一听这话站住了。"布莱特先生，看在友谊的分上，我告诉你为什么我不想让这事儿曝光。"他伸出一根手指，捏了捏鼻子，支吾道："我还没结婚，知道吗？我和另外一个男人住在一起。你不会觉得这种事很恶心，对吗？"

"当然不会啦。"

"但根据伊斯兰律法，这是一种骇人的罪行。如果人们知道了，我的名声就彻底被毁了。我们生活的世界就是这个样子。我不想看到记者蹲守在我的大门外，不想让自己沦为别人的笑料。"

就听咔的一声，马拉克把手提箱合上了，布莱特的梦想之门也随之关上了。

"我能不能……"

但马拉克已经站了起来，摇晃着脑袋拎着那只手提箱朝门口走去了，每走一步都在踩踏布莱特的心，走了一半路的时候却又停住了，转过头来问："不曝光的前提下，我能捐多少，布莱特先生？"

"最多5万英镑。"

"这么少？你们现在可正是用钱的时候啊。"

"都是狗娘养的法律搞的！"布莱特骂道，心中的恼怒和悲伤展露得一览无余。"按照法律上说的，有钱就有罪。他们这是在糟蹋民主，到头来肯定会把民主毁了。"

马拉克站在屋子中间，低着头想了一会儿，说："捐这么多钱的人一共有多少？"

"成千上万。有时候我们会收到一些信件，里面夹着一张面值5英镑的钞票，有时只有几个硬币。今天上午，我收到了一个信封，里头装着一枚旧的结婚戒指。这人是我党的坚定支持者，最近才过世。他的遗孀执意让我们收下。"

"或许……"

"你想说什么，马拉克先生？"

"或许有办法了。你找些人，100人也行，1000人也行，随你的便，我给他们发钱，确保每个人得到的钱数不超过5万，这样一来，你能拿到钱，我的隐私也不会曝光。"

"可……"

"法律上没有不允许我给陌生人发钱的规定吧？"

"据我所知，没有。"

"你给他们每人寄一封感谢信。别提钱数。他们高兴，法律也高兴，你我都高兴。"

一阵长久的沉默，布莱特在做决定。

"布莱特先生，我这个人非常看重隐私。这事只有你和我知道。"

"马拉克先生，能允许我开瓶香槟吗？我很想喝一杯……"

摩根拿起了听筒。

"麦克斯，看在朋友的分上请跟我说实话。"电话那头说。

"我尽量，金妮。对你我总是破例的。"

"《档案》打算对哪边下手？"

"对哪边也不下手，等辩论完了以后再说。这就像是一场足球总决赛，全英国的人都在盯着看呢，从来没有过这么多的观众。看着一群人在混战，每个人都想把对方的屎给搂出来，如此精彩的场面可不怎么常见。我们干媒体的应该保持理智，坐山观虎斗，看看谁能挺过来。坦白说，现在出枪不合适。"

"还有机会吗？"

"机会？你说多姆吗？根本没有机会。"

"可你刚才说在等辩论结果……"

"我和我的同行都在等，但我们不能冲动。面对现实吧，金妮。最近一次的民意调查结果显示，执政党领先反对党至少 8 个点。"

"民意测验也有错的时候。"

"当然有错的时候啦，却也不会错得太离谱。现在这个时候，只有一个办法能搞垮丹德森，那就是在他和他奶奶性交的时候逮住他，但你说这事可能吗？死心吧，金妮。"

电话那头很久都没有说话。

"并不是人们不喜欢多姆，你得明白这一点，金妮。只是因为他们对他不甚了解，"麦克斯继续说，想给对方一些安慰，"他们也没有恨丹德森恨到转而去在一个不知名的人身上下赌注的程度。下次吧，说不定下次……不过……"

"说下去。"

"听说人们已经不在他身上下注了。不管怎么样，金妮，你想给《档案》写专栏的时候，尽管告诉我一声，报酬还和以前一样。"

"我不想当什么专栏作家，麦克斯。我想成为首相夫人。"

麦克斯轻叹一声，说道："那你就等着吧。"

"没机会让你改变主意了吗，麦克斯？让你睡我一晚上也不行吗？"

"哦，该死，好吧。为了能睡你一晚上，我可是什么都愿意做的，你应该知道这一点。不过，我要是真把你睡了，就会面临一个诱奸的罪名。实话对你说吧，老板想让我们深挖丹德森的丑事。"

他觉得他听到了电话那头传来的啜泣声："你刚才让我看在朋友的分上跟你说实话，金妮，现在我说了，我觉得我现在比以往任何时候都够朋友。"

电话挂断了。

　　鲁贝克·马拉克把软皮公文箱推到桌子那边，说："最后一笔了，布莱特先生。"

　　"叫我艾登吧。我觉得我们已经是朋友了。"

　　"好的，我非常愿意这样称呼您。"

　　"言语无法描述我们对您的感谢之情，鲁贝克。"

　　"用不着。"

　　"哦，用得着。"说着，布莱特拿起桌子上的电话，按了一个键，"你好，我是艾登·布莱特。首相告诉过我，等鲁贝克·马拉克先生一到这儿就赶紧通知他。请告诉他，我已经把他的谢意转达给了马拉克先生，并把我和他讨论过的那次私人会谈的一切事宜都已安排妥当。"

　　桌子那边的马拉克听了这番话兴奋得睁大了眼睛。

　　"非常感谢，"布莱特说完把电话放回了原位，"都安排好了，鲁贝克，大选过后，找个合适的时间，你和首相好好谈谈。快了，这用不着说，不过这次的辩论会占用了阿尔弗雷德很多时间。"

　　"我知道。"

　　但他不知道的是这个电话并不是打给首相办公室的，而是打给了布莱特的秘书。布莱特说的那些话都是编的，就是为了让他高兴。他和首相是可以见面的，不过这都是以后的事了。让他觉得自己可以和首相这样的大人物平起平坐，也没什么不妥的。

"我想给你看看这个，"布莱特继续兴奋地说着，同时把放在桌子上的一张叠着的海报打开了，"我们打算把你的钱用在这上面。在大选最后一周用，这是决定性的一招。是我们深思熟虑之后决定的。你的支持让这一切变为了可能。"

海报设计得很简单，就是丹德森的一张笑脸，上面有一行大字："越来越好。"

"我们借用的是披头士的一首老歌。你知道披头士吧？我们打算在全国各地播放这首歌曲，让人们在街上尽情跳舞，大选最后几天，我们做的每件事都将以这首歌为主题。丹德森和他的支持者见面时会谈到这件事。这事只有你和我知道，算是超级秘密，希望你能满意。"

"我很满意。"马拉克一边说，一边满足地在椅子上摇来摇去。

"太棒了！"布莱特兴奋得不能自持，真想再长出两只胳膊，抱抱自己。这几天，他拉到了好几笔大的捐款，这些人一听他们的钱用到了实处，而不是扔进了执政党亏空的国库中，一个个都显得非常高兴。"对了，有件事我一直不太明白，鲁贝克，我能问问吗？"

"问啥都行。"

布莱特在椅子上扭动了一下身体，这才说："我这么问希望不会触犯到你，可你为什么非要以现金的形式捐赠呢？坦白说，你捐赠的数额这么大，为什么不用电汇或者支票的形式呢？现金这种方式现在已经不常见了。"的确，这种事极不常见。过去，捐赠人买贵族头衔，都是心惊胆战地把钱放在柜台上，而现在，人们往往在暗处交易。财政部的主管，也就是布莱特的顶头上司，在这件事上再三拷问他（这么做完全出于妒忌），并让他好好调查一下马拉克的身份，给他一个明确的回复。

"哦，这个嘛，原因很简单，艾登，"马拉克晃着脑袋说，"知道吗，我的公司给全英国数万家印度餐馆和杂货店供货。现如今，人们对咖喱粉的食用量超过了对烤牛肉和煎鸡蛋的食用量。我这个人的确十分幸运，这些餐馆和小杂货店大部分都是家庭作坊式的，他们更愿意用传统的方式做生意，也就是现金交易，因此我只好随身携带大捆现金了。不过，如果你查查我的公司账户的话，就会发现50万英镑只是一个很小的数目，另外——这一点十分重要——如果你查查我的公司账户的话，就会发现这些钱都是干干净净的。"

的确如此。布莱特早就查过了，这下他放心了："鲁贝克，希望你能理解，我并非……"

"我明白，处在你这个位置，肯定要小心些得好。遗憾的是，我们生活在一个信任缺失的年代。这就是我坚持诚实做人、简单做事的原因。"

"我希望你能将这一原则坚持下去。为了表达我们对你的深深谢意，我想代表首相邀请你届时参加选举之夜的庆功会。你将作为我们的特殊嘉宾出席。这是一个和首相面对面交谈的绝好机会，在这之后，我们会再次安排更加亲密的会面。"

听了这话，马拉克的脑袋又摇晃得像拨浪鼓一样了："我真的倍感荣幸，艾登，但，唉，恐怕我不能参加。明天我还要回印度一趟，去做点生意，恐怕到时候不能及时赶回，希望首相阁下能理解，不会觉得我这个人太粗鲁。"

"太遗憾了。不过我们会重新安排你和首相阁下见面的。"

马拉克的脸上泛起了兴奋的光。

布莱特觉得汗水已经流到了他的眉梢。他太兴奋了。这笔钱够用了，捞个贵族头衔不在话下。他一边伸出手去摸那个公文箱，一边说："如果你不介意的话，我先把这个箱子放好，这么多现金放在桌子上，让人看到了很不好。"

马拉克点点头，举止间透着敬意。布莱特把箱子拿到手里："失陪一会儿，我去去就来。"说完去了另外一间屋子。

他走了，便没有机会看到下面发生的这一幕：屋子的门刚一关上，就见他的那个印度客人站了起来，穿过屋子，到了他的办公桌前，从一沓印有财政部字样的便笺本上扯掉了几张，然后很小心地装进了外套的口袋里。

　　浴室就像一个茧、一个无所不包的子宫，那儿让她觉得舒服，可以一个人静静地检视自己。门外的卧室里传来多姆的鼾声，他睡得并不踏实。他还是那么疲惫，仍在发烧。她仔细打量着自己的身体，白嫩的脚趾、粉红色的膝盖和刚好漫过温水的尖尖的乳头。她的乳房曾是一片圣地，多姆无数次在那里安歇，如今他和朱莉娅有了奸情，这片圣地就被糟蹋了。她还要把这个身体献给麦克斯，尽管没那么急，却终要献出去……自己愿意这么做吗？也像别的女人那样用身体当本钱？

　　爱丽丝·坎贝尔①当初为了帮助自己的丈夫，为他们创造一个美好的未来，就用过自己的身体，而且是非常慷慨地用。她做过爱德华七世的情妇，却还是一个深爱着自己丈夫的妻子。老天爷算是对她不错了，1947年，78岁的她结束了漫长的一生。死后不久，她的丈夫也跟着她进了坟墓，有人说他的心碎了，没有了她，他无法在这个世界上多活一分钟。尽管人们这么说，可事实并没有这么简单，那么多年里，她跟那么多的男人都有过一腿，他又是如何做到对妻子始终如一的呢？是他道德高尚还是他真的那么爱她？"说到道德，自己又怎么能和爱丽丝比呢？"金妮想。她觉得性爱中的道德是一种很虚的东西，就像一场流动的盛宴，你刚在桌子旁坐下，正要夹口菜，那道菜就从你的眼前转过去了，让你觉得失望而惆怅。

---

① 爱丽丝·坎贝尔（1868—1947年），英国历史上著名的交际花，英王爱德华七世的情妇。

322

爱的界限是什么？她怪过多姆，但对于爱丽丝·坎贝尔这种为了保护家庭在众目睽睽之下公然和无数男人调情、眉来眼去的女人，她又能有什么看法呢？能说她是个烂女人吗？金妮觉得自己现在对好多事情都不确定了，对与错之间的界限越来越模糊，很多事都没有一个明确的标准。她变了。为了保护自己的家庭，以前想都不敢想的事现在可以随便做。她深信，爱丽丝·坎贝尔在这种性爱的交易中得到了很多的快乐，而她和多姆都已经有一个多月没做过爱了。她开始觉得空虚、寂寞，眼角不由得湿润了。她伸出一只手，用指尖把眼泪擦去，然后一路向下，抚摸自己涂满浴液的身体。这时候，多姆的鼾声传了过来，短促而不均匀，说明他仍很疲惫。她继续抚摸自己，动作从轻柔到剧烈。她很久没有自慰过了。自慰让她的全部烦恼和压抑瞬间得到了释放。她发现性欲——换个文雅的词语来说，就是欲望——有多种释放的形式，爱丽丝·坎贝尔的应该是最简单的那种，或许也并不算是最糟的那种，而金妮的生活变得越来越复杂，越来越让她感觉困惑。在她的脑海中，她仿佛看到了爱丽丝和爱德华七世做爱的情景，然后这个情景中又混入了多姆和他的那个荡妇，而后麦克斯·摩根又出现了，在这种混乱的性爱情景竭力挤出她的脑子的那一刻，她的身体变得僵硬了，与此同时一种奇怪的呻吟声从嘴唇边滑出，眼泪流下了她的脸颊。然后，慢慢地，她的身体又回到了温热的水中。

　　多姆仍没有醒。

　　水终于恢复了平静，金妮心想自己刚才都干了些什么。这是什么意思？说明她太软弱吗？说明她绝望了吗？或许是一种接受，如今一切都被毁掉了，她只能靠自己了。等她终于想明白了，才发现水已经凉了。都是因为爱丽丝·坎贝尔，没错，就是因为这个女人，爱丽丝和不同的男人做爱，因为她必须这么做，而且很多女人也是这么做的。但金妮并不愿意向她学，因为她知道自己用不着像她那样，或者说至少用不着像朱莉娅那样，把两条腿叉开让男人干。她已经抵达了自

323

己身体里最深的地方，并且找到了答案。她能控制住自己。她——金妮·艾治——以后无论做什么都由自己做主。

辩论会——神奇的一刻，历史上的转折点之一。对媒体来说，这一刻犹如圣杯，追逐了多年，直到现在才追到。毫无疑问，这场辩论会是此次大选中的重头戏，举国上下都在等。对于此次辩论会的结果早就被分析过无数次了，各路专家纷纷登场，炫耀各种各样的理论，卖力地玩着文字游戏，让人不由得想起了肯尼迪和尼克松竞选美国总统时的情景和那些充斥着流汗的脸、不断摇晃的脑袋和焦虑不安的眼神的重要时刻。心脏不够强壮的人受不了这样的时刻。两党把各个领域的专家都召集来了，有国内的，也有国外的，有负责演说稿的，有负责化妆的，甚至还有一些研究白话的。不能有一丝一毫的疏忽大意，不能因为妆化得不到位或者哪个比喻句没有用好就输掉这次辩论赛。与此同时，两党一把手在其他各个方面也都做好了充分的准备。时政评论员变得格外小心谨慎，谁也不愿对丹德森和多姆做出一个总结性的判断，到底鹿死谁手，要等到辩论会开始以后，血溅沙场时，才能做决定。在英国历史上，对于一档时政性的节目来说，还从未有过这么多的观众。晚上 8 点准时开赛，恰好在投票前一个星期举行。

那天早晨，多姆醒过来时，烧仍没有退。

"我快支持不住了，快不行了，"他哑着嗓子说，"但我必须挺过去。"

推迟辩论赛的举办日期是不可能的，电视台不允许。弃赛就更荒唐了，这就相当于放弃了大选。多姆只能硬撑下去，除此之外没有别的选择。

医生不知嘟囔了几句什么，用的都是常人听不懂的专业术语，好像是什么支原体感染，如果再不注意就会怎样怎样。他警告多姆，小心患上肺炎，但多姆铁了心要参加此次辩论赛，因为风险也是这场游戏的一部分。当初，撒切尔夫人竞选首相时正在承受牙痛的折磨，她都能挺过去，他也能忍着头痛挨过一个夜晚。医生给他注射了一针红霉素，开了些治疗咽喉痛的糖浆，让他服下几片治疗发烧的阿司匹林，又郑重其事地警告他，辩论赛开始前的 12 个小时一定要休息好。

"他没事吧？"看医生下了楼，阿尔奇问。

"我是医生，又不是奇迹创造者。"医生说完就走了。

他们回到了厨房里。一群人围坐在餐桌旁，只留下多姆一个人在楼上盖着被子忍受病痛，阿尔奇打算想个办法出来应对目前这种情况，但他知道没什么好办法。这有点儿像卡斯特① 看到地平线上翻起的烟尘假装是送饭的马车一样。不管结果怎样，他们总要试一试。阿尔奇让大伙儿发表意见，想主意，但没人能拿得出什么有效的办法，一个个低着头，不吭一声，都在等着有人能鼓起勇气，大胆地说一句："这简直是灭顶之灾，大伙儿散了吧。"但阿尔奇并不这样想，他有了别的主意。他先把他们臭骂了一顿，说他们是一帮窝囊废，然后宣布，他们应该让全世界的人知道多姆生病的消息，对他身患重病却依然前行的勇气大加赞扬，拉同情票。

金妮正在看医生开的那几瓶药的说明书，听了阿尔奇这话，转过身来轻蔑地哼了一句："你不是在开玩笑吧？"

"这不单单关乎多姆的名誉和前程。"阿尔奇尖刻地回应道。他们都筋疲力尽了。

"你想把你的未来押到英国小报的良心上，对吗？"

阿尔奇盯着面前放冷的咖啡说："这至少是一个办法，我知道这办法不怎么样，但我们总不能坐以待毙吧，总得做点什么吧。"

"阿尔奇，我很佩服你的经验，但这次不能听你的。我是多姆的妻子，这次我做主。"

---

① 即乔治·卡斯特（1839—1876 年），美国骑兵军官，美国内战时联邦军首领，战绩卓越，后来在袭击蒙大拿州小比格霍恩河附近的印第安人营地时战败身亡。

"你有什么办法？"

"先等等看。多姆的病情正在好转，谁又能猜得出这个晚上会发生什么呢？"

多姆正在床上躺着，只有医生和他妻子能见他，阿尔奇并没有这个权利。"反正是输定了，就依她说的做。"阿尔奇阴沉着脸想。

接下来的一个小时，金妮和鲍比一直在花园里坐着聊天。他俩就像古代的水手，正在他们那扁平的世界的边缘划行，下一刻就要掉入一个未知的深渊。没人愿意打扰他们，因为这是一场地狱式的旅程，他们注定上不了岸。阿尔奇和他的属下连个招呼都没打就走了。

并非每个人都是窝囊废。那天晚上，负责给多姆化妆的那个女人就得了不少的小费。辩论赛开始前的 45 分钟，多姆到了位于泰晤士河南岸的电视台直播室，醉鬼般红紫的脸暂时不见了，太阳穴上不冒汗了——至少是现在不冒汗了——眼袋也彻底消失了，但咳嗽依旧，表明他仍然病得很厉害。他们都知道，多姆这种暂时的良好状态长不了。多姆垮掉只是时间问题。

双方的人聚集在不同的房间，用不着提前见面：一切细节早已商妥——时间安排、出场形式、双方站在或者坐在什么地方、谁提问、用什么样的方式回答、双方都邀请了什么样的嘉宾到场、公共代表来了多少等等。他们投掷硬币决定谁站在左边，谁站在右边，该打什么颜色的领带。妻子们也要上台的，不过是坐在幕后，不能太显眼，也不能让丈夫分心。金妮也把两个孩子带去了，想让他们陪在她身旁，他们有权在这种场合露面。

负责准备工作的场务经理心中生出一丝恐慌。他站在台上，从左脚换到右脚，一直在搓手。这是他一生中最重要的时刻，不能有一丝一毫的疏忽大意，每个环节都彩排了无数次，确保不出任何差错。最近召开了中东和平峰会，有个人专门负责安排座席，他甚至也向这个人做了请教。尽管做了这么多的准备工作，可他心里明白，越到最后越不能出乱子。现在，他就在对金妮耐心解释，两个孩子不能上台，不过他会去问问对方，看人家是什么意思。

在丹德森夫妇的专属房间里，他把这件事对他们说了，劳伦一听立即表示反对。因为这样一搞，艾治一家的形象就提上去了，会让观众觉得有孩子才算一个理想的家庭，这是在对观众打感情牌。经理说他能理解，对艾治夫妇来说，有孩子在场是一种优势，不过还没过多长时间，就见两个孩子开始打哈欠，在椅子上左摇右晃，离辩论赛开始还有两个小时，他们怎么能坐得住？

看到这种情景，劳伦开始妥协了。她咬着大拇指的指尖心想，这都是那个臭婊子金妮搞的鬼，她想制造麻烦，哼，到头来可别引火烧身。不过，话说回来，这件事还是应该考虑一下的，这要看那两个孩子坐在什么位置上了。

这时候，观众已纷纷就座，劳伦朝场下望去，看到了前排的阿乔克。没错，就是那个高个子丁卡女人，脸上还有刺青，不是她，又是谁？劳伦一时间呆住了。这不是一种巧合，而是一种阴谋，耍的一种龌龊的手段。这下可糟了。这个女人攻击过阿尔弗雷德两次，而现在，她准备当着全英国观众的面再次出手。他妈的她到底是怎么混进来的？身上带没带武器？如果带着武器，这就会很轻易地变成一场灾难。她的脑子里浮现出了肯尼迪被刺的情景，心脏一时间停止了跳动。她转身跑了出去——真的是跑着出去的——直到找到了负责保护丹德森人身安全的保卫局的局长。

"那个该死的女人来了。你们是怎么让她进来的？赶紧把她给我轰出去！"

"呃，你说的是哪个女人，丹德森太太？"

"就是那个撞首相车的苏丹女人，你们本该把她抓进监狱的，怎么又把她放出来了？"

"我知道你说的是谁了。"

"很显然你不知道。问题就在这里。还是让我替你把这件事做了吧。她就在前排坐着。"劳伦喘着粗气，用涂着粉红色指甲油的指甲朝看台的方向指了一下。"她不该留在这个国家，更不能让她到这种地方来。你赶紧给我把她赶走，否则我不会让丹德森动一下的。"

这时候，她正用手指使劲儿戳这位局长的胸脯。他知道，她这么做存在偏见，违反了英国法律，却也明白她说得有道理。一个抗议者坐在前排，这样的事是不能发生的。他赶紧给局里打电话，让他们查一下这个女人的情况，发现这个女的没犯下什么大罪，至今也没有受到什么指控，不过……

这位局长立即做了决定。保护首相人身安全是他的责任，这就好比在一场私人宴会上出现了一个闹事的客人，必须把他轰走。但这种事必须做得巧妙，不能硬来。他把场务经理叫来了，跟他耳语了几句，随后场务经理把保安队长找来了。三人站在后台，辨认出了正在前排就座的阿乔克。

"那个女的，"安全局长下令了，"把她弄出去。"

保安队长哼了一声。这种事他完全可以应付，再棘手的事他也处理过，比方说对付那些越过警戒线的抗议分子或者是从新闻编辑室里蹿出来的动物权利保护者，就一个女人掀不起什么风浪。但他知道今晚这个场合不同以往，便说了一句："我去把灯关了，别让人看见。"

灯关了。他和两个身强力壮的手下出现在了阿乔克的面前，对她解释，这是私人场合，她不能来，电视台有权把她赶走。他们按照保卫局长吩咐的那样，对阿乔克进行耐心劝导，晓之以理，动之以情，但他们都是粗线条的家伙，干这种事不太擅长，结果阿乔克拒绝离场。见此情景，一个保安伸出一只胳膊抓住阿乔克的衣服，想把她从椅子上拽起来，却低估了一个经常和成年奶牛角力的丁卡女人的力气。坐在阿乔克旁边的一个人一看情况不妙，赶紧插手，试图把控制阿乔克的那只胳膊拉开。这人脸色黝黑，正是鲍比。

场面顿时混乱一团。尖叫声、哭喊声、打斗声混在一起，有人在举胳膊，有人在抬腿，有人在低头，在舞台灯光的反衬下，煞是好看。各路记者用照相机把这一幕都拍了下来。不知道谁出的第一拳，但混战的照片足够引起人们的兴趣，上头条不在话下。卷入混战的一共有8个人，打斗持续了好几分钟，最后鲍比被按倒在地，几个保安七手八脚地把他给拖出去了。他们也把阿乔克控制住了，但阿乔克不听话，不肯乖乖出去，他们只好把她抬了出去。终于安静下来了，但辩论赛的时间早过了，而多姆此时也已从电视台的大楼里走了出来，正赶在回家的路上。

　　就在多姆上了车子准备走的时候，阿尔奇发表了一份声明，他说，在首相妻子的指使下，反对党这边有两位客人被强行带离了观众席，这是对法律的滥用，对民主的粗暴践踏，这次的辩论赛再进行下去已经没有意义了。这是一个悲剧，对英国人们来说是这样，对民主来说更是如此，这件事完全是丹德森夫妇的错。据说，多姆因为厌恶这一切，病情加重了。

　　这是历史性的一刻，在很多方面来说都是如此。大多数的辩论赛，如果人们能有点儿记忆的话，都是因为无聊透顶，而今天这种场面让腐朽的时间变为了神奇的一刻，在场的人永远不会忘记。辩论赛流产了，但它的回音仍在，把场务经理一个人丢在了黑暗、空荡荡的舞台上。

　　"怎么又是你？"

　　狱长看到阿乔克被带进来骂了一句，"这次犯的什么事？"

　　"还和以前一样。"阿乔克回答。

　　"不会又跟首相有关吧？"

　　"没错。"

　　"我不是跟你说了吗，让你离他远点儿。"

"你让我不要到唐宁街去，我是这么做的啊。"

"可——"他的话还没说完就听砰的一声门开了，屋里一下子拥进来好几个人。有便衣、有穿制服的，还有一个医生和一个满脸是血的亚洲人。

"把这些人给我轰出去！"狱长话音还没落，就见面前出现了两个人。这两个人他都认识，一个是金妮，另一个是他认识的这个行当里最好的刑辩律师，律师说他是阿乔克和那个满脸是血的亚洲人的代理人，还问劳伦·丹德森和那几个保安为什么没有来。

狱长用手摸了摸日渐稀疏的头发，发出一声轻叹。今晚又要熬夜了。

过了很久，阿乔克和她的律师才从一个后门静悄悄地出来，走了，然后金妮便带着鲍比出现在了查令十字警察局门外的台阶上。鲍比的嘴肿了，一只眼被打青了，睁也睁不开，一侧的脸颊凹陷了下去。一大帮记者蜂拥而上拦住他们的去路。街对面，探照灯早就竖起来了，电台采访车就停在不远处。她和鲍比在台阶上站了一会儿，嘈杂的声音把他俩淹没了。闪光灯啪啪地响，就像从机关枪中射出的子弹，最后噪声消失了，他们都等着金妮和鲍比说话。

"我什么也没做，"鲍比慢慢地说，因为他的嘴肿着，只能一个字一个字往外蹦，"我只想保护一个清白无辜的女人。"

"你是怎么卷进这件事里去的？"一个记者高声问。

"我是一个穆斯林，保护别人责无旁贷。"闪光灯又啪啪地响了，照得他直眨眼。

"他们说你犯了什么罪？"

鲍比摇摇头，说："他们还没说。我想他们永远也不会说。我什么违法的事也没做。受审的应该是别人。"

"哪些人？"

"那几个打我的保安，或许还有丹德森太太，因为是她下的令。"

更多的闪光灯亮起来了。

"可他们说是你先动的手。"有记者高声喊。

鲍比强作笑颜，说道："那你就去找找那些人，看看是他们伤得重，还是我伤得重，你就知道是谁先动的手了。"

记者的问题一个接一个，金妮一摆手，他们也就不问了。"关于这件事，我丈夫会发表一份正式声明。至于我的看法，我只想说……"金妮朝四下看了看，摆出了一副居高临下的姿态，"鲍比·可汗是我的朋友，阿乔克也是。今天晚上是我邀请他们来的，因为他们对辩论赛的结果都很感兴趣。我知道，丹德森的人总把阿乔克看成一个闹事者，其实她是这个体制的受害者，现任政府不允许反对它的人存在，也不允许别人争辩。今天晚上发生的事你们可都看到了，他们这是要把抗议者往死里整。"

"他们说她身上可能带着武器。"

金妮摇摇头说："她什么也没带，连个小册子也没带，更别提什么攻击性的武器了。她随身只带着一个手提包，丹德森夫妇却让人把她生生抬了出去。一个带手提包的人就让他们害怕了。我也带着呢，他俩是不是也要把我抓起来呢？这种事可说不准。"

"你的意思是，英国变成了一个独裁国家，对吗，金妮？"

她伸出一只胳膊把鲍比搂住，指着他的伤口说："你们好好瞧瞧，到底是怎么回事一看即知。晚安。"

她紧走几步下了台阶，两个便衣把他们护送到了正在等着的车子旁边。鲍比拉着门把手，等金妮上去以后他才上去。

"谢谢！"金妮小声说。

"不谢。"

"你知道他们会怎么对付我们吗？"

"我很了解劳伦这个人，这就够了，正所谓知己知彼，百战不殆。

我对她的了解比对你的了解还深。"在闪光灯的照射下，鲍比发现她的面容很憔悴，眼睛里透着痛苦。

他们直到把记者远远甩开之后才说话。突然，金妮浑身颤抖起来，就好像在驱逐身上的鬼魂，然后将脸转向鲍比，握紧他的手说："你是我的朋友，鲍比。"

"没错，我是你的朋友。"

车子行驶在灯火通明的街上，他们又一次沉默了下来。

"知道吗，"她说，"刚才是我第一次接受现场采访。"

"也是我的第一次。"

"还疼吗？"

鲍比用舌头舔舔牙床，血还在流。"真有意思，我还蛮喜欢这种疼痛感的。"

他高兴了、得意了，就在这时候，电话突然响了，他从兜里把电话摸出来按下了接听键，可是就在他听对方说话的时候，脸好像一下子变了形。"妈，是你吗？"他喘着粗气问。

借着外面的灯光，金妮看到眼泪滑下了鲍比的脸颊。

这件事在全国传得沸沸扬扬，各种各样的看法也是应运而出，这是从未有过的。阿尔奇和一些人指责丹德森，说这一切都是他事先安排好的，故意给多姆一个临阵脱逃的借口，丹德森的顾问对这种看法进行了回击。但事实证明，形象比解释更有力，现在，形象都到了反对党这边。评论者也是选民，看到两个家庭开战，他们有些困惑。

这种困惑只对一个人有利，就是多姆。以前他落后丹德森好多个点，现在怎么样，谁也不知道。大选至此陷入了停顿状态，双方都不露面，选民就有了新的判断。与此同时，各种各样的观点在街头巷尾传开了，有的说丹德森滥用权力，是独裁分子；有的说阿乔克是恐怖分子，威胁到了英国的安全；还有的说鲍比这个穆斯林被牵扯到了这件事中来，说明英国不稳了，恐怖主义威胁暗潮涌动。通俗小报也没闲着，除了上述观点，也刊登了一些涉及性的香艳内容，其中就有一幅金妮的照片，照片上的她眼睛明亮，双颊粉红，胸脯高耸，比丹德森太太有魅力多了，甚至连一向严肃的《金融时报》也凑了一把热闹，把金妮的玉照修得更加性感。"这真是一个惹火的女人。真漂亮！"在英国的早餐桌上，男男女女们一边看报纸，一边发出赞叹的啧啧声，谁都能看出来，和金妮一比，劳伦·丹德森就显得乏味多了。

星期日上午，多姆一家人正准备去教堂做礼拜，突然传来一阵敲门声，金妮去开门。当时多姆正在楼上埋头读报纸，他现在的感觉好了不少，一方面是因为服用了抗生素，另一方面是因为报上评论都说这次大选存在很多变数，说不好谁能最后胜出。这次大选的结果不像之前那么明晰了，他有了赢的机会。在读朱莉娅的专栏之前，他心里还很害怕，可读完以后，恐惧完全消散了。她又发出了威胁，但这次没有写让他心痛的两人交欢时的私密细节，只是一再说："多姆不可能临阵脱逃，不可能放弃这次辩论赛。他有演说天才。当初我俩在沙发上调情的时候，他随便说几句情话就把我搞得情欲迸发，当时我还很纳闷儿，这家伙还真有两下子。他总是有话说，不惧与丹德森一决高低。政治就是权力和激情的结合体，我可以很确定地告诉各位，多姆这两样都不缺。"他笑了，然后很小心地把那张报纸放好，千万不能扔在卧室里。

那时候，两个孩子一边抱怨，一边磨磨蹭蹭地准备。"到时候会有摄影记者在场，"正在厨房里忙着做早饭的金妮冲他们喊道，"穿昨天晚上我给你们找出来的那两套干净衣服。"其实，这个周日和往常没什么两样，只不过今天是大选前最后一次去教堂。就在这时传来了一阵敲门的声音。金妮把门打开，发现面前站着一位老者，差不多有70岁吧，手里挂着一根拐杖。

"你好，金妮娅。"

这个名字，只有一个人会这么叫她。

"是你吗，爸爸？"

天还早，但街对面的路障后面早已聚集了一大群的记者和看热闹的人。很多人都在窥视他们家。她赶紧把父亲拉了进来。

"你是怎么……"

"你们家并不难找，不难找。我始终都知道你住哪儿。"声音是那么虚弱，浸满了风尘，他变了好多。

"你……"她吃惊得无法正常呼吸了，话说了一半就说不下去了。

"你是想问我有什么事吗？"老人挺直了身子，用拐杖支撑着。他的模样比她印象中的苍老了很多，可那已是多久前的事了。对了，15年前，她和他大吵了一架，赌气出了家门，从此再没有回去过。他在轻声咳嗽，每咳嗽一下身体就会跟着抽搐一下，身体略微摇晃。"抱歉，我身体不太好。"

她没有请他进屋，也没有请他坐下。两人站在门厅里，看着对方，他的眼里含着泪水，她的眼里透着困惑。

"我有什么事？"他轻叹道，"有很多的事，金妮娅。让时光倒流，回到过去，不过这不可能，因此我亲自上门来向你道歉。"他抬起下巴，派头仍在，只不过脖子上多了很多稀松的肉皮。他打着那条旧的军领带，裤子是精心熨过的，但裤脚处已经脱线了。他身上的一切都是那么苍老，眼睛里有一层类似于牛奶状的东西，就像蜡烛熄灭时慢慢变冷的蜡。他的身体真的不太好。

"道歉？让我原谅你？"她生气地说，"你不觉得太迟了吗？"

"永远不会太迟。"

"那你为什么今天来？"

"原因很多。时间不总是在老人这边。但主要是因为你经历的那些战斗。"

334

"这和你有什么关系？你又没参与。"

"我一直在想你，从某种意义上讲，这些也是我的战斗。媒体一直在找寻我的下落。我尽量离他们远远的，但他们死缠着我不放，因此我想过来看看自己能帮你做些什么。"

"你是说你能帮我做些什么？"她简直不敢相信自己的耳朵。

"这些年，我一直在关注你，金妮娅，一刻也没有停止——毕业、工作、结婚、生子，现在又轮到这次选举。我把报纸上和你有关的消息都剪了下来，做成了一份剪报，非常厚实。知道吗，你只是刚刚上路。"

"这些和你有什么关系？"

"我不想干涉你的生活，我没有这个权利，但我是你的亲生父亲，因此我想趁现在还来得及找你，说不定你需要我——不，我不该用'需要'这个词。当然了，你并不需要我，从来也不需要。"

"哦，你有多不了解我啊。"她想。

"但我想让你知道我为你感到十分骄傲，不论下个星期四发生什么都是如此。我始终爱你。"这番话好像把他心中的什么东西一并带出来了，他拄着那根拐杖，显得越来越吃力，"我知道我对你和你的母亲造成了多么大的伤害。"

"不，你不知道。你的心中只有你自己。"

"我道歉。这一切都是我的错。但你已经成年，事情总有两面，另外的一面你看不到。"

"我不相信。"

他用舌头舔了舔干裂的嘴唇。"她病了，病了很长时间了。精神病，抑郁症。"他停了一会儿，注视着她的眼睛，"知道吗，这不是她第一次企图自杀了。我们一直在瞒着这件事，不让你知道。"

金妮的身体僵住了，她痛苦地靠在了墙上。这个消息就像马蹄子，把她狠狠踢了一下。

"我知道我不是个好丈夫、好父亲。我无法和人和谐相处，我努力过，可那时候……当时我们正在军中服役，面对困难或者危险时要时刻保持冷静，感情不能外露。没办法，就是这样，我真希望能有一个像你这样的人。"

"哦，天哪，我不就是你生的吗？"

"我指的是你的专栏。几个月前，你写过一篇关于沮丧的文章，我觉得很不错。"他的嘴唇开始颤抖了，"你说得对，你是我们生的，我们总觉得孩子或许能帮上忙——帮助你的母亲，不过这只是让事情变得更糟了。"他看到她的眼里充满了恐惧，"这就是我们只有你一个孩子的原因。我总想再要一个孩子，可……"他低下头，不想让金妮看到他的眼睛，"我努力过，用我的方式为全家人奋力拼搏。你母亲第一次试图自杀时……我感到愤怒，感到孤独。我觉得她要把我所拥有的除了你之外的最珍贵的东西夺走。你知道那种感觉吗？"

哦，她怎么会不知道！但不知为什么，此刻她内心的痛苦减轻了好多。她只是觉得羞辱。

"我打了你母亲，也打了你。其实，我深爱着你们。我的怒气过了很长一段时间才消。"

他又在咳嗽了，能看得出来，他正在承受病痛的折磨。他病了，病得很重。这就是他今天找到这里来的原因吗？来请求宽恕的吗？

"我始终是个斗士，金妮娅。你也是。那天晚上，我在电视上看到了你。但我觉得我不如你，年轻时也不如你。"

孩子们吵闹的声音从楼上传来。他的目光在搜寻那种声音，泪水也开始顺着脸颊往下流。"我为你感到骄傲。"他温柔地说。

"你怪妈妈吗？"

"过去怪，现在不怪了。"他看到了她眼中的敌意，知道自己得继续说下去。"当初，另外有些人占了你母亲的便宜，可我不知道如何处理这种事。不过这种事是在我和你母亲结婚以后发生的，婚姻仍要继续下去，日子还要接着过下去。现在我把多年的心事对你说了，我想你能理解。"他拄着拐杖的手在颤抖，"希望你能原谅我。"

她感觉从未这么虚弱过。他对眼前这个男人的愤怒曾是激励她前行的动力，对非议不予置评、对别人大动肝火的理由。而现在他请求她的宽恕，跟她说她对他存在误解，一直在误解他。

"我在这个世界上已经所剩无几了，金妮娅，甚至连我的自尊也早已消失。现在我最看重的就是你和你的家人。请让我成为你的家庭中的一部分，请给我一个重新做父亲和做外祖父的机会。"

清晨的阳光透过门上的气窗照射进来，她在回想过去的时候，那光好像在左右摇摆，并且暗淡了下去。痛苦的脸、尖叫声、错过的生日、暂时的家、弃学、离去的朋友、把全部生活装进手提箱时的苦痛、试着在花园里挖一个洞把自己的全部悲伤埋葬时的苦楚，还有当初那些她觉得已经弄明白却没有明白的事，如今，这一幕幕重新浮现在她的眼前。她愿意抛弃一切让母亲复活，母亲是圣徒，曾是她的守护天使。如今，这种爱已被污染了，正如她发现的那样，所有的爱都被污染了。

他站在门廊里等着。孩子们正在楼上打闹。多姆在跟他们说："赶紧闭嘴，赶快收拾，马上出发。"多姆准备下楼，在叫她的名字。三个人就要下来了。金妮平生第一次感觉到自己是那么渴望父亲的爱，甚至超过了对母爱的渴求程度，这种爱她缺失了很久，在她的生命中留下了一个可怕的黑洞。而现在，这种爱就在她家的门廊里，有了它，她所有的痛苦都会消解。她只需伸出双手摸一下，那爱就是她的了。

然而，这种爱早就被她抛弃了，早就顺着威斯敏斯特的阴沟冲走了。一切都太迟了，她回不了头了。

"你走吧，赶紧走。别再回来了。"

他那苍老而干裂的嘴唇动了动，想再次祈求女儿让他留下来，话到嘴边却没有说出来。他站了一会儿，掌握好平衡，然后像个老兵那样，转身拄着拐杖慢慢走出了她的世界。

"谁呀？"多姆一路从楼上跑下来问，这时候，前门刚好关上。

"我也不认识，"她喃喃道，"走错门了吧。"

　　星期日上午，一桩丑闻传遍了伦敦的大街小巷。在这样的一个时刻——最后一场集会举行过了，最后一张海报贴出去了——人们的窃窃私语就像贫民窟中的梅毒一样传播开来。刚开始的几个小时，好像没人知道这桩丑闻的具体内容，伴随着各种猜疑而来的是恐惧。未知的事、深不可测的事、无法控制的事，竞选者最怕的就是这个。

　　这桩丑闻的具体细节刊登在了《档案》的头版，封面上还有一个巨大的标题：丹德森的脏钱。文章披露得很详细，每个细节都有着加农炮一样的爆炸力。好像是报社收到了一封匿名举报信，信中所述内容应该是真实的，因为是写在执政党专用信笺纸上的。矛头直指丹德森，说他收了黑钱。这笔脏钱总计 50 万英镑，都是现金，被一个叫艾登·布莱特的财务官收下了。这是一笔行贿资金，绕过了选举委员会的监管，目的是贿赂选民，进行暗箱操作，赢得大选。"欺诈""犯罪"这样的字眼充斥整篇文章，"被指控"和"据信"这样的词汇只零星散落着几个，因为普通老百姓对这类法律用语没兴趣，感兴趣的只有那些律师。更恶劣的是，为了掩盖罪证，执政党把几千名支持者拖入了这场阴谋之中，其中有领取养老金的老者、有寡妇，甚至还有学童，这些人的身份统统被盗用了，名声受到了损害，清白被阴谋的策划者玷污了。

艾登·布莱特对报纸上提出的各种问题一概不回答，尽管头版登了他的一张照片，照片上的他正仓皇地钻进车里，眼睛里透着恐慌，样子就像一头被捕获的鹿。内页中印着一幅丹德森的漫画，穿着打扮就像流氓头子艾尔·卡彭①。

起初，丹德森的发言人只发表了一个乏味的声明，矢口否认这件事和丹德森有关。后来，《档案》记者联系上了他，问了他几个问题，他说党对资金的管控是非常严格的，绝对不存在任何问题。倘若因一时疏忽大意出了错，他们会及时纠正。这纯粹是程式化的回答，但又必须得这么说。然后，党内有个人和布莱特联系上了，问他有没有这种事，布莱特大发雷霆，死活不承认。在舆论重压下，执政党一方面说自己是清白无辜的，另一方面也承认收到了一笔巨额现金，现在这笔钱正放在保险柜里。目前还不清楚这笔钱到底有多少，因为还在清点。清点了还不到半个小时，就发现这笔钱都是以小额形式捐赠的，并且被盗用身份的捐赠人的数量达到上万；又过了半个小时，执政党发表了一份辞退布莱特的正式声明。很显然，在大选的这个时候发生这种事，简直是灭顶之灾，因此执政党便通过各种不明和隐秘渠道放出风去，说布莱特始终都是个刚愎自用的人，是一匹害群之马，是一个不称职的人。这一切都是他的错。党乐于看到他锒铛入狱。

星期一午饭前，执政党发言人的口气更大了。这件事不正好说明我们党对资金的管控是非常严格的吗？这件事很快就被调查得一清二楚，不正好说明我们党对内部的管控是非常有力的吗？布莱特一直在偷偷摸摸干这种见不得光的事，但他没能成功，这说明我们党的机体是健康的、纯洁的，容不下败坏党纪的人存在。从某种意义上说，这是一次胜利。

---

① 艾尔·卡彭（1899—1947年），美国流氓头子，绰号"刀疤脸"，芝加哥有组织犯罪首领，1931年因逃税案被捕入狱。

但这件事并没有过去。这种事以前发生过很多次。有过太多欺骗性的交易，太多对党的纯洁性的辩护，太多的卖官鬻爵，太多的假护照，太多的财产抵押，太多的对于党不断腐化变质的记忆。这个党曾无数次地下跪，可怜巴巴地祈求人民的信任。它的信誉已经消耗殆尽。唯一不确定的是，当普通党员站出来极力谴责它、漫画家用笔谩骂它的时候，它受到的重创有多大。与此同时，伦敦警察局宣布，他们即将对此事展开调查。

然而，还有一件事令人百思不得其解——这名捐赠者的身份。鲁贝克·马拉克这个名字传得满大街都是，却很快被遗忘了。这个马拉克先生做的是调料生意，分厂遍及全球，一贯独来独往，给很多的慈善事业捐过钱，但过去的两个月，身患重病的他一直在瑞士的一家医院接受治疗，是不可能亲手把 50 万英镑的现金交给布莱特的。在这桩龌龊的勾当之中还有一件令人万万没有想到的事：为了消灭罪证，他们竟然盗用了一个十分正派、身患重病的人的身份。怎么会有如此卑鄙、下流的党派？

星期四，他们又会干出什么样的下贱的事来呢？

星期二，几近午夜，他们驱车从选区回来，多姆刚刚在那里发表完一场演讲。到场的人数不算多，也没说什么重要的事，因为时间来不及了，并且多姆已经疲惫到了极点，身体好像离开了他，站在远处看着他的一举一动。这次集会其实只是一个姿态，为的是告诉选民他并没有把他们忘了。警察来得也不多，一个个来回溜达，刚好给了一个抗议者朝金妮身上啐唾沫的机会。这个愤怒的小伙子被两个拎着手提包的老妇人粗暴地按在地上揍了一顿，警察过来问明情况以后就把他放了。

离大选日还有两天，一切都已准备停当，只剩下等了。

到家了，他们拖着疲惫的身体从车子上下来了。还有几个记者在蹲守，闪光灯啪啪地照得他们睁不开眼，他们冲那几个记者本能地挥了挥手，这时候一个执勤的警察把车门打开，鲍比把放在后座上的文件和海报收拾好拿了下来。此时，没人注意到有一个人从暗处走了过来。慢慢地，朱莉娅那张脸的轮廓出现在了街灯的照射下。

"你到这里来干什么？"多姆一惊，厉声问道，幸好她现在正背对照相机。

"别搞事，知道吗？"金妮补充了一句。

"就一句话。我就想和你们说句话。"

这种场合真不合适。有这么多双眼睛在盯着他们，最好到屋里说。

这位不速之客上了台阶，金妮冷眼观瞧，发现朱莉娅比上次俩人见的时候胖了几磅，看来丑闻对她没造成任何影响。她穿着超短裙，在街灯的照射下，很自然地让人想到她是个妓女。

"我想道歉，"前门刚一关上，朱莉娅便说，"为所有的事道歉。"

"你最好发个道歉声明。"

"我不知道怎么写。话说回来，光写个道歉信也没什么意义。我必须亲自上门道歉，我想祝你好运。"

出于习惯，他们转移到了厨房里，金妮把茶壶放在了餐桌上。

"从你写的那专栏看，你并没有祝我好运的意思。"多姆嘲讽道。

"我写的那些东西没有对你造成任何的伤害，"朱莉娅将身体后仰，靠在椅背上，语气中没有一丝一毫的愧疚，"他们想让我攻击你……就像以前那样。听着，我犯了一个大错，上次不该和报社那帮家伙聊天。他们发了一些东西，写得很夸张，还说是我这么说的——你知道这帮家伙是怎么做事的，一点儿不留情面，我感到非常抱歉。不过，我写那个选举专栏他们是给了钱的，想趁机添乱。我每写一篇都要和他们奋力争辩一番，我想写得克制些。对你来说，这种事太……"她本想用"龌龊"这个词，后来一想不合适，就说，"太棘手了。"

"那你为什么要写？"金妮一边洗杯子，一边问，她在想为什么能容忍这个女人在自己家里，而自己不上前去劈头盖脸把她狠揍一顿。她心中有个声音在对她说："那边有把刀子，拿过来，把这个婊子养的砍死算了。"但直觉告诉她，这么做很危险，等等再说。

"我必须工作，艾治太太。我所做的一切都是为了这个党好，但现在他们不搭理我了，因此我只能这么做。"

"同情？你在博取同情？"金妮递给多姆一杯菊花茶，自己也拿了一杯坐下了，什么也没给朱莉娅。朱莉娅局促不安地转着戴在大拇指上的金戒指。她深吸一口气，好像要做出一个激烈动作似的。金妮发现她的胸罩有些紧，乳房朝中间挤着，后背也有些勒。金妮想，朱莉娅一个月长了差不多一磅肉，她尽管年轻，但时间并没有格外照顾她。

"我希望，"朱莉娅着急地说，"我们能忘掉过去，告诉世人这件事已经不重要了。"

"这话怎么讲？"

"大选一结束，我和报社的合同也到期了。也就是说，星期四我就失业了。但他们想让我继续为他们写专栏。目前，我只有这一个工作机会。"

"嗯？"

"不过，我这份工作有个条件——用我知道和做过的每件事当材料取笑所有的政客。我觉得这种事很不光彩，也会不可避免地给你造成伤害。"

"听你这口气，怎么跟婊子一样。人家给你钱，你什么都给人家做。"多姆朝她吼道，但金妮把他的胳膊拉住了。

"听听朱莉娅接下来怎么说。"金妮说。多姆一脸困惑地看着妻子。

朱莉娅已经开始了反击，"多姆，你可别忘了，咱俩可搞过，这事也有你的份儿。"

"他妈的我可不用找个老鼠洞躲起来，偷偷摸摸地写那些破事，就为了挣点钱……"

343

金妮把他的胳膊抓得更紧了，用身体挡住他。"说吧，朱莉娅，你到底想干什么？"

朱莉娅看着金妮，眼睛里透着坚定和渴求，刚才的紧张和傻笑已经消失了。"我想重回党内工作，要一份高职，这样我就又可以为党做事了。我想重树个人形象，摆脱多姆的旧情人这个污名，否则，我就只有挣媒体的脏钱这一条路可以走了。"

"踩踏着我的死尸挣脏钱。"

"没错，媒体那帮人就想看到这种结局。如果我愿意这么干，钱肯定大把大把地挣。"朱莉娅的话语中透着一种威胁。

"你……你……"多姆想骂朱莉娅一句，却被金妮拦住了。

"你到底想干什么？要什么样的工作？"

"我不知道，我……"

"说吧，朱莉娅，你不能白来一趟吧。"

"我想当新闻部部长，去唐宁街，如果你们去那儿的话。"

多姆气坏了，变得结巴起来，好像失去了连贯说话的能力。

"这是一份有挑战性的工作，"朱莉娅说，"我在哪方面都够资格。我和媒体混得很熟，我对党也很了解，最重要的是，我十分了解你，多姆。你在那儿找不到比我更能胜任这份工作的人。"

金妮觉得阿尔奇肯定不这么看，不过现在并不是反驳她的时候。

"我可以跟你签署一份保密协议，"朱莉娅继续说，"不经过你的允许，绝不发表任何与你有关的日记或者文章。我写的东西，你看哪儿不合适，尽管删改，你有这个权力。如果我不能得到这份工作，那我就只能在通俗小报上继续做你的婊子了。"

"你这是赤裸裸的敲诈！"多姆啐了一口，把桌子拍得啪啪响。

"朱莉娅说得很在理。"当多姆意识到这是金妮说的话以后惊愕得差点儿昏了过去。

"唯一的障碍是你作为男人的自尊。"金妮继续说。

"哦，当然了，这种事肯定会招来非议，不过非议几分钟就过去了。"朱莉娅补充说，"等你入主唐宁街了，前几天肯定忙得要死，谁还会去操心这种事呢，到时候人们就见怪不怪了。"

"如果我去不了唐宁街呢？"

"那这一切就没有意义了，"朱莉娅说，"到时候你找工作还是个问题呢，哪还有时间管我，人家对咱俩都不会有多大兴趣的。"

多姆弓着背，喝着茶。他累了，感到困惑至极。这么多事加在一起让他有些吃不消，他怎么都集中不了注意力。"这事以后再谈好吗？"

"用不着，"金妮说，"朱莉娅说得很在理，对不对，亲爱的？"

多姆尽管没搞明白，可还是点了点头。他的心里很乱，有一种被人欺侮的感觉。他好像彻底失去了和妻子理论的力气。

"谢谢你。"朱莉娅一边轻柔地说，一边站起来整理了一下裙子。金妮送她到门口，等过了门槛，朱莉娅转过身来说："真没想到你会这么看这件事。"

"我们都变了，"金妮回答，"我们永远都不可能成为朋友，但有些事比友谊重要。我想我们都明白这一点。"

朱莉娅微微弯了一下腰，说了声谢谢，然后便消失在了黑夜里。

多姆仍在厨房里坐着，双手抱着头。等他把头抬起来时，眼中浸满了羞辱。"他妈的这到底是怎么回事？"

"你难道没看出来吗？朱莉娅是个很强悍的女人，但她恨自己，恨自己干的这种曝光隐私的勾当。她想过一种正常的生活，星期日的中午可以回到家和父母一块儿吃顿饭，并且他的父亲在吃烤牛肉时不会因为想到女儿不争气而被噎住。从她的角度看，这个要求很合理。"

"从我们的角度看呢？"

"别犯傻了，亲爱的，我绝不会让那个臭婊子再回来的。"

"可我们已经答应她要给她一份工作的。"

"这是一份非常重要的工作。她要想得到这份工作必须经过各个部门的仔细审查。联邦调查局会深挖她的背景、私生活、男朋友以及生活中的起伏这些事情。他们是不会让她得到这份工作的。"

"你怎么知道?"

"我了解朱莉娅。这个女人的膝盖上和良心上都长着厚厚的茧子,做事冷酷无情、宁折不弯。联邦调查局的人员会当面告诉她,她是不可能在唐宁街得到任何工作的。到时候你要摆出一张苦瓜脸来对她说,在某某地方为她找到了一份不太起眼、薪水还算过得去的工作……"金妮喘了一口气,想了几个地名出来。"不管在哪儿吧,都不重要,比方说布鲁塞尔、婆罗洲、巴祖基斯坦。"

"世界上根本没有巴祖基斯坦这个地名。"

"那咱们就为朱莉娅编造一个这样的地方出来,她不会有什么怨言的。我们把她甩掉,严控她的私人生活,让她不能再在报纸上写那些破事。毕竟,她也需要好好休息一下,她在聚光灯下待的时间够久了,让她好好练几个月,把以前的身材练回来。"

"什么?"

金妮哈哈大笑起来,手里拿着一块毛巾,在厨房里跳着舞转圈,一会儿抱一下他,一会儿又把盘子碰得咣咣响。她转了三个圈才停下,浑身摇晃着,眼泪直流。

"你没看出来吗,多姆?你不会蠢到不知道发生了什么事的程度吧?"

他的脸上堆满了困惑。

"那个该死的女人今天晚上到咱们家来,理由只有一个,多姆。她觉得咱们会赢!"金妮兴奋地叫了一声,又蹦跳着在屋里转开圈了。

大选日。

除了朱莉娅,还有其他人认为多姆会赢,但更多的人对此持怀疑态度。一周前,丹德森还领先 10 个点,这么短的时间,民意支持率就掉了这么多,这种事还从未有过。投注站的经纪人认为他仍有机会获胜。

但投票即将结束，说什么也没用了。兴奋感和紧迫感突然消失了，取而代之的是期待感和恐惧感。多姆尽可能摆出一张笑脸，在其所在选区的各个投票点之间穿梭，对员工表示谢意，自己靠喝大量的咖啡支撑快要垮掉的身体。时间在慢慢过去，投票结束了。除了等，再没有别的事可做。

计票工作在当地市政厅展开。市政厅是一栋维多利亚时期哥特式的建筑，20世纪60年代翻新过，瞧上去阴郁而恐怖。另有一间多柱式的屋子，多姆和他的人在里面等着，有金妮、鲍比、一个盯着电脑面容严肃的民意调查人、一个秘书，还有那个叫弗兰克的政治保安处的官员，其他人都留在伦敦总部。屋内陈设很朴素，具有公共机构的典型特征，每样东西都是那么枯燥乏味，只有桌子上摆着的一盘三明治是个例外。三台大屏幕电视机分挂在不同的角落，盯着他们。一台正在播英国广播公司的节目、一台正在播独立电视新闻公司的节目，剩下一台正在播放天空电视新闻公司的节目，看哪个台都可以。大厅外面，选票箱里面的票都已经倒在了桌子上，计票马上开始。多姆的命运就掌握在这些选票当中，但此时此刻，他和这一过程暂时脱离了关系。他的笑容消失了，现在笑不笑已经不重要了，一丝焦虑出现在他的眼中。

投票结果尚未出炉之前做任何判断都是轻率的，唯一的办法就是耐心等待。全英国6个选区个个都想出名，都想第一个宣布投票结果。记者像疯了一样，从这个选区的市政厅跑到那个选区的市政厅。一些片段性的画面不时出现在电视上。计票员正在拼了命地计票。有人面色通红、有人在大发脾气、有人面露期待、有人在咬指甲、有人在垂头丧气，还有身着滑稽服饰的边缘候选人的特写，另外有一群人正在忙乱地在演讲台上摆放花盆。然后就听记者说："现在我们要赶赴森德兰了，听说那里为了给载满选票的货车一个打破世界纪录的机会，一路上开了绿灯，让它们能跑多快就跑多快。看来那里即将成为第一个宣布此次投票结果的选区。电视机前的观众朋友们，请把你们的安全带系好，这个夜晚注定漫长，当然了，对政治家来说，肯定会更漫长一些……"

多姆一直在紧张地走来走去。"坐下吧，亲爱的，"金妮说，"这是一个属于你的时刻。"他照做了，因为他太累了，无力抗拒。在森德兰休闲中心，选举检察官早就把麦克风拿在手里了，他把眼镜朝上推了推，然后开始念候选人名字和选票数，在灯光的照射下，他那两只眼睛就像猫头鹰的眼睛一样，放着亮光。森德兰一直都是执政党的大本营，这次也不例外，但赢的票数比上次大选要少很多。丹德森的笑脸只在电视上晃了一下，镜头就切换到了贝斯顿。执政党也赢了这个选区，只不过是险胜。

"这是什么意思，戴斯蒙德？"多姆问那个民意调查人。

"现在还很难说，再等等。"

另一个选区的投票结果出来了，然后又是一个，接着又是好几个，他们没时间一个个跟进。很快，局势变得明朗化了，丹德森危险了。屋里闷热而潮湿，空气污浊。多姆一刻也不肯从电视机前走开，但他自己选区的结果也要出来了，他不得不离开。他事后跟人说，他当时的那种感觉就像不得不离开情人的床去给停车计时器里面添加零钱一样。

"现在怎么样了。"他一只手握着门把手问。

"我同意广播公司的看法，"戴斯蒙德紧张地回答，他的脸在电脑屏幕的映衬下泛着亮光，"情况还很复杂，现在下结论还为时尚早，但趋势已经很明朗了。"他按下一个键，把头抬了起来。他的愁容消失了，取而代之的是一个笑脸："我认为我们要赢了。我们就要大胜了！恭喜你，首相！"

首相，真是一个令人心醉的词。与此同时，一直在低着头看手机的鲍比兴奋地大叫一声："内政大臣的票也出来了。他输了！整座纸牌屋坍塌了！"

他们都挤到电视机跟前，纷纷预测反对党最后会以5到15个点的优势赢得此次大选。尽管算不上压倒性的获胜，尽管尚属推测，但这个结果已经很不错了。简直是一个奇迹。在英国的历史上绝对算是一个特殊的时刻，对多姆来说更是如此。金妮走到多姆跟前，伸出双臂抱着他，非常温柔地吻着他："快来吧，首相。他们都在那儿等着你呢。"

多姆的领先优势继续扩大，而且是大幅度领先，然而他觉得麻木，机械性地对选举检察官和当地警方表示了感谢，又对着记者的摄像机说了几句话。他不敢说自己赢定了，现在还不是时候，等到更多的结果出来以后再说。然后，他从市政厅飞奔出来，急匆匆地赶赴选区，对选区负责人表示谢意，与支持者见面，时刻提醒自己不要喝太多的香槟酒，与众人握手，潦草地在竞选海报上签名。语言和各种各样的场景混作一团，在他的脑海里打转，让他无法正常思考，直到他的车队驶在了通向伦敦的M1高速公路上。

车队一共4辆车，领头的是一辆路虎，上面坐着政治保安处的人，后面一辆车上坐着多姆和金妮，再后面是鲍比、戴斯蒙德和秘书，最后面又是一辆政治保安处的车子。大伙儿谁也不说话，都在静静听着电台里播放的消息，路灯纷纷朝后跑，远处便是黑暗的夜，多姆觉得他的身体已经离开了地球，无法做正常的动作，就像太空旅行者，被个人的思虑捆绑住了。

车轮不断向前行驶，车上的人觉得困顿，金妮的思绪开始游荡，最后落在了某种让她始料未及的事物上。她觉得在黑暗的世界之外，她的父亲正在看着她。不知为何，她有了一种极力要向父亲解释的冲动，并且因为痛苦几乎叫出声来。

伦敦到了。广播公司仍在预测多姆会获胜，并且胜出率又增加了一点儿。电台主持人说，午饭前英国人民就会迎来一位新的首相。就在这时，多姆的手机响了，是唐宁街打来的，丹德森先生想跟他说两句话。

"他们叫他丹德森先生，金妮，"他嘟囔着把手机放下了，"不再叫他首相了，只叫他丹德森先生。"

车队驶上公园路时，金妮发现有 3 辆车跟了上来，十字路口还有一支摩托车卫队，在他们的头顶上，金妮好像听到了直升机的轰隆声。一切都变了，他们的整个世界都变了。

党总部。人潮涌动，推推搡搡，都争着抢着表达心中的激动之情。欢呼声、眼泪、气球、音乐随处可见。现场聚集了很多的年轻人，他们代表着未来。到处都是照相机。多姆又露出了笑脸。然后，丹德森的电话打过来了，"祝你好运。"他说得并不心诚。

多姆刚把电话放下，手机铃声就又响了，白金汉宫打来的。能否相烦艾治先生 11 点半钟与女王陛下见面？多姆瞥了一眼手表。不到 5 个小时了。他需要刮刮胡子，换件干净的衬衣，再佩戴一条合适的领带。

"金妮？金妮在哪儿？"他喊道。

她正在跟阿尔奇说话，听到多姆胜选的消息，阿尔奇保持了冷静。"没想到，对吗？"她问。

"这么跟你说吧，5 年前，我戒酒了，现在，我正在戒赌。照这种情形看，我可能会成为圣徒。"

"换作我，是不会这么做的，阿尔奇。我觉得，接下来的几年里，我们并不太需要什么圣徒。"

鲍比开车送他们去白金汉宫。路口又实行了交通管制，一路上都是绿灯。多姆感觉好像在做梦一样，也很紧张，担心自己的衣服不合体，发型不合适，领圈的样式不对，甚至还向鲍比征求了意见。或许他并不知道，鲍比和金妮的心思是一致的。

车子到了白金汉宫，一个海军副官向他们敬礼，为他们打开车门，在前面领路，带着他们上了台阶。金妮始终在丈夫后面，突然，她觉得接下来发生的事和她一点儿关系也没有，便停下了脚步。一位侍官非常有礼貌地把她迎进一间金碧辉煌的客厅，在那儿，几位雍容华贵的公爵夫人正在等着欢迎她。多姆被领走了，走的时候连头也没回一下。她在客厅里坐着，和几位公爵夫人闲聊，心却碎了。

只过了几分钟多姆就心满意足地回来了，直到俩人回到车上，多姆才觉察出金妮有些不对劲，不爱说话了，脸上还露出了一丝焦虑。

"你为什么不带我进去？"她问。

"女王没邀请你。"

"你和她说什么秘密了吧？"

"当然没有。"

"那你为什么不带我进去？"她又问了一遍，这次提高了声调。"你为什么不带我进去，多姆？你知道被丢弃在门口是一种什么样的滋味儿吗？"

"有些事情是我没办法做到的，金妮。这是规矩。"

"你是首相，不就是定规矩的吗？"

"慢慢你就习惯了。有些事情我只能一个人做。"

"比如？"

她问个没完，他变得有些恼了。"哦，天啊，我刚当上首相。我今天很高兴，别让我扫兴，好吗？"

"靠边停车，鲍比。"她的语气很坚定，不容违抗。

"别犯混，亲爱的。"

"停车！"

车子停在了路边。前面一辆护卫车停下了，后面一辆也慢慢停下了，车子上的人都不知道出了什么事，多姆也不知道。

"天啊，金妮，我刚刚赢了这次大选，你就不能高兴点儿吗？"

"有件事我必须告诉你，多姆，赢得这次大选的人不是你，而是我。"

"什么？"

"那 50 万英镑改变了这次大选的局势，是不是？"

"没错……"

"这件事是我一手安排的，鲍比的一个远房亲戚帮了点儿忙。"

"你是不是感觉哪里不舒服，亲爱的。"

"我哪儿都感觉挺舒服。"

"那你是怎么弄到 50 万英镑的？"他怀疑地大笑起来。

"从你那儿弄的，确切地说，是党的钱。我从财政大臣马克·菲茨莫里斯那儿弄的，说你急用。"

"他不可能给你这么多钱的。"

"老年人容易上当受骗，在年轻女人面前容易走神儿。你严重低估了这两点。"

"什么？"

"我说你要用这笔钱让朱莉娅闭嘴，否则那个女人就会毁了这次大选。"

"你不是在开玩笑吧？"

"你为什么突然发现竞选资金不够了呢？原因就在这儿。"

车窗外面，政治保安处的弗兰克正一脸焦虑地朝里面看，多姆一摆手，把他赶走了。

"这么说，你买了这次大选？"多姆低声说，生怕路人听到，"用那 50 万英镑？"

"确切地说是 55 万。我拿出了 5 万作为鲍比那个远房亲戚的花费。他现在已返回了印度，没人知道他来过英国，报纸上也没有他的任何消息，从此以后，也不会有人找到他。"

"你……你不能……"

"你以为你当上首相是因为运气好吗？命运女神对你特殊照顾？"她不屑地说。

"你买了这次该死的大选？"

"很讽刺，是不是？每个人都以为丹德森想买下这次大选。"她笑着说，心里明白从此以后他再也不会小瞧她。"走吧，鲍比。高兴点儿，亲爱的，有人给你拍照呢。"

"你把50万英镑给了敌人，"面色惨白的多姆喘着粗气说，"我无法相信这是真的。"

外面的人行道上，弗兰克身旁又多了两个警察，三个人正在焦急地晃来晃去。金妮开始大笑，让他们明白没发生什么事。"这事做得很漂亮，对不对？"

"什么？"

"看看，你都不相信这是真的，别人也不会相信的。"

"你好像把各个细节都想到了。"

"比你想的多，"她一边说，一边握紧了他那双冰冷、麻木的手，"对了，我还给唐宁街找了一个新清洁工，很漂亮的一位女士，你会喜欢她的，她是苏丹来的，随时都能工作。"她俯下身体，亲了他一下。谁又能猜到，在这个热情澎湃的日子里，新任首相把车子停在路旁只是为了和妻子说点儿私事。

"你是说阿乔克吗？她不是一直想把政府告上法庭吗？现在我当首相了，她肯定也会这么干的。"

"别担心，亲爱的，这事包在我身上。"

"你能搞定这件事？"

"这会儿我觉得自己无所不能。"

唐宁街，挤满了前来祝愿的人，旗子、照相机、麦克风、受惊的白鸽、闪亮的黑色大门。

多姆恢复得很不错，脸上又有了笑容，又能很流利地讲话了。他创造了历史。这简直是一场梦，他喜欢这种做梦的感觉，冷漠对待已经过去的事，假装没有发生过，最好不再理睬它们。他现在已成为这片国土的主人，然而，在他试图触摸这种一国之君的感觉时，突然意识到这一切都是假的。站在唐宁街10号的台阶上，身旁有金妮为伴，两个孩子拉着他的衣角，他知道自己并不是这片国土的真正主人，更不是即将入住的那个新家的主人。正如他的来，总有一天，他也会像别人那样泪流满面地离开。这些思绪在他的脑子里翻腾，后来，他耸了耸肩，想到：明天又是新的一天，不必为它担忧，把握当下，把今天过好才是最重要的。

对鲍比来说，这一天同样不平凡，他的母亲站在人群中满眼含泪朝着他拼命挥手，身后面站着他那有些踌躇、不情愿的父亲。"证明你是一个穆斯林好小伙儿的方式不止一种。"她母亲后来在电话中对他说。他父亲虽然也认同这一点，却表现得不像他母亲那么有热情。前段时间，鲍比被抓到警察局，人家问他的宗教信仰，他说他是穆斯林，为此那些警察冷眼看他，让他很受伤，而现在，他站在新任首相身旁，可以挺起胸脯做人了，他父亲也为他感到骄傲。有句老话说得好："子不教，父之过。"如果一个儿子的耻辱由父亲的错误造就，那么儿子的成功也有父亲的功劳。

但对金妮来说，这一天尤为不平凡。她知道，从此以后，女卫生间里再也不会传出嘲笑她的声音。那些女人会开始尊重她、恨她，甚至畏惧她，却永远不会再嘲笑她了。

他们微笑着，向如潮的人群挥手。多姆低下头对她小声说："此刻，我觉得自己的梦想成真了。"

当着数千台照相机的面，她踮起脚尖亲吻他的脸颊，"相信我，亲爱的，你才刚刚上路。"

他微微一皱眉。

突然，金妮借着眼角余光发现，人群中站着一个身着旧衣、颇具军人风范、眼睛里透着悔恨和骄傲的老者，可是待她仔细看时，发现那位老者已消失在了人群中，让她失望之余忍不住想，在今天这个特别的日子里，倘若她的父亲知道她荣升首相夫人，是否仍会为她感到骄傲。

后记

　　有的作家认为写书是一次孤独的旅程。毕竟，写书只是一个人的事，而且需要花费大量的时间。然而，写一本书需要从很多人身上获取灵感，《第一夫人》便是很多人共同策划的结果，在这些策划者当中，很多人都是我的老朋友，新朋友也不少。在那些充满激情的日子里，他们与我一同踏上了这发现之旅，最终才有了这部小说。

　　我尤其感谢海伦·莫莎莉。海伦在移民局工作，本人就是苏丹移民。我在塑造阿乔克·阿罗伯这个人物形象时得到了她的很多帮助，她对移民生活的见解深刻而全面，非常谦逊地给我提意见供我参考，她给我的建议千金难换。海伦有过很多痛苦的经历，却始终保持着一种幽默感和积极、乐观的生活态度，这本身就很了不起。我欠海伦的太多，我祝她安好。

　　伊恩·派特森与我共同分享他的经历，为我提供了金妮和她的父亲这两个人物的背景资料，但我欠他的不止这些。多年来，他一直在支持我的写书事业。他对英国军人的生活以及他们在从军人到平民这一身份的转变中面临的障碍和机会有着非常深刻的理解。这种东西让他成了一个成功的猎头专家和一个非常得力的伙伴。

　　我总想把我的书中一两个虚构人物的名字拿到拍卖行去拍卖，拍卖所得捐给慈善事业，也算是尽自己的一份微薄之力。这次，在我的朋友安妮·詹金的举荐下，世界学联这个旨在促进发展中国家的卫生教育的慈善组织引起了我的注意。安妮是威斯敏斯特的一个人物，非常有活力，好像总有用不完的时间，对任何一位"第一夫人"来说都是一个不错的原型。在亚当·阿夫里耶及其妻子特雷西·简的帮助下，我们为世界学联筹集了一大笔资金。你可能听说过亚当这个人，他是众议院冉冉升起的一颗新星，他和特雷西·简拍下了阿尔弗雷德·丹德森和查理·马特豪斯这两个名字，并且决定让他们的两个孩子叫这两个名字。不知为什么，我总觉得小查理和阿尔弗雷德总有一天会成为新一代的政治明星，他们的名字会放射出比书中那两个虚构人物的名字更耀眼的光芒。

还有一位老友把他的名字献出来让我在书中用，他就是肯·波士顿。我在书中写的这个人物靠着声望混迹于饭局中间，我这么写，希望他不会介意。在我不知所措、需要帮助的时候，下面这些人总能在百忙之中伸出他们的援助之手，他们是珍妮·伊莱亚斯、克里斯·珀尔、伊莱恩·托马斯、琳达·麦克道格尔、朱莉娅·哈特利·布鲁尔、米安、阿迪巴·扎辛、大卫·亨德森、蒂姆·麦肯、安妮·玛利亚·佩里和安东尼·瓦利。在后记中对他们给予我的无私帮助仅仅说一句感谢的话还远远不够，但这么做至少算是一个开始。

经由米安和阿迪巴的引荐，我认识了他们的朋友巴赫蒂亚尔·利雅卡特。巴赫蒂亚尔为我提供了很多关于鲍比这个人物的背景资料，没有他的帮助，我对这个人物的塑造将是粗糙的。

其他的，至少是一开始帮助我的都是陌生人。我闯入他们的生活，让他们回答各种抽象、有时甚至是无法回答的问题，他们总是很耐心地一一作答，他们的宽厚让我吃惊。有时，我那接二连三的问题会让一个幼儿园老师失去耐心，但大多数的人都能容忍我的怪癖和蠢笨。在此，我要对保罗·史密斯、维多利亚·菲利普斯、罗伯特·沃特斯、海伦·普里斯、迈克尔·瑞德和罗伊·阿特金盾表示深深的感谢。

最后，我要感谢我的妻子雷切尔和 4 个孩子，当我把自己锁在屋里埋头创作的时候，他们总能容忍我。《第一夫人》写得比我大部分的书都要长，因此，对他们来说，需要更多地容忍我、包容我。碰巧，写这本书的时候，家里正在大修房子。雷切尔和工人见面的次数超过了和我见面的次数，然而，她每次迈着轻盈的脚步从尘土中走过时，总是那么光彩照人。对我来说，她是众多"第一夫人"当中最美的那个。

迈克尔·道布斯

2006 年 7 月于怀利 ①

---

① 英国西南部威尔特郡管辖下的一个小村庄。